U0120684

新刊校定集注杜詩

三

〔唐〕杜甫 著
〔宋〕郭知達 輯注
聶巧平 點校

上海古籍出版社

珠作朱，蓋

史：白題國王

新刊校定集注杜詩卷二十

近體詩

秦州雜詩二十首

滿目悲生事，因人作遠遊。趙云：延篤與李文德書：吾誦伏羲氏之易，煥兮爛兮其滿目。史記：因人成事。楚辭有遠遊賦。遲迴度隴怯，浩蕩及一作入。關愁。水落魚龍夜，秦有魚龍川。山空鳥鼠秋。禹貢所謂鳥鼠同穴者是矣。鳥鼠，谷名也。杜補遺：太平御覽載關中諸水云：水經注曰：有一水出天水縣西山，人謂小隴山。其水出五色魚，俗以爲龍而莫敢採捕，謂是水爲魚龍水。又爾雅釋鳥云：鳥鼠同穴，其鳥爲鵌，其鼠爲鼵。郭璞注云：鼵，如人家鼠而短尾。鵌，似鵽而小，黄黑色。穴入地三四尺，鼠在内，鳥在外，今在隴西首陽縣，鳥鼠同穴山中。趙云：按水經：渭水有汧水入焉。水有二源，一水出五色魚，俗不敢捕，因謂是水爲魚龍水，亦名魚龍川。然則，魚龍者，魚之龍也。汧水在今隴州。又按唐地理志，鳥鼠同穴山在渭州之渭源。今公詩題謂之秦州雜詩，而用魚龍伇、鳥鼠秋，蓋舉秦、隴一帶事耳。西征問烽火，心折此淹留。別賦：心折骨驚。趙云：潘岳有西征賦。烽火，則時有吐蕃之亂也。史記：李牧謹烽火。楚詞云：又胡爲乎淹留。

右一

秦州城北寺，勝跡隗囂宮。後漢：隗囂據隴西天水郡，寺即囂故居也。苔蘚山門古，丹青野殿空。月明垂葉露，趙云：言月色明白於垂葉之露也。雲逐度溪風。清渭無情極，愁時獨向東。

右二

州圖領同谷，驛道出流沙。同谷，縣名。流沙，地名。師云：天水、隴西、同谷三郡，道通西域，故曰出流沙。降虜兼千帳，居人有萬家。趙云：同谷郡在唐乃成州，隸山南西道採訪。今公所賦秦州詩，乃隴右道，而云州圖領同谷，何也？此因在秦州更欲西往而賦成州詩也。公於乾元中竟寓居同谷縣。馬驕珠汗落，胡舞白題一作蹄。斜。西戎有白題蠻。杜補遺：傅玄乘輿馬賦曰：揮沫成露(一)，流汗如珠。一本……汗血也。故子美醉爲馬所墜諸公攜酒相看有朱汗驂驔猶噴玉之句(二)。南……

姓支，名稽敎，其先蓋匈奴之别種胡也。漢灌嬰斬匈奴白題一人是也，在滑國東。裴子野傳：武帝時，西北遠邊有白題及滑骨，遣使由岷山道入貢。此二國歷代弗賓，莫知所出。子野曰：漢潁陰侯斬胡白題將一人。服虔注云：白題，胡名也。趙云：服虔注云：謂之白題，題者，額也。其俗以白塗堊其額，故以此得名。舞則頭偏，頭偏則白題亦斜矣。漢郊祀歌：太一況，天馬下。霑赤汗，沫流赭。赤之與赭，非朱而何？年少臨洮子，西來亦自誇。臨洮，郡名也。趙云：今之洮州也。洮州在秦州之西，故云西來亦自誇，誇其年少耳。

右三

【校勘記】

〔一〕「露」，全晉文卷四十六傅玄乘輿馬賦作「霧」。

〔二〕「攜」，文淵閣本作「薦」，訛。

鼓角緣邊郡，川原欲夜時。秋聽殷地發，風散入雲悲。抱葉寒蟬静，歸山獨鳥遲。万方聲一槩，吾道竟何之！戎馬之際，天下皆有鼓角聲。人方以武事爲急，吾道何所施乎？趙云：此篇詠鼓角也。抱葉寒蟬静，歸山獨鳥遲。當秋欲夜之景，則聞鼓角鳴聲爲可傷矣。時東有安史之亂，西有吐蕃之警，故曰萬方聲一槩。楚詞曰：一槩而相量。孔子云：吾道其非耶？何之字祖，雖出莊子，茫乎何之、忽乎何適，而謝靈運初發石首城詩云：苕苕萬里帆，茫茫終何之。而公今用竟何之也。

右四

南使宜天馬，由來萬匹强。阮籍詩：天馬出西北，由來從東道。杜補遺：前漢張騫傳：武帝發書易，卜曰：神馬當從西北來。得烏孫馬好，名曰天馬。及得大宛汗血馬益壯，更名烏孫馬曰西極馬，宛馬曰天馬。渥注，天馬事，詳見沙苑行、驄馬行元注。趙云：此篇專賦天馬也。浮雲連陣没，秋草徧山長。趙云：此以形容馬之多也。聞説真龍種，天馬，龍種也。仍殘老驌驦。見「驌驦一骨獨當御」注。趙云：龍種正言天馬乃神龍之種。左傳：唐成公如楚，有兩驌驦。酉陽雜俎載：肅霜，本俊鳥，而馬形如之。殘者，餘也。唐人語以餘爲殘。末句蓋言所餘之驌驦以遺而不用於戰，故哀鳴思戰鬬也。豈非公自況耶？使當時用公如張鎬，則廟謨神算必能破賊矣。哀鳴思戰鬬，迥立向蒼蒼。

右五

城上胡笳奏，山邊漢節歸。趙云：胡笳，胡人卷蘆葉吹之，名曰胡笳。李陵書云：胡笳互動。蘇武在匈奴中，持漢節卧起。胡笳奏，言用兵以禦吐蕃也。時吐蕃既侵陷州郡，又欲請和而爲之通使也。防河赴滄海，奉詔發金微。杜補遺：續唐書通典：羈縻州有金微州，隸振武軍。趙云：防河赴滄海，則吐蕃雖旋請和，而出入不常，則河又不可不防矣。滄海，豈指青海邪？考之地理，洮州之北河州，河州渡河則鄯州，鄯州之北則青海也。若杜補遺所引金微，其説是。蓋僕固懷恩傳：貞觀二十年，鐵勒九姓大酋領率衆降，分置瀚海、燕然、金微、幽陵等九都督府，別爲蕃州，以僕骨歌濫拔延爲右武衛大將軍金微都督。今云發金微，則防河之士自金微而發也。士苦形骸黑，旌疎鳥獸稀。那堪往來戍，恨解鄴城圍。鄴城，史思明所據。恨解圍者，言士苦於征戍而恨賊之未平也。趙云：言士卒勞苦，故形骸黑。旌疎鳥獸稀，一説謂旌旗疎零，其上所畫之鳥獸稀少矣。周禮曰：熊虎爲旗，鳥隼爲旟。此乃鳥獸之義，以暗言戰不勝，而士卒勞苦，旌旗彫疎。然恐杜公不敢變旗旟二字爲旌，變熊虎鳥隼四字爲鳥獸。一說謂旌之羅列疎遠，鳥驚獸駭而稀。然旌多稠密，則方有鳥驚獸駭之理，而稀則未必然。二説如此，以俟博者辨之。惟師民瞻本作「林疎鳥獸稀」，亦於戍兵無説。豈以戍兵過往，殘伐林木而稀邪？末句正言西邊既苦吐蕃之戰，而鄴城之圍，既圍復解，史賊猶未平，則役戍疲於往來，所以爲恨。

右六

莽莽萬重山，孤城山一作石。谷間。無風雲出塞，不夜月臨關。杜補遺：解道康齊地記曰：齊有不夜城，蓋古者有日夜中照於東境[一]，故萊子立此城，以不夜爲名。是詩云不夜，蓋月之時如晝也。趙云：風飄則雲散，故云出塞以其無風。月臨關，所以不夜。神仙傳：王母所居，寶樹萬條，瑤幹千尋，無風而音韻自響。江洪詠薔薇詩：不搖香已亂，無風花自飛。不夜，杜田所引是，其事已載前漢地理志注中矣。或曰：今秦州有無風塞、不夜城，蓋亦後人因杜詩而爲之名也。屬國歸何晚？樓蘭斬未還。蘇武歸漢，爲典屬國。傅介子傳：先是龜茲、樓蘭嘗殺漢使者。介子持節使，誅斬樓蘭王安歸首，懸之北闕[二]。趙云：指言吐蕃之使也。公之意尚怒吐蕃之或叛或欲和，而思使者斬之也[三]。煙塵一長望，衰颯正摧顏[四]。

右七

【校勘記】

[一]「蓋古」，文淵閣本作「自古」。

〔二〕「蘭嘗殺漢使」五字、「歸首懸之」四字，底本漫滅，據文淵閣本、文津閣本、文瀾閣本、清刻本、排印本補。

〔三〕「吐蕃之使也公之意」八字、「和而思使者斬之也」八字，底本漫滅，據文津閣本、文瀾閣本、清刻本、排印本補。其中，「思使者斬之也」文淵閣本作「思者也斬之也」，奪「使」字，衍「也」字。

〔四〕「顏」，底本漫滅，據文淵閣本、文津閣本、文瀾閣本、清刻本、排印本補。

聞道尋源使，從天此路迴。張騫尋河源。牽牛去幾許，博物志：昔有人乘查泛河〔一〕，忽忽不知晝夜。至一處，多見織女，有一丈夫牽牛渚次飲之。歸，問嚴君平，君平曰：某日客星犯牛女。宛馬至今來。見宛馬總肥春苜蓿注。趙云：時遣使與吐蕃和，云尋源使，則借張騫以爲言也。博物志載乘槎事，以爲後漢時人，而公屢使作張騫。梁庾肩吾奉使江州船中七夕詩曰：漢使俱爲客，星槎共逐流。亦以漢使貼星槎事使，蓋因話録所謂詩家承襲也，故繼曰牽牛去幾許，正用乘槎者至天河逢見牽牛丈夫。宛馬至今來，則望吐蕃既和而西域皆通貢也。一望幽燕隔，何時郡國開？時幽燕在賊境，郡國未寧也。東征健兒盡，羌笛暮吹哀。士多死亡，哀憤之氣，形茲羌笛也。趙云：以幽燕未平，郡國未開，故健兒皆東征，聞羌笛而可哀也。

右八

【校勘記】

〔一〕「查」，排印本作「槎」。

今日明人眼，臨池好驛亭。叢篁低地碧，高柳半天青。叢篁低地、高柳半天，是亦傷君子沈下位也。公之命意多有如此者。趙云：叢篁、高柳，止道實景，舊注穿鑿。蓋篁之與柳，何用分君子、小人？觀下句云稠疊多幽事〔一〕，正言有池、有竹、有柳爲幽事，豈有譏誚乎！稠疊多幽事，稠疊，猶重疊也。趙云：謝靈運過始寧墅詩云：巖峭嶺稠疊。喧呼閱使星。時亂，民喜見使者，故喧呼。晉志：流星，天使也。漢李郃指使星以示二使。趙云：指往來使吐蕃者。老夫如有此，不異在郊坰。有此，謂有此亭也。

右九

【校勘記】

〔一〕正文「叢篁低」三字，注「柳半天是亦」五字、「也公之命意多有」七字、「道實景舊注穿」六字、「君子小人觀下句」七字，底本漫滅，據文淵閣本、文津閣本、文瀾閣本、清刻本、排印本補。

雲氣接崑崙，涔涔塞雨繁。羌童看渭水，使客向河源。趙云：崑崙山乃河源所出，秦州詩而言雲氣接崑崙，崑崙雖云去嵩高五萬里，而大率在西方之遠地，爲張大之語，則雲氣可接爲不足怪。如夔州古柏而云月出寒通雪山白也〔一〕。既云雲氣接崑崙，故又曰使客向河源。涔字，積雨曰涔。出淮南子，又倣前漢頭痛涔涔也。羌童看渭水，似言吐蕃之兵窺覷渭水，而朝廷使客如張騫之向往河源也。史記，司馬遷雖云烏覩所謂河源者哉！子長蓋以崑崙之遠，非人跡所能即至，若詩家則用其美事爾。煙火軍中幕，牛羊嶺上村。所居秋草淨〔二〕，正閉小蓬門。

右十

【校勘記】

〔一〕「如」，中華訂補作「而」。

〔二〕「淨」原作「靜」，據二王本杜集卷十、錢箋卷十改。

蕭蕭古塞冷，漠漠秋風一作雲。低。黃鵠翅垂雨，薛云：文選：黃鵠一遠別〔一〕，千里顧徘徊。蒼鷹飢啄泥。亦自傷也。薊門誰自北？鮑照有出自薊門北。趙云：薊門，指言安、史也。出自薊門北，樂府有之，不獨鮑照耳。誰自北，則公問收復燕、薊者誰也。漢將獨征西。

不意書生耳，臨衰厭一作見。鼓鞞。趙云：指言往吐蕃之人。漢有征西將軍。

右十一

【校勘記】

〔一〕「別」，原作「則」，據清刻本、排印本並參文選卷二十九蘇武詩改。

山頭南郭寺，水號北流泉。師云：寰宇記：秦州天水縣，有水一泒北流入長安縣界。老樹空庭得，清渠一邑傳。秋花危石底，晚景卧鐘邊。一作前。俛仰悲身世，溪風爲颯一作肅。然。趙云：秋花在危石之底，晚景照卧鐘之邊，皆道實事。蓋寺有卧鐘故也。鮑明遠詠史詩：身世兩相棄。蘭亭序云：俛仰之間，已爲陳迹。

右十二

傳道東柯谷，深藏數十家。對門藤蓋瓦，映竹水穿沙。趙云：公後有示姪佐詩，自注云：佐草堂在東柯谷。則東柯谷乃秦州境中之地。瘦地翻宜粟，師云：崔融詩：瘦地秋草短。陽坡可種瓜。杜補遺：毛文錫茶譜云：宣州宣城縣有塢如山，其東爲朝日所燭，號曰陽坡，其茶最勝。太守常薦於京洛人事。題曰：陽坡横紋茶。是詩所謂陽坡，其亦以日所燭故歟？趙云：此言東柯谷中之瘦地與陽坡也。種栗當在肥地，而瘦地翻自宜粟，言東柯谷中之地無不好者。陽坡，向陽之坡，如所謂陽崖、陽岡、陽陸、陽林也。或云：秦州有陽坡、瘦地。豈後人因杜而名耶？若元稹詩：陽地自尋蕨，村沼且漚菅。亦地名乎？種瓜正要日照，阮籍詩曰：昔日東陵瓜，今在青門外。五色曜朝日，子母相鈎帶。可見矣。

船人近相報，但恐失桃花。桃花，水也。俗以三月水爲桃花水。趙云：東柯谷雖不可考，意者自秦州必乘水而往。末句用桃花字，意以東柯谷爲桃源也。船人報恐失桃花，則公欲往不往之際矣。舊注以爲桃花水，誤矣。蓋失桃花水之候，則水尤肥漲，何損於行船乎？又前篇云漠漠秋雲低，秋花危石底；後篇云邊秋陰易夕，地僻秋將盡，皆秋時詩耳，與三月桃花水尤不相干。桃花，言桃源也。

右十三

萬古仇池穴，潛通小有天。志：世說仇池有地穴，通小有洞天，中有神魚，食之者仙。鮑云：按唐志：成州同谷縣有仇池〔一〕，與秦城接壤。東坡云：趙德麟曰：仇池，小有洞天之附庸也。王仲至曰：吾嘗奉使過仇池，有九十九泉石，萬山環之，可以避世如桃源。杜補遺：茅君內傳：大天之內有玄中洞三十六所：第一王屋山之洞，周回萬里，名曰小有清虛之天；第二委羽之洞，周回萬裏，名曰大有穴明之天。故子美憶昔云「北尋小有洞」之句。趙云：此篇賦仇池也，並見送韋十六評事詩注。

神魚人不見，福地語真傳。仙經有福地、鎮地，皆以名山或洞府爲之也。薛云：按遺書有三十洞天，七十二福地。

近接西南境，長懷十九泉。何時一茅屋，送老白雲邊！趙云：公詩所謂通小有、十九泉、神魚事，皆是紀實，但不見仇池記考之耳。世有福地記。福地，則凡名山，多有福地。

右十四

【校勘記】

〔一〕「成州」，文淵閣本作「戍州」，訛。

未暇泛滄海，悠悠兵馬間。塞門風落木，一云塞風寒落木。客舍雨連山。阮籍行多興，見昔者龐公注。趙云：前篇云防河赴滄海，則滄海專指西海也。阮籍行多興，按魏氏春秋曰：籍時率意獨駕，不由徑路，車跡所窮，慟哭而返。今言多興，則紀其初行時也。龐公隱不還。龐公隱不還，龐德公攜妻子隱於鹿門山，採藥不反。隱不還，正欲慕之也。東柯遂疎懶，休鑷鬢毛班。杜補遺：南史：鬱林王年五歲，戲高帝傍。帝令左右鑷白髮，問王：我誰耶？答曰太翁。帝笑曰：豈有爲人作曾祖而拔白髮乎？即擲鏡鑷。趙云：此句言得遂東柯谷之隱，則凡事疎懶，亦不暇鑷鬢毛矣。

右十五

東柯好崖谷，不與衆峰群。落日邀雙鳥，晴天卷片雲。野人矜險絕，水竹會平分。採藥吾將老，童兒未遣聞。趙云：野人矜險絶，則東柯之人自矜其地險絶，此已含蓄可避世之意，將與野人分水竹之景也。九辯云：皇天平分兮四時。

右十六

邊秋陰易夕，不復辨晨光。謝朓詩：曉星正寥落，晨光復泱漭〔一〕。趙云：陶淵明：恨晨光之熹微。鮑照詩在後。簷雨亂淋幔，山雲低度墻。鸕鷀窺淺井，蚯蚓上深一作高。堂。鸕鷀窺淺井，無食也。蚯蚓上深堂，室空也。趙云：以積雨久陰而然也。車馬何蕭索，門前百草長。趙云：暗使張仲蔚所居蓬蒿滿門，寂無車馬事。

右十七

【校勘記】

〔一〕「謝朓詩曉星正寥落」二句，「謝朓」原作「鮑照」，檢「曉星正寥落」二句，文選卷二十一、齊詩卷三作謝朓京路夜發，當是誤置，據改。

地僻秋將盡，山高客未歸。塞雲多斷續，邊日少光輝。江淹恨賦：摇風忽起，白日西匿。隴雁少飛，岱雲寡色。又秋日蕭索，浮雲無光。**警急烽常報，傳聲檄屢飛。**鮑明遠：羽檄起邊亭，烽火入咸陽。杜補遺：光武紀：王郎移檄。注：說文曰：檄以木簡爲書，長尺二，以徵召也。魏武奏事曰：若有急，則插以雞羽，謂之羽檄。烽事，見送從弟亞赴安西判官「連山暗烽燧」補遺。趙云：客未歸者，公自謂也。烽，謂烽候。甘氏天文占曰：虜至則舉烽火十丈。如今井桔槔，火錘其頭，若警備急，然火其頭，放之，權重，本低則末仰，見烽火也。飛檄字，潘安仁關中詩云：飛檄秦郊，告敗上京。漢高祖曰：吾以羽檄徵天下兵。**西戎外甥國，何得近天威！**左傳曰：天威不違顏咫尺。薛云：按唐書：景龍四年，以金城公主下嫁吐蕃。乾元元年，肅宗以幼女寧國公主下降回紇。爾雅曰：妻之父爲外舅。郭璞曰：謂我舅者，吾謂之甥，然則亦呼婿爲甥。孟子曰帝館甥于貳室是也。唐書：贊普奉表言甥舅。趙云：指言吐蕃爲贊普尚主也。近天威，言其敢有窺帝都之心。

右十八

鳳林戈未息，魚海路常難。師云：寰宇記：陝州有鳳林十道者，潞州上黨縣有魚子陂。按肅宗紀：至德二載，安慶緒陷陝郡，九月陷上黨。**候火雲峰峻，**烽候之火，夏雲多奇峰。**縣軍幕井乾。**縣軍，謂路險阻，縣之使下也。鄧艾伐蜀，縣軍深入。幕，一作暮。杜補遺：周禮：挈壺氏掌挈壺以令軍事[一]。凡軍事，縣壺以聚欜。易曰：井收勿幕。趙云：郭子儀取魚海五城，乃此魚海也。候火，烽候之火也。言烽燧在雲峰，峭峻之上。謝靈運詩：滅迹入雲峰。禮：挈壺氏掌挈壺以令軍事。其説是。井收勿幕，解者以井口曰收，勿幕則勿遮幕之。今公但使其字意，言軍旅之衆，飲井者多，而所幕之，井乾其縣示軍中之器以表此井也。舊注縣軍字偶相犯耳。**風連西極動，月過北庭寒。**趙云：上句因吐蕃之亂，下句因幽、薊之師而有所感也。

故老思飛將，李廣，飛將軍。何時議築壇？漢高祖築壇拜韓信爲大將。

右十九

【校勘記】

〔一〕「事」，參周禮注疏卷三十「掌挈壺以令軍井」句，「事」當作「井」。

唐堯真自聖，野老復何知。莊子所謂帝力何有於我哉。趙云：唐堯，謂肅宗也。野老，公自謂也。曬藥能無婦，應門幸有兒。李令伯表：內無應門三尺之童〔一〕。世說：荀淑使叔慈應門〔二〕，慈明行酒。趙云：此以實事道懷耳。藏書聞禹穴，司馬遷年十歲誦古文，二十而南遊江淮，上會稽，探禹穴，窺九疑。讀記憶仇池。憶，一作悟。杜補遺：後漢西南夷傳：白氏居河池，一名仇池。注云：在今成州上祿縣南。仇池記曰：仇池百頃，壁立千仞，自然樓櫓却敵之狀，分置調均，竦起數丈，有踰人功。爲報鴛行舊，鷦鷯在一枝。見卑棲但一枝注。趙云：藏書聞禹穴，言禹穴藏書也。其地在南，聞之而已，未可遂往，以引下句讀記憶仇池。仇池，在同谷郡，公有欲往之意，故讀記而懷之。仇池，隴右之福地，前篇可見。鴛行，指言平日同禁省之人。朝臣，故謂之鴛鷺行也。鷦鷯一枝，公自謂也，出莊子：鷦鷯巢於深林，不過一枝。

右二十

【校勘記】

〔一〕「三」，清刻本、排印本作「五」。

〔二〕「叔慈」，原作「叔明」，訛，據世說新語箋疏德行第六條改。

月夜憶舍弟

戍鼓斷人行，戍樓鼓也。邊秋一雁聲。言孤也。露從今夜白，月是故鄉明。師云：謝莊月賦：隔千里兮共明月〔一〕。子美工於用字，析而倒言之，故其語勢尤健。如別來頭併白，相見眼終青之類是也。有弟皆分散，一作羈旅。無家問死生。亂離流落，故無家也。趙云：此篇七月中所作也。月令：孟秋之月，涼風至，白露降。今云露從今夜白者是已。公之二弟方賊亂時，一在濟州，一在陽翟，故言皆分散。無家問死生，又指其弟之無家耳。左傳：鄭莊公云：寡人有弟，不能和協，而使餬其口於四方。史記：馮驩彈劍鋏而歌曰：長鋏歸來乎，居無以爲家。一作有弟皆羈旅，非。寄書長不達，況乃未休兵。

【校勘記】

〔一〕「謝莊月賦」二句，「謝莊月賦」原作「江淹別賦」，檢別賦無「隔千里兮共明月」句，考文選卷十

三、全宋文卷三十四謝莊月賦有此句，當是誤置，據改。

宿贊公房京師大雲寺主謫此安置。

杖錫何來此，秋風已颯然。雨荒深院菊，霜倒半池蓮。放逐寧違性，性安窮達，不以放逐而違爾。虚空不離禪。釋經以禪宗爲空門。相逢成夜宿，隴月向人圓。師云：古詩：隴頭圓月白。趙云：虚空字，指言其所放逐之地在空寂之處。莊子徐無鬼篇曰：逃虚空者，聞人足音而喜是已。夫有道之人，豈以放逐而遂改其性？況其空寂之處正亦是禪家所宜矣。

東樓

萬里流沙道，流沙，地名。老子西涉流沙而不返。征西過此門。晉漢有征西將軍官。但添新戰骨，不返舊征魂。一作但添征戰骨，不返死生魂。趙云：流沙，則自秦州而西往也。師民瞻本作西行過此門，是。蓋泛言西行之人出此西門耳，與征魂不相犯。樓角臨風迥，城陰帶水昏。傳聲看驛使，送節向河源。趙云：樓角，樓之邊角也。臨風迥，以言其高。言及城陰，則樓傳於城上。何遜詩：城陰度塹黑。末句又以言遣使與吐蕃和時。吐蕃旋戰旋請和，故爾。又暗用張騫奉使尋河源事，所以比使者如張騫也。

雨晴 一作秋霽。

天水秋雲薄，秦爲天水郡。從西萬里風。趙云：指言秦州之天水也。陸士衡前緩聲歌云：長風萬里舉。今朝好晴景，久雨不妨農。以得時也。塞柳行疎翠，山梨結小紅。胡笳樓上發，一雁入高空。趙云：行音杭。張祜詩：萬人齊指處，一雁落寒空。句法亦與此同，蓋唯一雁字方好。

寓目 趙云：左傳：得臣與寓目焉。

一縣蒲萄熟，秋山苜蓿多。西域人好飲蒲萄酒，馬食苜蓿。貳師伐宛，將種歸中國也。杜補遺：永徽圖經曰：蒲萄生隴西五原燉煌山谷，今處處有之。苗作藤蔓，而極大盛者一二本綿被山谷間。花極細而黄白色。其實有紫、白二色，而形之圓鋭亦二種。又有無核者。謹按史記：大宛以蒲萄爲酒。張騫使西域，得其種而還種之，中國始有。蓋北果之最珍者。神農本草云：苜蓿，味苦平無毒，主安中利人，可久食。陶隱居云：長安中，乃有苜蓿園，北人甚重此，南人不甚食之，以其無味故也。廣韻載史記云：大宛國馬嗜苜蓿，漢使所得，種於離宮。又玉篇云：漢書：罽賓國多苜蓿，宛馬所嗜，本作目宿。趙云：此篇題名寓目，皆實道其事。蒲萄，果名；苜蓿，草名。二物本西北所有，因張騫自大宛帶種歸中國，故近西之地多有之。苜蓿以飼馬，關陝人亦食之。薛令之詩云：朝日上團團，照見先生槃。槃中何所有？苜蓿長闌干。是也。梁劉孝儀北使還與永豐侯書曰：馬銜苜蓿，嘶立故墟〔一〕。人獲蒲萄，歸種舊里。則二物西北之産明矣。關雲常帶雨，塞水不成河。羌女輕一作摇。烽燧，胡兒制一作掣。駱駞。趙云：關雲、塞水、羌女、胡兒，皆所寓目之事。烽燧，一物二名。燃火曰烽，舉煙曰燧。自傷遲暮眼，喪亂飽經過。楚詞云：傷美人之遲暮。阮籍詠懷云：西遊咸陽中〔二〕，趙李相經過。飽，厭也。蓋如石勒謂李陽云：卿亦飽孤毒手。公詩又曰：老樹飽經霜。

【校勘記】

〔一〕「嘶」，底本模糊，據文淵閣本、文津閣本、文瀾閣本、清刻本、排印本補。

〔二〕「西」，原作「四」，訛，據文淵閣本、清刻本、排印本改。

山寺

野寺殘僧少，山園細路高。麝香眠石竹，麝鹿也。鸚鵡啄金桃。亂石通人過，懸崖置屋牢。上方重閣晚，百里見纖毫。趙云：此篇實道山寺之景物耳。石竹，川中綉竹花也。麝香、鸚鵡，言僧家所養者。上方，言在山上之方境也。亂石〔一〕，一作亂水。

【校勘記】

〔一〕「亂石」，原奪，據清刻本、排印本補。

即事

聞道花門破，前有留花門詩。和親事卻非。人憐漢公主，生得渡河歸。杜補遺：按唐史：回紇自肅宗即位，遣使來請助討賊祿山。太子葉護自將四千騎來在所，命同王師進收長安。嚴莊挾安慶緒棄東京北渡河。回紇大掠東都三日，府庫窮殫。葉護還京師，帝遣群臣勞之長樂。帝坐前殿，召葉護升階席，宴且勞之。葉護頓首言：留兵沙苑，臣歸料馬，以收范陽，除殘盜。乾元元年，回紇請婚，許之以幼女寧國公主下嫁。明年可汗死，公主以無子得歸。秋思抛雲鬢，腰支賸寶衣。群凶猶索戰，回首意多違。趙云：公主以秋八月自回紇還。今云「愁思抛雲鬢，腰支賸寶衣」，則猶以無緒而不事梳沐且亦癯瘦也。然首兩句云「聞道花門破，和親事却非」，則若便有犯順之作，中國與戰而破之，所以失和親之好。然於新、舊史皆無所考。其後犯順，自是寶應二年，相去公主之歸乃四年也，而又無破之之事。豈公主才歸之後便爲寇，而中國能破敗之邪？末句則意與首句尤相應。蓋初爲和親之因，以藉其來助；和親既非而索戰，則所以藉之之意又違矣。觀代宗即位，又使劉清潭徵兵以脩舊好，却先爲史朝義誘之而爲寇，斯乃意違之證，但非公主才歸之後耳。俟明識辨之。後漢：陳蕃上疏曰：群凶側目，禍不旋踵。魏公九錫文曰：群凶覬覦，連城帶邑。

遣懷

愁眼看霜露，寒城菊自花。天風隨斷柳，客淚墮清笳。水淨樓陰直，山昏塞日斜。夜來歸鳥盡，啼殺後栖鴉。趙云：此詩直道事實，末句感物以爲興耳。

天河

師云：揚泉物理論：水之精氣上浮，宛轉隨流水，名曰天河也。新添：毛詩：倬彼雲漢，昭回于天。箋云：雲漢，謂天河也。天河，水氣也。精光轉運於天而倬然。

常時任顯晦，秋至輒一作轉。分明。天河至秋則顯見，人目爲銀河。師云：庾亮詩：天河秋轉明。縱被微雲掩，終能一作當非。永夜清。賢人雖則爲群小所掩，然終不害其明也。趙云：師民瞻本輒字作轉，極是。蓋秋已前非無天河也，但或顯或晦，非若秋時之轉轉分明耳。而選有云：寧顯寧晦。頷聯兩句雖實道其事，若以爲寄興亦可，蓋言小人終不能掩君子也。含星動雙闕，伴月落邊城。牛女年年渡，何曾風浪生。世說牽牛、織女二星，七夕渡河相聚。趙云：天河在上所臨之處，詩人皆可想。含星動雙闕，則言長安帝闕；伴月落邊城，却指秦州之城。雙闕，祖出先聖本紀曰：許由欲觀帝意，曰：帝坐華堂面雙闕，君之榮願亦足矣。其後古詩：雙闕百餘尺。鮑照結客少年行云：雙闕似雲浮。史記：士蔿曰：邊城少寇。而長楊賦：永無邊城之警。曹子建白馬篇：邊城多警急。河與星謂之動，昔漢武時，星辰影動摇。河漢與月皆謂之落，鮑明遠翫月詩云：夜移衡漢落〔一〕。牛女渡河事，出齊諧記曰武丁者事。

【校勘記】

〔一〕「衡」，原作「衝」，訛，據玉臺新詠卷四、文選卷三十、宋詩卷九鮑照翫月城西門改。

初月

趙云：初月者，才出之月也，非如鈎新月之謂，與成都府古詩，初月出不高同義矣。

光細弦初趙作豈。上，影斜輪未安。師云：小雅：如月之恒。箋云：月上弦而就盈。李偶賦：波水蕩而月輪斜。此蓋譏肅宗始明而終暗也。趙云：易乾鑿度曰：月三日成魄，八日成光。在尚書三日謂之朏，則言其始出也。齊虞羲詠秋月云：初生似玉鈎，裁滿如團扇。所謂初月者，有始生之月，有才出之月。始生之月，乃似玉鈎之月也，在古人止謂之新月。梁蕭綸有詠新月詩是已。其成光之際，則名曰弦。今曆家每於八日標爲上弦。釋名論月曰：弦，半月之名也。其形一旁曲，一旁直，若張弓弦也。既爲半月之名，亦非止名新月矣。梁何遜望初月詩云：初宿長淮上，破鏡出雲明。狀之爲破鏡，亦以言月之半，而題曰初月，則以才出之月名初月也。今公所賦亦然，非謂三日已後，八日已前之月也。梁庾肩吾望月詩曰：渡河光不濕，移輪轍詎開。在月言光與輪，此八日已後之月。今公詩首句云：光細弦豈上，影斜輪未安。蓋亦以月於八日成光，成光則名上弦矣，而光之細，則以其初出也，豈是上弦之光乎？崔豹古今注云：漢明帝作太子時，樂人以歌四章贊太子之德：一曰日重光，二曰月重輪，三曰星重曜，四曰海重潤。則輪字專以言月，不必於滿而後爲輪也。庾肩吾詩：星流時入暈，桂長欲侵輪。劉孝綽詩：輪光缺不半，扇影出將圓。謂之欲侵，謂之光缺，則不必於滿而後爲輪矣。今公以月之初出，其影尚斜，將欲滿而成輪，但未安而全露也。微升古塞外，已隱暮雲端。言易落也。杜補遺：是詩肅宗乾元初，子美在秦州避亂時作。微升古塞外，喻肅宗即位於靈武也；已隱暮雲端，喻肅宗爲張后與李輔國所蔽也。按唐史：肅宗即位於靈武，立淑妃張氏爲后。后善牢籠，稍稍預政事，與中人李輔國相助，多以私謁撓權。徙太上皇西内，譖寧王倓賜死，皆其謀也。及肅宗大漸，挾越王係謀危太子，卒以誅死。趙云：月賦云：升清質之悠悠。月之初出，自低而升高，故曰升。今公詩云：微升古塞外，則言才出之月明甚。蓋成魄之月才出便在天半，不假言升也。與成都府古詩云：初月出不高同意。爲是秦州賦詩，故著言古塞外。李陵曰：塞外草衰。有塞外字，而上貼之以古爲古塞外。枚乘詩曰：美人在雲端。有雲端字，而上貼之以暮爲暮雲端，此又詩人之工也。世傳魏道輔云，意主肅宗也，如韓詩「煌煌東方星」。洪興祖謂其順宗時作乎？東方，謂憲宗在儲也。杜田因而立論，則好爲穿鑿者矣。蓋以月言人君已不爲善取譬，況自至德之元，逮乾元之元，肅宗即位已三年矣，豈得以月之微升比即位乎？河漢不改色，關山空自寒。趙云：言月才出時便隱，惟河漢不以月之朓朒弦望而輒改其倬彼之色，關山當此時亦空自寒也。庭前有白露，暗滿菊花團。趙云：白露，則以著言初秋時矣。蓋月令：孟秋之月，白露降也。團字韻則詩云零露漙兮，雖止是漙字，而選載謝玄暉詩：猶霑餘露團。又江文通云：簷前露已團。則用團字，張景陽詩：輕露栖叢菊。謝惠連擣衣詩：白露滋園菊。

歸燕

此詩公托意以自喻。自東樓下皆有所感而作，然以前賢措意，皆起一時之興，故不敢妄生意思，曲爲穿鑿也。

不獨避霜雪，其如儔侶稀。四時無失序，八月自知歸。言四時迭運自得其序，而以炎凉往來者，乃燕之自知爾。趙云：蓋燕之歸當八月，似將避霜雪而往。今又爲儔侶稀而歸，則據所見之燕，其去在衆燕之後矣。所謂四時無失序，八月自知歸，此亦暗有事意。周書時訓曰：立秋之日，凉風至，後五日白露降，後五日寒蜩鳴，後五日玄鳥歸。故燕之歸不失四時之序也。春色豈相訪，衆雛還識機。故巢儻未毁，會傍主人飛。趙云：上句乃問燕之辭，言明年春色之時，豈卻相訪乎？蓋有不相訪而往别家爲巢之理。衆雛還識機，言别家容有害之者，衆雛識機，以我不致害之，自再相訪也。末句結之云，此代燕之爲言也。師云：禰衡鸚鵡賦：憫衆雛之無知。

擣衣

謝惠連有擣衣詩。

亦知戍不返，秋至拭清砧。砧，擣衣石也。秋至拭砧作寒衣也。已近苦寒月，況經一作驚。長别心。

言征伐之苦，不保其死生。寧辭擣衣倦，一寄塞垣深。師云：古詩：閨中有一婦，擣衣寄遠人。垣城，墻也。塞垣，邊城。用盡閨中力，君聽空外音。砧聲也。

促織

促織甚微細，秋蟲也。哀音何動人。草根吟不穩，牀下夜相親。久客得無淚，故妻難及晨。久客，故妻皆羈苦易感者也。趙云：牀下夜相親，則婦女及小兒子多置於牀下也。小説載宫人以金籠盛之，蓋有之矣。沈休文宿東園詩有云：樹頂鳴風飈，草根積霜雪。十月蟋蟀，入我牀下。新添：王褒傳：蟋蟀竢秋唫。師古注：今之促織也。毛詩：十月蟋蟀入我牀下。蓋自野而宇，自户而牀。箋謂著將寒有漸，非卒來也。若云取而置之牀下，則失夜相親之意矣。悲絲一作絃。與急管，感激異天真。絲管之感人，不若蟲聲之自然也。趙云：暗用晉書絲不如竹，竹不如肉，以其漸近自然。故絲管之聲，不若蟲聲之天真也。

螢火

幸因腐草出，敢近太陽飛。月令：腐草化爲螢。太陽之光，固非螢火之可近，喻小有才而侵侮大德者。西晉傅咸螢火賦云：雖無補於日月兮，期自竭於陋形。當朝陽而戢景兮，必宵昧而是征。韋承慶直中書省詩云：螢光向日盡，蚊力負山疲。趙云：梁蕭和螢火賦云：見晨禽之曉征，悲扶桑之吐曜。梁沈旋詩云：雨墜弗虧光。陽昇反奪照。則螢火之不敢傍日飛矣。未足臨書卷，時能點客衣。隨風隔幔小，帶雨傍林微。十月清霜重，飄零何處歸？趙云：用車胤事。蓋聚螢之多，然後可以照字也。庾信：書卷滿牀頭。又：天寒舟坂客衣單。梁朱超：可念無端失林鳥，此夜逆風何處歸。

蒹葭

摧折不自守，生質衰脆，不能自守。秋風吹若何？暫時花戴雪，幾處葉沈波。言非歲寒之質也。體弱春風一作甲，一作苗。早，師云：沈約賦：挺春甲而前生。叢長夜露多。江湖後搖落，亦一作只。恐歲蹉跎。趙云：末句似費解。蓋言今在秦州所見之蒹葭已搖落矣，尚餘時月之光景。江湖之上，其物在後搖落，亦恐當歲之暮，有可傷之意。九辯：草木搖落而變衰。阮籍詩：白日忽蹉跎〔一〕。言其晚也。

【校勘記】

〔一〕「阮籍詩」二句，「阮籍」原作「曹子建」，檢曹子建詩無「白日忽蹉跎」句，考魏詩卷十阮籍詠懷詩八十二首其五有此句，當是誤置，據改。

苦竹

青冥亦自守，軟弱强扶持。猶强自振立也。趙云：楚辭：據青冥而攄虹。青冥，雲霄間之貌。蓋指苦竹在高山上者，而言苦竹本野生之物，宜在高山之上。其物叢生，軟弱則然矣。味苦夏蟲避，叢卑春鳥疑。軒墀曾不重，剪伐欲無辭。幸近幽人屋，霜根結在兹。質雖疲軟，然得其托，亦足保其生矣。趙云：莊子：夏蟲不可語於冰。周禮：仲春羅春鳥。下四句方言種人家軒墀者，有不重而剪伐之，若在幽人之家，方有保護結根之理。

除架瓜架也。

束薪已零落，瓠葉轉蕭疎。趙云：西人方言直謂之除架，如甜瓜謂之收園也。瓜架之初，必以薪爲之，今瓜已摘而架上之薪零落矣。瓠即瓜也。毛詩有瓠葉字。幸結白花了，寧辭青蔓除。趙云：瓜初花其色白。結白花則爲瓜實矣。實既結則其蔓可除。架除而棲托。秋蟲聲不去，暮雀意何如？蟲鳥失也。寒事今牢落，人生亦有初。言未生之初，則作架以承之，纔結花則有將實之望，而其意稍怠矣。故架壞則除去而不修也，亦猶人事鋭始而怠終爾。趙云：賦詩在秦州，意言寒事雖牢落，則爲客之不堪如此。然人生未嘗無初，則公之初在太平之時，文采動上，聲譽烜赫，本不如是之牢落也。上林賦云：牢落陸離。左傳：夫魯有初。而謝靈運會吟行云：會吟自有初。

夕烽

夕烽來不近，每日報平安。塞上傳光小，雲邊落點殘。照秦通警急，過隴自艱難。聞道蓬萊殿，千門立馬看。師云：長安有蓬萊殿〔一〕，東内紫宸殿之北。觀此則時可知矣。趙云：光武紀修烽燧注甚悉。烽則有一炬、二炬、四炬。志每日初夜舉一炬謂之平安火，餘則隨寇多少而爲差，乃警急之報矣。餘見秦州雜詩及寓目詩注。此篇前四句言平安之報，後四句言警急之報。時吐蕃或侵害，或請和故也。警急字出前漢書，而曹子建白馬篇：邊城多警急，胡虜數遷移。過隴而艱難，則安史之兵猶出没隴上矣。蓬萊殿，在東内大明宫。千門，則所謂千門萬户也。

【校勘記】

〔一〕「有」，原作「者」，訛，據清刻本、排印本改。案，「有」文津閣本作「秦」，訛。

秋笛一作吹笛。

清商欲盡奏，奏苦血霑衣。五音惟商爲最悲，蓋商主秋而有寥落之意也。趙云：笛一曲謂之奏。方笛之吹商聲，所不堪聞。而今欲盡奏以全其曲，則聞者宜有霑衣之血，淚盡繼之以血也。庾信哀江南賦：望赤岸而霑衣。江文通詩：零淚霑衣裳。他日傷心極，征人白骨歸。趙云：今日聞商聲而霑衣猶可也，它日士有死於戰而以白骨歸時，若聞此聲，尤傷心之極矣。相逢恐恨過，故作發聲微。趙云：於此相逢吹笛之人，所吹每恐恨過，乃故意作發聲微細以泄其恨。此與平時吹笛不同矣。相逢兩字主聽吹笛者言之，則公自云也。不見秋雲動，悲風稍稍飛。言笛聲哀切，風雲亦爲之淒慘也。師云：古詩：角聲起蒼野，秋雲愁不飛。趙云：言不獨人愁而已，雖天亦愁，故雲動而風飛也。不見者，言豈不見之乎〔一〕？古詩歌行多言君不見，而此直云不見，其字起於鮑明遠。

【校勘記】

〔一〕「不」，文淵閣本作「可」。

送遠

帶甲滿天地，盜賊充斥，時方用兵也。趙云：史記：蘇秦帶甲數十萬。莊子：原憲歌商頌，聲滿天地。胡爲君遠行？親朋盡一哭，楚辭：悲莫悲於生別離。鞍馬去孤城。草木歲月晚，關河霜雪清。別離已昨日，因見古人情。師云：胡毋潛詩：只因君別我，再見古人情。趙云：別離非獨今日，已是昨日如此矣。此所以見古人情也。楚辭曰：悲莫悲於生別離。則古人之情豈不可見哉？昨日字出莊子並韓詩外傳。

觀兵

北庭送壯士，燕太子送荊軻於易水上，軻歌曰：壯士一去不復還。貔虎數尤多。書：如虎如貔。杜補遺：爾雅：貔，白狐，其子豰。注：一名執夷，虎豹之屬。詩曰：獻其貔皮。陸機疏云：貔似虎，或曰似熊，一名白狐。遼東人謂之白羆。炙轂子載貔銘曰：書稱猛士如虎如貔，亦豹屬也，又曰執夷。白狐之云似是而非。趙云：此篇自北遣兵來之詩。貔虎，出書，蓋猛獸也。精銳舊無敵，邊隅今若何？精銳，猶勇敢也。趙云：此詩人望其必勝而憂之之辭。戰國策：季良謂魏王曰：恃兵之精銳，而欲攻邯鄲。妖氛擁白馬，元帥待彤戈。趙云：兩句難解。似言吐蕃所乘者乃賊之白馬，妖孽氛氣擁逐而來，元帥所以待北庭之彤，戈而敵之。陳徐陵移齊文有剪妖氛、窮巢穴之語。南史：侯景爲亂，乘白馬、青絲爲轡以應讖。左傳：晉謀元帥，趙衰曰：郤縠可。古鼎銘云：王命尸臣，官此栒邑。賜爾和鸞，黼黻彤戈。師云：國語：秦穆公横雕戈，出見晉使者。**莫守鄴城下，斬鯨遼海波。**言當誅魁渠也。趙云：史思明據鄴城，圍之未下。公意謂可緩鄴城之圍，且於遼海斬鯨，則以吐蕃爲急也。鯨以譬吐蕃之强暴。左傳：誅戮而作京觀，謂之封鯨鯢。一云，言不獨守鄴，當覆其巢穴也。

廢畦

秋蔬擁霜露，豈敢惜凋殘！暮景數枝葉，天風吹汝寒。趙云：蔬以秋時而擁霜露，自然凋殘矣，吾豈敢惜之也。然口腹之供所以不忍其凋殘〔一〕，故於暮景之中，數其枝葉餘幾也，故又自憫夫因數菜蔬之餘幾而有天風之寒，是亦豈得已哉！君子之貧爲可傷也。**緑霑泥滓盡，香與歲時闌。生意春如昨，悲君白玉盤。**趙云：上兩句所以紀秋蔬之凋殘，泥滓又見多雨之意。末句言蔬當春時生意盛茂，以供采掇，猶如昨日，則今之凋殘，不足於食，於我何足道哉！其登於玉盤者遂空矣，爲可悲也。君字蓋專言君王也。應劭漢官儀曰：封禪壇有白玉盤。在至尊言之，尤爲當體。如昨字，選詩有昔日如昨。又：千年別如昨。師云：如李白詩：少時不識月，呼作白玉盤。

【校勘記】

〔一〕「所以」，清刻本、排印本無。

不歸

河間尚征伐，汝骨在空城。從弟人皆有，終身恨不平。數金憐俊邁，總角愛聰明。見「總角草書又神速」注。面上三年土，春風草又生。趙云：此篇公之從弟，有死而寄骨於其處〔一〕，但無所考其名字耳。「數金憐俊邁」數，應是上聲。數金兩字未解，以俟博聞。

【校勘記】

〔一〕「處」，文瀾閣本作「間」；又，「處」字下，清刻本、排印本有「者」字，是。

天末懷李白

趙云：白於至德二載坐永王璘而謫夜郎。今公在秦州懷之，而遂謂之天末。各天一方〔二〕，可云天末矣。

涼風起天末，君子意如何？月賦：雲斂天末。趙云：東京賦曰：眇天末以遠期〔二〕。而陸上衡承之云：佳人眇天末。擬古詩又云：遊子眇天末，遠期不可尋。

鴻雁幾時到，江湖秋水多。趙云：兩句似通句，言書信耳。問鴻雁幾時可到於白之處〔三〕，江湖秋水既多，則鴻雁游泳，其到恐遲也。莊子：秋水時至。文章憎命達，魑魅喜人過。趙云：意與儒冠多誤身同。蓋窮者而後工於文，故文章反憎命達也。舜投四罪以禦魑魅。魑魅，厲鬼也。喜人過，則欲害之矣，以譬小人害君子之意。時白被罪流放，故云。應共寃魂語，投詩贈汨羅。指屈原也。趙云：此比白於賈誼也。屈原其死爲寃也，誼過汨羅，有弔原賦。劉越石四言詩：永負寃魂。

【校勘記】

〔一〕「各天」，清刻本、排印本作「天各」。

〔二〕「東京賦曰」二句，「東京賦」原作「西京賦」，檢西京賦無下句「眇天末以遠期」，考文選卷三、全後漢文卷五十三張衡東京賦有此句，當是誤置，據改。

〔三〕「之處」二字底本漫滅，據中華影宋本補。

獨立

空外一鷙鳥，河間雙白鷗。師云：張華詩：漠漠江水平，低飛雙白鷗。飄飄搏擊便，容易往來遊。趙云：爾雅曰：飄飄謂之猋。蓋風之狀也。而後人用之，則如選云：落葉飄飄。又云羅衣何飄飄也。此言白鷗往來，蓋不知鷙鳥之將搏擊，此爲可寒心矣。公後篇寄賈六嚴八詩：戒其爲文爲詩莫傳於衆，而曰浦鷗防碎首，霜鶻不空拳。則公今詩應有所憂之人乎？晉孫盛騰牋桓温曰：進無鳳皇來儀之美，退無鷹鸇擊搏之困。公今却用搏擊字，則翟方進傳：搏擊豪强，京師畏之。草露亦多濕，蛛絲仍未收。天機近人事，獨立萬端憂。趙云：此道獨立時景兩句，或曰，露下衆草，則將殺草；蛛絲未收，則將羅物。皆有殺意。此並是天機，如人事之多患，宜公有萬端之憂也。

日暮

日落風亦起，城頭烏尾訛。杜正謬：鳥尾，當作烏尾，殆傳印之誤。按後漢五行志：桓帝時京師童謡曰：城上烏，尾畢逋。蓋言處高利獨食，不與下共。謂人主多聚斂也。訛者，斜也。黃雲高未動，白水已揚波。趙云：皆言風也。黃雲以高故，雖有風而未動；白水以在下故，得風而先揚波。淮南子：黃泉之埃，上爲黃雲。而謝靈運擬阮瑀詩云：河洲多沙塵，風悲黃雲起。江文通古别離云：黃雲蔽千里，遊子何時還。白水，言白色之水，此晉文公所謂有如白水是也。列女傳：津吏女歌曰：水揚波兮杳冥冥。少司命云：衝風至兮水揚波。西京賦曰：起洪濤而揚波。羌婦語還哭，胡兒行且歌。將軍别換馬，夜出擁彫戈。趙云：羌婦、胡兒，蓋秦州有寄處者耳，與前篇羌女輕烽燧，胡兒制駱駝同義。將軍以敵人識其所乘舊馬，所以換馬。愈自慎重，故夜出以彫戈擁衛。彫戈字，見本卷觀兵詩注。李廣傳：暫騰而上胡兒馬上。

空囊

翠柏苦猶食，晨霞朝可飡。杜補遺云：楚辭曰：山中人兮採杜若，飲石泉兮飯松柏〔一〕。又列仙傳：仙人偓佺食松柏之實。楚辭曰：飡六氣而飲沆瀣，漱正陽而飡朝霞。注：陵陽子明經云：春食朝霞者，日始出赤氣也；秋食淪漢者，日没後赤黄氣也；冬食沆瀣者，北方夜半氣也；夏食正陽者，南方日中氣也。相如大人賦云：會食幽都，吸沆瀣兮餐朝霞。真誥九華真妃曰：日者，霞之實。霞者，日之精。君唯聞服日實之法，未知餐霞之精也。夫餐霞之經甚秘，致霞之道甚易。此謂體生玉光，霞映上清之法也。趙云：晨霞，師民瞻作明霞，是。蓋不應言，晨而又言朝也。新添：上注不必拘晨朝之複也。如宋玉高唐賦云：旦爲朝雲。豈以旦朝爲複耶〔二〕？大人賦：吸沆瀣兮餐朝霞。嵇中散琴賦：餐沆瀣兮帶朝霞。顔延年五君詠云：中散不偶世，本自餐霞人。世人共鹵莽，吾道屬艱難。趙云：此兩句承上句之義。公雖貧困，而所食所飲皆神仙之物，亦以自志其清如此。此無它〔三〕，以世人共鹵莽不明，而吾道適值艱難不遂也〔四〕。字則莊子云：耕而鹵莽之，其實亦鹵莽而報予。孔子云：吾道其非邪？詩：天步艱難。不爨井晨凍，無衣牀夜寒。晉書：樵蘇不爨，清談而已。詩：無衣無褐，何以卒歲？囊空恐羞澀，留得一錢看。趙云：暗用趙壹云：文籍雖滿腹，不如一囊錢。父老獻劉寵以錢，而寵留一大錢也。新添：前漢灌夫傳：平生毁程不識不直一錢。

【校勘記】

〔一〕「飯」，文選卷三十三屈原山鬼作「蔭」。

〔二〕「非」，原作「以」，據文淵閣本、文津閣本、文瀾閣本、清刻本、排印本改。

〔三〕「它」，文瀾閣本、清刻本、排印本作「他」。

〔四〕「難」，原作「艱」，據文淵閣本、文津閣本、文瀾閣本、清刻本、排印本改。

病馬

乘爾亦已久，天寒關塞深。塵中老盡力，歲晚病傷心。趙云：此篇暗使田子方事之意。田子方出遊於野，見病馬焉。問之御者，對曰：此故公家畜也，罷而不爲用，故出放之。曰：少盡其力而老棄其身，仁者不爲也。命束帛贖之。出韓詩外傳。琴賦云：愀愴傷心。毛骨豈殊衆，馴良猶至今。物微意不淺，感動一沈吟。趙云：公於駿馬每言其狀之異。而此云「毛骨豈殊衆」，則詩人之言，因以所見而感興，不必拘系也。庾亮登樓曰：老子於此興復不淺。古詩云：馳情整巾帶，沈吟聊躑躅。又如南史王琳傳有云：沉吟不決。

蕃劍

致此自僻遠，又非珠玉裝。師云：曹植七啓：步光之劍，華藻繁縟。綴以驪龍之珠〔一〕，錯以荆山之玉。如何有奇怪，每夜吐光芒。師云：張載劍歌：奇怪兮難名。李陽詩：夜劍煥光芒。虎氣必騰上，龍身寧久藏。風塵苦未息，持汝奉明王。

趙云：雷次宗豫章記曰：吴未亡，恒有紫氣見斗牛之間。張華問雷孔章，孔章曰：是寶物也，精在豫章豐城。令至縣掘獄，得二劍。其夕，斗牛氣不復見。孔章乃留其一，匣而進之。劍至，光曜煒煒，煥若雷發。後張華遇害，此劍飛入襄城水中。孔章臨亡，戒其子恒以劍自隨。後其子爲建安從事，經淺瀨，劍忽於腰間躍出，遂見二龍相隨焉。用對虎氣，按越絶書曰：闔閭冢在吴縣昌門外，葬以磐郢魚腸之劍。葬三日，白虎居上，號曰虎丘。亦無虎氣字。於虎曰氣，於龍曰身，豈公因事而自造語耶？以俟博聞。又世説：王喬墓有盜發之，有一劍停在空中，作龍吟虎吼，復飛上天。

【校勘記】

〔一〕「珠」，清刻本、排印本作「光」。

銅瓶

亂後碧井廢，時清瑤殿深。銅瓶未失水，百丈有哀音。趙云：孟子曰：掘井九仞而不及泉，猶爲廢井也。此必銅瓶之製巧妙，所以知其爲宮殿中汲井之物矣。方時清平，瑤殿深邃，而宮人出汲，想像其銅瓶離水欲上時，有滴水之音也。側想美人意，應非寒甃沈。蛟龍半缺落，猶得折黃金。趙云：四句言銅瓶，乃是不用於汲而留於世者，非是沈在井底所得。側想美人之意，可以推見。然井中或得斷釵遺珥，有黃金蛟龍之狀，則有之矣。師云：蛟龍，蓋瓶上刻鑄之象。今雖缺落，猶可準折黃金，則其工巧可知。

觀安西兵過赴關中待命二首

四鎮富精鋭，言多勇鋭也。晉職官志：四鎮通於柔遠。通典：鎮東將軍，漢末魏武爲之。鎮南，後漢末劉表爲之；魏張魯、晉杜元凱並爲之。鎮西，鄧艾爲之。鎮北、南，魏明帝大和中劉靖、許允並爲之。宋時四鎮，與中軍爲雜號。杜正謬：唐武后時，右鷹揚衛將軍王孝傑擊吐蕃，大破其衆，復取四鎮，更置安西都護府於龜兹〔一〕，以兵鎮守。又唐志：四鎮都督府：龜兹、于闐、焉耆、疎勒也。是詩所謂四鎮，非鎮東、鎮西之類，故詩題云。趙云：戰國策：季良謂魏王曰：恃兵之精鋭，而欲攻邯鄲。摧鋒皆絶倫。能摧鋒陷陣也。趙云：諸葛亮與關羽書曰：未及髯之絶倫逸群也。還聞獻士卒，足以靜風塵。老馬夜知道，齊桓公失道，管仲使隨老馬而得出，以老馬多智也。蒼鷹飢著人。晉載記：權翼言慕容垂猶蒼鷹也，飢則附人，飽則高飛。趙云：老馬譬其慣熟。蒼鷹譬其俊快，以言所獻之兵也。臨危經久戰，用急一作意。始如神。精熟戰陣，用意若神。趙云：此以言去兵。臨危，又以結老馬之義；用急，又以結蒼鷹之義也。

右一

【校勘記】

〔一〕「龜茲」，原作「丘茲」，文津閣本作「邱茲」，據清刻本、排印本改。

奇兵不在衆，史：兵以正合，以奇勝。不在衆者，用師克在和，不在衆也。萬馬救中原。蔡琰謂曹公曰：明公廐有萬馬。趙云：公作此詩在秦州，時乾元二年也。三月，史思明殺安慶緒，九月又陷東京，又陷齊、汝、鄭、滑四州，則兵之用救中原矣。談笑無河北，言談笑可以却敵也。心肝奉至尊。言至誠也。趙云：思明據相州，河北一帶素以陷没，今言安西兵之精鋭，主將於談笑之間，可以蔑無河北。左太沖詠史詩：長嘯激清風，志若無東吳。魯仲連談笑却秦軍。東坡云：已覺談笑無西戎。則又出於杜也。孤雲隨殺氣，飛鳥避轅門。杜補遺：周禮：掌舍掌王之會同之舍，設車宫、轅門。注：王行止宿險阻處，次車以爲藩，則仰車以其轅表門。項籍傳：將入轅門。飛鳥避事，見上「兵氣回飛鳥」注。蔡琰胡笳詩：殺氣朝朝衝塞門。竟日留歡樂，一作觀樂。城池未覺喧。言軍令整肅不囂亂也。

右二

送人從軍

弱水應無地，書：弱水既西，以其力不能載物，故謂之弱水。無地字，用楚詞「下崢嶸而無地」。陽關已近天。陽關，地名。趙云：無地，言弱水多也。近天，言山高也。弱水、陽關，蓋在西邊。師云：言境土皆入漢矣。今君渡沙磧，累月斷人煙。趙云：沙磧，即所往之道。曹子建詩：千里無人煙。好武寧論命，志於功名故也。封侯不計年。有功即封矣。趙云：言其從軍乃緣好武，於是用命之秋，故不論命。有功者封侯，漢制也。不計年，所以激發之矣。新添：顏駟對漢武帝曰：文帝好文，而臣好武。馬寒防失道，雪没錦鞍韉。趙云：又所以戒之自重。韓子曰：桓公伐孤竹，返而失道。管仲曰：老馬之智可用也。乃放老馬而隨之，遂得道焉〔一〕。今公詩意，言馬寒、雪没亦用此也。師云：梁簡文帝詩：寶馬錦鞍韉。

【校勘記】

〔一〕「焉」，文淵閣本作「馬」，訛。

野望

清秋望不極，迢遞起曾陰。趙云：清秋所以望不極者，以迢遞之處起曾陰也。晉陸沖詩：層巒有曾陰。梁江淹詩：曾陰萬里生。遠水兼天淨，孤城隱霧深。范彥龍效古詩言：霧失交河城。葉稀風更落，山迥日初沈。獨鶴歸何晚，昏鴉已滿林。譏小人衆多也。趙云：末句亦道實事耳。舊注所言未必然，蓋如夜來歸鳥盡，啼殺後栖鴉。亦豈有譏乎？獨鶴字，謝玄暉敬亭山詩：獨鶴方朝唳，飢鼯此夜啼。昏鴉字，則公嘗自引何遜詩：昏鴉接翅歸。

送靈州李判官

羯胡腥四海〔一〕，回首一茫茫。血戰乾坤赤，氛迷日月黃。將軍專策略，幕府盛才良。近賀中興主，神兵動朔方。

【校勘記】

〔一〕「羯胡腥」，文瀾閣本作「烽烟連」，訛。百家注拾遺、分門集注卷二十一均作「羯胡腥」，可證。

示姪佐佐草堂在東柯谷〔一〕。

多病秋風落，君來慰眼前。趙云：左傳云風落山也。自聞茅屋趣，只想竹林眠。趙云：後漢：王霸隱居，止茅屋蓬户。以與姪詩，故對竹林，因實事以寓意。竹林七賢之遊，阮嗣宗與阮仲容叔姪與其二，故末句又及之。滿谷山雲起，侵籬澗水懸。嗣一作阮。宗諸子姪，早覺仲容賢。晉阮咸，字仲容，籍之姪也。籍字嗣宗。

【校勘記】

〔一〕此詩，詩歌正文及其注釋，原闕，據清刻本、排印本補。

佐還山後寄三首〔一〕

山晚浮雲合，湯休詩：日暮碧雲合。歸時恐路迷。澗寒人欲到，村黑鳥應棲。野客茅茨小，田家樹木低。舊諳疎懶叔，須汝故相攜。趙云：末句又以嵇康自處〔二〕。嵇康云：性復疎懶。

右一

【校勘記】

〔一〕詩題、正文及其注釋從「湯休詩」至「末句又以嵇康」，原闕，據清刻本、排印本補。其中，正文「山晚浮雲合」之「合」字，文瀾閣本作「翠」。

白露黄粱熟，分張素有期。已應春得細，頗覺寄來遲。味豈同金菊，香宜配緑葵〔一〕。趙云：黄粱熟於秋初白露降之時也。言粟而用到金菊，取其物之同時，其色之皆黄也。香宜配緑葵，則以葵爲羹矣。潘安仁閑居賦有：緑葵含露。老人他日愛，正想滑流匙。師云：謝莊賦：南山香黍，滑流盃匙。

右二

【校勘記】

〔一〕「配」，文淵閣本、文津閣本、文瀾閣本、清刻本、排印本作「酌」，訛。案，二王本杜集卷十、錢箋卷十皆作「配」，可證。

幾道泉澆圃，交横落幔坡〔一〕。葳蕤秋葉少，一作菜色。相如子虚賦云：錯翡翠之葳蕤。隱映野雲多。

隔沼連香芰，通林帶女蘿。甚聞霜薤白，重惠意如何？趙云：秋葉少，則日夜零落矣。前篇云「葉稀風更落」。一作菜色，非。

師云：梁王均賦：霜薤露葵，蓺滿中圃。

右三

【校勘記】

〔一〕「幔」原作「慢」，訛，據清刻本、排印本改。案，二王本杜集卷十作「幔」。

從人覓小胡孫許寄

人説南州路，山猿樹樹懸。舉家聞若駭，一云共愛。爲寄小如拳。師云：南越志：廣夷之山多小樹，玃立如拳。

預哂愁胡面，趙云：晉傅玄鷹賦：狀如愁胡。初調見馬鞭。許求聰慧者，童稚捧應癲。師云：齊王融曰：駈吏以鑠城。猶猿猱之見馬鞭，望頓而逃。

秋日阮隱居致薤三十束

隱者柴門内，畦蔬繞舍秋。盈筐承露薤，柴，一作荆。卷耳：不盈頃筐。挽歌辭：薤上朝露何易晞。不待致書求。束比青芻色，圓齊玉筯頭。衰年關鬲冷，味暖併無憂。併，一作復。趙云：薤性暖，本草載能調中補不足。

秦州見勑一作除。目薛三璩授司議郎畢四曜除監察與二子有故遠喜遷官兼述索居凡三十韻

大雅何寥闊，斯人尚典刑。師云：史記：大雅言王公大人德逮黎庶。詩：雖無老成人，尚有典刑。交期余潦倒，才力爾精靈。趙云：上兩句引言雅道之久喪，賢人之幸存。下兩句一以自述，一以言二子。大雅字，非謂詩之大雅，蓋以雅者，正也。大雅正之道，在人言之耳。傅毅舞賦曰：攄予意以洪觀兮〔一〕，繹精靈之所束。嵇康書曰：足下舊知吾潦倒麁疎，不切事情。新添：董允自歎不及費，禕曰：人才力相懸，若此甚遠。二子升同日〔二〕，諸生困一經。文章開突奧，遷擢潤朝廷。突奧深邃皃。荀子：突奧之内，枕簟之上。趙云：言二子由諸生而登朝廷也。一經字，韋賢云：遺子黄金滿籯，不如教子一經。潤朝廷字，如富潤屋，德潤身之潤。舊好何由展，新

詩更憶聽。別來頭併白，古詩：相看俱白頭。相見眼終青。阮籍善爲青白眼，見佳客則爲青眼，見俗客即爲白眼。伊昔貧皆甚，同憂歲一作心。不寧。栖遑分半菽，浩蕩逐流萍。劉孝標絶交論：莫肯費其半菽，罕有落其一毛。流萍，喻流落如萍之在水〔三〕，任其飄泊也。趙云：漢史：項羽曰：歲饑人貧，卒食半菽。俗態猶猜忌，妖氛忽杳冥。獨慚投漢閣，見「子雲識字終投閣」注。俱議哭秦庭。吳入郢，申包胥求救於秦。秦兵未出，包胥哭於秦庭者七日，勺水不入於口。還蜀祇無補，囚梁亦固扃。司馬相如還蜀。梁孝王怒，鄒陽下獄。陽從獄中上書王，立出之。趙云：自「舊好何由展」至此十四句，雜言交好之舊，今老昔貧之事，流落遭亂之故。其後四句，一句説己，一句説二子也。頭併白，鄒陽云：古語白頭如新。歲不寧，左傳晉無寧歲之義。華夷相混合，宇宙一羶腥。言胡兵亂華也。帝力收三統，薛云：漢書：三統謂天、地、人，即夏、商、周之三正也。天威總四溟。舊都俄望幸，顔延年車駕幸京口詩：春方動宸駕，望幸傾五州。清廟肅惟馨。詩清廟注：謂有清明之德者之宮也。天有清明之德，而文王象之，故以名詩。書云：明德惟馨。雜種雖一作難。高壁，漢書：羌胡雜種，類不一也。高壁，言壁壘尚高深也。長驅甚建瓴。高祖紀：若高屋之上建瓴水。言其勢順而易爲力。建，上聲。焚香淑景殿，漲水望雲亭。法駕初還日，群公若會星。言帝初收復還宮日，百官之輳於朝者若聚星焉。趙云：自「華夷相混合」至此十二句，言安史之亂陷二京，而肅宗收復，駕還長安宮殿之事，群臣之朝也。莊子云：帝力何加於我哉！三統，周得天統，商得地統，夏得人統。收三統，言天地人皆歸之也。左傳：天威不違顔咫尺。莊子：舊國舊都，望之暢然。望幸，則司馬相如云：

泰山汾父設壇場望幸也。舊都，指言長安。望幸，言車駕還也。「清廟肅惟馨」，言再見宗廟也。雜種，指言安史。史有高壁深壘。晉書有卷甲長驅。宮臣仍點染，宮臣，謂薛受司議也，屬東宮。柱史正零丁。畢受御史。老聃爲柱下史。點染零丁，言未盡其才也。官忝趨栖鳳，朝回歎一作欲。聚螢。車胤聚螢[四]。喚人看騕褭，不嫁惜娉婷。張易之出塞行：騕褭青緑騎，娉婷紅粉裝。掘劍知埋獄，提刀見發硎。鄴城劍事。莊子：庖丁解牛，十九年而刀刃若新發硎。趙云：自「宮臣仍點染」至此八句，因言群臣之下紀述二子官職，且美之也。司議郎，東宮之官，以比給事中。點染者，爲文字也。此以言薛璩。畢除監察，故以柱史言畢。零丁，介獨之貌。監察御史知朝堂左右廂，而含元殿西南有栖鳳閣，閣下即朝堂。則趨栖鳳者，又以言畢曜也。「朝回歎聚螢」，似言薛璩仍不廢讀書。蓋東宮官屬，多以經教授，以讀書爲事爾。「喚人看騕褭，不嫁惜娉婷」，以言二公初不自眩鬻，以駿馬、以佳人爲喻。「掘劍知埋獄，提刀見發硎」，以言二公相因遷用而後見其才也。侏儒應共飽，東方朔云：臣朔飢欲死，侏儒飽欲死。漁父忌偏醒。屈原曰：衆人皆醉，惟我獨醒。漁父曰：何不餔其糟而啜其釃。旅泊窮清渭，長吟望濁涇。師云：言志在長安也。羽書還似急，以鳥羽插檄書上，馳告四方，故云羽書。高祖曰：吾以羽檄徵天下兵。烽火未全停。烽燧也。未全停，尚有餘烽也。師老資殘寇，戎生及近坰。忠臣辭憤激，烈士涕飄零。上將盈邊鄙，元勳溢鼎銘。銘功鍾鼎也。仰思調玉燭，誰定握一作淬。青萍。孟子：仰而思之。爾雅：四時調謂之玉燭。調玉燭，猶燮理也。青萍，劍名也。陳孔璋答東阿王牋：君侯體高俗之才，秉青萍、干將之器。拂鐘無聲，應機立斷。隴俗輕鸚鵡，鸚鵡賦：命虞人於隴坻。閉以雕籠，剪其羽翅。原情類鶺鴒。

趙云：自「侏儒應共飽」至此十二句，引言二子，一句轉入自述，又轉入傷時兵亂未已，思平定，而終之以人不己知，且敦友誼也。末句則以懷二子之情結之。「侏儒應共飽」，以言二公猶未甚顯拔，與侏儒共飽耳。「漁父忌偏醒」，公自比屈原之放逐也。「旅泊窮清渭，長吟望濁涇」，公在秦而憶長安故也。謂之窮清渭，則窮其上流，所以言秦。潘安仁西征賦云：北有清渭濁涇。「戎生及近坰」、「上將盈邊鄙」，則時又有吐蕃之患矣。羽書、烽火，皆兵事。史記：李牧息烽火。左傳：師直爲壯，曲爲老。然相承而用，皆以宿師爲老耳。老子云：戎馬生於郊。「隴俗輕鸚鵡」，公自況也。「原情類鶺鴒」，指與二公如兄弟之急難也。鶺鴒，鳥名，首舉而尾應。詩云：脊令在原，兄弟急難。

秋風動關塞，高卧想儀形。

趙云：詩作於秦州，故云關塞。晉謝安傳：高崧曰：卿屢違朝旨，高卧東山。想儀形，則想望其風彩也。

【校勘記】

〔一〕「兮」，文淵閣本作「弓」，訛。

〔二〕「升」原作「身」，訛，據清刻本、排印本改。二王本杜集卷十、錢箋卷十作「聲」；又案，百家注卷十、分門集注卷二十二均作「身」。

〔三〕「喻」，文淵閣本、文津閣本、文瀾閣本作「與」，訛；清刻本、排印本作「謂」。

〔四〕「車胤」，文淵閣本作「車似」，訛；清刻本、排印本作「車允」，係避諱。

寄彭州高三十五使君適虢州岑二十七長史參三十韻 時患瘧疾〔一〕。

故人何寂寞，今我獨淒涼。老去才雖盡，秋來興甚長。潘安仁有秋興賦。趙云：此篇四句始叙既不見故人，又身老且愁也。才盡字，有兩事：鮑照文辭贍逸，而文帝自謂其文人所莫及。照遂爲鄙言累句，時人以爲才盡，其實不然。又，江淹夢丈夫自稱郭璞，曰：吾有筆在卿處多年，可以見還。淹乃探懷中五色筆授之。自是，文絶無美句，人謂之才盡。又，任昉晚好著詩，用事過多，屬辭不得流便，於是有才盡之歎矣。物情尤可見，詞客未能忘。詞客，謂高岑也，俱以詩名世。海内知名士，雲端各異方。彭在蜀，虢在山南。高岑殊緩步，沈鮑得同行。沈休文、鮑明遠，言高岑可與沈鮑齊驅也。意愜關飛動，篇終接混茫。舉天悲富駱，富嘉謩爲文，皆以經典爲本，時人欽慕，文體爲之一變。駱賓王嘗作帝京篇，當時以爲絶唱。近代惜盧王。盧照隣、王勃也。照鄰爲鄧王典籤，王重其文。勃六歲能文，與二兄才相類，人謂之王氏三珠樹。悲惜，言各以才不容於世。似爾官仍貴，前賢命可傷。傷上四人也。諸侯非棄擲，半刺已翺翔。刺史，古之諸侯。庾亮與郭游書曰：别駕與刺史，同流王化於萬里，居刺史之半，安可非其人也？漢周昌傳：陛下獨奈何中道而棄之諸侯乎？詩好幾時見，書成無信將。趙云：自「物情尤可見」，至「書成無信將」十六句，因言思二公，轉入稱美之，又以近代文人比以爲意，又言二子作官，而終以懷之而欲寄書也。物情，言世態因物情之可見其轉薄，所以未能忘詞客也。海内字，如武帝謂吾丘壽王曰：子自謂海内寡二。枚乘樂府詩云：美人在雲端。「意愜關飛動，篇終接混茫」，以言二子之詩，其妙如此。世説：左太沖作三都賦初，思意甚不愜。謝靈運還湖中作：慮淡物自輕，意愜理無違。篇終，則答賓戲曰：孔終篇於西狩。文賦曰：常遺恨以終篇也。飛動字，沈佺期於李侍郎祭文云思合飛動，才冠卿雲也。混茫字出莊子，古之人在混茫之中也。富、駱、盧、王皆文士而不容於世者，以言高、岑作貴官，則比四子爲差得意者矣。諸侯，以言高適，半刺，以言岑參，則參必爲今之通判。漢書云：別駕任居刺史之半也。二人皆以詩名，故曰「詩好幾時見」。「書成無信將」，則公在秦州，欲寄書於彭與虢也。**男兒行處是，客子鬬身强。**史記范睢傳：穰侯謂王稽曰：得無與諸侯客子俱來乎？**羈旅推賢聖，**孔孟皆羈旅也。**沈綿抵咎殃。三年猶瘧疾，一鬼不銷亡。**南史劉損傳：劉伯龍將營什一之方，忽見一鬼在傍撫掌大笑。伯龍歎曰：貧窮固有命，乃復爲鬼所笑。遂止。**隔日搜脂髓，增寒抱雪霜。**此皆瘧之狀也。**徒然潛隙地，有靦屢鮮粧。**俗言避瘧鬼，必伏於幽隙之地，不爾即畫易容貌。**何太龍鍾極，**薛云：按廣韻：龍鍾，竹名。世言龍鍾，取此義也。謂其年老如竹之枝葉摇曳，而不能自禁持也。新添：青箱雜記云：古語有二聲合爲一字者，如不可爲叵，而已爲耳，蓋起於西域二合之音也[二]。龍鍾切，爲癃，潦倒切，爲老，謂人之癃老者。以龍鍾、潦倒目之，音義取此。蘇鶚演義謂：龍鍾有似反字之音，而呼者當如呼頭爲髑髏，呼脛爲檄定。而世之學者殆不曉龍鍾、潦倒之義，二三其説，雜然不一。**于今出處妨。**趙云：自「男兒行處是」至下句「洮雲片片黄」二十句，轉入公自述其飄泊疾病之事也。「羈旅推賢聖」，言賢聖皆如此，不獨我也。「沈綿抵咎殃」，言其病也。世言瘧疾有鬼，故於瘧疾而言一鬼焉。韓退之有遺瘧鬼詩，是已。世言避瘧鬼於閑隙之處，且塗畫面目。而瘧猶未校[三]，故於潛隙地言徒然，於屢新妝言有靦。靦者，慚也。論語如豈徒然哉。詩有靦面目。病則龍鍾而妨出入。卞和怨歌有云：空山歔欷涕龍鍾。又周王褒與周弘讓書云：援筆攬紙，龍鍾橫集。則言涕淚之狀。韓退之醉留東野云：東野不得官，白首誇龍鍾。謂之誇，則放縱之貌。今云龍鍾，則不健而蹭蹬之意也。無錢居帝里，盡室在邊疆。劉表雖遺恨，龐公至死藏。心微傍魚鳥，肉瘦怯豺狼。豺狼，類貪暴者。隴草蕭蕭白，洮雲片片黃。趙云：盡室在邊疆，若非尚在秦州寄居，則已在同谷寄居矣。無錢，庾信擬連珠云：胸中無學，猶手中無錢。左傳：盡室以行也。劉表、龐公事。後漢：龐公者，南郡襄陽人也。居峴山之南，未嘗入城府。荊州刺史劉表，數延請不能屈。表歎息而去。後遂攜妻子登鹿門山，因采藥不返。公蓋以龐公自比，言其將隱不復仕也。「心微傍魚鳥」，以言其隱於山水間之事也。嵇康遊山水，觀魚鳥而心甚樂之；簡文帝云：每覺魚鳥，自來親人。可以見矣。「肉瘦怯豺狼」，言荒山窮谷中，所以怯豺狼。或云以比盜賊。隴草、洮雲，則恐已在同谷，洮於同谷爲近也。彭門劍閣外，虢略鼎湖傍。虢有湖城，乃鼎湖也。薛云：史記：黃帝採首山之銅，鑄鼎於荊山下。鼎成，乘龍而升天，號鼎湖。荊玉簪頭冷，巴牋染翰光。烏麻蒸續曬，丹橘露應嘗。豈異神仙宅，俱兼山水鄉。竹齋燒藥竈，花嶼讀書床。更得清新否？遥知對屬忙。言吟詩也。趙云：自「彭門劍閣外」至此，以言二公爲官之地也。彭州謂之彭門。漢郡國志注：湔縣前有兩石對如闕，號曰彭門。虢略，言在鼎湖之傍。荊玉，正此荊山之玉。荊山，乃在虢、華間也。「荊玉簪頭冷」，爲岑參而言。「巴牋染翰光」，爲高適而言。巴牋，蜀牋也。烏麻、丹橘，雖兩處皆有之，而烏麻似言蜀地，丹橘似言虢中。於烏麻言蒸續曬，蓋服胡麻之法，九蒸九曝也。新清否，言二子之才思新清也。對屬忙，則詩貴對屬之工矣。舊官寧改漢，淳俗本歸唐。濟世宜公等，安貧亦士常。毛遂右手招十九人歃血曰：公等碌碌，所謂因人成事者也。家語：榮啓期曰：貧者士之常。蚩尤終戮辱，胡羯漫猖狂。史記：蚩尤最暴，黄帝伐之也。會待妖氛静，論文暫裹糧。孟子：行者有裹糧。言往論文也。趙云：自「舊官寧改漢」至末句，言賊必平而反聚也。舊官寧改漢，此所謂不圖今日復見漢官威儀，言安史雖亂而舊典不改矣。濟世宜公等，言二子。胡羯，安史。安貧亦士常，公自言也。蚩尤且終取戮辱，況胡羯敢漫浪爲亂乎？

【校勘記】

〔一〕「疾」，二王本杜集卷十、錢箋卷十作「病」。

〔二〕「音」，文淵閣本作「首」。

〔三〕「猶」，文淵閣本、文津閣本、文瀾閣本、清刻本、排印本作「有」。

寄岳州賈司馬六丈巴州嚴八使君兩閣老五十韻

師云：按，賈至，至德中以中書舍人慰安蒲人不法，貶岳州司馬。嚴武，至德中以給事中坐房琯事，貶巴州刺史。

衡岳啼猿裏，趙云：盧照鄰巫山高云：莫辨啼猿樹，徒看神女雲。巴州鳥道邊。趙云：南中八志曰：交趾郡治龍編縣，自興古鳥道四百里。蓋以其險絶，獸猶無蹊，人所莫由，特上有飛鳥之道耳。沈約愍塗賦：依雲邊以知國，極鳥道以瞻家。李白蜀道難亦云：西連太白有鳥道也。故人俱不利，謫宦兩悠然。開闢乾坤正，趙云：言收復二京矣。榮枯雨露偏。趙云：言二公不得受聖恩而謫去也。長沙才子遠，趙云：賈誼謫於長沙，西征賦云「賈生，洛陽之才子」，所以比賈司馬。釣瀨客星懸。趙云：自首句至此，言二公之謫也。嚴陵釣於七里瀨。嘗與光武同宿，而以足加帝腹。太史占云：客星犯帝座。所以比嚴君。憶昨趨行殿，天子幸行所止曰行殿。趙云：自此已下二十句，皆公自言在鳳翔所見，以至收復京師時事也[一]。肅宗即位靈武，而駐蹕於鳳翔，公自賊中竄身至鳳翔見帝也。殷憂捧御筵。趙云：殷憂，出詩。殷訓多也。討胡愁李廣，奉使待張騫。趙云：時吐蕃既侵陷諸州郡，而又請和，故討之未捷，則愁李廣；使之未還，則待張騫。無復雲臺仗，虛修水戰船。趙云：言行宮草創，故不嚴整法仗也。庾信哀江南賦云：猶有雲臺之仗。漢武帝作昆明池以習水戰，虛修戰船則亦以吐蕃之故也。蒼茫城七十，酈食其馮軾下齊七十餘城。流落劍三千。莊子説劍：昔趙文王喜劍，劍士夾門而客三千餘人，日夜相擊於前。趙云：蒼茫者，不安之貌。城有未復者，爲不安也。流落，則士卒苦戰有散落者矣。畫角吹一作歌。秦晉，一作塞。旄頭俯澗瀍。澗、瀍，水也，在伊洛間[二]。趙云：此言安史。前漢天文志：昴爲旄頭，胡星也。師云：時秦雍、太原皆用兵。小儒輕董卓，有識笑苻堅。趙云：小儒、有識，公自謂也。董卓廢立，凶暴無道，以尚書韓馥等爲刺史。馥等到官，與袁紹十餘人各興義兵同盟討卓。苻堅事，違衆伐晉，遂至破敗，故爲有識所笑。指安、史也。浪作禽填海，山海經曰：發鳩之山，有鳥名精衛，赤帝之女。往遊東海，溺而死。不返，化爲精衛。常取西山木石以填東海。那將血射天。商本紀：武乙無道[三]，爲偶人，謂之天神。與之博，令人爲行。偶人不勝，乃僇辱之。爲革囊，盛血，仰而射之，命曰「射天」。獵於河渭之間，暴雷，震死。趙云：言安、史不知量也。萬方思助順，一鼓氣無前。言得衆助，故所向無不勝也。左傳：曹劌曰：夫戰，勇氣也。一鼓作氣。趙云：易曰：天之所助者，順也。莊子：舉之無前〔四〕，運之無旁。**陰散陳倉北，晴熏太白巔。**陳倉郡，陳寶鳴雞在焉，北近長安也。太白，山名。趙云：言將復京師也。陳倉，鳳翔之屬縣，其北乃長安。太白山在鳳翔。陰散、晴熏，則妖氛除而佳氣生也。師云：皆屬鳳翔，言肅宗駐蹕鳳翔也。**亂麻屍積衛，破竹勢臨燕。**武五子贊：秦始皇即位二十九年，內平六國，外攘四夷，死人如亂麻，暴骨長城之下。衛地，河北相衛間也。杜預傳：今兵威已振，勢如破竹。數節之後，皆迎刃而解。燕地，范陽，祿山巢穴也。趙云：言王師之勝賊於衛，又將臨賊之窟穴也。**法駕還雙闕，**天子還京也。西都賦：乘鑾輿，備法駕。**王師下八川。**見「八水散風濤」注。趙云：自「法駕還雙闕」而下十八句，言車駕還長安所見之事也。先聖本紀曰：許由欲觀帝意，曰：帝坐華堂，面雙闕，君之榮，願亦得矣。八川：涇、渭、灞、滻、酆、鎬、潦、潏，長安水名。長安既復而車駕已還，則王師又下八川以收東京也。**此時霑奉引，佳氣拂周旋。**光武紀：論望氣者蘇伯阿爲王莽使至南陽，望見春陵郭，唶曰：氣佳哉！鬱鬱葱葱然。趙云：公爲拾遺，唐百官志曰左拾遺六人，從八品上，掌供奉諷諫，故云霑奉引。佳氣拂長安城，而周旋不散也。**貔虎開金甲，**書牧誓：如虎如貔。蔡文姬詩曰：金甲耀日光。**麒麟受玉鞭。**涼州記：咸寧二年，發張駿陵，得鞭飾以珊瑚。晉明帝以七寶鞭與賣食嫗，即玉鞭或有之，但未知所出也。趙云：麒麟，以言御馬。今按蘇鶚杜陽編：代宗嘗賜郭子儀九花虬馬並紫玉鞭轡，則有玉鞭明矣。又上嘗幸興慶宮，於複壁間得寶匣，匣中獲玉鞭。鞭末有文曰軟玉鞭〔五〕，即天寶中異國所獻。光可鑑物，節文端嚴，雖藍田之美不能過也。屈之則頭尾相就，舒之則頭尾如繩。雖以斧鑕鍛斫，終不傷缺。上歎爲異物，遂以聯蟬繡爲囊，碧玉絲爲鞘。此玉鞭事也。**侍臣諳入仗，廄馬解登仙。**杜補遺云：唐六典：乘黃廄。注：淮南子云：天下有道，飛黃伏皁。乘黃，獸名，龍翼馬身，黃帝乘之而仙，後因以名廄。趙云：前云無復雲臺仗，則以行宮禮數未全。今則法仗復備，皆侍臣所舊諳入者矣。師云：

杜子美爲拾遺，賈、嚴爲給舍，皆爲侍臣奉引也。晉曹攄詩：侍臣先入仗。花動朱樓雪，城凝碧樹煙。江淹詩：碧樹露芊芊，生煙紛漠漠〔六〕。馮衍顯趙云：此又以紀景物之勝。志賦：伏朱樓而四望。言雪，則車駕還長安，乃十月。叙其所見矣。碧樹，則江淹云：碧樹先秋落。凝字，如顏延年云：空城凝寒雲。衣冠心慘愴，顏延年詩：衣冠終冥漠，陵邑轉葱青。故老淚潺湲。九歌：横流涕兮潺湲。趙云：此則喜極而感也。哭廟悲風急，見「及夫哭廟後」注。朝正霽景鮮。朝正，元日朝會也。趙云：哭廟，以成故老淚潺湲之實；朝正，以成衣冠心慘愴之實。師云：此言法駕還京師時。月分梁漢米，梁漢間所出貢米，月分廩給也。師云：謝承後漢書：章帝分梁漢儲米給民。春得水衡錢。趙云：上句言百官廩給之足，下句則又言蒙賜予之優。漢宣帝本始二年春，以水衡錢爲平陵，徙民起第宅。應劭曰：水衡與少府皆天子私藏爾。縣官公作，當仰給司農。今出水衡錢，言宣帝即位爲異政也。内蘂繁於纈，内蘂，宮花也。宮莎軟勝綿。趙云：此又以言春時之景物。恩榮同拜手，出入一作處。最隨肩。書：皋陶曰拜手稽首。禮：五年以長，則肩隨之。趙云：自此而下二十句，公言其初與賈、嚴同在禁掖，而賈、嚴被譴，獨留在班。既叙述其身矣，且有懷二子，故腸斷眼穿也。晚著華堂醉，寒重繡被眠。轡齊兼秉燭，書枉滿懷牋。趙云：著，音直略切。轡齊，並轡而行也。書枉，在禁掖時往來書尺也。師云：此言與賈、嚴通班聯時事。每覺昇元輔，深期列大賢。趙云：所以極言二公才器，可爲宰輔也。秉鈞方咫尺，詩：秉國之均。鎩翮再聯翩。顏延年詠嵇中散云：鸞翮有時鎩。趙云：言爲宰輔不遠，而乃謫去，如鳥之鎩翮也。史言：執樞秉鈞。鎩，音所介切。淮南子云：飛鳥鎩羽。注云：鎩，殘羽也。江文通擬鮑照詩云：鎩翮由時至。禁掖朋從改，一作換。微班性命全。青蒲甘受一作就。戮，漢元帝疾，史丹以親密侍疾。候上寢，直入卧内，頓首伏青蒲諫。白髮竟垂憐！左太沖：馮唐豈不偉，白首不見招。趙云：公以拾遺爲職，常有諫諍之心，故用青蒲事。白髮字，謝靈運詩：星星白髮垂〔七〕。弟子貧原憲，見難甘原憲貧注。諸生老伏虔。見諸儒引伏虔注。趙云：公以貧自比原憲，以老比伏虔也。莊子：原憲居魯，子貢往見，曰：嘻，先生何病？應之曰：憲聞之，無財謂之貧，學而不能行謂之病；憲貧也，非病也。子貢逡巡而有愧色。以其孔門之列，故曰弟子。伏虔事，本傳雖無「老」文，而傳云：少以清苦建志，入太學受業，有雅才。公蓋自比爲虔之老者也。以其入太學受業，故曰諸生。師資謙未達，鄉黨敬何先。趙云：公以它人待之以師資，然自謙爲未達。老子曰：善人，不善人之師；不善人，善人之資。孔子於季康子饋藥曰：丘未達，不敢嘗也。下句言鄉黨之人將敬父兄而已乎？抑先敬有道德之人也？孟子載：孟季子問公都子曰：鄉人長於伯兄一歲，則誰敬？曰：敬兄。酌則誰先？曰：先酌鄉人。兩句皆參取字出以爲語耳。舊好腸堪斷，新愁眼欲穿。謝靈運：楚人心昔絕，越客腸今斷。鮑明遠：行子心腸斷。趙云：公懷二公也。翠乾危棧竹，紅膩小湖一作池。蓮。趙云：自此而下二十句，以言嚴、賈所居之地，所成之制作，因戒之以防患，而終之以天理難喻也。危棧竹，以指嚴八之巴州在棧閣之外也。小湖蓮，以指賈六之岳州多陂湖，有蓮也。湖，一作池，非。賈筆論孤憤，韓非作孤憤。屬賈司馬。嚴詩賦幾篇。屬嚴使君。趙云：賈曰筆，以能文；嚴曰詩，以能詩。南史有三筆六詩，故也。定知深意苦，莫使衆人傳。貝錦無停織，詩云：萋兮斐兮，成是貝錦。言譖人不已也。朱絲有斷絃。趙云：貝錦以喻讒也。鮑照詩：直如朱絲絃。鍾子期死，伯牙絕絃。公詩句歎二子無知音而戒之也。師云：言直道不行，爲讒人所譖。浦鷗防碎首，霜鶻不空拳。趙云：謂二子如浦鷗，言官如霜鶻，既不空拳，期於必中，則鶻當有碎首之防。戒之至也。地僻昏炎瘴，山稠隘石泉。趙云：上句言岳州近南爲有瘴矣。下句言巴州在亂山間也。謝靈運詩：巖峭嶺稠疊。且將棊度日，應用酒爲年。趙云：既戒之以勿使所作詩傳播，恐因掇禍，而炎瘴之地，亂山之間，復何爲哉？以棋酒爲事而已。典郡終微眇，嚴使君也。治中實棄捐。晉職官志：州置別駕、治中、從事。趙云：治中，治從平聲。二公既在禁掖而出，斯爲「微眇」「棄捐」矣。安排求傲吏，比興展歸田。趙云：莊子：安排去適〔八〕，乃入於寥天一。莊子爲漆園吏而放傲，故時呼之爲傲吏。求傲吏，則安排之理，求之於是人也。陶淵明作歸去來辭曰：田園將蕪胡不歸？言二公之比興，但展舒其歸田之思，則可矣，皆所以戒之也。詩，三曰比，四曰興。顏延年詩：我故非傲吏。去去才難得，蒼蒼理又玄。趙云：去去之語，如去國之義。古詩云：去去復去去。莊子曰：天之蒼蒼，其正色邪？理又玄，則前所謂天理難喻也。玄者，玄妙之玄。老子曰：玄之又玄。古人稱逝矣，吾道卜終焉。終窮也，吾道窮於此乎。趙云：自此而下十二句，轉入公自叙述羈旅之迹也。言古人不復見，則若終身於隱淪矣。漢高祖曰：吾亦從此逝矣〔九〕。孔子曰：吾道其非邪？史云：有終焉之志。隴外翻投迹，漁陽復控弦。趙云：上句實紀其寓居也。下句指言安慶緒再盛也。匈奴傳：控弦之士十萬。子美言棄官居秦隴，而漁陽復阻兵也。笑爲妻子累，甘與歲時遷。親故行稀少，時亂而離散，故親故稀少。兵戈動接聯。接迹聯屬，言充斥也。他鄉饒夢寐，失侶自迍邅。多病加淹泊，長吟阻靜便。趙云：謝靈運始寧墅詩：拙疾相倚薄，還得靜者便。師云：張協書：養病日多，亦愛靜便。如公盡雄俊，志在必騰騫〔一〇〕。趙云：此言二公不久當復用也。一作云：「公如盡憂患，何事有陶甄。」句法費力，非是。

然不應押兩鶱字〔一一〕。

【校勘記】

〔一〕「京師」，文淵閣本、文津閣本、文瀾閣本、清刻本、排印本作「二京」。

〔二〕「洛」，文淵閣本作「門」，訛。

〔三〕「武乙」，文淵閣本、文津閣本、文瀾閣本、清刻本、排印本作「帝乙」。

〔四〕「前」，莊子集釋雜篇説劍作「上」。

〔五〕「曰」，文淵閣本、文津閣本、文瀾閣本、清刻本、排印本作「云」。

〔六〕「江淹詩碧樹露芊芊」二句，檢江淹詩無「碧樹露芊芊」二句，考文選卷二十三、齊詩卷三謝朓遊東田有「遠樹曖仟仟，生煙紛漠漠」二句，或是誤置。

〔七〕「星星」，原作「青青」，據文選卷二十二、宋詩卷二謝靈運遊南亭改。

〔八〕「安排去適」，莊子集釋内篇大宗師作「安排而去化」。

〔九〕「漢高祖曰」，文淵閣本、文津閣本、文瀾閣本、清刻本、排印本作「漢書高祖曰」。

〔一〇〕「鶱」，文淵閣本、文津閣本、文瀾閣本、清刻本、排印本作「鶱」。案，底本原作「鶱」，旁批圈改作「鶱」。又，二王本杜集卷十此字作「鶱」。又，「如公盡雄俊」兩句，二王本杜集卷十此句有異文，作：「一云公如盡憂患，何事有陶甄。」樊言：如公盡雄俊，何事負陶甄。」

〔二〕「字」，底本原作「乎」，墨筆圈改作「字」；又，文淵閣本作「乎」。又，注尾，底本有匿名批識，曰：「張騫字從馬，騰騫字從鳥，恐可雙押。」文淵閣本、文津閣本、文瀾閣本、清刻本、排印本無。

寄張十二山人彪三十韻

獨卧嵩陽一作雲。客，三違潁水春。艱難隨老母，慘澹向時人。趙云：此言張山人自潁水而隱嵩陽，與母同在也。違者，離也。呂氏春秋載：戎夷者違齊如魯。言卧于嵩陽而離潁已三年也。左傳云：險阻艱難，備嘗之矣。謝氏尋山屐，謝靈運好登山，常著木屐。上山則去前齒，下山則去後齒。陶公漉酒巾。陶潛在家，酒熟取頭上葛巾漉酒，畢，還復著之。群兇彌宇宙，此物在風塵。若使之遇時，則必能自致。因寇亂，故在風塵。趙云：此言其雖屐與巾，亦因艱亂而棄也。此物字，出選古詩言奇樹曰：此物何足貴，但感別經時。後漢：陳蕃上疏曰：群凶側目，禍不旋踵。歷下辭姜被，見「醉眠秋共被」注。關西得孟鄰。見「芬芳孟母鄰」注。趙云：自此至盡力潔飧晨，自述其初離齊地，與張相見於關西爲鄰居，乃迤邐鋪陳張山人之能書能詩，且以逃寇侍母也。後漢姜肱有兄弟四人，居貧，作一大布被而共之。公之諸弟在濟州，言辭姜被，則別其弟之時也。孟子之母爲孟子擇鄰，今翻言得孟鄰，則公關西之居，必近張山人。山人有母，故云孟鄰。早通交契密，晚接道流新。靜者心多妙，先生藝絶倫。趙云：九流有道家者流。謝靈運詩：拙疾相倚薄，還得靜者便。傅武仲舞賦云：姿絶倫之妙態。草書何太古，一作應甚苦。詩興不無神。曹植休前輩，張芝更後身。趙云：曹植以終言其詩之神，張芝以終言其草書之古。選有云：喜謗前輩。又梁張纘別離賦曰：太常劉侯，前輩宿達。佛書有前身、今身、後身之説。數篇吟可老，一字買堪貧。將恐曾防寇，深潛托所親。師云：鍾嶸評陸機詩云：驚心動魄，幾於一字千金。趙云：老子：將恐歇。鍾繇云：張樂於洞庭之野，鳥值而高翔，魚聞而深潛。見本朝淳化法帖也。寧聞倚門夕，薛包事母至孝，凡出入必有時，未嘗違也。至期，母必倚門望之，包必至矣。趙云：戰國策：齊王孫賈之母謂賈曰：汝朝出而晚來，則吾倚門而望汝。舊注所引在後矣。盡力潔飧晨。束晳補亡南陔詩云：馨爾夕膳，潔爾晨飧。踈懶爲名誤，嵇康書云：性復踈懶。驅馳喪我真。趙云：自此至亂後別離頻，公又自叙其流落與張相別也〔一〕。索居猶一作尤。寂寞，禮：離群索居。相遇益愁辛。江淹擬嵇康詩：鐘鼓或愁辛。趙云：漢書揚雄傳：惟寂寞，自投閣。師民瞻本取尤寂寞，是。詩云：邂逅相遇。流轉依邊徼，一作境。師云：時子美居秦。逢迎念席珍。儒行：儒有席上之珍以待聘。時來故舊少，亂後別離頻。世祖修高廟，後漢：光武立高廟於洛陽，四時祫祀。高帝爲太祖，一歲五祀。文公賞從臣。左傳：晉侯賞從亡者，介之推不言禄。趙云：自此至囊中藥未陳，言肅宗反正，張山人雖隱者，亦可施其術也。商山猶入楚，見「羽翼懷商老」注。源水不離一作知。

秦。見「欲問桃花宿」注。趙云：商山，指言四皓隱處。源水，指言桃源。商山在商州。張儀説楚絶齊而交秦，請獻商於之地六百里於楚。其後，止云六里。楚王怒，使屈匄擊秦而敗。商山即商於之地也。桃源在武陵，今之鼎州，秦人避地之所。謂如商山可隱，縱使猶或入爲楚地，而桃源者，雖避地於此，然其地終是秦地焉。以譬張山人之隱淪，當此肅宗之時，皆唐宇宙之内耳。師民瞻本作渭水不離秦。夫渭水，長安八水之一，與七水俱在秦矣，獨於渭言不離秦，似無意義。存想青龍秘，青龍，道家存想之術。騎行白鹿馴。周義真入龍嶠山，見羨門子，乘白鹿而行。耕巖非谷口，揚子：谷口鄭子真耕于嵒石之下。結草即河濱。河上公不知姓，結草河濱讀老子。漢文帝親問道[二]，以素書授帝。趙云：言張山人之耕巖，儻非似鄭子真之谷口，則所結茅屋，必如河上公之在河濱矣。肘後符應驗，葛稚川有肘後方數卷。神仙傳：張道陵弟子趙昇，七試皆過，乃授肘後丹經。囊中藥未陳。後漢：王和平性好道術，自以當仙。孫邕少事之。會和平病歿，邕葬之。有書百餘卷。藥數囊，悉以送之。後人言其尸解，邕恨不取其仙藥寶書。旅懷殊不愜，良覿眇無因。謝靈運：引領冀良覿。趙云：自此至餘孽尚紛綸，公言旅寓與張公相遠，而時猶未清，尚在兵戈，蓋安慶緒猶在也。左太沖三都賦，初，思意不愜[三]。雪賦：傷後會之無因。自古皆悲恨，浮生有屈伸。易：屈伸相感而利生焉。此邦今一作全。尚武，何處且依仁。語：依於仁。趙云：古詩云：土風尚其武。鼓角凌天籟，莊子云：汝聞地籟而未聞天籟。關山信月輪。古今注有月重輪。趙云：地籟，則比竹是已。天籟，則衆竅是已。古有關山月之曲。王褒詩云：無復漢地關山月。官場一作壕。羅鎮磧，賊火近洮岷。洮岷，地名，屬隴右。趙云：官場，言官之戰場也。一作官壕。鎮磧字未詳。用對洮岷，乃洮州、岷州，則鎮、磧是兩字也。蕭索論兵一作功。地，蒼茫鬬將辰。趙云：陸瑜仙人覽六箸篇：

避敵情思巧，論兵勢重新。蒼茫，荒寂之貌。大軍多處所，餘孽尚紛綸。高興知籠鳥，潘岳秋興賦：猶池魚籠鳥，而有江湖山藪之思。斯文起獲麒。趙云：此兩句一以譬張山人之不得已，一以言張山人之著書。如孔子春秋起於獲麟，太史公史記亦然。窮秋正摇落，迴首望松筠。趙云：言相思之時正值秋之摇落，而望彼松筠能保歲寒，亦因時以寓意也。宋玉云：草木摇落而變衰。

【校勘記】

〔一〕「公」，文淵閣本、文津閣本、文瀾閣本、清刻本、排印本無。

〔二〕「漢文帝」原作「漢景帝」，訛，據清刻本、排印本並參晁公武郡齋讀書志卷十一録葛洪語改。

〔三〕「思意」，原作「意思」，倒誤，據世説新語箋疏文學第六十八條乙正。又參見本集卷十四故司徒李公光弼校勘記〔一〕。

寄李十二白二十韻

昔年有狂客，號爾謫仙人。賀知章，會稽人，自號四明狂客。見白文章乃嘆曰：子，謫仙人也！筆落驚一作聞。風雨，詩成泣鬼神。趙云：白别傳曰：白初自蜀至京師，賀知章聞其名，首訪之。見其烏栖曲，嘆曰：此詩可以泣鬼神。筆落字，王子敬傳：桓温嘗使書扇，筆誤落，因畫作烏駮㹀牛甚妙〔一〕。公借字用耳。今云驚風雨，言其如風雨之快疾爲可驚也。孟浩然詩：刻燭限詩成。聲名從此大，汨没一朝伸。史記知章言白於玄宗。召見金鑾殿，奏頌一篇，賜食，帝爲調羹，召供奉翰林。文彩承殊渥，流傳必絶倫。帝嘗召白爲樂章。白已醉，援筆成文，婉麗精巧無留思。帝愛其才，數宴見。趙云：絶倫，見上注。龍舟移棹晚，趙云：范傳正李翰林新墓碑曰：玄宗泛白蓮池，公不在宴。明皇歡既洽，召公作序。白既被酒於翰苑中，命高力士扶以登舟。今句蓋言停舟以待白矣。獸錦奪袍新。白外傳云：白作樂章，賜以錦袍。趙云：武后時，使東方虬、宋之問輩賦詩。東方虬詩成，賜以錦袍矣，之問繼進，而詩尤工，於是奪錦袍以賜之。故用此兩字，言非特初賜，而又加奪之者也。白日來深殿，青雲滿後塵。師云：鮑照舞鶴賦：逸翮後塵。注：言飛之疾塵反居後，此言致身亨衢，青雲在下也。趙云：上句則易所謂「晝日三接」之意。下句言其貴寵，致身青雲也。應瑗與桓玄書：敢不策馳，敬尋後塵。乞歸優詔許，白爲高力士所譖，自知不爲親近所容，懇求還山，帝賜金於還也。遇我宿一作夙。心親。白與子美等八人爲醉中八仙〔二〕。趙云：公與太白平生相好〔三〕，於公集中屢有與白詩可見矣。舊注云八仙者，子美豈在其中邪？未負一作遂。幽棲志〔四〕，兼全寵辱身。趙云：謝靈運詩：資此永幽棲，豈伊年歲别。老子云：寵辱若驚。劇談憐野逸，嗜酒見天真。趙云：世説：人問支道林曰：何處來？云：今日與謝守劇談一出來。揚雄家貧，嗜酒。醉舞梁園夜，謝莊雪賦：梁王不悦，遊於兔園。今汴州乃梁園故地。趙云：梁沈約九日四言詩曰：葉浮楚水，草折梁園。行歌泗水春。孔子行歌於泗水之上。泗水，今泗州是也。趙云：泗水、梁園，皆白之所曾遊也。才高心不展，道屈善無鄰。趙云：魏應璩書有云：意不宣展。宋謝靈運詩：折麻心莫展。孔子曰：德不孤，必有鄰。左傳曰：親仁善鄰。善無鄰，蓋言無有善之而爲鄰者，此道之所以屈也。處士禰衡俊，諸生原憲貧。趙云：此以比白也。鸚鵡賦序云：黄祖之子射賓客大會。有獻鸚鵡者，舉酒於衡前曰：禰處士，今日無用娛賓，願先生賦之。原憲，孔門弟子，故謂之諸生。稻粱求未足，廣絶交論：分雁鶩之稻粱。薏苡謗何頻！趙云：馬援征交趾，載薏苡種還。人謗之，以爲明珠大貝。此言永王璘反，而譖者以白與其謀也。五嶺炎蒸地，三危放逐臣。見雲山分五嶺，風壤帶三苗注〔五〕。故用五嶺字。書：竄三苗於三危。趙云：夜郎與廣南相接，三危在西，故特以比之。幾年遭鵩鳥，賈誼作長沙王傅，不得志，有鵩集於舍上，遂作鵩賦。獨泣向麒麟。王翰古蛾眉愁曰：朝朝泣對麒麟樹〔六〕，樹下蒼苔日漸斑。趙云：孔子見麟而泣，曰：出非其時，吾道窮矣。王翰與公同時人，豈遂用其詩乎？蘇武先還漢，見握節漢臣回注。趙云：此以比白之得還，比武則先也。白傳云：會赦，還潯陽。黄公豈事秦！趙云：黄公，四皓之一者，避秦而居商山〔七〕。比白之不妄從永王璘也。楚筵辭醴日，趙云：以言白在永王璘時，如穆生見楚王，待之不設醴，知幾而辭行也。梁獄上書辰。趙云：以言白在永王璘時，如梁孝王下鄒陽於獄，而鄒陽上書也。此皆永王璘本待白之薄，而白豈與其謀哉！已用當時法，誰將此義陳？趙云：言白之無罪，當時不省察，遂以白爲與謀，而施之以法。誰人用辭醴與獄中上書之義，爲之陳説也？白會赦放還，乃普天之恩也，朝廷元未知白之本不污耳，故以此明之。按白傳：永王璘辟爲府僚佐。璘起兵，白逃歸彭澤，又赦還潯陽〔八〕，坐事下獄時。宋若思將兵赴河南〔九〕，道潯陽，釋白囚，辟爲參謀。老吟秋月下，病起暮江濱。莫怪恩波隔，乘槎與問津。趙云：上兩句蓋公自言其如此。末句蓋言如白之才器，當蒙上知而恩波頓隔，欲上天與問之也。公於老吟病起之中，思念白而起無怪之感。無怪，則本可怪之矣。梁丘遲侍宴應詔詩曰：參差别念舉，肅穆恩波被。乘槎事，見博物志。孔子使子路問津。又宋之問明河篇曰：明河可望不可親，願得乘槎一問津。

【校勘記】

〔一〕「甚妙」，文淵閣本作「之妙」，文津閣本「甚」字闕，文瀾閣本作「極妙」，清刻本、排印本作「絶妙」。

〔二〕「醉」，文淵閣本作「苑」，文津閣本、文瀾閣本作「飲」，清刻本、排印本作「酒」。

〔三〕「太白」，文淵閣本、文津閣本、文瀾閣本、清刻本、排印本作「李白」。

〔四〕「未」，文淵閣本作「永」，文津閣本、清刻本、排印本作「不」，均訛。二王本杜集卷十作「未」，可證。

〔五〕「見雲山分五嶺」二句，「分」本集卷三十五野望作「兼」。又，「風壤帶」文淵閣本作「風雨多」，文津閣本作「風煙地」，文瀾閣本作「風雨竄」，清刻本、排印本作「風雪阻」，均訛。

〔六〕「朝朝」，全唐詩卷一百五十六王翰古蛾眉怨作「朝晡」。

〔七〕「而」，清刻本、排印本作「亂」，文淵閣作「隱」。

〔八〕「赦還潯陽」，「赦」原作「赫」，「潯陽」原作「潘陽」，均訛，據清刻本、排印本改。

〔九〕「宋若思」，原作「宋若愚」，訛，據新唐書卷二百二李白傳改。

新刊校定集注杜詩卷二十一

近體詩

蜀相

趙云：孔明在蜀志，固云丞相亮矣。而蜀相兩字如吴志嚴峻傳云〔一〕：峻嘗使至蜀，蜀相諸葛亮深善之。故以蜀相爲題。

丞相祠堂何處尋？錦官城外柏森森。蜀諸葛亮傳：先主建安二十六年即帝位，册亮爲丞相，録尚書事。祠堂，孔明廟也。成都府城，亦呼爲錦官城，以江山明麗錯雜如錦也。廟有古柏，武侯手植之。趙云：或以其有錦官，如銅官、鹽官之類，其説亦是。不然，止取錦而已，何以更有官字乎？亮祠堂前有古柏，世傳亮手植，既無所據，亦未必然。若夔州絶句云：武侯祠堂不可忘，中有松柏參天長。豈亦是手植乎？庚子嵩目和嶠森森如千丈松，雖磊砢有節目，施之大廈，有棟梁之用。今於柏言森森，亦可矣。映階碧草自春色，隔葉黄鸝空一作多。好音。江文通别賦：春草碧色。詩泮水：懷我好音。王僧達詩：楊園流好音。趙云：兩句見公來此祠廟時，乃春也，故即春之景物言之，謂其人已亡而物空自春耳。空與自兩字句法起於何遜行經孫氏陵詩：山鶯空曙響，壟月自秋暉。其後丁仙芝霍國公主舊宅云：林閑花自落，門閉水空流也〔二〕。若春色字，則選詩云：春色滿皇州。**三顧頻煩天下計，**本傳云：時先主屯新野。徐庶謂先主曰：諸葛孔明，卧龍也，將軍豈願見之乎？先主曰：君與俱來。庶曰：此人可就見，不可屈致也。將軍宜枉駕顧之。由是先主遂詣亮，凡三往，乃見。又，亮上疏曰：先主不以臣卑鄙，猥自枉屈，三顧於草廬之中。言先主之自見亮，亮爲先主而仕，皆爲天下大計也。趙云：頻煩，數數之義。字則如晉庾亮辭中書令表曰：頻煩省闥，出總六軍。又如元魏彭城王勰曰：臣猥何人〔三〕，頻煩寵授。其見於詩，則如庾信奉和法筵應詔詩云：覊臣從散木，無以預頻煩〔四〕。又，潘尼贈張仲治詩：張生拔幽華，頻煩登二宮。**兩朝開濟老臣心。**先主於永安病篤，召亮屬以後事，謂亮曰：君才十倍曹丕，必能安國，立定大事，若嗣子可輔，輔之；如其不才，君可自取。亮泣曰：臣敢竭股肱之力，效貞信之節，繼之以死！又亮表云：興漢室，還於舊都。此臣所以報先帝，而忠陛下之職分也。兩朝，謂先主及禪也。趙云：張華遊俠篇曰：信陵西反魏，秦人開濟彊。開，謂開豁其謀；濟，謂濟遂其事。兩朝開濟，以言孔明之事主，其開濟者，乃孔明所以爲老臣之心也。趙左師觸龍曰：老臣賤息舒祺，最少。晉書桓宣傳稱宣開濟篤素。**出師未捷**一云未用，又云未戰〔五〕。**身先死，長使英雄淚滿襟！**閔其志不遂也。本傳云：十二年春，亮悉大衆由斜谷出，據武功五丈原。與司馬宣王對於渭南。相持百餘日，其年八月，亮疾，卒于軍。趙云：悼之深矣。亮有出師表。選有云：涕淚沾襟。而滿襟則盈襟之變也。

【校勘記】

〔一〕「孔明在蜀志」以下十二字，清刻本、排印本無。

〔二〕「霍國公主舊宅云」三句，檢全唐詩無霍國公主舊宅詩，考全唐詩卷一百一十四丁仙芝長寧公主舊山池有「庭閑花自落」二句，或是誤置。

〔三〕「猥」，資治通鑑卷一百四十一齊紀七作「獨」。

〔四〕「頻煩」，北周詩卷二庾信奉和法筵應詔詩作「中天」。

〔五〕「又云」，原作「又」，據清刻本、排印本改。

卜居

屈原作卜居一首。原往太卜鄭詹尹家，卜己宜何所居。因述其詞。成都記：草堂寺，府西七里，浣花亭三里，寺極宏麗，有名僧履空居其中，杜員外居處逼近，常恣遊焉。鮑云：上元元年，歲次庚子，公年四十九，在成都。劍南節度使裴冕爲卜成都西郭浣花溪作草堂居焉。所謂「主人爲卜林塘幽」是也。前注爲嚴武，非是。

浣花流一作之。水水西頭，浣花，溪名。主人爲卜林塘幽。主人嚴武也。趙云：世傳崔寧妻任國夫人，逢一異僧，濯其袈裟於是溪，鮮花滿水，因得名浣花溪。學者以爲然。殊不知崔寧者，崔旰也；公於永泰元年離成都，正聞其亂，而公之卜居，先在今春，已有浣花之名，舊矣。公之居在水之東岸江流曲處，公詩所謂「田舍清江曲」是也。其址既蕪没，本朝吕汲公鎮成都日，想像典刑於西岸佛舍，曰梵安寺之傍，爲草堂焉。又，詩所謂主人，學者多指爲嚴武，大非也。嚴武鎮蜀之歲月已具西郊篇注，又主人之云，豈可便指府尹邪？或地主、或所館置之人皆可呼矣。列子云：逆旅之主人。莊子云：主人之雁。史載太公就齊封而行遲，主人曰：客何嬾也？觀此則主人之義明矣。已知出郭少塵事，更有澄江銷客愁。梁張纘啓：常願卜居幽僻，屏避諠塵[一]。謝玄暉詩：澄江淨如練。曹子建詩云：誰與銷愁。趙云：爲才卜居，所以有已知之語。孟浩然詩：平田出郭少，盤坂入雲長。陶淵明云：閑居三十載，遂與塵事冥。客愁字，黄魯直嘗云：客愁非一種，歷亂如蜂房。意其止出於杜公，而祖出未見，以俟博聞。**無數蜻蜓齊上下，一雙溪鶒對沉浮。**趙云：雖無數、一雙字至易至熟，若無所出，而無數字如禮云哭踊無數，及云脩爵無數也。一雙字，如賜虞卿白璧一雙也。蜻蜓上下，今水面多然，乃二月已有之矣。梁簡文帝晚春詩曰：花留蛺蝶粉，竹翳蜻蜓珠[二]。此蜻蜓之見於前人也。吴都賦云：溪鶒鸝鶊泛濫其上。此溪鶒之見於前人也。彼溪字加鳥，鶒字以勅在鳥傍，出乎俗字耳。按雜談録：唐河南伊闕縣前大溪，每僚佐有入臺者，即水中先有小灘漲出，石礫金砂，澄澈可愛。丞相牛僧孺爲尉，一旦報灘出，翌日，邑宰與同僚列筵于亭上觀之。有老吏云：此必分司御史，非西臺之命。若是西臺，溪上當有溪鶒雙立。僧孺自負，因舉酒曰：既能有灘，何惜一雙溪鶒？宴未終，俄而有溪鶒雙下。不旬日，拜西臺監察。又若齊上下、對沈浮，其上下字，神農時，雨師至昆侖山，隨風而上下；沈浮字，雖祖出詩云泛泛揚舟，載沈載浮，而連字則吴都賦之言魚云，葺鱗鏤甲、噞喁沈浮，亦欲使學者，知公無兩字無來處矣。**東行萬里堪乘興，須向山陰上**一作入。**小舟。**蜀有萬里橋，在浣花之東。昔孔明送吴使至此曰：萬里之行，從此始矣。因是得名。乘興欲傚王子猷，月夜泛舟謁戴安道也。故有下句。山陰，王子猷所居之地。趙云：公言或乘興之間，則徑須要向往山陰，傚王子猷乘舟矣，向字與上向草堂之向義同。公身在成都，便欲往吴地之山陰，似乎太遠，蓋以因萬里之名而起興故耳。

【校勘記】

［一］「誼」，清刻本、排印本作「暄」。

［二］「晚春詩曰」三句，檢「花留蛺蝶粉」二句，又見梁詩卷二十二作簡文帝晚日後堂詩。

一室

一室他鄉遠，一作老。空林暮景懸。後漢：陳蕃曰：大丈夫處世，當掃除天下，安事一室乎？江文通詩：秋日懸清光。趙云：張景陽雜詩：鳴鶴聒空林。古詩：他鄉各異縣。正愁聞塞笛，獨立見江船。趙云：塞笛，指言白帝城上笛也。巴蜀來多病，荊蠻去幾年。年一作千。成都記：其西即隴之南首，故曰隴蜀，以與巴接，復曰巴蜀。荊蠻，荊楚也。詩謂之蠻荊。太史公：余讀春秋古文，乃知中國之虞，與荊蠻、句吳兄弟也。趙云：公自同谷入蜀，之梓，之閬，又自蜀來夔，故云巴蜀。而樂史寰宇記載山自裂以表巴蜀分界事，則巴與蜀相連之地也。公雖在秦，每欲適楚；今至夔，自問其自此將適荊楚，在幾何年也。王粲詩云：終適荊與蠻〔一〕。指言荊南也。應同王粲宅，留井峴山前。峴山，荊楚也，今屬襄陽，有井在焉，人呼爲仲宣井，云王粲故宅也。趙云：公本襄陽人，又從荊南欲歸襄州矣。

【校勘記】

〔一〕「終適荊與蠻」，文選卷二十三、魏詩卷二王粲七哀詩作「遠身適荊蠻」。

梅雨

杜補遺：周處風土記云：夏至前雨名黃梅雨[一]。沾衣服皆敗黦。又，埤雅云：今江、湘、二浙四五月間，梅欲黃落，則水潤土溽，柱礎皆汗，蒸鬱成雨。其霖如霧，謂之梅雨，沾衣服，皆敗汗。故自江以南，三月雨謂之迎梅，五月雨謂之送梅。　趙云：川中雖亦有此雨，而土人未識其名，今公因見有此梅雨而著之。

南京西浦道，玄宗幸蜀，改成都置尹，視二京，號爲南京。　杜正謬：肅宗至德二年，以蜀郡爲南京，鳳翔爲西京，西京爲中京。非玄宗置。　趙云：公詩不妄作，多紀實以詔天下後世，庶乎信而可傳。且「南京西浦道」之句，本是言成都西浦道，公欲著見成都改爲南京，用在詩句中，如進艇首句云：南京久客耕南畝也。說文云：浦，水濱也。西浦，蓋江水西邊之浦漵，如野望云南浦清江萬里橋是已。蓋謂之浦上，則公所居正在此矣，豈非所謂西浦乎？一本作犀浦，蓋惑於今日成都屬縣之郫有犀浦鎮，殊不思下有長江之句，則犀浦道無江；又有茅茨易濕之句，則指言所居；又有蛟龍喜盤渦之句，則言終日所見之江如此，豈是犀浦乎？**四月熟黃梅。湛湛長江去，冥冥細雨來。**阮籍詩：湛湛長江水，上有楓樹林。　隋煬帝江都夏詩：梅黃雨細麥秋橫，楓樹蕭蕭江水平。　趙云：句有長江字，乃所以見西浦者，長江之浦也。宋玉九辯云：江水湛湛兮上有楓[二]。細雨，乃所謂梅雨。楚辭云：雲容容兮雨冥冥。陳張正見詩云：細雨濯梅林。**茅茨疎易濕，雲霧密難開。**茅茨，以茅覆屋也。庾信小園賦：穿漏兮茅茨。　趙云：上句乃所以指言其所居。茅茨字，起於堯土階三尺，茅茨不翦。其在常人言之，則如羅含別傳云：桓宣武以爲別駕，以官廨寺喧擾，非静默所處，乃於城西池小洲上立茅茨之屋是已。疎字、濕字，則上漏下濕之義。列子曰：虹蜺也，雲霧也，皆天之積氣也。而於陰重言之，則衛瓘言樂廣云：每見此人，瑩然若開雲霧而覩青天。易云：密雲不雨。茅茨以疎而易濕，已爲可傷，而雲霧尚密，則雨意未已，其爲況如何也？**竟日蛟龍喜，盤渦與岸回。**瓠子歌曰：蛟龍騁兮方遠遊。郭璞江賦：盤渦谷轉，波濤山頹。　趙云：人以雨而憂屋漏，蛟龍得雨而喜，則爲異於人矣。公所居之上有百花潭，則宜有蛟龍矣。高唐賦云：盤岸巑岏。則岸亦盤矣，故言與岸回也。公於夔州有詩云：盤渦鷺浴底心性。蓋龍之藏，鷺之浴，以盤渦爲樂也。

【校勘記】

〔一〕「前」，太平御覽卷二十二時序部八作「之日」。

〔二〕「九辯」句，檢宋玉九辯無此句，考文選卷三十三騷下、全上古三代文卷十宋玉招魂有「湛湛江水兮上有楓」句，當是誤置。

爲農

趙云：楊惲云：長爲農夫没此生矣。故爲農名詩，非管仲農之子爲農也。

錦里煙塵外，華陽國志：錦江，織錦濯其中，則鮮明，故命曰錦里。公居在近郊，無氛埃，故云煙塵外。江村八九家。圓荷浮小葉，細麥落輕花。卜宅從兹老，爲農去國賒。顔延年詩：去國還故里，幽門樹蓬藜。曲禮：大夫士去國。趙云：左傳：晏子云：非宅是卜，唯鄰是卜。摘用之耳，故對爲農。任昉泛長溪詩：絶物甘離群，長懷忽去國。去遠慚句漏令，不得問丹砂。晉葛洪傳：洪，字稚川。從祖玄。吴時學道得王國也。本於王粲詩：復棄中國去，遠身適荆蠻。仙，號曰葛仙公。其鍊丹祕術，悉得真法。以年老，欲煉丹砂以期遐壽，聞交趾出丹，求爲句漏令。帝以洪資高不許。洪曰：非欲爲榮，以有丹砂。帝從之。

有客

趙云：詩：有客有客，亦白其馬。故取兩字爲題。

幽棲地僻經過少，幽棲所居之地也。經過，往還也，以所居之地幽棲，少往還也。謝叔源遊西池詩：逍遥越城肆，願言屢經過。謝靈運詩：資此永幽棲，豈伊年歲別。趙云：阮籍詠懷詩曰：趙李相經過。舊注引謝叔源，在後矣。**老病人扶再拜難。**趙云：前漢書有：以老病罷。**豈有文章驚海内，謾勞車馬駐江干。**詩：寘之河之干兮。注：干，涯也。梁范雲詩：江干遠樹浮。趙云：車言駐，則如北齊劉逖秋朝野望詩曰：駐車憑險岸，飛蓋立平湖〔一〕。馬言駐，則魏文帝駐馬書鞭作臨渦之賦也。漢武帝云：海内寡二。梁元帝烏栖曲云：共泛江干瞻月華。**竟日淹留佳客坐，百年麤糲腐儒飡。**劉安招隱詩云：攀援桂枝兮聊淹留。又，詩：於焉嘉客。又，我有嘉客。楚辭云：又何足以淹留。麤糲，麤衣糲食也。腐儒，見題省中壁詩注。趙云：戰國策：嚴仲子進百金於聶政，曰：以爲夫人麤糲之費。**莫嫌野外無供給，乘興還來看藥欄。**趙云：蓋公告客之辭，言客若不以野外荒凉無可供給爲嫌，但乘興來看藥欄也。左傳云：敢不共給。王子猷云：乘興而來。

【校勘記】

〔一〕「立」，藝文類聚卷二十八人部十二、北齊詩卷一劉逖秋朝野望詩作「歷」。

狂夫

趙云：左傳：狂夫阻之。題意主詩末句之義。

萬里橋西一作新。草堂，公築居浣花里，在萬里橋之西。萬里橋事見卜居詩注。百花潭水即滄浪。成都記：杜員外別業在百花潭，臺猶在。趙云：按樂史寰宇記云：萬里橋，亦名篤泉橋，乃星橋之一也。以諸葛亮故名。其後，明皇至蜀，過此橋，問名於左右，對曰萬里橋。上歎曰：一行嘗謂朕更二十年，因有難，當巡遊至萬里之外，此是也。橋今在城南門外，西即浣花溪，公之草堂在焉。百花潭，浣花之上遊。公言此潭即是孔子所聞孺子歌云：滄浪之水也。草堂之側有此萬里橋、百花潭，可以爲詩對，故公又云「萬里橋西宅，百花潭北莊」，所謂恰好處不放過矣。風含翠篠娟娟靜，謝靈運詩：綠篠媚清漣。雨裛紅蕖冉冉香。趙云：翠篠，竹也。紅蕖，荷花也。娟娟，好妙之貌。古詩云：娟娟新月體。冉冉，漸多之貌。選詩云：柔條紛冉冉。又云：冉冉孤生竹。厚祿故人書斷絕，恒飢稚子色淒涼。上言交態薄也。趙云：史云：無使素飡之人久尸厚祿。古詩云：羽書時斷絕。欲填溝壑唯疎放，自笑狂夫老更狂！公以狂自隱爾。舊史言公於成都浣花里結廬枕江，與田畯野老相狎蕩。嚴武過之，有時不冠，其傲誕如此。趙云：上句言將欲填溝壑而死矣，却唯只是疎放而不管，此其所以爲狂也〔一〕。下句所以成不憂填溝壑，而但疎放之句。舊注却云公與田畯野老相狎，非矣。

【校勘記】

〔一〕「其」，文淵閣本、文津閣本、文瀾閣本、清刻本、排印本無。

賓至 趙云：左傳云：賓至如歸。

患氣經時久，臨江卜宅新。舊史所謂結廬枕江也。趙云：庾信夜聽擣衣云：臨江愁思歌。卜宅，見左傳。喧卑方避俗，疎快頗宜人。趙云：鮑照舞鶴賦云：歸人寰之喧卑。詩云：宜民宜人。師云：古詩：喧卑避俗居。江總詩：山路目疎快。有客過茅宇，呼兒正葛巾。諸葛亮葛巾羽扇，指麾三軍。趙云：古詩曰：呼兒烹鯉魚。自鋤稀菜甲，小摘爲情親。趙云：蓋言手自鋤治者，希疎之菜甲。因有客而小摘其嫩者，爲情意親密也。師云：謝靈運永嘉記：百卉正發時，聊以小摘供日。

王十五司馬弟出郭相訪兼遺營茅堂貲〔一〕

客裏何遷次，江邊正寂寥。趙云：玉臺後集載楊令公令陳後主妹樂昌公主作詩，其詩云：今日何遷次，新官對舊官。肯來尋一老，愁破是今朝。杜補遺：漢初應曜，隱於淮陽山中，與四皓俱徵，曜獨不至。時人語曰：南山四皓，不如淮陽一老。曜即應劭八代祖也。又，管寧書曰：唯陛下聽野人山藪之願，使一老者得盡微命。趙云：一老，公自謂也。祖出左傳：魯哀公誄孔子曰：天不愸遺一老。杜田所引，是。又謂無祖也。新添：以今攷之，詩十月之交曰：不愸遺一老，俾守我王。趙豈不見乎〔二〕？憂我營茅棟，攜錢過野橋。趙云：沈休文詩：茅棟嘯愁鴟。崔豹詩：野橋行路斷。他鄉唯表弟，還往莫辭遥。趙云：古詩：他鄉各異縣。

【校勘記】

〔一〕「茅堂」，文淵閣本作「牙堂」，訛。

〔二〕「趙豈不見乎」五字，蓋爲郭知達輯注時所評語。

堂成

趙云：魏中山恭王衮疾病，令官屬曰：男子不死於婦人之手，亟以時成東堂。堂成，輿疾往居之。

背郭堂成蔭白茅，以白茅覆屋也。緣江路熟俯青郊。趙云：易：藉用白茅。而今所言，則莊子築特室，席白茅爲近。謝玄暉和徐都曹詩：結軫青郊路。青郊者，春麥蓋地，青青然也，非謂東郊爲青郊。榿林礙日吟風葉，籠竹和煙滴露梢。榿，木名也，不材可充薪而已。惟蜀地最宜，種竹有籠笙名。趙云：榿林、籠竹，止川中之物。二物必於公卜居處先有之矣。暫止一作下。飛烏將數子，頻來語燕定新巢。趙云：暫下，一作暫止。止字不如下字之穩。列子云：鷗鳥舞而不下。賈誼於鳳凰亦曰：覽德輝而下之。飛烏將數子，將字起於鳳凰將九子也。定字，大則王者有定都，凡居者有定居，方可敵將字。燕巢，起於左傳：燕巢于幕。旁人錯比揚雄宅，懶惰無心作解嘲。揚雄傳：有田一廛，有宅一區，世世以農桑爲業。哀帝時，丁、傅、董賢用事。雄方草太玄，或嘲雄以玄尚白，而雄解之，號曰解嘲。左太沖詠史詩：寂寂揚子宅，門無卿相輿。寥寥空宇內，所講是玄虛。

田舍 趙云：陶淵明有田舍二首。

田舍清江曲，亦作上。柴門古道傍。趙云：孟浩然云：悠悠清江水，水落沙嶼出。蓋公之草堂在水東岸之曲處，今成都土人謂胡蘆灘者，乃其處也。西岸梵安寺之草堂，特本朝吕汲公爲帥日，想像典刑爲之耳，本非在西岸也。柴門古道傍，則舊趨温江之路。杜元凱注左傳篳門圭竇之人云：篳門，柴門也。草深迷市井，地僻嬾衣裳。趙云：有禪師儼云：法堂前草深一丈。迷市井，則其傍有市矣。揚子云：市井相與言。欅柳枝枝弱，枇杷樹樹香。欅柳，木名。枇杷，果也。趙云：孟浩然燕子家家入，楊花處處飛之勢也。欅柳、枇杷，川中多有之。蜀都賦云：其園則有林檎枇杷。古詩：枝枝自相對。庾信：樹樹秋聲。鸕鶿西日照，曬翅滿魚梁。鸕鶿，水鳥也，蜀人以之捕魚。趙云：杜臺卿淮賦云：鸕鶿吐雛於八九，鵁鶄銜翼而低昂。陶侃母責其爲魚梁吏而寄鮓。

進艇

趙云：孔叢子之書，有小爾雅一篇。其中廣器有云：小船謂之艇。故公詩中言小艇，而以進艇名篇。

南京久客耕南畝，北望傷神卧北窗。明皇幸蜀，號成都爲南京，置尹，比兩都。趙云：與上篇「南京西浦道」之用南京意同。北望，望中原也，此其所以傷神矣。晝引老妻乘小艇，晴看稚子浴清江。俱飛蛺蝶元相逐，並蔕芙蓉本自雙。趙云：元相逐、本白雙，因道實事而爲新語也。茗飲蔗漿攜所有，瓷罌無謝玉爲缸。趙云：羊衒之洛陽伽藍記曰：彭城王勰戲謂王肅曰：明日顧我，爲君設邾、莒之飡，亦有酪奴，因此復號茗飲爲酪奴〔一〕。宋玉招魂云：濡鼈炮羔，有蔗漿。瓷罌無謝玉爲缸，言以瓷罌盛之而已，不須謝讓富貴家之玉缸也。范曄宦者傳論有云：或稱伊、霍之勳，無謝於往載。而鮑照喜雨奉勑作云：無謝堯爲君，何用知柏皇。

【校勘記】

〔一〕「羊衒之」，案，中國名人大辭典「楊衒之」條云：「劉知幾史通、晁公武讀書志皆作『羊衒之』，隋書經籍志及今本洛陽伽藍記皆作『楊』。」

西郊

趙云：易：密雲不雨，自我西郊。

時出碧雞坊，西郊向草堂。漢郊祀志：宣帝時，或言益州有金馬、碧雞之神，可醮祭而致。遣王褒持節而求之。故成都有碧雞坊。成都記：草堂去府西七里。趙云：益州在漢，以王陽叱馭過九折坂言之，則黎雅之側，益州刺史之治在焉。成都本曰蜀郡，隸益州，其後曰益州，蜀郡又改名成都，意其貪碧雞之美名，故成都有碧雞坊，今在城北。公草堂在浣花溪之上，而浣花溪在府西七里，則所謂西郊也。草堂固是公野居之名，其在秦州亦嘗於西枝村尋草堂地矣。北山移文云：鍾山之英，草堂之靈。其先，梁簡文帝草堂傳曰：汝南周顒，昔經在蜀，以蜀草堂寺林壑可懷，乃於鍾嶺雷次宗學館立寺，因名草堂，亦號山茨〔一〕。

市橋官柳細，江路野梅香。成都記：市橋水中有石犀，蓋吴漢爲賊，將延岑所破之處。趙云：江路，循江之路矣。孟浩然早發漁流潭云〔二〕：日出氣象分，始知江路闊。又云：愁隨江路盡。又云：江路苦邅迴。晉陶侃傳：侃見柳，曰：此武昌官柳也。梅在官則曰官梅，臨江則曰江梅，在野則曰野梅。柳言細，則漢有細柳營也。梅言香，則梁簡文帝梅花賦云：香隨風而遠度。梁元帝詩：梅氣入風香。

傍架齊書帙，看題檢一作減。**藥囊。**趙云：庾信詠懷詩：穀皮兩書帙。戰國策：侍醫夏無且以藥囊提荆軻。檢藥囊，一本作減藥囊，非是。

無人競一作與，一作覺。**來往，疎懶意何長。**趙云：舊本作競來往，又，競，一作與，俱非是。荆公本作覺來往，且曰下得覺字好也。載在鍾山語録。梁徐悱婦題甘蕉示人曰：夕泣已非疎，夢啼真太數。唯當夜枕知，過此無人覺。又，梁簡文帝冬曉詩之言婦人亦云：會是無人覺，何用早紅粧。庾信奉和言志詩：來往金張館。嵇康云：性復疎嬾。古詩云：仙人騎白鹿，髮短耳何長。

【校勘記】

〔一〕「北山移文云」以下數句，先後解輯校丙帙卷一此詩注〔一〕下校語云：「『其先』句：孔稚圭作北山移文，孔卒於齊，在梁簡文前，故不應言『其先』，趙次公誤記。」當是。

〔二〕「早發漁流潭」句，「漁」文淵閣本、文津閣本、文瀾閣本、清刻本、排印本作「魚」，「流」全唐詩卷一百五十九作「浦」。

所思

趙云：張平子四愁詩每曰：我所思兮。又古詩有云：所思在遠道。

苦憶荊州醉司馬，崔吏部漪。謫官一作居。樽俎一作酒。定常開。趙云：崔公蓋自吏部而謫爲荊州司馬也。其人必好飲者，故以醉司馬戲名之。九江日落醒何處，一柱觀頭眠幾回？禹貢：九江孔殷。地理志：九江，在今廬江潯陽縣南，皆東合爲九道〔一〕。潯陽記：有九江之名，一曰烏江，二曰蚌江〔二〕，三曰烏白江〔三〕，四曰嘉靡江，五曰畎江，六曰源江，七曰廩江，八曰隄江，九曰菌江。荊州路畔有一柱觀在山上，土人呼爲木履觀。梁劉孝綽江津寄劉之遴詩：經過一柱觀，出入三休臺。杜補遺：渚宮故事：宋臨川王義慶，代江夏王鎮江陵，於羅公洲上立觀，甚大，而唯一柱。又於城東北修清暑臺。元注：一柱觀，在荊州路畔山上。以故事考之，非在山上也。趙云：九江在潯陽郡，今之江州也。樂史寰宇記云：潯陽，古之苗國，禹貢荊、揚二州之境。蓋彭蠡以東爲揚州之域，九江以西爲荊州之域。以此言之，九江看日落處則在荊州也。可憐懷抱向人盡，欲問平安無使來。故憑錦水將雙淚，好過瞿塘灩澦堆。瞿塘，峽名；灩澦，石名也，在水中。荆州記：灩澦如馬，瞿塘莫下；灩澦如象，瞿塘莫上。蓋舟人以爲水則也。杜補遺：古樂府：淫預大如洑〔四〕，瞿唐不可觸。庾子輿父域出守巴西而卒〔五〕，子輿奉喪歸。巴東有淫澦石，高二十許丈，及秋至，則纔如馬，傍有瞿唐大灘，行旅忌之，部伍至此，石猶不見。子輿撫心長叫。其夜五更，水忽退減，安流而行，人爲之語曰：淫預如幞本不通，瞿唐水退緣庾公〔六〕。灩澦，古樂府作淫預。趙云：謝靈運詩：歡娛寫懷抱。公所居浣花溪，亦曰濯錦江。志言濯錦以此水則色鮮明，此錦水之義也。

【校勘記】

〔一〕「九道」，尚書正義卷六禹貢第一注疏録地理志作「大江」。

〔二〕「蜂」，尚書正義卷六禹貢第一注疏録地理志作「蜯」。

〔三〕「白」，清刻本、排印本作「臼」，訛。

〔四〕「洑」，唐語林卷八補遺四作「袱」。

〔五〕「庾子輿」，原作「唐子輿」，檢「出守巴西而卒」句，南史卷五十六庾域傳作「庾子輿」，據改。下同。

〔六〕「庾公」，原作「唐公」，檢「瞿唐水退」句，南史卷五十六庾域傳作「庾公」，據改。

江村

趙云：孟浩然永嘉浦館送張子容云〔一〕：江村日暮時。

清江一曲抱村流，長夏江村事事幽。趙云：清江，是眼前江水之清也，舊注引却是施州清江縣矣。沈佺期樂府有所思云：坐看長夏曉〔二〕，秋月生羅帷。吴志：張承言吕岱曰：何其事事快也？而陶淵明詩云：晨夕看山川，事事悉如昔。自去自來一作歸。堂上燕，相親相近水中鷗。老妻畫紙爲碁局，稚子敲針作鈎鈎。趙云：公於閑居詩，每道實事耳。燕之自去來，鷗之相親近，禽鳥幽而自適也；妻爲碁局以弈，兒作鈎鈎以釣，妻子幽而閑逸也。此之謂事事幽。多病所須唯藥物，微軀此外更何求？何一作無。趙云：張良多病。王充論衡有云：道家以服食藥物，輕身益氣。陸士衡詩：不惜微軀退，但懼蒼蠅前。詩云：亦又何求。而更何求字，如梁簡文帝水月詩云：萬里若消蕩，一相更何求。盛弘之荆州記載：夷道縣乞人謂女子曰：爲何所須？女子曰：所須之物，願此山下有水。晉書：此外蕭然無辦。

【校勘記】

〔一〕「張子容云」，「云」字下衍一「云」字，據文淵閣本删。

〔二〕「曉」，樂府詩集卷十七鼓吹曲辭二沈佺期有所思作「晚」。

江漲

江漲柴門外，兒童報急流。趙云：柴門，見前田舍詩注。下牀高數尺，倚杖沒中洲。趙云：鮑明遠東武吟：倚杖牧雞豚。細動迎風燕，輕搖逐浪鷗。漁人縈小楫，容易拔船頭。趙云：拔船頭，川中舟人之語也。拔有兩音，其音蒲撥切，義則回也。乃回船頭耳〔一〕。

【校勘記】

〔一〕注尾，底本有匿名批識，曰：「『下床』『倚杖』二句言江漲之急，在瞬息之間耳。」文淵閣本、文津閣本、文瀾閣本、清刻本、排印本無。

野老

趙云：字出丘希範詩：村童忽相聚，野老時一望。又，梁簡文帝曲水詩序：都人野老，雲集霧散。

野老籬前江岸迴，柴門不正逐江開。漁人網集澄潭下，賈客船隨返照來。趙云：澄潭，則所謂百花潭矣。返照，落日也。纂要云：日西落，光返照於東，謂之返景也。長路關心悲劍閣，劍門也。閣，棧道也。片雲何意傍琴臺。一作事。又云行雲幾處[一]。傍琴臺，見琴臺詩注。趙云：上句回念其初來蜀時道路之難也。鮑照堂上歌行云：萬曲不關心，一曲動情多。琴臺，則司馬相如琴臺也。蓋公自比其如片雲之飄蕩，何事來蜀中親近相如舊所居乎？何事，一作何意，不如何事之快。王師未報收東郡，城闕秋生畫角哀。公自注：南京同兩都，得云城闕也。趙云：去歲乾元二年之秋，史思明陷東京，及齊、汝、鄭、滑四州，乃京之東郡。今復秋矣，而王師未報收復，所以悲也。惟國都而後有城闕。詩云：在城闕兮。陸士衡擬古詩云：名都一何綺，城闕鬱盤桓。成都既改爲南京，故公自注以爲得稱城闕。

【校勘記】

[一]「一作事又云行雲幾處」九字，文淵閣本、文津閣本、文瀾閣本、清刻本、排印本無。

雲山

京洛雲山外，音書靜不來。神交作賦客，力盡望鄉臺。賦客，謂宋玉也。山濤、阮籍爲神交，喻不涉形迹以神交也。成都記：望鄉臺，蜀王秀所築。趙云：京洛，言長安與洛陽也。字則陸士衡詩云：京洛多風塵。長安，則班固所謂西都，張平子所謂西京。洛陽，則班固所謂東都，張平子所謂東京。望長安、洛陽之音書而不來，故神交作賦客而已。

作賦客，指言班固與張平子也。舊注差排作宋玉，誤矣。望鄉臺，亦所以望京洛也。楚工之言弓曰：臣之精力盡於此矣。衰疾江邊卧，親朋日暮迴。白鷗元水宿，何事有餘哀？趙云：親朋日暮迴，則來相看者，日暮必歸爲可傷矣。故末句托之白鷗以見興，蓋言我之卧病於江邊，如白鷗之本自水宿，何苦而哀也。古詩：慷慨有餘哀。曹子建七哀詩：悲歎有餘哀。公詩凡使者，用此三焉。

遣興

干戈猶未定，弟妹各何之？言避亂奔散，不知其所適也。趙云：公有諸弟一妹，以干戈之際，各避亂而它之，古詩中所謂「有弟有弟在遠方」，又云「有妹有妹在鍾離」是也。列子載揚朱云：弟妹之所不親。莊子：芒乎何之，忽乎何適。謝靈運初發石首城詩：苕苕萬里帆，芒芒終何之？陶潛：胡爲皇皇欲何之？拭淚沾襟血，梳頭滿面絲。趙云：上句言以思憶而痛悼也。拭淚字，劉孝威春宵詩：回釵挂反鐶，拭淚繩春線。下句言自嘆其老也[一]，故末句有難得相見之句。地卑荒野大，天遠暮江遲。衰疾那能久，應無見汝期。一作時。

【校勘記】

[一]「其」，底本漫滅，據文淵閣本、文津閣本、文瀾閣本、清刻本、排印本補。

北鄰

趙云：潘尼應令詩：聖朝命方岳，爪牙司北鄰。

明府豈辭滿，藏身方告勞。後漢張湛傳：明府注：郡所居曰府，明府者，尊高之稱。太守，門卒謂之明府，亦其義也。詩：不敢告勞。趙云：明府，所以指言北鄰之人也，蓋有官之人，不太守則縣令也。謝靈運還舊園詩云：辭滿豈多秩，謝病不待年。辭滿者，辭去盈滿也，蓋知足之義。兩句則言北鄰之人，豈是辭滿，故藏身而告勞乎？青錢買野竹，白幘岸江皋。劉隗岸幘大言，意氣自若。趙作清錢，蜀人語，謂見錢也〔一〕。幘謂之白幘，則白編巾、白帢、白帽之義。楚詞云：朝馳騁乎江皋。愛酒晉山簡，能詩何水曹。山簡本傳云：簡優遊卒歲，唯酒是耽。郡民荆土豪族，有佳園池。簡每出嬉遊，多之池上，輒醉，名之曰高陽池也。梁何遜，字仲言，八歲能賦詩。沈約愛其文，嘗謂遜曰：吾每讀卿詩，一日三復，猶不能已。其爲名流所稱如此，爲安武王參軍兼水部郎，初，遜文章與劉孝綽並見重於世，世謂之何劉。時來訪老疾，步屧到蓬蒿。三輔決録注曰：張仲蔚隱身不仕，所居蓬蒿没人。趙云：宋書曰：袁粲爲丹陽尹，嘗步屧白楊郊野間。

【校勘記】

〔一〕「趙作清錢」三句，蓋爲郭知達編纂集注時所輯録。

南鄰

趙云：左太沖詠史詩云：南鄰擊鍾鼓，北里吹笙竽。

錦里先生烏角巾，巾之有角者。郭林宗遇雨而角折。人皆折角以傚之。薛云：右按晉史：羊祜與從弟琇書曰：既定邊事，當角巾東路，爲容棺之墟。園收芋粟一作栗。不全貧。史記：卓氏曰：吾聞汶山之下，沃野，下有蹲鴟。注：大芋也。成都風俗記曰：大饑不飢。蜀有蹲鴟。趙云：舊本作芋栗，非是。芋與粟所收之多，可謂之園收，若粟於園中，不過一兩樹耳。慣看賓客兒童喜，趙云：魏野詩云：兒童不慣見車馬，走入蘆花深處藏。則今慣看而喜矣。賓客字，如漢書：賓客滿門。得食階除鳥雀馴。趙云：緣置食在階除間，而鳥雀得之以食，所以馴擾，言忘機也，類狎鷗翁。舊注所言爲贋義。登樓賦有循階除而下降也。左傳有如鷹鸇之逐鳥雀也[一]。秋水纔一作雖。深四五尺，野航一作艇。恰受兩三人。師云：庾肩吾詩：野航渡溪渚。趙云：世多惑於釋名云：自關而東，方舟或謂之航。豈有恰受兩三人乎？一本作艇。艇乃去聲，公進艇云：晝引老妻乘小艇。沈存中又云：當作艇。艇，小舟也。此甚費力。詩云：誰謂河廣，一葦杭之。如今言一葉舟也。杭即航也[二]。一葦猶謂之杭，則野航者，不必名其大也。宋鮑令暉詩有曰：桂吐兩三抹[三]，蘭開四五葉。白沙翠竹江村暮，相送一作對。柴門一作籬南。月色新。趙云：皆道其實。曾子曰：白沙在泥，與之皆黑。陳張正見詩曰：翠竹梢雲自結叢。杜預左傳篳門圭竇注云[四]：今之柴門也。相送，當作相對。別本柴門一作籬南，非是。

【校勘記】

〔一〕「鷴」，原作「顚」，訛，據文淵閣本、文瀾閣本、清刻本、排印本並參春秋左傳注襄公二十六年改。

〔二〕「杭」，文淵閣本作「枕」，訛。

〔三〕「抹」，文瀾閣本作「株」，清刻本、排印本作「株」。案，玉臺新詠卷十、藝文類聚卷三十一人部十五、宋詩卷九鮑令暉寄行人作「枝」。

〔四〕「圭」，春秋左傳注襄公十年作「閨」。

赴青城縣出成都寄陶王二少尹

老被樊籠役，一云老恥妻孥笑。貧嗟出入勞。客情投異縣，詩態憶吾曹。一作君曹。趙云：異縣，指言青城也。古詩：他鄉各異縣。公以旅貧之故，不免有所投矣。吾曹，指言二少尹也。首句一作老被樊籠役，不若老恥妻孥笑之爲快。吾曹一作君曹，尤爲費力。東郭滄江一作滄浪。合，蜀城之東二水合流。西山白雪高。西山近接維、松，上有積雪，經夏不消。舊注云：蜀城之東，二水合流而南下，土人謂之合水。是。趙云：上句言成都之境。蓋今有合江亭，取此以爲名矣。公必用此以言成都，則公居浣花江上，其水十餘里，遂合城北江矣。此滄江指浣花江言之也。任彥升詩：滄江易成響〔一〕。西山，則松、維州之外山也。滄江方對白雪，一作滄浪，非。文章差底病，趙云：差，去聲。差，病校也。蓋公尚投異縣以干求，自悼雖有文章，可差得何病乎？如蘇東坡謂一字不堪煮之類。回首興滔滔。趙云：回首望家，興滔滔而散漫矣。論語云：滔滔者，天下皆是也。

【校勘記】

〔一〕「滄江易成響」句，考文選卷二十六、梁詩卷五任彦昇贈郭桐廬出溪口見候餘既未至郭仍進村維舟久之郭生方至作：「滄江路窮此，湍險方自兹。疊嶂易成響，重以夜猿悲。」當屬簡省。

因崔五侍御寄高彭州適

百年已過半，秋至轉飢寒。趙云：傷哉！君子之貧也。易：則思過半矣。書：外有州牧侯伯。詩：兄弟急難。爲問彭州牧，何時救急難？

野望因過常少仙

趙云：北齊劉逖有秋朝野望詩，則野望兩字，亦前人語矣，故公屢有野望之目。少仙，應是言縣尉也。縣尉謂之少府，而梅福爲尉，有神仙之稱。

野橋齊度馬，秋望轉悠哉。趙云：上句言齊度馬，非是，當作齊馬度，蓋言下馬而與馬齊度橋也。晉謠云：五馬齊渡江，一馬化爲龍。乃言人與馬齊渡江水。今公詩句，則言人與馬齊度橋上，特挨傍馬齊渡而取字用耳。詩：悠哉悠哉。而單使則如謝玄暉詩云：耳目暫無擾，懷古信悠哉。竹覆青城合，江從灌口來。青城，山名；灌口，地名。昔秦守李冰，疎鑿離堆，以灌蜀土，因而得名。入村樵徑引，嘗果栗皴開。趙云：栗皴如蝟刺之包者。栗新出而嘗之，所以開其皴而取之。此亦七月末、八月初時矣。落盡高天日，幽人未遣回。趙云：高天，則秋時之天方可言高。幽人，指言常少仙也。

出郭

趙云：孟浩然詩：平田出郭少，盤坂入雲長。則公之前有此出郭兩字，故公詩又曰：已知出郭少塵事。又曰：出郭眄細岑。此篇與野望因過常少仙詩相連，學者遂指爲出青城之郭。以詩考之，頷聯有不合者，況下篇是過南鄰朱山人水亭，乃是成都浣花溪居之南鄰，豈不可專爲成都詩乎？成都諸城門，唯一東門曰大東郭、小東郭，則此詩公既來城中，却自城中出東郭門，繞城歸浣花溪上矣。頷聯可以推見所望之處，斷章可以見歸宿於所居也。

霜露晚淒淒，高天逐望低。遠煙鹽井上，蜀都賦：家有鹽泉井。斜景雪峰西。趙云：學者執此詩接青城詩下，遂謂鹽井，雪峰指青城所接蕃地景物如此，云西山之後有土鹽一種，則有鹽井矣。殊不知西山土鹽，乃取於崖縫之間，非鑿井所爲者。雖雪山在青城望之爲近，然浣花溪上詩，公每言西山，則成都何處而不見邪？以其四時雪不消，故曰雪峰。今以遠煙鹽井上言之，則成都唯出大東郭，則東望簡州一帶，可以遠見鹽井之煙，西望西山，落日乃在其上，且謂之遠煙，尤見其義矣。故國猶兵馬，公長安人。他鄉亦一作正。鼓鼙。趙云：上句言史朝義，下句言段子璋。是年五月戊戌，史朝義殺其父思明而襲僞位，尚在公之故鄉，不無兵馬也。四月壬午，劍南東川節度兵馬使段子璋反，西川節度使崔光遠遣牙將花驚定平之，斬其首。驚定既勝，乃大掠東川〔一〕，至天子聞之而怒，則至八、九月間，驚定之兵方息。公在成都，可謂之他鄉聞有此鼓鼙也。公欲歸鄉，則有思明之兵；今在蜀中，則新有段子璋及花驚定之亂，是以歎耳。孟子：所謂故國者，非謂有喬木之謂也。吴大帝授孫慮大將軍詔有云：寵以兵馬之勢也。古詩：它鄉各異縣。禮記：鼓鼙之聲。江城今夜客，還與舊烏啼。師云：鮑照詩：認得舊烏栖。子美言無得不悲也。趙云：江城，指言成都。公詩有曰：鼓角動江城；又曰：獨宿江城臘炬殘。皆指成都。大抵濱江州郡可謂之江城，公詩言之不一矣。謂今夜客，則自此歸浣花溪上之客也。平時逐夜所聞之烏，今夜復聞之，所以謂之舊烏。烏鳴謂之啼，而屬之於夜，則古樂府有烏夜啼也。以烏屬之江城，則前漢書有城上烏尾畢逋也。啼字在人言之，號也、泣也，蓋泣而有聲者。公感亂而與烏俱啼，其傷至矣！

【校勘記】

〔一〕「川」，原作「州」，訛，據前句有「劍南東川節度兵馬使」改。

過南鄰朱山人水亭

趙云：此篇公歸草堂時所作也。所謂南鄰，豈仍是前者錦里先生乎？

相近竹參差，相過人不知。幽花欹滿樹，小水細通池。歸客村非遠，殘樽席更移。看君多道氣，從此數追隨。趙云：竹參差之句，用陳賀循夾池脩竹詩云「緑竹影參差」也。歸客，公自言也。曹子建公讌詩：飛蓋相追隨。

恨別

洛城一別三一作四。千里，胡騎長驅五六年。因避亂入蜀。趙云：安禄山於天寶十四載乙未十一月反〔一〕，慶緒殺禄山，史思明殺慶緒，陷東京，繼亂中原，至庚子上元元年爲六年矣。公有田園在洛陽，故指洛爲家。草木變衰行劍外，兵戈阻絶老江邊。言道路險阻，不可歸也。趙云：上言時已秋矣，而行於劍外也。宋玉九辯曰：草木摇落而變衰。兵戈字，祖出戾太子贊。思家步月清宵立，憶弟看雲白日眠。聞道河陽近乘勝，司徒急爲破幽燕。趙云：司徒，李光弼也。乾元二年，歲在己亥，十月李光弼及史思明戰于河陽，敗之。若以此所謂河陽近乘勝，不應至次年七、八月而後言矣。上元元年六月，李光弼及思明戰于懷州，敗之，於七、八月爲近。亦恐傳聞之誤，而公言之，與傷春詩注：巴蜀僻遠〔二〕，今已收京，而尚賦傷春耳。幽燕，史思明窟穴，蓋其於是年四月更國號大燕，改元順天，自稱應天皇帝。

【校勘記】

〔一〕「載」，文淵閣本、文津閣本、文瀾閣本、清刻本、排印本作「年」。案，新唐書玄宗本紀：天寶三載正月丙申改「年」爲「載」。

〔二〕「僻」，文淵閣本作「避」。

寄賀蘭銛

朝野歡娱後，張景陽詩：昔在西京時，朝野多歡娱。乾坤震蕩中。趙云：朝野歡娱，指安禄山未反前也。黄魯直過睢陽廟云：乾坤震蕩風雲晦，愁絶宗臣陷賊時。用公下句四字。相隨萬里日，總作白頭翁。曹丕書：已成老翁，但未白頭耳。趙云：上句言與賀蘭同來萬里橋之日也，若作道里之萬里，則自長安來蜀，不當著此字也。又以言萬里推之，則自新津歸成都府矣。歲晚仍分袂，江邊更轉蓬。見前注。趙云：謝惠連詩：分袂澄湖陰。曹植詩：轉蓬離本根，飄飄隨長風。袁陽源效古詩乃云：迺知古時人，所以悲轉蓬。勿云俱異域，古詩：與君俱異域。飲啄幾回同。趙云：俱異域，尤見賀蘭之别在它處矣。飲啄，則又以鳥爲譬矣。莊子云：澤雉十步一啄，百步一飲。言身雖各異域，至於須飲須啄則皆同之。

寄揚五桂州譚因州參軍段子之任

五嶺皆炎熱，五嶺有桂，故以桂得名。見野望詩注。宜人獨桂林。杜田補遺：山海經云：桂林八樹，在賁禺東。注，八樹成林，言其大也。賁禺，即今之南海番禺。陳藏器云：桂林嶺，因桂得名。從嶺以南際海，盡有桂樹，唯柳、象州最多。南之地，皆在五嶺外。五嶺，則大庾嶺、騎田嶺、都龐嶺、萌渚嶺、越城嶺也。詩：宜民宜人。趙云：廣梅花萬里外，雪片一冬深。趙云：廣南多梅。萬里外，或云自成都言之，實在一萬里之外。或云，以萬里橋言之，又況明皇言一行謂朕行萬里之外。廣南難有雪，既有梅花可翫矣，又有雪深，所以有下句之寬懷也。聞此寬相憶，爲邦復好音。趙云：古詩：下言長相憶。顏淵問爲邦。詩云：懷我好音。江邊送孫楚，遠附白頭吟。趙云：孫楚，指言段子也，往爲桂林之參軍，而孫楚常爲驃騎將軍石苞之參軍，故以比之。附白頭吟，則公自以其詩爲白頭吟也。白頭吟祖事出西京雜記。雖是司馬相如將聘妾，文君作白頭吟，相如乃止；然其後遂入樂府爲題，如鮑照所作：直如朱絲繩，清如玉壺冰。何慙宿昔意，猜恨坐相仍。則意在責交好之有始終者也。

逢唐興劉主簿弟

分手開元末，開元二十九年改天寶，至十四載禄山反。連年絶尺書。趙云：分手字，起於沈約。一云：平生少年日，分手易前期。一云：分手桃林崖，望別峴山嶺。

古詩云：呼兒烹鯉魚，中有尺素書。江山且相見，戎馬未安居。戎馬之際，奔走避亂，未安所止也。則安慶緒既死，而史思明復熾。戎馬字，出老子。趙云：未安居，劍外官人冷，關中驛騎疎。趙云：上句言主簿之爲冷官也。唐人以祠部無事謂之冰廳。趙璘云：言其清且冷也。此亦冷官之義矣。下句又言諸相見無書信也。何以知驛騎之爲寄書信？陸凱寄范曄詩：折梅逢驛使，寄與隴頭人。輕舟下吴會，謂當下吴都會之地。主簿意何如？趙云：上句則公自言其欲往兩浙也，故下句問劉君之意，以爲何如。吴會，音會計之會，指會稽也。

和裴迪登新津寺寄王侍郎王時牧蜀。

何限一作恨。倚山木，吟詩秋葉黄。蟬聲集古寺，鳥影度寒塘。趙云：謂之集，則非一蟬矣。下一集字，方可與度字敵。風物悲遊子，登樓憶侍郎〔一〕。趙云：上句以言其遊寄，下句則公題下注云：王時牧蜀也。老夫貪佛日，隨意宿僧房。杜田補遺：金光明經云：佛日大悲，滅一切闇。又云：無上佛日，大光普照。又云：佛日清淨〔二〕，滿足莊嚴。佛日暉耀，放千光明。别本佛作費、作賞，皆非。趙云：大抵公作佛寺詩：或贈僧詩，必用佛書中字也。師云：古詩：貪佛不貪僧。

【校勘記】

〔一〕「樓」，二王本杜集卷十一、十家注卷八、百家注卷十二、分門集注卷八以及錢箋卷十一皆作「臨」。

〔二〕「日」，金光明經卷二十四天王品第六作「月」。

敬簡王明府

葉縣郎官宰，後漢王喬爲葉令，有神術。明帝云：郎官上應列宿，出宰百里。周南太史公。顏延年詩：周南悲昔老，留滯感遺氓。趙云：上句取王喬爲縣令，以比王明府也。王喬，顯宗世爲葉令，時謂即古仙人王子喬也。下句取太史公留滯周南以自比也。神仙才有數，流落意無窮。趙云：上句以終葉縣郎官宰之句，下句以終周南太史公之句。凡詩一句説此，一句説彼，或一句説人，一句説己，謂之雙紀格。驥病思偏秣，師云：張協賦：老馬偏其芻秣。鷹愁怕苦籠。趙云：此兩句則又以驥自比，而望君之偏秣；以鷹自比，而不願局促於籠中也。看君用高義，一云看歸。恥與萬人同。趙云：言王明府之高義，其待公也高出萬人之上矣。字出吳越春秋：伍子胥謂要離曰：吳王聞子高義，唯一臨之。曹子建美女篇：佳人慕高義。

重簡王明府

甲子西南異，言西南寒暑，有異中土也。冬來只薄寒。江雲何夜静，一作盡。蜀雨幾時乾。楚詞：泥汙后土兮何時乾。趙云：此四句蓋實道其事，言雖天道以六甲運行，而西南寒暑有異中原，故冬來只薄寒。而多雨又可厭矣，故公詩又曰「蜀星陰見少，江雨夜來多」是已。行李須相問，盧諶詩：簡才備行李。趙云：左傳：燭之武謂秦伯曰：行李之往來。説者以李爲古之使字，行李言行人也。公望王明府遣人來問。窮愁豈自云作有〔一〕。寬！趙云：所以須遣人來問，無它，以我之窮愁日甚，無自寬時也。家語：孔子之言榮啓期明能自寬者也。一本作有寬，非。又云：以鴻雁望王明府之來問，則豈在新津而王明府乃縣令乎？史記：虞卿以窮愁而著書也。君聽鴻雁響，恐致稻粱難。見一卷「各有稻粱謀」注。師云：二詩末語皆有求於王也。趙云：以鴻雁自況，正有望於稻粱，所以終其須相問之意。廣絶交論云：分雁鶩之稻粱。

【校勘記】

〔一〕「云作有」，文淵閣本作「一竹有」，訛；文津閣本作「一作有」。

建都十二韻

趙云：此篇今歲上元元年九月已後之作。句言窮冬，則十二月也。按新史：肅宗至德二載，以蜀都爲南京，鳳翔爲西京，西京爲中京。上元元年九月，以京兆府爲上都，河南府爲東都，鳳翔府爲西都，江陵府爲南都，太原府爲北都。又，按舊史肅宗紀：上元元年九月，以荆州爲南都，州曰江陵府，官吏制置同京兆。所以知公之詩作於九月已後，所聞已審之時矣。舊注以蜀都爲南都，非是。如杜田正謬，雖知引上所云云，然其意專在正舊注以蜀都爲南都之謬，遂用此建都篇，止言荆州爲南都而作，又非矣。觀全篇，正包籠東南西北皆在焉，具解于後。

蒼生未蘇息，胡馬半乾坤。半天下。議在雲臺上，後漢：議功於雲臺。誰扶黄屋尊？言誰爲安王室也。黄屋，天子車蓋。趙云：廟堂之上，求所以尊王之術也。書云：海隅蒼生[一]，罔不率俾。古注言蒼然而生，則謂草木之屬。而晉書：高崧戲謝安曰：安石不出，將如蒼生何？則以蒼生爲百姓矣。胡馬於東，則言史思明之兵；於西則言吐蕃及西原蠻之兵。是歲，吐蕃陷廓州，西原蠻寇邊也[二]，故曰半乾坤。雲臺，後漢臺名，今公所云議，則廟謨之説也。黄屋，天子車之飾，以引下句建都之議，爲尊王者也。建都分魏闕，下詔闢荆門。恐失東人望，其如西極存。東人謂關中父老也，時明皇在蜀，故云西極存。趙云：荆門以言南都。東人望，以言東都。西極存，以言西都，而篇末之句以言北都也。建都分魏闕，凡謂之都，則有王者之制焉，斯爲分魏闕矣。其建都也，下詔闢荆門，所以爲南都。除京兆府爲上都之外，河南府爲東都，自漢已然矣，而又置南都、西都、北都，實爲異事。恐失東人望，指言河南府之人不服而有觖望之心也。其如西極存，却言以鳳翔爲西都，則所以爲西極之重，斯能保其存。時危當雪恥，恥，國恥也。梁惠王曰：寡人恥之，願比死者一洗之[三]。計大豈輕論。趙云：雪者，洗雪之雪。魯公享孔子以黍雪桃。是下句則公亦譏，建都之議爲無益而輕發耳。雖倚三階正，終愁萬國翻。漢書應劭注：泰階，天之三階也。上階爲天子，中階爲諸侯、爲公卿大夫，下階爲士、庶人，三階正，則是謂太平翻覆也。趙云：東方朔傳云：願陳泰階六符。注云云。時肅宗即位已五年，三階不爲不正矣，而尚未平，所以愁萬國之翻也。牽裾恨不死，漏網荷殊恩〔四〕。前漢志：網漏吞舟之魚。趙云：此已下六句，公自謂也。公嘗爲拾遺，其職諫諍，故有牽裾之語。魏文帝欲遷冀州士以實河南，辛毗諫。帝不答而起，遂引帝裾。公既以言房琯有才不宜廢免，肅宗怒，欲終罪甫，以張鎬之救止放歸，許於鄜州看其妻孥，由是亦疎之矣，故公云然。永負漢庭哭，遙憐湘水魂。賈誼傳：可爲痛哭，屈原沈湘。趙云：兩句通義。公以賈誼自比也。誼建治安之策，有痛哭者一。使漢庭字貼之，則本傳云：漢庭公卿，無出其右也。魂，指言屈原也。誼謫長沙，過汨羅之水，有賦弔屈原。窮冬客江劍，隨事有田園。師云：陳琳詩：二年江劍外。趙云：唐録載太平公主田園遍於近甸，貨殖流於江劍，見本朝太平御覽。此杜公已前事也，又未知復有祖出否耳。陶淵明：田園將蕪胡不歸。風斷青蒲節，霜埋翠竹根。師云：以況節士，不得伸其志。趙云：兩句以成田園之義，言其田園景物有如是也。衣冠空穰穰，言衣冠雖多，而不濟危難。貨殖傳：天下穰穰，皆爲利往。關輔久一作遠。昏昏。趙云：兩句則公之歎深矣。衣冠穰穰，雖多亦奚以爲？關輔昏昏，風塵歷年不解也。庾信云：昏昏如坐霧。久，一作遠，非。顧枉一作唯駐。長安日，光暉照北原。趙云：長安日，正用晉明帝所言：日近，長安遠；日遠，長安近，故有此三字也。照北原之義，蓋以太原府爲北都，而陷於史思明；帝日之光，所宜照之矣。枉，一作駐，非。

【校勘記】

〔一〕「蒼生」，尚書正義卷十六君奭作「出日」。

〔二〕「原」，原作「京」，訛，據前句「則言吐蕃及西原蠻之兵」云云改。

〔三〕「洗」，文淵閣本、文津閣本作「洒」，訛。

〔四〕「荷」，二王本杜集卷十一、百家注卷十二、分門集注卷四以及錢箋卷十一作「辱」。

歲暮

歲暮遠爲客，邊隅還用兵。煙塵犯雪嶺，鼓角動江城。趙云：此篇專言吐蕃之亂也。今歲上元元年歲在庚子，吐蕃陷廓州，則其兵熾於西山一帶。西山近接松、維，上有積雪，人謂之雪山。鼓角動江城，言其震驚成都。江城，言成都也。天地日流血，謂多戰鬬也。朝廷誰請纓？趙云：揚子：川谷流人之血〔一〕。請纓字，終軍願請長纓以係虜。濟時敢愛死，寂寞壯心驚。趙云：公自悼其有濟時之志，而壯心已銷故也。

【校勘記】

〔一〕「揚子」，清刻本、排印本作「東都賦」。案，檢「川谷流人之血」句，揚子法言卷十一淵騫有此句，班固東都賦亦引述有此句。

和裴迪登蜀州東亭送客逢早梅相憶見寄

東閣官梅動詩興，還如何遜在揚州。梁書何遜傳：不見揚州事。趙云：題云東亭，而詩云東閣，但皆蜀州之東耳，可以謂之亭，可以謂之閣，特一臨眺之所也。梅屬於官，故曰官梅，與官柳之義同。動詩興，指言裴迪。後人多用作杜公動詩興，誤矣。何遜在梁書卒於廣陵王記室，舊注所云固然矣，而以公詩逆之，用比裴君則何遜遊於揚，裴君寄於蜀，其詠早梅詩同也。蓋古人詠早梅，唯傳何遜一篇，而其梅是官梅耳。見於歐陽率更藝文類聚及徐堅初學記中，其題止曰：梁何遜詠早梅詩。詩曰：兔園標物序，驚時最是梅。銜霜當路發，映雪擬寒開。枝横却月觀，花遶凌風臺。知應早飄落，故逐上春來。詩首云兔園，則以梁孝王之園比之，必在揚州太守園中也。又云却月觀、凌風臺，應是園中之臺觀名。按樂史寰宇記載揚州事，有風亭、月觀、吹臺，乃宋徐湛之所營，而何遜，梁人，在徐湛之後，豈在後更有此名乎？

此時對雪遥相憶，送客逢春一作花。可自由。趙云：上句指言裴迪登東亭之際憶我，所以有見寄之作。下句又言裴迪之見梅也。謂之送客逢花，則東亭應在蜀州城東，必矣，一作逢春，非是。蓋後句有亂春愁也。

幸不折來傷歲暮，若爲看去亂鄉一作春。愁。趙云：言裴君幸不折梅以相寄，若折來，則使我傷歲暮矣。曹子建幽思賦：感歲暮而傷心也。若何更欲往看乎？苟欲往看之，則起春思撩亂矣。此皆遭時艱難，流離於外，雖見花而感，亦詩人之情也。春愁，一作鄉愁，非。蓋梅非專是長安有之，無見梅思鄉之義。

江邊一樹垂垂發，朝夕催人自白頭。趙云：言我草堂江邊，亦有一樹將發，又將傷歲暮而亂春愁，則頭白可知。

寄贈王十將軍承俊

趙云：詩言錦城中，則指成都城内。題謂之寄贈，莫可考何地寄之。豈在浣花溪上馳往城内，便可謂之寄乎？觀後卷嚴武與公詩云寄題杜二錦江野亭，則自府中馳詩於浣花溪，可謂之寄矣。

將軍膽氣雄，臂懸兩角弓。趙云：孫子荆書曰：并敵一向，奪其膽氣。師云：謝承後漢書：邴丹膽氣過人。纏結青驄馬，出入錦城中。時危未授鉞，勢屈難爲功。趙云：賜斧鉞然後征。受鉞，則爲大將矣。賓客滿堂上，何人高義同。趙云：言王將軍之賓客皆武人耳，豈有膽氣期於爲功，如王君之高誼者乎？此微言之耳。賓客滿堂四字，出漢書，於王莽傳、陳遵傳皆有之。高義字，祖出莊子盗跖篇，而曹子建美女篇云：佳人慕高義。

遊修覺寺前遊

野寺江天豁，山扉花竹幽。詩應有神助，杜補遺：南史：謝惠連族兄靈運，每有篇章對惠連，輒得佳句。嘗於永嘉西堂思詩，終日不就，忽夢見惠連，即得池塘生春草之句，大以爲工。常云：此語有神助，非吾語也。吾得及春遊。徑石相一作深。縈帶，師云：吴筠賦：山川縈帶，勝槩亦多。川雲自一作晚。去留。禪枝宿衆鳥，師云：盧諶過山寺詩：棲鴿遶禪枝。漂轉暮歸愁。趙云：禪枝字，庾信周新州安昌寺碑云：禪枝四静，慧窟三

佛寺詩或贈僧詩多須用佛家書字，斯爲當體。明。而孟浩然東寺詩亦云：禪枝怖鴿栖。公於

後遊

寺憶新遊處，橋憐再渡時。江山如有待，花柳更無私。趙云：言遊者皆得見之，無所私也。野闊煙光薄〔一〕，沙暄日色遲。客愁全爲減，捨此復何之？

【校勘記】

〔一〕「闊」，二王本杜集卷十一、十家注卷八、百家注卷十三、分門集注卷八以及錢箋卷十一皆作「潤」。

題新津北橋樓得郊字

望極春城上，開筵近鳥巢。趙云：古樂府云：春城起風色。白花簷外朶，青柳檻前梢。池水觀

爲政，澄清而不撓也。廚煙覺遠庖。遠庖，言其仁也。趙云：因眼前所見而寓意也。漢書云：書稱水曰：潤下。政令順時，則水得其性，此之謂潤下。今爲見池水，則於是可貼以爲政字矣。其意則又顧子與子華遊東池，子華曰：水有四德，池爲一焉。沐浴群生，澤流萬世，仁也；揚清激濁，滌蕩塵穢，義也；弱而難勝，勇也；導江疏河，變盈流謙，智也。顧子曰：我得汝於池上矣。孟子曰：見其生，不忍見其死；聞其聲，不忍食其肉，是以君子遠庖廚也。西川供客眼，唯有此江郊。

奉酬李都督表丈早春作

力疾坐清曉，來詩悲早春。趙云：力疾，祖出越語：范蠡曰：宜爲人客剛而力疾。其後見於史，則晉卞壼拒蘇峻，力疾帥左右苦戰。又，載記：姚弋仲求見石虎，虎力疾見之。又，南齊世祖力疾召樂府奏正聲伎。盧照隣詩序中亦曾使矣。來詩，一本作來時，非。身既疾矣，而所得之詩多悲早春，故添愁覺老也。轉添愁伴客，更覺老隨人。紅入桃花嫩，青歸柳葉新。望鄉應未已，四海尚風塵。趙云：以四海風塵切於望鄉也。時東則有史思明，西則有吐蕃，故云。成都有望鄉臺，此望鄉字所祖。

登樓

趙云：此在閬中已聞代宗車駕還長安之作，又言吐蕃陷松、維、保州事。舊本在成都往新津詩中，遂指爲登新津樓，而妄説紛紛，正如古柏行乃夔州詩，實言其氣接巫峽長，而有廣大之語，以爲説者矣。

花近高樓傷客心，萬方多難此登臨。趙云：古詩：「西北有高樓。」謝靈運詩：客心非外獎。又有登臨海嶠詩。錦江春色來一作水流。天地，玉壘浮雲變古今。師云：言錦江春色，自天地以來常如此，而玉壘浮雲，則變態古今不同。趙云：兩句可謂雄麗含蓄之句，乃傷時多難而景物不移也。成都江曰錦江，謂以其水濯錦，則錦色愈明也。蜀都賦曰：包玉壘而爲宇。注云：玉壘，山名也，湔水出焉，在成都西北。一作「錦江春水流天地」，此惑於登新津樓，見成都江之來也，便不如「錦江春色來天地」之含蓄，而蔡伯世取之，非矣。公又曰「錦江春色逐人來」，於義則春色之來，在天地中一氣浩大，不可名狀，時無古無今，皆有變態如浮雲。選詩云：春色滿皇州。論語云：於我如浮雲。北極朝廷終不改，西山寇盜莫相侵。時崔旰起西山。趙云：北極者，北辰也。語曰：「譬如北辰，而衆星拱之。」則朝廷之尊安如此。寇盜，指言吐蕃。蓋去年十月，吐蕃陷京師。十五日，聞郭子儀軍至，衆驚潰。子儀復長安。則朝廷似乎改矣，而車駕已還，此其終不改也。而十二月，吐蕃陷松、維、保三州，成都大震，則來相侵矣。故公告之以朝廷，如北極終不改移，爾吐蕃特寇盜耳，無用相侵犯也。以此相應頷聯兩句，見登樓時望全蜀氣象如此。舊注崔旰起兵於西山，非是。崔旰反在永泰元年，歲在乙巳，相去三年，不相干矣。或云：既在閬中作詩，而詩及錦江、玉壘，何也？蓋公初未聞已收宮闕，遂有傷春五首與城上之作；今此已聞車駕之復矣，登樓遠望，感去年吐蕃又陷松、維、保州事，故詩主言蜀中之大疆界也。可憐後主還祠廟，日暮聊爲梁甫吟。趙云：按資治通鑑：廣德元年十二月丁亥，車駕發陝州。左丞顏真卿請先謁陵廟然後還宮，元載不從。真卿怒曰：朝廷豈堪相公再壞耶！載由是銜之。所載如此而已，代宗竟謁陵廟與否，無所考也。以意逆之，公於二年春作傷春詩，時尚未知車駕當年十二月已還京師矣，故傷之而有作。繼聞有承宏之事，所以言朝廷終不改。又聞顔真卿之請，所以有還祠廟之句。今以爲閬中所作，自謂灼然矣。公托言後主之還祠廟，又自謂諸葛可以爲之輔也。考後主傳及諸葛亮傳，並無祠廟之文，唯後主傳注載禪謂亮曰：政由葛氏，祭即寡人〔一〕。斯以祠廟爲事矣。諸葛作梁甫吟，意在譏罪晏子之爲相，今公以諸葛自處而爲其吟，所以罪元載乎？梁甫吟之詞曰：步出齊城門，遥望蕩陰里。里中有三墳，纍纍正相似。問是誰家冢？田强古冶子。力能排南山，文能約地理。一朝被讒言，二桃殺三士。誰能爲此謀？國相齊晏子。

【校勘記】

〔一〕「即」，三國志卷三十三蜀書三作「則」。

春歸

趙云：此言歸時當春也，非謂春色之歸至，又非謂春色之歸往也。

苔逕臨江竹，茅簷覆地花。趙云：言竹生苔徑而臨江，花倚茅簷而覆地耳。古燕歌行云：楊柳覆地亦千條。又云：桃抽覆地春花舒。非花落而在地也。題云春歸，蓋言久出，當春時而歸，非言春色歸往。若誤認題意，遂有落花之義。下句云歸到忽春華，可見矣。別來頻甲子，見甲子混泥塗注。歸到忽春華。忽輕忽也。趙云：別來者，別上句之竹與花也。公於四松古詩曰：別來忽三歲，離立如人長。與此同義。公初自成都遊梓、閬，踰三歲焉，故於甲子得謂之頻。歸到，則言歸成都也。忽春華，言倏忽之間是春。公於四松詩又云：避賊今始歸，春草滿空堂。乃此忽春華之義矣。左傳襄三十年：絳縣人云：臣生之歲，正月甲子朔，四百有四十五甲子矣。春華字，如摛藻艷春華。倚杖看孤石，傾壺就淺沙。遠鷗浮水静，輕燕受風斜。世路雖多梗，師云：曹毗賦：念世路之多梗。吾生亦有涯。莊子曰：吾生也有涯。鮑明遠詩：倚杖收雞豚。趙云：此身一作且應。醒復醉，乘興即爲家。

歸雁

趙云：陳徐陵答尹義言曰：歸雁銜蘆。此歸雁字所出。

春一作東。來萬里客，亂定幾年歸？腸斷江城雁，高高正一作向。北飛。趙云：萬里，言萬里橋也。自西川來東川，所以爲東來之客。今歲廣德元年，史朝義死，思明父子僭號，凡四年，滅。公喜之，爲亂定矣。然尚留於梓。江城指言梓州。雁以春而北歸，公之歸亦向北而不能，宜有斷腸之興矣。

三絶

此三絶，皆慜交道凋敝，風俗衰薄也。初章言新合之情不能久，則莫若不見之也。次章言疎數之無常也[一]。三章言莫若以歲寒自守也。公當亂離之際，奔走流落，而無上下之交。故見於詩者，率皆如此。趙云：世有天廚禁臠者，洪覺範之書也，謂此爲遺音句法。且曰：子美詩言山間野外，意在譏刺風俗，如三絶句詩是也。余謂不然，具解于后。

楸樹馨香倚釣磯，斬新花蘂未應飛。師云：劉孝標賦：斬新鼎物。不如醉裏風吹盡，可忍醒時雨打稀。趙云：斬新字，通方言也。雨打字，即常語。涅槃經云：風雨所打。洪覺範云：上兩句言後進暴貴可榮觀也，後兩句言其恩重才薄，眼見其零落，不若未受恩眷之時。雨比天恩，以雨多故致花易壞也。又云：小人之愚弄朝廷，賢人、君子不見其成敗則已，如眼見其敗，亦不能不爲之歎息耳，故曰：可忍醒時雨打稀。如此則又自爲兩説矣。蓋楸者，梓木也，與梗、楠、豫章同爲真材，不可比之後進也。若必欲比興，則公以自況矣。如楸梓之馨香，倚釣磯間曠之地，其花方新，未便飛落。既不得收用，且於醉裏衮過而落盡，不忍在醒時爲雨所摧打而稀少，則雨乃所以譬患難，豈得却謂之天恩乎？觀其謂之雨打，則非佳意矣。

右一

【校勘記】

〔一〕「數」，文淵閣本、文津閣本、文瀾閣本作「藪」。

門外鸕鷀久不來，沙頭忽見眼相猜。自今已後知人意，一日須來一百迴。趙云：洪覺範云：上兩句言貪利小人，畏君子之譏其短也，後兩句言君子以蒙養正，瑜瑾匿瑕，山藪藏疾，不發其惡，而小人來革面謟諛，不能媿耻也。余謂此篇正有狎鷗之意，彼以鸕鷀爲小人，亦何所取義乎？一日來一百回，亦豈有謟諛之意乎？

右二

無數春筍滿林生，柴門密掩斷人行。會須上番看成竹，客至從嗔不出迎。趙云：蜀人於竹言上番，則成竹，又曰上筤筍；下番則不成竹，亦曰下筤筍。覺範斷此全篇云：言惟守道爲歲寒也〔一〕。看筍成竹，謂之觀其成材則可，豈有守道之意乎？

右三

【校勘記】

〔一〕「爲」，文淵閣本、文津閣本、文瀾閣本、清刻本、排印本無。

客至 喜崔明府見過。

舍南舍北皆春水，但見一作有。群鷗日日來。花徑不曾緣客掃，蓬門今始爲君開。言尋常惟爲鷗鳥往來，未嘗有客至。今也方除剪蓬蒿，以待君子也。盤飧市遠無兼味，樽酒家貧只舊醅。師云：前漢陳遵：食不兼味。陶侃詩：新釀接舊醅。趙云：左傳：盤飧寘璧。易：樽酒簋貳。潘岳作夏侯湛誄有云：重珍兼味。肯與鄰翁相對飲，隔籬呼取盡餘杯。

遣意二首

囀枝黄鳥近，泛渚白鷗輕。一徑野花落，孤村春水生。衰年催釀黍，細雨更移橙。漸喜交遊絶，幽居不用名。陶淵明：歸去來兮，請息交以絶遊。

右一

簷影微微落，津流脉脉斜。野船明細火，宿雁聚圓一作寒。沙。雲掩初弦月，香傳小樹花。鄰人有美酒，稚子夜一作也。能賒。趙云：野船，一本作野松，非是。蓋此夜景矣。初弦字，庾肩吾江州七夕詩：初弦值早秋。香謂之傳，梁王訓詠舞云：衣香十里傳也。小樹字，法華經有云小樹枝。夜能賒，一作也能賒，蓋由北人稱也爲夜，是以誤改耳。

右二

新刊校定集注杜詩卷二十二

近體詩

琴臺

成都記：琴臺院，以司馬相如琴臺得名，而非相如舊臺。舊臺在浣花溪正路，金花寺北廂，號海安寺。隋梁蕭藻鎮蜀，增建樓臺，以備遊觀，元魏伐蜀，下營於此，掘爲壍，得大甕二十餘口，蓋所以響琴也。隋蜀王秀，更增五臺，并舊爲六。

茂陵多病後，尚愛卓文君。相如居茂陵，常病渴。文君，臨邛卓氏女，少寡，好音。相如以琴心挑之，文君夜奔相如，相如與歸成都。酒肆人間世，相如既歸成都，家居徒四壁立。乃之臨邛，賣車騎酤酒。文君當壚，生自滌器於市也。趙云：言以酒肆爲營生之具爾。莊子有人間世篇。琴臺日暮雲。趙云：江文通擬休上人詩云：日暮碧雲合。野花留寶靨，蔓草見羅裙。趙云：沈佺期梨園亭侍宴詩云：野花飄御座，河柳拂天杯。以花譬寶靨花鈿也，覩野花如文君所留之鈿。蔓草，則詩云：野有蔓草。草之色緑，如見其裙。或以白樂天裙腰細草言之〔一〕，其義亦通。歸鳳求皇意，寥寥不復聞。杜補遺：徐陵玉臺新詠載相如琴歌曰：鳳兮鳳兮歸故鄉，遊遨四海求其皇。時未通遇無所將，何悟今日升斯堂！有艷淑女在此房，室邇人遐愁我腸。何緣交頸爲鴛鴦。又曰：凰兮凰兮從我棲，得托字尾永爲妃。交情通體心和怡，中夜相從知者誰。雙與俱起翻高飛，無感我心使予悲。趙云：夫相如以文章冠世，固美矣〔二〕，而此段終非美事。寥寥不復聞，言行媒婚姻，乃所聞者；而挑之使奔，自相如之死，如此者未之聞矣。爲賢者諱，春秋之義，今句其微言，責之者乎？

【校勘記】

〔一〕「裙腰細草」，文瀾閣本奪「腰」字。案，全唐詩卷四百四十三白居易杭州春望作「草緑裙腰一道斜」。

〔二〕「美」，排印本作「然」。

漫成二首

野日一作月。荒荒白，春流泯泯清。趙云：周王褒送葬詩云：塞近邊雲黑〔一〕，塵昏野日黄。渚蒲隨地有，村徑逐門成。趙云：梁簡文帝晚春詩：渚蒲變新節。公詩又曰：渚蒲芽白水荇青。只作披衣慣，常從漉酒生。陶潛以巾漉酒。趙云：言有酒之家，必從之求酒飲也。眼前無俗物，多病也身輕。杜補遺：世説云：嵇、阮、山、劉在竹林酣飲，王戎後往，阮步兵曰：俗物已復來敗人意。則子美眼邊無俗物，宜其雖病而身輕也。

右一

【校勘記】

〔一〕「塞」，原作「寒」，據藝文類聚卷三十四人部十八、北周詩卷一王褒送葬詩改。

江皋已仲春，謝靈運詩：白日麗江皋。又，詩：仲春喜遊遨。花下復清晨。仰面貪看鳥，迴頭錯應人。讀書難字過，對酒滿壺頻。近識峨眉老，知余懶是真。東山隱者。趙云：楚詞：朝馳騁兮江皋。其後謝玄暉使「幽客滯江皋」。清晨，出子建詩。

右二

春水

三月桃花浪，江人以三月水爲桃花水。江流復舊痕。言復漲也。趙云：韓詩章句於「溱與洧，方涣涣兮」注云：謂三月桃花水下時也。朝來没沙尾，碧色動柴門。古詩：春水似挼藍。接縷垂芳餌，連筒灌小園。已添無數鳥，争浴故相喧。趙云：古詩曰：寄語故林無數鳥，會入群裏比毛衣。陸機苦寒行云：但聞寒鳥喧〔一〕。

【校勘記】

〔一〕「陸機苦寒行」二句，「陸機」原作「崔植」，檢崔植詩無「但聞寒鳥喧」句，考文選卷二十八、晉詩卷五陸機苦寒行有此句，當是誤置，據改。

江亭

坦腹江亭暖，王羲之東床坦腹。長吟野望時。水流心不競，雲在意俱遲。寂寂春將晚，趙云：桓温云：爲爾寂寂，文景笑人。欣欣物自私。陶淵明賦〔一〕：木欣欣以向榮。故林歸未得，趙云：王仲宣七哀詩：飛鳥翔故林。排悶强裁詩。排，去也。趙云：周弘讓答王褒書云：排愁破涕。

【校勘記】

〔一〕「賦」，清刻本、排印本作「辭」。

村夜

風色蕭蕭暮，江頭人不行。趙云：一本作蕭蕭風色暮，則錯字眼矣。又一本作肅肅風色暮，却無義矣。師民瞻本作風色蕭蕭暮，是。上官儀初春詩：風色翻露文，雪花上空碧。村舂雨外急，鄰火夜深明。趙云：可謂善道事矣。孟浩然：鄰杵夜聲急。亦詩人偶合，蓋物理當然。李商隱云：渠濁村舂急。則分明是使杜公之句。胡羯何多難，樵漁寄此生。趙云：胡羯指言史朝義也。是年三月，史朝義弑其父思明而襲位，改元顯聖。中原有兄弟，萬里正含情。趙云：王仲宣公讌詩曰：今日不極歡，含情欲待誰？而江文通登廬山香爐峰詩：臨風默含情。

早起

趙云：孟子：早起，施從良人之所之。

春來常早起，幽事頗相關。趙云：頗相關，出於梁元帝「別罷花枝不共攀，別後書信不相關」也。蕭綜悲落葉詩：悲落葉，何時還？宿昔并根本〔一〕，無復一相關。陳後主云：風流豈云盡，嬌態强相關。帖石防隤岸，開林出遠山。一丘藏曲折，緩步有躋攀。趙云：一丘對緩步，此不拘以數對數，詩之老成者也。漢書：班固書曰：夫嚴子者，棲遲於一丘，天下不易其樂。故其後謝鯤云：一丘一壑，自謂過之。緩步字，如傳云：緩步而拯溺。童僕來城市，瓶中得酒還。

【校勘記】

〔一〕「宿昔并根本」，藝文類聚卷八十八木部上、北魏詩卷二蕭綜悲落葉作「夙昔共根本」。

畏人

趙云：選詩曰：客子常畏人。故公得以爲題。

早花隨處發，春鳥異方啼。萬里清江上，三年一作峰。落日低。趙云：公所居在萬里橋西。畏人成小築，褊性合幽棲。趙云：謝靈運詩：資此永幽棲。門逕一作逕没。從榛草，無心待一作走。馬蹄。

可惜

花飛有底急，老去願春遲。趙云：有底，唐人語「有甚底事」也。韓退之詩云：有底忙時不肯來。可惜歡娛地，都非少壯時。趙云：孟子：霸者之民，驩虞如也。而詩人用之如：朝野多歡娱。古詩：少壯不努力。寛心應是酒，遣興莫過詩。此意陶潛解，吾生後汝期。趙云：以酒對詩，詩人皆然。陶淵明所以高世者，此二物而已。公恨不與之同時，故曰後期也。

落日

落日在簾鈎，溪邊春事幽。芳菲緣岸圃，樵爨倚灘舟。趙云：芳菲之圃，緣岸而爲；樵爨之舟，倚灘而泊。此於義本是緣岸芳菲圃，倚灘樵爨舟，而句法藏巧，故云。啅雀争枝墜，飛蟲滿院遊。趙云：蓋道實事，與夏夜歎所謂「虚明見纖毫，羽虫亦飛揚」同。濁醪誰造汝？一酌散千憂。東方朔曰：夫積憂者，得酒而解。杜補遺：東方朔别傳：武帝幸甘泉，長平坂道中有虫，赤如肝，頭目口齒悉具。朔曰：此謂怪氣，是必秦獄處也。夫積憂者，得酒而解。乃取虫置酒中立消。趙云：魏都賦云：清酤如濟，濁醪如河。一酌散千憂，一可以敵千，乃詩語之工也。一作酌罷，非。一酌。一作酌罷。〔一〕

【校勘記】

〔一〕「一作」，清刻本、排印本作「趙作」。

獨酌

步屧深林晚，開樽獨酌遲。趙云：南史：袁粲爲丹陽尹，嘗步屧白楊郊野間，道遇一士人，便呼與酣飲〔一〕。仰蜂粘落蘂，行音杭。蟻上枯梨。趙云：蜂粘花蘂是也，一作落絮，非。行蟻，成行之蟻。薄劣慙真隱，幽偏得自怡。趙云：薄劣，謝靈運詩：彼美丘園道，喟焉傷薄劣。本無軒冕意，不是傲當時。薛云：莊子曰：今之所謂得志者，軒冕之謂也。

【校勘記】

〔一〕「南史」，原作「宋書」，檢宋書無「南史袁粲爲丹陽尹」以下三句，考南史卷二十六袁粲傳、南齊書卷一高帝本紀有此三句，據改。

遠遊

趙云：楚詞有遠遊篇。

賤子何人記，迷方著處家。趙云：記曰：所遊必有方。迷方，則漫行而不知所定止也。鮑照擬古云：南國有儒生，迷方獨淪誤。此之謂著處家矣。或作迷芳，非是。

竹風連野色，江沫擁春沙。種藥扶衰病，吟詩解嘆嗟。似聞胡騎走，失喜問京華。失喜言出於不自覺。趙云：胡騎走，謂史朝義之兵稍衰者也。

徐步

整履一作屐。步青蕪，荒庭日欲晡。晡，向午也。趙云：晡，日晚也。淮南子：日至于悲谷，是謂晡時。芹泥隨燕觜，花蘂上蜂鬚。趙云：公此數篇詩，皆道景爲新句，前篇云：「仰蜂粘花蘂，行蟻上枯梨」；今云：「芹泥隨燕觜，花蘂上蜂鬚」，真冠絶古今矣。把酒從衣濕，吟詩信杖扶。敢論才見忌，賈誼以才見忌。實有醉如愚。潛德於酒也。

寒食

寒食江村路，一作落。風花高下飛。汀煙輕冉冉，竹日淨暉暉。田父一作舍。要皆去，趙云：要，音平聲，言有招要則皆去也。鄰家閑一作問。不違。趙云：言鄰家之問贈亦不違而受之。如，左傳衛出公以弓問子貢之「問」〔一〕。舊本作閑，非。地偏相識盡，雞犬亦忘歸。一作機。趙云：陶潛：心遠地自偏。

【校勘記】

〔一〕「子貢」，春秋左傳注哀公二十六年作「子贛」。

高柟

趙云：此應是下篇古詩風雨所拔之柟矣。

柟樹色冥冥，江邊一蓋青。劉先主所居籬角一樹，遠望若車蓋。近根開藥圃，接葉製茅亭。落景陰猶合，趙云：凡木日景晚照不全照頂，止照其旁，故陰少。今柟以高大，則其旁枝葉濃茂，故云。微風韻可聽。尋常絶醉困，卧此片時醒。

惡樹

獨遶虛齋徑，常持小斧柯。趙云：六韜云：兩葉不去，將成斧柯。幽陰成頗雜，惡木翦還多。趙云：管子云：士懷耿介之心，不蔭惡木之枝。惡木尚能耻之，况與惡人同處！陸士衡猛虎行云：熱不蔭惡木陰，惡木豈無陰，志士多苦心。即用管子矣。翦字，則甘棠云：勿翦勿拜。**枸杞因吾有，雞棲奈汝一作爾。何。**趙云：以惡木蔽障而枸杞不生，因公翦去雜陰而有也。翦去木枝似妨雞棲，故云奈汝何。**方知不材者，生長漫婆娑。**莊子言：櫟杜之樹，匠伯不顧。弟子問之，匠伯曰：彼散木也，無所可用，故能若是之壽也。趙云：莊子云：昨日山中之木，以不才生也〔一〕。

【校勘記】

〔一〕「才」，清刻本、排印本作「材」。

石鏡

成都記：武都山精化爲女子，蜀王開明納爲妃。無幾，物故。王哀之，取武都山土，築爲之塚。蓋地數畝，以石鏡表其門。

蜀王將此鏡，送死置空山。冥寞憐香骨，趙云：蜀王於冥寞之中，憐此女子之香骨也。冥寞，亦取謝惠連祭古冢文，號之爲冥寞君也。**提攜近玉顔。**選：美者顔如玉。趙云：提攜此鏡以近女子之玉顔也。**衆妃無復嘆，千騎亦虚還。**趙云：上句言昔日專寵衆妃，皆有嗟嘆，今既死矣，則無復嘆。下句言人已葬矣，送葬之千騎虚還而已。**獨有傷心石，埋輪月宇間。**見石筍行注。趙云：埋輪，借張綱埋輪爲熟字也。月宇，似言容月之宇，如蕊珠宫、廣寒宫之義，以比埋鏡月處。然非深解，以俟明識。

聞斛斯六官未歸

趙云：此豈前篇所謂斛斯融者乎？絕句云：南鄰愛酒伴，而自注云：斛斯融，吾酒徒。又自閬中再歸成都，則有過故斛斯校書莊以弔矣。

故人南郡去，去索作碑錢。趙云：南郡，今夔、巫之間。酈道元注水經云：秦兼天下，置立南郡。自巫而上皆其域也。夫爲人作碑，而至遠去索錢，爲可傷矣。其求碑之人，又可鄙矣。此公詩句之奇也。

本賣文爲活，翻令室倒懸。唐書：以文獲財，未有如李邕者。左傳：室如懸罄。孟子：猶解倒懸。師云：管輅射覆云：室家倒懸，門户衆多，藏精育毒，得秋乃化，此蜂窠也。工部用史中字，非用事也，他倣此。趙云：爲活，蜀人方言。倒懸，言其室中飢餓，不啻倒懸，急於飲食之爲解也。

荆扉深蔓草，土銼冷疎煙。蜀人呼釜爲銼。趙云：沈休文詩云：荆扉新且故。詩云：野有蔓草。

老罷休無賴，歸來省醉眠。趙云：蔡興宗傳：太尉沈慶之曰：加老罷私門，兵力頓闕。則言老而罷也，應是常語。故公又云：老罷知明鏡，悲來望白雲。

絶句漫興九首

趙云：題名漫興，蓋書眼前之景而漫成耳，别無譏誚。

眼見一作前。客愁愁不醒，無賴春色到江亭。趙云：言所見之客愁，如睡如醉而不醒也。下句言春色既無所倚賴而到江亭矣。時三月春暮，故有下句之可愁也。即遣花飛一作開。深造次，便覺一作教。鶯語太丁寧。趙云：即便遣花飛去，此所以爲春之造次也。一本作遣花開，非是。造次，率爾之義。鶯亦惜花之飛，而其語丁寧稠疊也。師民瞻本作第九首。

右一

手種桃李非無主，野老牆低還是家。趙云：野老，公自稱也。言親手種桃李之人，固自有主，因牆低可盡見他家之桃李，即還是我家無異矣。此足見公之不泥意於分彼此也。恰似春風相欺得〔一〕，夜來吹折數枝花。趙云：方藉見鄰家桃李以爲翫，而春風相欺，吹折數枝矣。

右二

【校勘記】

〔一〕句尾有匿名批識「相字合音斷」五字，諸校本無。

熟一作耐。知茅齋絶低小，江上燕子故來頻。銜泥點污琴書内，更接飛蟲打著人。趙云：此篇專言燕也，只道實事，無所譏。銜字，俗旁著口，非。

右三

二月已破三月來，漸老逢春能幾回？趙云：破字下得奇。沈佺期度安海入龍編詩云：別離頻破月，容鬢驟催年。亦此破之義。莫思身外無窮事，且盡生前有限杯。張翰詩：使我有身後名，不如即時一杯酒。趙云：以張翰句翻起新意、新語也。

右四

腸斷春江欲盡頭，杖藜徐步立芳洲。趙云：上句王維所謂「行到水窮處」也。顛狂柳絮隨風去，輕薄桃花逐水流。柳絮、桃花，非久固之物，故隨風、逐水，無有定止，亦譏以勢利相交也。趙云：作爲狂怪之語，別無所譏。

右五

懶慢無堪不出村，呼兒日在掩柴門。趙云：懶慢而無所堪任，所以不出村，乃嵇康性疎懶而有七不堪是也。柴門，杜元凱注左傳：篳門，柴門也。陶淵明歸去來云：門雖設而常關。蒼苔濁酒林中静，碧水春風野外昏。趙云：此句法大似「落花遊絲白日静，鳴鳩乳燕青春深」，而驟然誦之，初不覺也。

右六

糝逕楊花鋪白氊，點溪荷葉疊一作纍。青錢。筍根稚子無人見，沙上鳧雛傍母眠。洪覺範冷齋夜話云：筍根稚子無人見，世人不解何等語。唐人食筍詩曰：稚子脱錦綳，騈頭玉香滑。則稚子爲筍明矣。贊寧雜誌曰：竹根有鼠，大如貓，其色類竹，名竹豚，亦名稚子。趙云：筍根雉子，則雉雞之子，出古樂府，有雉子班，故用對鳧雛。西京雜記：太液池，其間鳧雛、鶴子，布滿充積。雉性好伏，况其子之身小，在筍之傍難見，亦可知。緣世間本有作稚子，故起紛紛之説。予問韓子蒼，子蒼曰：筍名稚子，老杜之意也〔一〕，不用食筍詩亦可。覺範之説如此。夫既謂之筍根稚子，則稚子别是一物，豈仍舊却是筍邪？諸説皆非。而贊寧穿鑿尤甚，蜀中竹間有鼠大如貓，成都人豈不皆知之且識之邪？

右七

【校勘記】

〔一〕「之意也」三字，原奪，易造成誤讀，據釋惠洪冷齋夜話卷二補。

舍西柔桑葉可拈，江畔細麥復纖纖。趙云：葉可拈，則三月時葉繁茂，可引手而拈之也。人生幾何春已夏，不放香醪如蜜甜。趙云：如蜜甜，則家語載童兒之歌萍實曰甜如蜜也。不放者，不放脱之謂。魏武短歌行：對酒當歌，人生幾何。

右八

隔户楊柳弱嫋嫋，恰似十五女兒腰。趙云：宋鮑明遠詩：翾翾燕弄風，嫋嫋柳垂道。又，陳徐陵折楊柳云：嫋嫋河隄柳，依依魏主營。琅琊王歌云：新買五尺刀，懸著中梁柱。一日三摩挲，劇於十五女。誰謂朝來不作意，狂風挽斷最長條。趙云：師民瞻本作第一首。

右九

戲爲六絶

趙云：此六篇皆言文章之難事，公雖謂之戲，而中有刀尺矣。

庾信文章老更成，凌雲健筆意縱横。周書：庾信，字子山。有盛才，文采綺艷，爲世人所尚，謂之庾體。宿學後生，競相模範。作哀江南賦，尤爲麗絶，至今行於世。趙云：詩云：雖無老成人，尚有典刑。老成者，以年則老，以德則成也。文章而老更成，則練歷之多，爲無敵矣。故公詩又曰「波瀾獨老成」也。司馬相如作大人賦，武帝讀之，飄然有凌雲之氣。庾信作宇文順文集序曰：章表健筆，一付陳琳。

今人嗤點流傳賦，不覺前賢畏後生。趙云：嗤點，嗤笑點檢之也。干寶晉紀總論有云：蓋共嗤點以爲灰塵，而相詬病矣。陸機豪士賦云：巍巍之盛，仰邈前賢；洋洋之風，俯冠來籍。後生，則孔子曰：後生可畏，焉知來者之不如今也。後生，言在後時所生，不必以年少爲後生也。今人嗤點其賦，則亦公自謂矣。庾信生於前，故謂之前賢。公生於後，故謂之後生。此又反其本傳中語也。

其二

楊王盧駱當時體[一]，輕薄爲文哂未休。楊炯、王勃、盧照鄰、駱賓王，以文辭馳名，號爲四傑。杜補遺：唐史：李敬玄重楊炯、盧照鄰、駱賓王、王勃，必當顯貴。裴行儉曰：士之致遠，先器識，後文藝。勃等雖有文才，而浮躁淺露，豈享爵禄之器哉？趙云：楊炯不伏王勃而畏盧照鄰，嘗曰：媿在盧前，恥居王後。炯意欲云盧楊王駱，而公今云楊王盧駱，則公語中已見品第矣。四子之文，大率浮麗，故公以之爲輕薄爲文，而哂之未休也。孔子曰：是故哂之。下一哂字，而許與見矣。唐人玉泉子之書，載王、楊、盧、駱有文名[二]，人議其疵曰：楊好用古人姓名，謂之點鬼簿；駱好用數對，謂之筭博士。然則，公以之爲當時體，亦豈過爲抵排之説哉！

爾曹身與名俱滅，不廢江河萬古流。趙云：鮑明遠升天行云：何時與爾曹，啄腐共吞腥。老子曰：名與身孰親。列子云：仁義使我先身而後名者也[三]。與名俱滅字，則宋之問云：南史之筆，漏而不書[四]；東嶽之魂，與名俱滅[五]。

【校勘記】

〔一〕「楊王盧駱」，二王本杜集卷十一「楊王」下注云「一作王楊」。

〔二〕「駱」，原作「絡」，訛，據詩中正文「楊王盧駱」及文淵閣本、文瀾閣本、清刻本、排印本改。

〔三〕「先」，列子說符第八作「愛」。

〔四〕「而」，全唐文卷二百四十宋之問在桂州與修史學士吴兢書作「美」。

〔五〕「嶽」，全唐文卷二百四十宋之問在桂州與修史學士吴兢書作「岱」。

其三

縱使盧王操翰墨，劣於漢魏近風騷。謂漢魏文雖近風騷，未識其大全爾。趙云：此篇又再舉盧、王二人，言漢魏之文去古未遠，終有風騷之氣，而照鄰與勃，轉爲輕薄之文，以文比之爲劣。龍文虎脊皆君馭，歷塊過都見爾曹。言君皆得逸才也。杜田補遺：前漢西域傳：孝武之世，蒲梢、龍文、魚目、汗血之馬充於黄門。注：四駿馬名也。又，禮樂志：天馬歌：天馬徠，出泉水，虎脊兩，化若神〔一〕。注：馬毛色如虎脊者有兩也。趙云：文章之妙如龍文虎脊之馬，皆可充君王之馭，然或過都而蹶，則猶不爲良馬。爾曹，指盧、王也。王褒聖主得賢臣頌：過都越國，蹶若歷塊。

【校勘記】

〔一〕「神」，漢書卷二十二禮樂志作「鬼」。

其四

才力應難跨數公，凡今誰是出群雄？趙云：數公，指庾信、楊、王、盧、駱與夫漢、魏諸人也。自眾人觀之，才力未易超跨之。出群字，世說：殷中軍道韓太常曰：康伯少自標置，居然是出群器。群字，亦指數公。而出群雄，則蓋自負矣。或看翡翠蘭苕上，薛云：郭景純：翡翠戲蘭苕，容色更相鮮。言珍禽在芳草間，交相輝映，以比文章。苕者，華也。未掣鯨魚碧海中。言今之爲文者，止得小巧而已。趙云：此兩句言數公者，不過文采華麗而已，而公所自負其出群雄者，如掣鯨魚於碧海，非釣手之善，氣力之雄，安能然哉？蘭苕事，郭景純遊仙詩云云，具見薛注。郭止言珍禽芳草，交相輝映，而公取用言文章也。鯨魚有力，最難得者。木玄虛海賦云：魚則橫海之鯨。潘岳西征賦曰：貫鰓屬尾，掣三牽兩〔一〕。此無一字無來處矣。東方朔十洲記曰：東有碧海，廣狹浩汗，與東海等，水不鹹苦，正作碧色。

【校勘記】

〔一〕「三」，原作「二」，訛，據文淵閣本、清刻本、排印本改。又，「兩」，文淵閣本作「比」，訛。

其五

不薄今人愛古人，清詞麗句必爲鄰。趙云：此公之志也。古人則指言屈宋也。論語：必有鄰。爲鄰字，如天與地爲鄰也。竊攀屈宋宜方駕，恐與齊梁作後塵。屈原、宋玉文才足以方駕並驅。齊梁詩，體格輕麗，文之失始於齊梁也。趙云：言公竊自追攀屈原、宋玉，宜與之並駕矣。恐與字，如孔子謂子貢曰：汝與回也，孰愈之？與，言恐共齊梁之人皆作屈、宋後塵爾。一云：公所以必追逐屈宋者，唯恐不超過齊梁而翻與之作後塵，蓋齊梁詩體格輕麗，公所不取也。亦皆有義。劉孝標絶交論云：方駕曹王。謂曹植、王粲。方，言並也；後塵，應瑗與桓玄書曰：敢不策馳，敬尋後塵。

其六

未及前賢更勿疑，遞相祖述復先誰？趙云：陸機豪士賦序云：巍巍之盛，仰邈前賢。此兩句功用，可敵陸機文賦云：必所擬之不殊，乃闇合乎曩篇。雖杼軸於予懷，怵他人之我先。則公之意矣。唐乾封郊祀詔曰：其後遞相祖述，禮儀紛雜。而在文章言之，則沈休文作謝靈運傳論曰：異軌同奔，遞相師祖。李善注文選亦曰：諸引文證，皆舉先以明後，以示作者必有所祖述也。然則祖述者，文人烏能輒已邪？故雖孔子亦曰祖述堯舜，豈專自己出哉！別裁僞體親風雅，轉益多師是汝師。薛云：南史：徐陵多變舊體，有新意。又，北史：

庾信父肩吾，與徐陵並爲東宫學士，文詞綺麗，世號徐庾體。趙云：裁字，即孔子不知所以裁之；謝靈運傳論文曰：延年之體裁明密。凡文章皆有體，文賦曰：其爲體也屢遷；嵇康曰：才士並爲之賦頌，其體製風流，莫不相襲。公今指言浮華者，謂之僞體，欲裁約之以近風雅。亦無常師，多求之前人，以取其所長，乃爲師耳。汝師者，自謂之辭〔一〕。

【校勘記】

〔一〕詩尾有匿名批識云：「草堂注云：言意尚之不一也。覺於上句意切近。」文淵閣本、文津閣本、文瀾閣本、清刻本、排印本均無。

江漲

江發蠻夷漲，蜀水之源，皆出夷地。山添雨雪流。大聲吹地轉，海賦：又似地軸〔一〕，挺拔而争迴。趙云：揚子云：或問大聲。高浪蹴天浮。海賦：浮天無岸。遊仙詩：高浪駕蓬萊。魚鱉爲人得，蛟龍不自謀。七發：横暴之極，魚鱉失勢。趙云：公於溪漲詩亦曰：蛟龍亦狼狽，而況鱉與魚〔二〕。輕帆好去便，吾道付滄洲。公以道之不行，故有乘桴之意。

【校勘記】

〔一〕「似」，原作「以」，訛，據清刻本、排印本並參文選卷十二、全晋文卷一百五木華海賦改。

〔二〕「而況」，本集卷十溪漲詩作「況是」。

晚晴

村晚驚風度，庭幽過雨霑。夕陽薰細草，趙云：江淹別賦：陌上草薰。江色映疎簾。書亂誰能帙？杯乾可自添。時聞有餘論，未怪老夫潛。趙云：緣王符著潛夫論，故云然。

朝雨

涼氣曉蕭蕭，江雲亂眼飄。趙云：周庾信詩曰：細塵障路起，驚花亂眼飄。風鴛藏近渚，雨燕集深條。黄綺終辭漢，巢由不見堯。趙云：黄公、綺公者，乃四皓中二人。既避秦矣，以漢高欲易太子之故〔一〕，一出而定太子，又且入山，是爲辭漢。晉庾闡閑居賦曰：黄綺結其雲樓〔二〕，漁父欣其濯足，故公逸詩又云「黄綺未稱臣」也。巢由，巢父、許由也。嵇康高士傳曰：巢父，堯時隱人。年老，以樹爲巢而寢其上，故人號爲巢父。堯之讓許由，由以告巢父。巢父曰：汝何不隱汝形，藏汝光？非吾友也。乃擊其膺而下之。許由悵然不自得，乃遇清冷之水，洗其耳，拭其目，曰：嚮者聞言，負吾友。遂去，終身不相見。豈非皆不見堯耶？題是朝雨，而言此者，蓋引下句草堂之興。草堂樽酒在，幸得過清朝。趙云：言不必如黃〔三〕、綺之入山，巢、由之深隱，草堂幸有樽酒，可以過此雨朝。乃詩人之高興，不必泥雨與晴也。謝惠連翫月詩：悟言不知罷，從夕至清朝。

【校勘記】

〔一〕「漢高」，文淵閣本作「漢高祖」。

〔二〕「黃綺結其雲樓」句，「結」、「樓」二字，藝文類聚卷六十四居處部四、全晉文卷三十八庾闡閑居賦分别作「絜」、「棲」。

〔三〕「如」字，文淵閣本脱。

送韓十四江東省覲

趙云：此在蜀州作。

兵戈不見老萊衣，見「休覓綵衣輕」注。歎息人間萬事非。趙云：兵戈字，祖出戾太子傳贊。老萊子行年七十，著五色采於親側。列女傳：干戈阻隔，父母妻子離散，故未嘗見之也。以此一端言之，則萬事皆非有如是也。我已無家尋弟妹，君今何處訪庭闈？趙云：韓君東省，豈不足喜？而公難之，則艱亂之故，在所疑也。束皙補亡詩云：眷戀庭闈。注言：親之所居也。黃牛峽靜灘聲轉，白馬江寒樹影稀。江陵縣有白馬洲。趙云：黃牛峽，韓所經之地。

白馬江，蜀州江名，今所稱亦然，乃韓與公爲別之處。盛弘之荆州記曰：宜都西陵峽中有黃牛山，江湍迂回，塗經信宿，猶望見之。行者語曰：朝發黃牛，暮宿黃牛；三日三暮，黃牛如故。此則取其經歷艱苦之處言之。公詩凡寄遠及送行，或居此念彼，必兩句分言地之所在。今將經峽而往，乃自蜀州爲別，故有黃牛、白馬之句焉。舊注引爲江陵，非是。此別還須各努力，故鄉猶恐未同（一作堪。）歸。（趙云：此以別而流落爲懷矣。吳越春秋載越人之歌曰：行行各努力。古詩：遊子悲故鄉。今指言長安，意者韓亦長安人。同歸，一作堪歸，非。蓋同字與各字相應也。）

贈杜二拾遺

蜀州刺史高適〔一〕

傳道招提客，（招提，見上登龍門奉先寺注。）詩書自討論。（趙云：論語：世叔討論之。）佛香時入院，（杜補遺云：維摩經曰：如人入薝蔔林。唯齅薝蔔，不齅餘香。若入此室，但聞佛功德之香，不樂聞辟支佛功德香也。）僧飯屢過門。（趙云：言燒佛香之際，杜公時入於院中；當僧之齋飯，杜公屢過其門，此所謂招提客矣。）聽法還應難，（支遁與許詢同講維摩經，互爲設難。）尋經剩欲翻。（翻，譯也，莊子曰：翻十二經。趙云：舊注所引非是。莊子言孔子繙十二經以説老子。其云繙者，委曲敷衍之謂，非翻譯之義也。十二經解者，以爲六經六緯，非佛十二部經。）草玄今已畢，此後更何言？（揚子雲作太玄經解嘲序：時方草玄。）

【校勘記】

〔一〕詩題，文瀾閣本作「贈杜二拾遺高適」，清刻本、排印本作「高適見贈附載」。

酬高使君相贈　高適

古寺僧牢落，空房客寓居。趙云：牢落，上林賦：牢落陸離。注：猶遼落也。故人供祿米，祿米，俸廩。鄰舍與園蔬。趙云：此實道其事爾。故人，豈正是高使君邪？雙樹容聽法，釋書云：佛説法於祇園樹下。三車肯載書。趙云：法華經有牛車，有鹿車，有羊車，以比三乘也。草玄吾豈敢，賦或似相如。趙云：此答高君來詩之意。揚雄傳：孝成帝時，客有薦雄文似相如者。今公詩姑以著書則不敢，爲賦則能之耳。

草堂即事

趙云：孔德璋北山移文云：鍾山之英，草堂之靈。李善引梁簡文帝草堂傳曰：汝南周顒，昔經在蜀，以蜀草堂寺林壑可懷，乃於鍾嶺雷次宗學館立寺，因名草堂，亦號山茨。今公所建茅屋，取此草堂兩字名之，蓋有所據也。

荒村建子月，獨樹老夫家。肅宗上元中，大赦，去年號，止稱元年，以十一月爲歲首，月以斗所建辰爲名，故有建子月。趙云：此詩正以紀著事始，既著朝廷改月號之始，又著其所居之處，止有獨樹，豈不可謂之詩史乎？周王褒送葬詩：平原看獨樹，皋亭望列村〔一〕。雪裏江船渡，風前逕竹斜。寒魚依密藻，宿鷺起圓沙。趙云：六句皆實道景與事矣。圓沙者，禽鳥宿於沙上，其有隱沙之跡必圓，如魚没痕圓之義。蜀酒禁愁得，無錢何處賒！無錢字，庾信擬連珠曰：

胸中無學，如手中無錢。

【校勘記】

〔一〕「皋」，原作「高」，據藝文類聚卷三十四人部十八、北周詩卷一王褒送觀寧侯葬詩改。

廣州段功曹到得楊五長史書功曹却歸聊寄此詩

衛青開幕府，見上送高三十五書記注。楊僕將樓船。漢征南越，以楊僕爲樓船將軍。趙云：上句指言廣州節度使之幕，而楊五長史者，幕中之人也。下句指楊長史也，以楊僕比之。漢節梅花外，春城海水邊。趙云：上句又指言楊也。漢遣使者，必持節。大庾嶺，古云多梅花。廣州在嶺外，故言梅花外。下句指言廣州也。古樂府云：春城起風色。廣州東南至海四十里，故云海水邊。銅梁書遠及，珠浦使將旋。銅梁、玉壘，皆成都地名，廣州合浦出珠。使將旋言段功曹將還廣州也。趙云：上句指言楊自廣有書來成都也。蜀都賦云：於東則負銅梁。下句指言段功曹之還也。珠浦，乃合浦，今之廉州。廣州，乃廣南東路，廉州乃西路，相去之遠。楊長史豈在廉州乎？故云珠浦使也。杜補遺云：合浦，廉州郡名。方輿記曰：合浦水去浦八十里有瀾洲，其地産珠。郡國志云：合浦海曲，出珠，號曰珠池。嶺表録異云：廉州邊海中有洲島，島上有大池，謂之珠池。每歲刺史親監珠户入池採老蚌，割取珠以充貢。貧病他鄉老，煩君萬里傳。趙云：公自言也。公本家長安而寓居於蜀，則他鄉老矣。

得廣州張判官叔卿書使還以詩代意

鄉關胡騎遠，宇宙蜀城偏。蜀城因隨龜行而築，故勢斜紆不正。指言史朝義之兵也。言鄉關以胡騎之阻，故去之遠也。趙云：鄉關，指言長安也。胡騎，下句言其寓居於宇宙内，在蜀城之偏僻也。舊注非是，當如陶淵明心遠地自偏耳。忽得炎州信，廣在南，故謂之炎州。楚詞云：嘉南州之炎德。趙云：遥從月峽傳。夷陵有明月峽。趙云：樂史寰宇記於渝州之巴縣云：有明月峽，以山壁有圓穴如月名之。舊注引非是。蓋夷陵，峽州也，地理志無之。雲深驃騎幕，霍去病爲驃騎將軍。夜隔孝廉船。劉惔爲丹陽尹，張憑詣惔，惔留宿，明日乃還船。須臾，惔出，傳教求張孝廉船，召同載之。趙云：上句言廣南節度使之幕，而張判官者，幕中之人也。雲深，則自成都望之，然矣。下句言張判官，用張憑比之。夜隔，則阻隔之隔，蓋不見張而空望之之意。却寄雙愁眼，相思淚點懸。

送段功曹歸廣州

趙云：此詩當是今歲建寅月之詩，蓋其句南海春天外故也。

南海春天外，功曹幾月程。峽雲籠樹小，湖日落一作蕩。船明。趙云：峽與湖，皆歸廣南所歷之地也，故言峽雲、湖日之景。一作蕩船明，是。蓋妙在蕩字，乃曰在湖中而倒射船中蕩漾也。交趾丹砂重，韶州白葛輕。白葛，葛布。趙云：交州出丹砂。葛稚川求爲岣嶁令，以丹砂之故也。幸君因估客，時寄錦官城。

魏十四侍御就弊廬相別

有客騎驄馬，江邊問草堂。公所築也。趙云：桓典爲御史，京師畏之。常乘驄馬，人爲之語曰：行行且止，避驄馬御史。故以言魏侍御也。遠尋留藥價，惜別到文場。趙云：上句言遠遠見尋，因留買藥之資。後漢：韓伯休賣藥，口無二價。摘字用耳。下句公自以其居爲文場。杜預贊云：元凱文場，稱爲武庫。入幕旌旗動，趙云：四句，魏君必爲幕客，但不見在何處。謝安謂郗超曰：卿可謂入幕之賓矣。末句則入王儉幕爲蓮花池。歸軒錦繡香。時應念老疾，書跡及滄浪。公自以其居爲漁父之滄浪也。

徐九少尹見過

晚景孤村僻，行軍數騎來。交新徒有喜，禮厚媿無才。趙云：唐以少尹爲行軍長史，若有節度使，即謂之行軍司馬。交新固是實事，而「新」字於「交」言之，則白頭如新也。賞静憐雲竹，忘歸步月臺。趙云：此言徐少尹賞翫幽静而又忘歸之實，蓋公所居有臺焉。何當看花蘂，欲發照江梅。趙云：徐君之好尋幽如此，何當再來看梅之欲發，而其花照江者乎？杜公本言照江之梅，而後人一例使，以到處梅花爲江梅，余所不省也。

范二員外邈吴十侍御郁特枉駕闕展待聊寄此作

暫往比鄰去，比近也。空聞二妙歸。衛瓘與尚書郎索靖俱善草書，時人號爲一臺二妙。趙云：比鄰字，前漢孫寶傳：祭竈請比鄰。二妙，以言范二、吴十耳。空聞其歸，則序所云是也。幽棲誠簡略，衰白已光輝。謝靈運詩：資此永幽棲。范彦龍贈張徐州詩：軒蓋照墟落，傳瑞生光輝。野外貧家遠，村中好客稀。論文或不媿，肯重欵柴扉。范彦龍詩：有客欵柴扉。魏文帝典論有論文篇。

王十七侍御掄許攜酒至草堂奉寄此詩便請邀高三十五使君同到

老夫臥穩朝慵起，白屋寒多暖始開。趙云：禮記：大夫，自稱曰老夫。左傳：牽率老夫。江鸛一作鶴。巧當幽徑浴，鄰雞還過短墻來。趙云：一作江鶴，非是。蓋川中則多有鸛爾。庾肩吾東曉詩：鄰雞聲已傳，愁人竟不眠。繡衣屢許攜家醞，皂蓋能忘折野梅。趙云：上句指言王侍御許攜酒也。漢侍御有繡衣直指。劉惔每云：見何次道飲，令人欲傾家釀。下句指高使君。後漢書：二千石，皂蓋，朱兩幡也。能忘折野梅，此有邀之之意。字則陸凱詩云：折梅逢驛使，寄與隴頭人。戲假霜威促山簡，須成一醉習池回。趙云：霜威，御史風霜之任也。元希聲贈皇甫侍御赴都四言詩「肅子風威，嚴子霜質」也。習池，所以成山簡之語。襄陽記曰：峴山南，習郁大池，依范蠡養魚法，種楸芙蓉菱芡。山季倫每臨此池，輒大醉而歸。常曰：此我高陽池也。城中小兒歌之曰：山公何所往，來至高陽池。日夕倒載歸，酩酊無所知。

王竟攜酒高亦同過用寒字

臥疾荒郊遠，通行小逕難。故人能領客，攜酒重相看。自愧無鮭菜，趙云：一作畦菜，非是。鮭，音户皆切。晉人以魚爲鮭菜也。南史庾杲之：清貧自業，食唯有韮葅瀹韮、生韮雜菜。任昉戲之曰：誰謂庾郎貧？食鮭嘗有二十七種。謂三種韮。空煩卸馬鞍。移罇勸山簡，頭白恐風寒。

少年行二首

莫笑田家老瓦盆，自從盛酒長兒孫。趙云：楊惲傳：田家作苦。老瓦盆，蓋川人以多年之物曰老。東坡云「老櫛隨我久」，亦倚杜公老瓦盆之例矣。傾銀注瓦趙作玉。驚人眼，共醉終同卧竹根。杜田補遺：酒譜云：老杜「共醉終同卧竹根」，蓋以竹根爲飲器。事見江淹集。然徧閲江集並無竹根事，唯庾信報趙王賜酒詩曰：如聞傳上命〔一〕，定是賜中樽。野爐然樹葉，山杯捧竹根。此以竹根爲飲器也。趙云：銀玉皆盛酒之器。公詩有云「指點銀缾索酒嘗」，又云「甆罌無謝玉爲缸」。揚雄之言鴟夷曰：盡日盛酒，人復借酤。銀、玉，貴富家之物，所以指言少年也。舊本作注瓦，非特疊字，而與銀字豈相類乎？此詩乃少年攜酒器過田家，而田家語少年之所云，故言或傾之於銀，或注之於玉。非不驚人眼也，其與田家自瓦盆中喫酒，而共於一醉，終同卧在竹根之傍耳。竹根字，古詩云：徘徊孤竹根。杜田之説，以竹根爲飲器。夫竹根固是酒杯矣，酒杯既空，豈可謂之卧乎？又別是一物，與傾銀注玉不相接，雖傾銀注瓦，亦不接矣。

右一

【校勘記】

〔一〕「如」，藝文類聚卷七十二食物部、北周詩卷三庾信報趙王賜酒詩作「始」。

巢燕養雛渾去盡，江花結子已無多。趙云：此句蓋八月時也。黄衫年少來宜數，不見堂前東逝波。言行樂當及時也。趙云：黄衫，應是唐人貴富家之服。觀明皇雜録，載貴妃姊虢國夫人恩傾一時，大治第宅，棟宇之盛，世無與比。其所居本韋嗣立舊宅，韋氏諸子亭午方偃息於堂廡間，忽見一婦人衣黄披衫，降自步輦，有侍婢數十，笑語自若。謂韋氏諸子曰：聞此宅欲貨，其價幾何？韋氏降階言曰：先人舊廬，所未忍捨。語未畢，有工人數百，登西廂撤其瓦木。以此推之，公所謂黄衫，其黄披衫乎？蓋若今或單或裌，蓋上之服矣。

右二

野人送朱櫻

西蜀櫻桃也自紅，野人相贈滿筠籠。數回細寫愁仍破，萬顆勻圓訝許同。趙云：且以見櫻桃之爛熟矣。憶昨賜霑門下省，退朝擎出大明宮。金盤玉筯無消息，此日嘗新任轉蓬。唐制：賜近臣櫻桃有宴。轉蓬，自言流落如蓬之隨風，任其轉徙也。杜田補遺：唐李綽歲時記云：四月一日，内園進櫻桃，寢廟薦訖，頒賜各有差。趙云：公嘗爲拾遺，通籍於朝，故霑櫻桃之賜也。初在門下省有宴，故享金盤玉筯之嘗矣。其餘仍許攜去，故云擎出也。轉蓬，則公傷其流落。字則曹植雜詩曰：轉蓬離本根。而袁陽源効古詩乃知古時人，所以悲轉蓬也。

即事

白寶裝腰帶，真珠絡臂韝。馬后傳：蒼頭衣緑韝。注：韝，臂衣也。以縛左右手於事便也。新添：東方朔傳：董君緑幘傅韝。韋昭注：韝形如射韝。餘如上所引注。笑時花近眼，舞罷錦纏頭。錦纏頭以償歌舞者。開元時，富人王元寶常會賓客，元寶富於財而無文采，親友問曰：昨日高會有何佳談〔一〕？元寶視屋角良久曰：但費錦纏頭耳。趙云：此篇贈女人之舞者，直道其事耳。

【校勘記】

〔一〕「高」，排印本作「宴」。

贈花卿

錦城絲管日紛紛，半入江風半入雲。趙云：曹子建四言：長袖隨風，悲歌入雲。此曲秖應天上有，人間能得幾迴聞？薛云：白樂天詩注：霓裳曲，開元中，西凉府節度使楊敬述造。又，鄭愚津陽門詩注：葉法善嘗引上入月宫，聞仙樂。及歸，但記其半，遂於笛中寫之。會楊敬述進婆羅門曲，與其聲調相符，遂以月中所聞爲散序，以敬述所進爲腔。宣室志：玄宗夢仙子十輩，御卿雲而下列於庭，各執樂器而奏之，其度曲清越，殆非人世也。及樂闋，有一仙子前曰：陛下知樂乎？此神仙紫雲之曲也。趙云：「此曲祇應天上有」，亦詩人夸張之語，若以薛所引證，天上有，亦無害於義。然四句古歌辭所載，林鍾宫水調入破第二云：錦庭絲管曉紛紛，半入靈山半入雲。此曲多應天上去，人間能得幾回聞？莫能考所以，當俟博聞。

少年行

馬上誰家白面郎，一作騎馬誰家薄媚郎。臨階下馬坐人牀。趙云：白面郎，蓋言其富貴少年者耳。李白亦云：白玉誰家郎。或作薄媚郎，非是。夫薄媚施之娘可也。不通姓字麤豪甚，指點銀缾索酒嘗。趙云：吴志：孫權言甘寧曰：此人雖麤豪，有不如人意時。然其計略，大丈夫也〔一〕。索酒事，暗用顔延之好騎馬遊里巷，據鞍索酒也。

【校勘記】

〔一〕「計」，三國志卷五十一吳書六作「較」。

蕭八明府寔處覓桃栽

奉乞桃栽一百根，春前爲送浣花村。河陽縣裹雖無數，潘岳爲河陽令，種桃李花，人號曰河陽一縣花。趙云：河陽，蓋以比蕭八所治之縣也，非華陽則成都矣。濯錦江邊未滿園。

從韋二明府續處覓錦竹

華軒藹藹他年到，錦竹亭亭出縣高。趙云：華軒，軒檻之軒。選云：珥筆華軒。他年，則一、二年前也。今公所覓非華陽縣廨，則成都縣廨。題云韋二明府，則指言知縣明矣。江上舍前無此物，幸分蒼翠拂波濤。趙云：古詩之言奇樹曰：此物何足貴，但感別經時。拂波濤三字，恐其爲釣絲竹矣。

憑何十一少府邕覓尋榿木栽

草堂塹西無樹林，非子誰復見幽心？飽聞榿木三年大，與致溪邊十畝陰。趙云：蜀人以榿爲薪，則三年可燒。

憑韋少府班覓松樹子栽

落落出群非櫸柳，杜篤首陽山賦：長松落落。青青不朽豈楊梅？莊子云：受命於地，惟松柏獨正〔一〕，在冬夏青青。杜田補遺：本草：楊梅，味酸。乾作屑，止吐酒。多食令人發熱。生青熟紅，肉在核上，無皮殼，其樹如荔枝，而葉細，生江南、嶺南，四五月熟。唐孟詵云：楊梅，和五臟，滌腸胃。上林賦：楊梅、櫻桃，羅乎後宮，列于北園。趙云：兩句皆指言松也。世説載殷中軍謂韓太常曰：康伯少自標置，居然是出群器。左傳云：死且不朽。櫸柳，則蜀中所謂櫸木也。公嘗云櫸柳枝枝弱，則櫸不若松之落落矣。楊梅，其栽易蛀〔二〕，故不若松之不朽。欲存老蓋千年意，爲覓霜根數寸栽。趙云：抱朴子有：天陵偃蓋之松，與天齊其久，與地等其長。故云老蓋千年意。

【校勘記】

〔一〕「正」，莊子集釋内篇德充符第五「正」字上有「也」字。

〔二〕「裁」，原作「裁」，訛，據文津閣本、文瀾閣本、清刻本、排印本改。又，文淵閣本作「載」，訛。

又於韋處乞大邑瓷盌

大邑燒瓷輕且堅，扣如哀玉一作寒玉〔一〕。錦城傳。君家白盌勝霜雪，急送茅齋也可憐。趙云：大邑，邛州屬縣，出瓷器，今猶然也。哀玉，一作寒玉，非。

【校勘記】

〔一〕「一作寒玉」，「玉」文淵閣本、文津閣本、文瀾閣本、清刻本、排印本奪。

詣徐卿覓菓栽

草堂少花今欲栽，不問緑李與黄梅。西京雜記：初修上林苑，群臣遠方各獻名果，制爲美名，以標奇麗。李十五種，内有緑李。石筍街中却歸去，見本詩注。果園坊裏爲求來。趙云：石筍街，在今府城之西，則往公草堂之路。果園坊難考。公詩又云：邛州崔録事，聞在果園坊。公自注云：坊名，在成都〔一〕。

【校勘記】

〔一〕「成都」，原作「城都」，訛，據文淵閣本、文津閣本、文瀾閣本、清刻本、排印本改。

贈别何邕

生死論交地，何由見一人。鄭當時傳：一死一生，乃見交情。悲君隨燕雀，公孫弘傳：鴻漸之翼，困於燕雀。薄宦走風塵。陸士龍：飄飄冒風塵。竇融傳：拔起風塵之中。綿谷元通漢，綿谷縣，屬利州，通漢水。沱江不向秦。沱江在蜀城北三十里，水不入秦。趙云：此上句説何邕之去，必是去利州，而邕必是漢上之人也。下句公自言其在成都也。沱江，在蜀城北，自是可以向秦。不向秦，尚留蜀中，勢不能去，則公有懷故鄉之念矣。**五陵花滿眼，傳語故鄉春。**趙云：惟其有不向秦之感，故末句又重言之。五陵，見上哀王孫注。馮少鄰春日詩：傳語春光道，先歸何處邊？

贈別鄭錬赴襄陽

戎馬交馳際，柴門老病身。趙云：老子：戎馬生於郊。選云：羽檄交馳。漢書每云以老病罷。**把君詩過日，念此別驚神。**別賦：使人意奪神駭，心折骨驚。**地闊峨眉晚，天高峴首春。**趙云：上句公自言其在蜀也。峨眉山在成都之西南。下句言鄭錬之赴襄陽也。峴首山，在襄州〔一〕，羊叔子墮淚碑所在也。**爲於耆舊内，試覓姓龐人。**龐德公隱於鹿門，屬襄陽也。

【校勘記】

〔一〕「襄州」，清刻本、排印本作「襄陽」。

重贈鄭鍊

鄭子將行罷使臣，囊無一物獻尊親。趙云：言罷使臣，則鄭君必在幕中而罷去也。其親必在襄陽，故稱其貧而無一物以獻也。江山路遠羈離日，裘馬誰爲感激人？言雖清潔，不爲人所知也。趙云：言乘肥衣輕之人，有誰感激而憐鄭之貧也。感激，見上注。

新刊校定集注杜詩卷二十三

近體詩

奉和嚴中丞西城晚眺十韻

汲黯匡君切，汲黯，漢武時以切諫，不得久留内，遷爲東海太守。武帝曰：古有社稷之臣，如汲黯，近之矣！廉頗出將頻。史記：廉頗，趙之良將。頻爲趙將兵伐齊攻魏。直詞才不世，雄略動如神。趙云：上句以結汲黯之直言，下句以結廉頗之雄略，借以比嚴中丞也。政簡移風速，史記：太公封於齊，五月而報政。周公曰：何疾也？夫政不簡不易，民不有近。平易近民，民必歸之也。詩：美教化，移風俗。詩清立意新。新添：文選序云：老莊之作，管孟之流，蓋以立意爲宗，不以能文爲本。層城臨暇景，絶域望餘春。言蜀與京畿遠絶。李陵答蘇武書曰：陵先將軍，功略蓋天地，義勇冠三軍，徒失貴臣之意，剄身絶域之表〔一〕。見文選。旗尾蛟龍會，周禮曰：交龍爲旂。文選：韋孟諷諫詩：四牡龍旂。翰注：謂封爲諸侯，故得服黼黻，建龍旗。樓頭燕雀馴。趙云：大厦成而燕雀相賀之意，出淮南子。地平江動蜀，天闊樹浮秦。趙云：此兩句張大城上所望之遠也。帝念深分閫，軍須遠筭緡。趙云：馮唐曰：上古王者之遣將也，跪而推轂曰：閫以内者，寡人制之；閫以外者，將軍制之。軍須，師旅之費。漢武元狩四年，初筭緡錢。李斐曰：緡，絲也，以貫錢。一貫千錢，出筭二十。師古曰：謂有儲積錢者，計其緡貫而税之。花羅封蛺蝶，瑞錦送麒麟。趙云：言嚴公入貢，不忘朝廷也。蛺蝶羅、麒麟錦，亦蜀中當時實事。辭第輸高義，觀圖憶古人。趙云：霍去病傳：上爲治第，令視之。對曰：匈奴未滅，無以家爲。吴越春秋載伍子胥見要離曰：吴王聞子高義。馬援傳：顯宗圖畫建武中名臣烈將於雲臺。東平王蒼觀圖，言於帝曰：何故不畫伏波將軍像？帝笑而不言。征南多興緒，事業闇相親。趙云：又以杜預比嚴公也。晉杜預作征南將軍，收滅吴之功，平生事業最著。如策隴右之事、議皇太子之服、造新曆、建河橋、造欹器、陳農事，皆其事業也。興緒，興況意緒也。

【校勘記】

〔一〕「到身絶域之表」，「到」文淵閣本作「勁」、「域」文淵閣本作「城」，均訛。

嚴中丞枉駕見過

自注：嚴自東川除西川，勑令兩川都節制。趙云：按通鑑於廣德二年春癸卯載：劍南東、西川爲一道，以黄門侍郎嚴武爲節度使。

元戎小隊出郊坰，詩六月篇：元戎十乘，以先啓行。爾雅云：邑外謂之郊，林外謂之坰。書：王出郊。詩：在坰之野。問柳尋花到野亭。川合東西瞻使節，見公自注。地分南北任流一作孤。萍。謂長安有南杜、北杜也。趙云：此一句公自言矣。自蜀望長安，則長安爲北，而蜀爲南也。

舊注非。扁舟不獨如張翰，趙云：此下四句，皆公之自言。晉張翰字季鷹，本傳别無「扁舟」之文，唯云爲齊王冏曹掾。因見秋風起，思吴中菰菜、蓴羹、鱸鱠，遂命駕歸吴而已。既歸閑適，必有扁舟之樂也。白帽應兼似管寧。師云：南史和帝紀：百姓皆著下屋白紗帽。趙云〔一〕：魏志：管寧青龍中徵命不至。居海上，常著皂帽、布襦袴。杜佑通典帽門載：管寧在家常著皂帽〔二〕。又卻是疋帛之帛。今言白帽，亦應似之也。寂寞一作今日。江天雲霧裏，何人道有少微星。趙云：少微星，公自謂也。隋天文志：少微四星，在太微西，一名處士星。晉書隱逸傳謝敷：初，月犯少微，占者以隱士當之。俄而敷死。

【校勘記】

〔一〕「趙」，文津閣本作「起」，訛。

〔二〕「皂」，原作「帛」，訛，據文淵閣本、排印本並參通典卷五十七禮十七沿革十七帽門改。

江畔獨步尋花七絕句

江上被花惱不徹，無處告訴只顛狂。走覓南鄰愛酒伴，經旬出飲獨空牀。自注云：斛斯融，吾酒徒。趙云：以出飲之故，其家所寢之牀遂空也。古詩云：蕩子遊不歸，空牀難獨守。公用此意。

右一

稠花亂蘂裹江濱，趙云：裹，一作畏，無義。蓋兩岸並有花，斯爲裹也。司空圖云：千英萬蕚裹枝紅〔一〕。蔡伯世正異：裹或作畏，乃字缺訛，當從裹。行步欹危實怕春。詩酒尚堪驅使在，未須料理白頭人。趙云：尚可當詩酒之役也。李靖：尚堪一行。晉書：桓温謂王徽之曰：卿在府日久，當須料理。新添：王羲之云：若蒙驅使，關隴、巴蜀皆所不辭。太陽子好飲，常醉，或問之，曰：晚學俗態未除，以酒自驅。

右二

【校勘記】

〔一〕「千英」句，檢司空圖詩無此句，考全唐詩卷二百九十二司空曙詠古寺花有「千跗萬蕚裹枝紅」句，或是誤置。

江深竹静兩三家，多事紅花映白花。趙云：江水之深，竹色之静，又止兩三家而不喧溷，此自足佳矣，故彼紅花、白花相映爲多事也。此皆公出新句。莊子云：富則多事。或云，公江上尋花，見江深竹静處，又紅白花相映爲愜意，多事則多謝之義也，故又有下句云。報答春光知有處，應須美酒送生涯。莊子曰：吾生也有涯，而知也無涯。

右三

東望少城花滿煙，梁益記云：少城，張儀城也。薛云：左太沖蜀都賦：亞以少城，接乎其西，市廛所舍〔一〕。趙云：少城，府中第二重小城，張儀所築也。百花高樓更可憐。誰能載酒開金盞，揚雄傳：好事者載酒肴，從雄遊學。唤取佳人舞繡筵？古詩：燕趙多佳人，美者顔如玉。漢李夫人傳：李延年歌曰：北方有佳人，絶世而獨立。陳徐陵舞詩曰：低鬟向綺席，舉袖拂花黄。

右四

【校勘記】

〔一〕「舍」，文選卷四、全晉文卷七十四左思蜀都賦作「會」。

黄師塔前江水東，春光懶困倚微風。趙云：黄師塔，紀眼前之實也。下句言在春光之中，懶困倚風而立也。桃花一簇開無主，可愛深紅愛一作映。淺紅。趙云：深紅、淺紅二種之中，愛淺紅爲多，則公之風韻高矣。一作映淺紅，於義無取。

右五

黄四娘家花滿蹊，千朵萬朵壓枝低。趙云：東坡云：此詩見子美清狂野逸之態，故僕喜書之。昔者齊魯有大臣，史失其名，黄四娘獨何人哉！乃托於詩以不朽，可使覽者一笑。花蹊，亦桃李不言，下自成蹊中來也。留連戲蝶時時舞，自在嬌鶯恰恰啼。趙云：北史：王晞謂盧思道曰：卿輩亦是留連之一物。自在，則佛書多有之。玉臺後集載上官儀詩云：戲蝶流鶯聚窗外。江總云：梅花落處隱嬌鶯〔一〕。恰恰字，如王無功之言恰恰來也。

右六

【校勘記】

〔一〕「梅花」句，樂府詩集卷二十四横吹曲辭四、陳詩卷七江總梅花落作「梅花密處藏嬌鶯」。

不是愛花即欲死，只恐花盡老相催。趙云：上句意言判一死而酷愛花，如韓退之亦有「都將命乞花」之句。今言不是謂愛花即欲就死，只恐花盡，所以愛花，又恐老之將至爾。此皆杜公狂放之新語也。繁枝容易紛紛落，嫩蕊一作葉。商量細細開。趙云：容易、商量，與上篇告訴、報答、喚取、留連、自在，皆使俗字，不失爲佳。

右七

春水生二絶

趙云：孫權云：春水方生。而春水生三字連出，則杜預云：方春水生，難於久駐。

二月六夜春水生，門前小灘一作籬。渾欲平。鸕鷀溪鶒莫漫喜，吾與汝曹俱眼明。趙云：二禽皆水鳥，見水生而喜，公語之以與汝曹俱眼明，則公可謂與物委蛇而同其波矣。

右一

一夜水高二尺强，數日不可更禁當。趙云：禁當字，亦蜀中語。南市津頭有船賣，無錢即買繫籬傍。無錢字，見上草堂即事注。

右二

春夜喜雨

趙云：宜雨則曰喜雨，厭雨則曰苦雨，曰愁霖。自魏、晉而下，或賦或詩皆云然。曹植、張協、謝莊、謝惠連、鮑照、庾信，皆有喜雨詩。

好雨知時節，管子曰：五政時，春雨乃來[一]。當春乃一作及。發生。趙云：爾雅曰：春爲發生。隨風潛入夜，潤物細無聲。言如膏也。趙云：范元賓所謂聖人復生不可改矣。野徑雲俱黑，江船火獨明。曉看紅濕處，花重錦官城。趙云：梁簡文帝賦得入階雨云：漬花枝覺重。蜀人以江山明媚，錯雜如綉，故多呼錦官城也。

【校勘記】

〔一〕「五政」二句，管子四時第四十作：「五政苟時，春雨乃來。」太平御覽卷十天部十作：「五政循時，春雨乃來。」

江頭五詠

王筠有才名，沈約重之。約於郊居作齋閣，請筠爲草木十詠，書之於壁，皆直寫之辭，不加篇題。約曰：此詩指物呈形，無假題署。

丁香

丁香體柔弱，亂結枝猶墊。尚書注：墊，溺也。以其體之柔弱而如墊也。凡物之下墮，皆可云墊矣。細葉帶浮毛，疎花披素艷。深栽小齋後，庶近幽人占。幽人去兮曉猿驚〔一〕，見北山移文。易：幽人貞吉。晚墮蘭麝中，休懷粉身念。趙云：末句言結實而墮蘭麝中，俱以體香相類，雖不念粉身可也。

【校勘記】

〔一〕「幽」，文選卷四十三、全齊文卷十九孔德璋北山移文作「山」。

麗春

百草競春華，麗春應最勝。趙云：春華者，春之光華也。如文選：摛藻掞春華〔一〕。師云：顧愷之詩：麗春絶衆卉。少須好顔色，多漫枝條賸。紛紛桃李枝，處處總能移。趙云：此篇深美麗春，故翻以桃李爲不足貴。阮嗣宗詠懷詩：夭夭桃李花，灼灼有輝光。如何貴此重，卻怕有人知。蔡伯世正異：如何貴此重，當作種。舊作重，乃缺文也。趙云：言珍貴麗春深重，恐别人因我而來移取，甚於桃李矣。

【校勘記】

〔一〕「掞」，文選卷二十四、三十五等班固答賓戲作「如」。

梔子

漢書曰：梔茜薗。注：梔，支子也。本草曰：支子，一名木丹。齊謝朓有墻北梔子詩。梁簡文帝有詠梔子花詩。

梔子比衆木，人間誠未多。梔子，一名薝蔔，花六出，天下之至香。維摩經云：如入薝蔔林中，惟齅薝蔔香，不齅餘香。於身色有用，趙云：蜀人取其色以染帛與紙，故云色有用。與道氣傷和。梔性大寒，其花可食，傷氣。出本草。紅取風霜實，青看雨露柯。趙云：實經霜則紅，雨露潤則柯青。無情移得汝，貴在映江波。趙云：謝朓墻北梔子樹詩曰：有美當階樹，霜露未能移。還思照緑水，君階無曲池。其後梁簡文帝詩曰：素華偏可喜，的的半臨池。則因謝朓以無曲池爲歎，而自言其的的然有池之可臨矣。公今云無情移汝於它處，貴在映江波，則又以有江波之可映，蓋又勝於臨池者乎？

溪鶒

異物志：溪鶒，水鳥，毛有五色，食短菰，其在溪中，無毒氣。

故使籠寬織，須知動損毛。看雲莫悵望，失水任呼號。趙云：左太沖詠史詩曰：習習籠中鳥，舉翮觸四隅。今溪鶒以羽毛之好，則寬爲之籠以防損其毛。既以籠養之，則看雲悵望〔一〕，失水呼號，宜矣。六翮曾經翦，薛云：韓詩外傳曰：鴻舉千里，特六翮耳〔二〕。背上之毛，腹下之毳，益一把，飛不爲加高；損一把〔三〕，飛不爲加下。魏志崔琰傳：鳥能遠飛者，六翮之力也。宋謝惠連溪鶒賦〔四〕：摧羽翮翩翻。孤飛卒未高。且無鷹隼慮，留滯莫辭勞。趙云：溪鶒在籠，不得高飛，然免鷹隼之患，則雖留滯，可莫辭勞倦也。此公自況，蓋退在野居，不爭名宦，亦自無患矣。卒音猝，師民瞻正作猝字。新添：選：謝玄暉詩：常恐鷹隼擊。月令云：鷹隼早鷙。太史公自序云：留滯周南。魏志夏侯玄云：官無留滯。

【校勘記】

〔一〕「悵」，文淵閣本作「帳」，訛。

〔二〕「特」，文選卷二十五、藝文類聚卷九十鳥部上録韓詩外傳作「恃」。

〔三〕「把」，原作「握」，訛，據文津閣本並參文選卷二十五、藝文類聚卷九十鳥部上録韓詩傳改。

〔四〕「宋」，文淵閣本作「宗」，訛。又，「宋」清刻本、排印本奪。

花鴨

花鴨無泥滓，階前每緩行。羽毛知獨立，黑白太分明。趙云：此篇於物則紀實，於義則自況。無泥滓，則比其潔也。每緩行，則比其雍容也。羽毛、獨立，則自比其不群也。黑白分明，則自比其文采之明著也。選云：奮迅泥滓。老子曰：遺物而立於獨〔一〕。諸葛亮謂張温：其人於清濁太明，善惡太分。後漢朱浮傳：豈不粲然黑白分明哉！不覺群心妬，休牽衆眼驚。師云：羽毛獨立黑白分明，則起群心之妬，爲衆目之驚。但稻粱霑一作知。汝在，作意莫先鳴。稻粱霑足，則無憂先鳴矣。此子美自況也。趙云：稻粱，見上注。陸龜蒙所謂能言鴨。夫鴨之鳴，多欲呼食也。既有稻粱，乃戒之無用先鳴。亦飽食緘言以終之處亂之道〔二〕，此公之自警也。

【校勘記】

〔一〕「老子」三句，檢老子無「遺物而立於獨」句，考莊子集釋外篇田子方第二十一有「似遺物離人而立於獨也」，當是誤置。

〔二〕「亦飽食」句，「飽食」二字、「以終之」三字，清刻本、排印本均脱。

野望

西山白雪三城戍，南浦清江萬里橋。按新史高適傳：上皇還京，復分劍南爲兩節度，百姓弊於調度，而西山三城列戍。適上疏論之，不納。萬里橋，見上卜居注。趙云：西山，在松、維州之外。維州，今之威州是也。冬夏有雪，號爲雪山，所以控帶吐蕃之處。時吐蕃方入寇〔一〕，故須防戍矣。高適上疏，可證三城置戍之始。舊本作三年，非。海内風塵諸弟隔，天涯涕淚一身遥。公以離亂一身入蜀，兄弟遂相隔也。唯將遲暮供多病，未有涓埃報聖朝。跨馬出郊時極目，不堪人事日蕭條！魏書曰：州里蕭條。又曹子建詩：原野何蕭條。又潘安仁西征賦：街里蕭條，邑居散逸。

【校勘記】

〔一〕「時」，原作「詩」，訛，據清刻本、排印本改。

官池春雁二首

自古稻粱多不足，至今溪鶒亂爲群。趙云：韓詩外傳：田饒謂魯哀公曰：黄鵠止君園池，啄君稻粱。且休悵望看春水，更恐歸飛隔暮雲。趙云：公前溪鶒篇以自況，則取其身之文采〔一〕。今春雁詩乃尊雁而鄙溪鶒，則又取雁之孤高〔二〕。詩人變化，豈有拘礙哉！

【校勘記】

〔一〕「之」，文淵閣本奪。

〔二〕「取」字，文淵閣本奪。又，「孤高」，文淵閣本作「孤孤」，訛。

其二

青春欲盡急還鄉，紫塞寧論尚有霜。趙云：雁違寒就温，其來也，避北地之寒而來，至春而歸。北塞，即北地之塞也〔一〕。崔豹古今注曰：秦築長城，土色皆紫，故云紫塞〔二〕。鮑明遠蕪城賦：北走紫塞雁門。謝靈運詩：季秋邊朔苦，旅雁違霜雪。翅在雲天終不遠，力微矰繳絶須防。莊子云：黄帝得之，以登雲天。

故對矰繳。矰，音憎，弋射矢也。繳，音灼，生絲縷也。此見公避患之意。西都賦：矰繳相纏[三]。鄭玄曰：結繳於矢，謂之矰。漢張良傳高祖歌曰：「鴻鵠高飛，一舉千里」、「雖有矰繳，尚安所施」。

【校勘記】

〔一〕「塞」，文淵閣本、清刻本、排印本作「寒」，訛。

〔二〕「紫塞」，文津閣本作「紫石」，訛。

〔三〕「相」，原作「根」，據清刻本、排印本並參文選卷一西都賦注改。

水檻遣興二首

趙云：舊本作遣心；師民瞻作遣興，是。蓋遣心，不可謂之新語，謂之生可也。

去郭軒楹敞，無村眺望賒。趙云：蒼頡篇曰：敞，高顯也。李尤高安館銘云：增臺顯敞是已。有林木而後謂之村，惟其無村，所以眺望遠也。澄江平少岸，幽樹晚一作絶。多花。選云：謝玄暉：澄江静如練。細雨魚兒出，微風燕子斜。城中十萬户，此地兩三家。陳子昂上書曰：十萬户受其福。

其二

蜀天常夜雨，江檻已朝晴。新添：黎雅州，蜀之西蕃，地多雨，故名漏天。此公所以有「常夜雨」之句。葉潤林塘密，衣乾枕席清。不堪秪老病，何得尚浮名。趙云：秪字，起於詩：誠不以富，亦秪以異。箋云：祇之爲言，適也。據韻書只是平聲，無作入聲者。淺把涓涓酒，深憑送此生。趙云：淺深兩字，其意工矣。

屏跡二首

用拙存吾道，莊子曰：夫子固拙於用大矣。閑居賦序：和長輿謂潘安仁：拙於用多。孔子曰：參乎！吾道一以貫之。家語：吾道非耶？幽居近物情。顔延年詩：側同幽人居，郊扉常晝閉。桑麻深雨露，燕雀半生成。陶淵明詩：相見無雜言，但道桑麻長。孟子：雨露之所潤，非無萌蘖之生焉[一]。陳勝傳曰：燕雀安知鴻鵠之志。村鼓時時急，漁舟箇箇輕。杖藜從白首，趙云：莊子：原憲杖藜而應門。心跡喜雙清。師云：謝靈運齋中讀書詩：昔余居京華，未嘗廢丘壑。矧乃歸山川，心跡雙寂寞。

【校勘記】

〔一〕「焉」，文淵閣本作「馬」，訛。

其二

晚起家何事，無營地轉幽。新添：禮記内則云：孺子早寢晏起。又漢書云：可以早寢而晏起。公意謂屏跡可以晚起也。又嵇康與山濤云：晝卧喜晚起，而當關呼之不置，一不堪也。竹光團野色，舍影漾江流。蔡伯世正異：團當作圍，山當作舍。趙云：東坡先生常寫此二詩，其「舍影漾江流」作「山影漾江流」。跋云：此東坡居士詩也。或者曰：此杜子美屏跡詩，居士安得竊之？居士曰：夫禾黍穀麥，起於神農、后稷。今家有倉廪，不予而取輒爲盜，被盜者爲失主。若必從其初，則農、稷之物也。今考其詩，字字皆居士實録〔一〕，是則居士詩也，子美安得禁吾有哉？嗚呼，先生之詼諧如此，且見深服杜公之善道事實矣。然山影乃一作舍字，是，蓋成都豈有山耶？失學從兒懶，長貧任婦愁。嚴玄兒懶失學，婦愁長饑。漢書陳平傳：固有美如陳平而長貧者乎？百年渾得醉，一月不梳頭。趙云：嵇康絶交書云：頭面常一月十五日不洗。公蓋用此意也。

【校勘記】

〔一〕「實」，文淵閣本、文津閣本、文瀾閣本作「賨」，訛。

寄題杜二錦江野亭[一]成都尹嚴武作。

漫向江頭把釣竿，懶眠沙草愛風湍。莫倚善題鸚鵡賦，禰衡爲黄祖之子射作鸚鵡賦，筆不停綴，文不加點。何須不著鵕鸃冠。佞幸傳曰：孝惠時，郎侍中皆冠鵕鸃冠。音義曰：鵕鸃，鳥名也，以羽毛飾於冠。杜補遺：南越志：增城縣多鵕鸃，山雞也。毛色鮮明，五采眩曜。又淮南子曰：鵕鸃，雉也。孔毅父續世説云：嚴武爲成都尹，與甫有舊。待遇甚隆，結廬於浣花。武時訪之，甫多不冠。故武有此句。趙云：杜公之才，如禰衡之俊，而剛直隱淪，不喜仕官，決不肯爲侍中而冠鵕鸃則佞臣之列也。故嚴公勸之，不必倚恃才如禰衡而鄙鵕鸃而不著也。腹中書籍幽時曬，郝隆七月七日曬腹於庭中，人問之，曰：我曬腹中書爾。肘後醫方静處看。葛洪傳：洪自號抱朴子，抄金匱藥方一百卷，肘後要急方四卷。興發會能馳駿馬，趙云：此兩句乃是嚴公自云。終須重到使君灘。趙云：使君灘，應是浣花相近。水經於巴郡枳縣有云：陽亮爲益州，至此而覆，懲其波瀾。蜀人至今猶名之爲使君灘，豈名偶同乎？

【校勘記】

〔一〕詩題，清刻本、排印本作「嚴武見寄附載」。

奉酬嚴公寄題野亭之作

拾遺曾奏數行書，杜公曾任左拾遺，在肅宗至德二年也。是年春宿左省詩云：明朝有封事，試問夜如何[一]？懶性從來水竹居。奉引濫騎沙苑馬，杜補遺云：唐六典：補闕、拾遺。武后垂拱中置二人，以掌供奉諷諫。注云：左右補闕、拾遺掌供奉諷諫，扈從乘輿。子美至德二年，肅宗授左拾遺，明年收京，扈從還長安。故公詩每言奉引、侍祠、扈蹕事也。趙云：拾遺既掌供奉，則騎馬以奉引。後漢劉聖公傳：李松奉引，馬驚奔，觸北宮鐵柱，三馬皆死。顏延年赭白馬賦曰：弭雄姿以奉引。沙苑馬，言官所牧馬也[二]。幽棲真釣錦江魚。謝安不倦登臨費，趙云：晉書：謝安於東山營墅，樓館林竹甚盛，每攜中外子姪往來遊集，肴膳亦屢費百金。此登臨費之義也。又，安寓居會稽，與王羲之處，出則漁弋山水。每往臨安山中，放情丘壑。今言費，則以嚴公有載酒移廚之費矣。阮籍焉知禮法疎。嵇康絶交書：阮嗣宗與物無傷，唯飲酒過差。至爲禮法之士所繩，疾之如讎。阮籍，則公以自比也。枉沐一作冒。旌旗出城府，草茅無一作荒。逕欲教耡。趙云：屈原卜居賦云：寧誅鉏草茅，以力耕乎。無，一作荒，非。

【校勘記】

〔一〕「試」，本集卷十九春宿左省詩作「數」。

〔二〕「牧」，原作「破」，據清刻本、排印本改。

中丞嚴公雨中垂寄見憶一絶奉答二絶一云嚴公雨中見寄一絶奉答兩絶。

雨映行雲一作宫。辱贈詩，宋玉賦：朝爲行雲。易：雲行雨施。趙云：山谷云：只此雨映兩字，寫出一時景物，句便雅健。余然後曉句中當無虚字。此范元實之説也。行雲，或以爲行宫。師民瞻云：明皇嘗幸蜀，故稱行宫。則嚴公雨中必在明皇往日所幸之地，尚有行宫之名存，在此處寄詩也。按通鑑，永泰元年，玄宗之離蜀也，以所居行宫爲道士觀。縱使嚴公時在此作詩寄杜，杜公亦安敢尚目之爲行宫乎？蔡伯世改作行官，謂送詩使人，實無義理。若謂之雨映行雲，意自足也。元戎肯赴野人期。六月：元戎十乘。注：夏后氏曰鈎車，先正也；商曰寅車，先疾也；周曰元戎，先良也。左傳：晉文公乞食於野人，與之塊。此蓋借用字。一云：元戎欲動野人知。非是。江邊老病雖無力，强擬晴天理釣絲。

其二

何日雨晴雲出溪，白沙青石光無泥。一云先無泥。只須伐竹開荒徑，古詩：誅茅開小徑。拄杖穿花聽馬嘶。趙云：聽嚴公之馬嘶。此又終前篇肯赴野人期之意。馬嘶，一作鳥啼，無意思。先字去聲讀。

謝嚴中丞送青城山道士乳酒一缾

山缾乳酒下青雲，新添：酒經：空桑穢飯，醞以稷麥〔一〕，以成醇醪，酒之始也。烏梅女䴷，胡昆反。甜乳九投，澄清百品，酒之終也。氣味濃香幸見分。鳴鞭走送憐漁父，趙云：吴均詩：鳴鞭適太阿〔二〕。漁父，公自謂也。公前篇有理釣絲之句，莊子有漁父篇。洗盞開嘗對馬軍。公自注云：軍州謂驅使騎爲馬軍。趙云：以漁父對馬軍，字爲工矣。

【校勘記】

〔一〕「醞」，原作「醒」，訛，據清刻本、排印本並參酒經卷上改。

〔二〕「吴均詩」二句，「吴均」原作「謝惠連」，檢謝惠連詩無「鳴鞭適太阿」句，考玉臺新詠卷六、梁詩卷十吴均與柳惲相贈答詩六首其二有此句，當是誤置，據改。

嚴公仲夏枉駕草堂兼攜酒饌得寒字 一云鄭公枉駕攜饌訪水亭。

竹裏行廚洗玉盤，花邊立馬簇金鞍。薛云：按古樂府對酒行：金樽清俊滯〔一〕，玉盤亟來親。又白馬行：白馬黄金鞍，蹀躞柳城前。又輕薄篇：象牀沓繡被，玉盤傳綺食〔二〕。文選：徐敬業詩云：鮮車騖華轂，汗馬躍金鞍〔三〕。趙云：應劭漢官儀曰：封禪壇有白玉盤。漢武内傳曰：西王母以七月七日降帝宫，命侍女索桃。須臾，以玉盤盛桃七枚。又，古詩曰：美人贈我雙玉盤〔四〕。

非關使者徵求急，自識將軍禮數寬。嵇康書云：阮籍爲禮法之士所繩，賴大將軍保持之耳。趙云：上句遣使者求賢事。莊子載顔闔守陋閭，苴布之衣而自飯牛。魯君之使者至，顔闔自對之。使者曰：此顔闔之家歟？闔對曰：是也。使者致幣，顔闔曰：恐聽者謬而遺使者罪，不若審之。使者還，反審之。復求之，則不得矣。公詩以嚴公來時，自先遣使者通報，非是求之急也。自識將軍禮數寬，則廉頗傳云：不知將軍寬之至此也。**百年地闢柴門迥，五月江深草閣寒。**趙云：百年地闢，以久荒蕪之地，今才闢而立柴門於此。鄰里絶鮮，所以幽迥也。五月非寒之時，以草閣臨深江，所以寒；與因驚四月雨聲寒同。**看弄漁舟移白日，老農何有罄交歡！**趙云：看弄漁舟，則以言嚴公也。移白日，則終日也。老農，公自言也。字則孔子曰：吾不如老農。語曰：何有於我哉！漢書曰：郭解入關，賢豪交歡。苕溪漁隱曰：律詩之作，用字平側，世固有定體，衆共守之。然不若時用變體，如兵之出奇，變化無窮。杜公此篇，即七言律詩之變體也。韋蘇州詩：南望青山滿禁闈，曉陪鴛鷺正差池。共愛朝來何處雪，蓬萊宫裏拂松枝。如上嚴公寄題錦江亭詩「漫向江頭把釣竿」，亦是變體。唐人如此甚多，學者不可不知。

【校勘記】

〔一〕「俊滯」，樂府詩集卷二十七相和歌辭二、梁詩卷十三對酒行作「復滿」。

〔二〕「綺」，原作「騎」，訛，據玉臺新詠卷五、樂府詩集雜曲歌辭七何遜擬輕薄篇改。

〔三〕「金」，文選卷二十二、梁詩卷十二徐敬業古意酬到長史溉登琅邪城詩作「銀」。

〔四〕「美人贈我雙玉盤」，玉臺新詠卷九、文選卷二十九、漢詩卷六張平子四愁詩作：「美人贈我琴琅玕，何以報之雙玉盤。」

嚴公廳宴同詠蜀道畫圖得空字

日臨公館静，畫列地圖雄。禮記：曾子問云：公館復，私館不復。光武披輿地圖，指示鄧禹。劍閣星橋北，松州雪嶺東。華陽記：李冰造七星橋，上應七星。劍閣，在劍州，乃蜀之門户，即星橋之北也。吴漢伐公孫述，光武謂曰：安軍宜在七星間。蓋謂是也。趙云：九域志於威州云：南去雪嶺二百六十里。松州，即今之威州，故在雪嶺東矣。此兩句已盡蜀道地理。華夷山不斷，吴蜀水相通。趙云：蜀道地理連南詔、西羌。錦江直下，經楚通吴。此兩句又以終言蜀道地理。興與煙霞會，清罇幸不空。趙云：謝朓與江水曹詩：山中正芳月〔一〕，故人清罇賞。孔融曰：罇中酒不空。

【校勘記】

〔一〕「正」，玉臺新詠卷四、齊詩卷六謝朓與江水曹詩作「上」。

奉送嚴公入朝十韻〔一〕

鼎湖瞻望遠，象闕憲章新。鼎湖，黄帝事。陸佐公石闕銘：象闕之制，其來已遠。春秋設舊章之教，經禮垂布憲之文。杜補遺：風俗通義：魯昭公設兩觀於門，是謂之闕。爾雅曰：觀謂之闕。釋名曰：闕在兩旁〔二〕，中間闕然爲道也。博雅曰：象魏，闕也。周禮：懸治象之法于象魏。故闕或謂之象闕，謂之魏闕。梁書何胤曰：闕者，謂之象魏〔三〕。象者，法也；魏者，當塗而高大也。趙云：上句以言肅宗之上昇，下句以言代宗之初立。止承用此兩句〔四〕，更與下「憲章新」尤爲顯然也〔五〕。四海猶多難，中原憶舊臣。趙云：舊臣，指嚴公。嚴公既自朝廷來蜀，今憶之而召歸，斯爲中原舊臣矣。與時安反側，自昔有經綸。周禮：無敢反側。光武云：令反側子自安。易云：君子以經綸。感激張天步，從容靜塞塵。詩：天步艱難。三國吴志：清天步而歸舊物。南圖回羽翮，北極捧星辰。莊子：夫鵬九萬里而圖南。趙云：上句言嚴公入朝，如鵬之圖南也。下句言嚴公入奉天子，如孔子所謂「北辰居其所，而衆星拱之」也。漏鼓還思晝，宫鶯罷囀春。趙云：其得君常思日晝而朝見，亦晝日三接之義〔六〕。公到闕日，正夏時，故「宫鶯罷囀春」也。空留玉帳術，愁殺錦城人。唐藝文志有玉帳經一卷，兵書也。趙云：玉帳者，大帥、將軍之帳。言嚴公之歸朝，而空留玉帳之術，則錦城人愁而思戀之也。閣道通丹地，江潭隱白蘋。趙云：天子殿上謂之丹墀，一説禁中謂之彤庭，言丹地也。張正見艷歌云：執戟趍丹地〔七〕，豐貂入建章。下句公自言其在草堂。蓋堂之前臨浣花江，近百花潭，故謂之江潭。爾雅曰：苹，蓱也，其大者曰蘋。屈原湘夫人詞曰：登白蘋兮騁望。柳惲詩曰：汀洲採白蘋。隱於白蘋洲渚間，言蘋之多也。此生那老蜀，不死會歸秦。公若登台輔，臨危莫愛身。言當殺身以成仁也。趙云：末句之意，所謂贈人以言者。語：危而不持，顛而不扶，則將焉用彼相矣。

【校勘記】

〔一〕詩題「入朝十韻」四字，原作「十韻入朝」，訛，據文淵閣本、文津閣本、文瀾閣本、清刻本、排印本改。

〔二〕「旁」，文淵閣本、清刻本、排印本作「傍」。

〔三〕「梁書何胤曰」三句，「梁書」原作「南史」，檢南史無「闞者謂之象魏」句，考梁書卷五十一何胤傳有此句，當是誤置，據改。又，「何胤」，文瀾閣本作「何運」，清刻本、排印本作「何允」，係避諱。

〔四〕「止承」，清刻本、排印本作「章首」。

〔五〕「更與下憲章新尤爲顯然也」十一字，清刻本、排印本作：「原所以入朝之故，函蓋通篇。」

〔六〕「之義」底本漫滅，據文淵閣本、文津閣本、文瀾閣本、清刻本、排印本補。

〔七〕「趁」，文淵閣本、文津閣本、文瀾閣本、清刻本、排印本作「移」，樂府詩集卷二十八相和歌辭三、陳詩卷二張正見艷歌行作「超」。

酬別杜二嚴武〔一〕

獨逢堯典日，再覩漢官時。堯將遜于位〔二〕，讓于虞舜，作堯典。時代宗初立，蓋取虞舜作堯典之義。未效風霜勁，空慙雨露私。趙云：未效風霜勁，正以嚴爲御史大夫也。御史風霜之任。傳：雨露之所潤。夜鐘清萬户，曙漏拂千旗。並向斜亭謁，俱承別館追。斗城憐舊路，渦水惜歸期。長安故城，城南爲南斗形，北作北斗形，故號曰斗城。見三輔黄圖書〔三〕。峰樹還相伴，江雲更對垂。試回滄海棹，更妬敬亭詩。秪是書應寄，無忘酒共持。但令心事在〔四〕，未肯鬢毛衰。最悵巴山裏，清猿惱夢思。

【校勘記】

〔一〕詩題，清刻本、排印本作「嚴公酬別附載」。

〔二〕「堯將遜于位」，清刻本、排印本作「唐堯將遜位」。

〔三〕「三輔黄圖書」，「圖」原作「鳳」，訛，據文津閣本、文瀾閣本、清刻本、排印本改；又「書」清刻本、排印本無。

〔四〕「令」，文淵閣本作「念」，訛。

與嚴二歸奉禮別

别君誰暖眼，將老病纏身。出涕同斜日，臨風看去塵。商歌還入夜，巴俗自爲鄰。紀瞻傳曰：臣聞易失者時，不再者年，故古之志士義人負鼎走，商歌於市，誠欲及時效其忠規，名傳不朽。爲鄰，見上注。尚媿微軀在，遥聞盛禮新。山東群盜散，闕下受降頻。諸將歸應盡，題書報旅人。

送嚴侍郎到綿州同登杜使君江樓宴得心字

野興每難盡，江樓延賞心。王子猷訪戴，乘興而來，興盡而返〔一〕。工部反其意。謝靈運云：延展所賞之心也。謝靈運云：良辰美景，賞心樂事。趙歸朝送使節，落景惜登臨。宋玉悲秋云：登山臨水送將歸。謝靈運有登臨海嶠詩。稍稍煙集渚，微微風動襟。趙云：選有煙渚字。風言動襟，則宋玉風賦曰：披襟而當之也。重船依淺瀨，輕鳥度曾陰。趙云：淺瀨，出文選。王仲宣詩：巖阿增重陰。檻峻背幽谷，窗虚交茂林。

詩云：出自幽谷。蘭亭記：茂林脩竹。燈花一作光。散遠近，月彩靜高深。趙云：左傳：量地遠近〔二〕。謝玄暉詩：瞻望極高深〔三〕。城擁朝來客，天橫醉後參。曹子建云：參橫斗没〔四〕。言夜深也。窮途衰謝意，苦調短長吟。趙云：阮籍哭窮途。周王褒與周弘讓書：年事遒盡，容髮衰謝。選有永嘯長吟、短歌微吟。此會共能幾，諸孫賢至今。趙云：指言杜使君於公爲孫行也。不勞朱户閉，自待白河沈。薛云：左傳：晉文謂舅犯曰：所不與舅氏同心者，有如白水。遂沈璧于河。趙云：朱户，謂緜州州治也。白河沈，言天河之沈隱，夜艾也。天河曰銀河，其白可知。宋之問明河篇曰：水精簾外轉逶迤，倬彼昭回如練白。則名之爲白河何疑焉？薛注非是。新添：陳遵每大飲，賓客滿堂，輒關門，取客車轄投井中，雖有急，終不得去。末句用此意。

【校勘記】

〔一〕「返」，文淵閣本、清刻本、排印本作「反」。

〔二〕「左傳量地遠近」，檢春秋左傳注無「量地遠近」句，考禮記正義卷十二王制第五有此句，或是誤置。

〔三〕「瞻」，文選卷二十六、齊詩卷三謝玄暉郡内高齋閑坐答吕法曹詩作「曠」。

〔四〕「參橫斗没」，藝文類聚卷四十一樂部一、初學記卷十八人部中、漢詩卷九曹植善哉行作「月没參橫」。

奉濟驛重送嚴公四韻 驛去綿州三十里。

遠送從此別，青山空復情。趙云：謝玄暉銅雀臺詩：芳襟染淚跡，嬋娟空復情。幾時盃重把？昨夜月同行。列郡謳歌惜，三朝出入榮。三朝，武仕明、肅、代也。江村獨歸處，寂寞養殘生。

巴西驛亭觀江漲呈竇使君二首

宿雨南江漲，波濤亂遠峰。孤亭凌噴薄，見直氣森噴薄注。萬井逼春容。趙云：學記曰：善待問者如撞鐘，叩之小則小鳴，叩之大則大鳴；待其從容，然後盡其聲。注云：從讀如富父春戈之春。春，謂擊也。以爲聲之形容，言鐘之爲體，必待其擊。每一春爲一容，然後盡其聲。公於江漲言春容，則借字以言水撞擊之狀。於古詩有云：春容轉林篁。借字以言其行之悠悠，如鐘聲一春一容之未便盡也。師云：古詩：相聚得春容。霄漢愁高鳥，泥沙困老龍。宿雨以致高鳥之愁，泥沙以致老龍之困。此言小人在位，而君子沈困也。天邊同客舍，攜我豁心胸。趙云：竇使君亦是客，同在驛亭中者，故云。

其二

轉驚波作怒，即恐岸隨流。賴有盃中物，還同海上鷗。陶淵明詩曰：天運苟如此，且進盃中物。列子云：海上人好鷗鳥，其父欲取玩之，明日鷗鳥舞而不下。關心小剡縣，傍眼見揚州。王子猷居山陰，雪夜訪戴安道。安道時在剡縣，便乘小舟詣之。公欲東遊，因觀江漲而若見揚州也。爲接情人飲，朝來減片愁。

又呈竇使君

向晚波微緑，連空岸脚青。文選：春草碧色，春水緑波〔一〕。送君南浦，傷如之何！日兼春有暮，愁與醉無醒。漂泊猶盃酒，踟躕此驛亭。相看萬里别，同是一浮萍。

【校勘記】

〔一〕「緑」，文選卷十六、全梁文卷三十三江淹别賦作「淥」。

遣憂

亂離知又甚，消息苦難真。詩云：亂離瘼矣，爰其適歸〔一〕。言亂離實甚，雖聞其消息而不真也。受諫無今日，臨危憶古人。禮記：天子膚戒受諫。紛紛乘白馬，攘攘著黄巾〔二〕。後漢靈帝時，鉅鹿人張角自稱黄天，其部師有三十六萬人，皆著黄巾，同日反叛。王審知乘白馬履行陣，望者披靡，號白馬將軍。師云：張湛，光武時，朝或有惰容，湛輒陳諫其失。常乘白馬，帝每見湛，輒言：白馬生且復諫矣。隋氏留宫室，焚燒何太頻。如項羽燒秦宫室，三月火不滅之類。唐太宗入洛陽，觀隋宫殿，歎曰：逞侈心，窮人欲，無亡得乎？撤端門樓，焚乾陽殿。

【校勘記】

〔一〕「爰」，文淵閣本、文津閣本、文瀾閣本、清刻本、排印本作「奚」。

〔二〕「著」原作「看」，訛，據清刻本、排印本並參錢箋卷十八附録杜詩改。

早花

西京安穩未？不見一人來。臘月巴江曲，山花已自開。盈盈當雪杏，艷艷待春梅。直恐風塵暗，誰憂客鬢催。

巴山

巴山遇中使，云自陝城來。盜賊還奔突，乘輿恐未回。天寒召伯樹，地闊望僊臺。詩甘棠，美召伯也。漢武立望僊臺。狼狽風塵裏，群臣安在哉？狼狽，見上北征補遺。漢書主父偃傳云：徐樂、嚴安與偃俱上書。書奏，上召見三人，謂曰：公皆安在？何相見之晚也。

收京

復道收京邑，兼聞殺犬戎。時肅宗尅復京師，公聞之，故有此詩。王洙序公詩云：去年收京〔一〕，扈從還長安。衣冠却扈從，車駕已還宫。按肅宗紀云：至德二年十二月丙午，上皇天帝至自蜀。凡從蜀郡扈從三品以上予一子官，四品以下與一子出身。宫，即興慶宫也。尅復誠如此，扶持在數公。時王室再造，賴子儀、光弼數公。詩意言京師尅復，實數公扶持之力也。莫令回首地，慟哭起悲風。

【校勘記】

〔一〕「去年」，原作「明年」，據排印本改。又，「收京」二字，底本漫滅，據文淵閣本、文津閣本、文瀾閣本、清刻本、排印本補。

巴西聞收京送班司馬入京

聞道收京廟，鳴鑾自陜歸。漢書司馬相如傳云：鳴玉鑾。言京廟既收，天子鳴鑾，自陜而歸也。傾都看黄屋，正殿引朱衣。漢高祖紀曰：紀信乘王車，黄屋左纛。注：謂天子車以黄繒爲蓋裏。又文選范曄詩云〔一〕：黄屋非堯心。劍外春天遠，巴西勑使稀。念君經世亂，匹馬向王畿。周禮職方氏：方千里曰王畿。

【校勘記】

〔一〕「范曄詩云」四字，清刻本、排印本作「范蔚宗詩」。

送司馬入京

群盜至今日，先朝忝從臣。歎君能戀主，久客羨歸秦。公詩又有「不死會歸秦」之句。黄閣長司諫，丞相宰輔政事之堂曰黄閣。文選劉孝標廣絶交論云：彯組雲臺者摩肩，趨走丹墀者疊跡。丹墀有故人。前漢：班婕妤退處作賦云：俯視兮丹墀，思君兮履綦。向來論社稷，爲話涕霑巾。文選：張平子四愁詩云：側身北望涕霑巾。又潘安仁懷舊賦云：步庭廡以徘徊，涕泣流而霑巾。

花底

紫萼扶千蘂，黄鬚照萬花。忽疑行暮雨，何事入朝霞。恐是潘安縣，堪留衛玠車。潘岳爲河陽令，植桃李花，人號曰河陽一縣花。衛玠在群伍中有異，乘白羊車，所至看者如堵，號爲璧人。深知好顔色，莫作委泥沙。

柳邊

只道梅花發，那知柳亦新。枝枝總到地，葉葉自開春。古人爲歌詩，使枝枝葉葉字，尚質而不文也。如曹子建艷歌：枝枝自相植，葉葉各相當〔一〕。至子美是詩用此字，遂脱去俗韻，真點石成金手也。紫燕時翻翼，黄鸝不露身。漢南應老盡，灞上遠愁人。

【校勘記】

〔一〕「各」，藝文類聚卷八十八木部上曹植艷歌作「自」。

城上

草滿巴西緑，空城白日長。趙云：按新唐書地理志：閬州本隆州巴西郡，以避玄宗諱改焉。風吹花片片，春動水茫茫。八駿隨天子，趙云：列子：穆王命駕八駿之乘。其云隨天子，則穆王謂之穆天子也。群臣從武皇。趙云：漢武帝也。帝初幸汾陰，至洛陽始巡幸郡縣，寖尋於泰山矣。其所巡幸，周萬八千里，群臣之從可知也。

遥聞出巡守，早晚遍遐荒。趙云：代宗廣德元年十月，吐蕃寇奉天、武功。丙子，車駕幸陝州。戊寅，吐蕃陷京師。末句不敢言天子蒙塵，姑以巡守微言之耳，而云遍巡狩，則以巴閬僻遠，雖今歲猶未知車駕去歲便歸長安之實，但傳聞或議北上蕭關，或欲東巡滄海，且又欲徙洛陽也。尚書：五載一巡狩。

翫月呈漢中王

王，名瑀，讓皇帝之子，汝陽王璡之弟也。

夜深露氣清，江月滿江城。浮一作游。客轉危坐，歸舟應獨行。後漢書云：茅容避雨樹下，危坐愈恭。關山同一照，趙云：照字，舊一本作點，非也。照字乃出月賦，千里共明月之意。烏鵲自多驚。古樂府：月明星稀，烏鵲南飛。遶樹三匝，何枝可栖。欲得淮王術，風吹暈已生。淮南子：月隨灰而暈缺。注云：以蘆灰環月，缺其一面，暈亦隨缺。杜田：古樂府北周王褒關山月云：天寒光轉白，風多暈欲生〔一〕。

【校勘記】

〔一〕「北周」，原作「宋」，據北周詩卷一載王褒關山月詩改。

漢州王大録事宅作

南溪老病客，相見下肩輿。近髮看烏帽，催蓴煮白魚。宅中平岸水，身外滿牀書。憶爾才名叔，含悽意有餘。

陪王漢州留杜綿州泛房公西湖

舊相恩追後，春池賞不稀。房琯相肅宗，以事責官，出爲漢州刺史。湖，琯所鑿也。趙云：按新唐書：房琯於乾元元年以宰相貶，出爲邠州刺史。政聲流聞。召拜太子賓客，遷禮部尚書，爲晉、漢二州刺史。恩追後，則指言於恩追而未行之間，其必數數遊湖。此追道其實也。闕庭分未到，舟楫有光輝。趙云：言未到天子闕庭，且於此遊湖，而當承恩命時，則舟楫爲有光輝矣。東京賦云：闕庭神麗。書高宗云：用汝作舟楫。豉化蓴絲軟，刀鳴鱠縷飛。世説：王武子前有羊酪，問陸雲：吴中何以敵此？雲曰：千里蓴羹，但未下鹽豉。杜補遺：本草云：蓴生水中，葉似鳧葵，採莖堪啖，花黄。自三月至八月，莖細如釵股，通名絲蓴。趙云：蓴鱠，言湖中所有也。使君雙皂蓋，灘淺正相依。趙云：雙皂蓋，言王、杜二史君也。漢制，中二千石，二千石皆皂蓋，朱兩轓。出後漢輿服志。

舟前小鵝兒

漢州城西北角官池作。趙云：官池，即房公湖也。琯未爲漢州刺史，止謂之官池，後人以其池經房公修之，故名之曰房公湖。

鵝兒黄似酒，對酒愛新鵝。引頸嗔船逼，無行亂眼多。翅開遭宿雨，力小困滄波。客散曾城暮，狐狸奈若何？趙云：此篇甚明，不須强注。鵝兒黄似酒，蓋自公始爲之譬也。東坡詩云：小舟浮鴨緑，大杓瀉鵝黄。乃用此意。項羽歌云：虞兮虞兮奈若何。

得房公池鵝

房相西亭鵝一群，眠沙泛浦白於雲。鳳凰池上應回首，爲報籠隨王右軍。趙云：鵝有鳳池之望，恐爲王右軍籠去，此蓋公以自興也。鳳池事，荀勗罷中書令爲尚書，人賀之，乃曰：奪我鳳凰池，何賀我耶？右軍事，王羲之性愛鵝，見山陰道士有群鵝，爲寫道德經，遂籠鵝而歸。今公詩意，蓋以興己之不必望趨華近，已甘從高人所愛，而隨之以飲啄也。

新刊校定集注杜詩卷二十四

近體詩

戲作寄上漢中王二首 王新誕明珠。

雲裏不聞雙雁過，掌中貪見一珠新。趙云：會稽典録曰：虞同少有孝行。爲日南太守，常有雙雁宿止廳上〔一〕。幽明録：張華言入九館之人，所見癡龍，初珠食之，天地等壽。雁言雲裏，則魏應璩詩曰〔二〕：朝雁鳴雲中。珠言掌中，則佛書有云〔三〕：如掌中珠。新添：詩謂久無音問，以王新得子故也。漢使謂單于曰：天子於上林射得雁，雁足有蘇武繫書。三輔決録：孔融見韋元將，與其父書曰：不意雙珠，生於老蚌。

秋風嫋嫋吹江漢，只在他鄉何處人。趙云：屈原湘夫人篇云：嫋嫋兮秋風。吹江漢，則公作此詩時在夔州也。公故於夔州，每用江漢，則二水所經，會於荆渚之下。「秋風嫋嫋吹江漢」之際，是何處人在此他鄉？所以自述也。

【校勘記】

〔一〕「虞同」，檢「少有孝行」三句，藝文類聚卷九十一鳥部中、太平御覽卷四百一十一引會稽典録作「虞國」。

〔二〕「則」，清刻本、排印本無。「詩曰」文淵閣本、文津閣本作「曰詩」；「曰」清刻本、排印本無。

〔三〕「則佛書有云」，清刻本、排印本作「佛書」。

其二

謝安舟楫風還起，梁苑池臺雪欲飛。趙云：謝安以比漢中王。安嘗與孫綽等泛海。風起浪涌，諸人並懼，安吟嘯自若，人咸服其雅量。西京雜記曰：梁孝王好宫室苑囿之樂，築兔園。謝惠連雪賦：歲將暮，時既昏。寒風積，愁雲繁。梁王不悦，遊於兔園。俄而微霰零，密雪下〔一〕。杳杳東山攜漢妓，泠泠一作陰陰。脩竹待王歸。杜補遺：續漢書：梁孝王兔園多植竹，即所謂脩竹園。地志云：孝王東苑方三百里，園苑中有雁池、脩竹園。趙云：上句戲漢中王，方在舟中，其攜妓東山之興尚杳杳然，又所以成謝安舟楫之句。脩竹待王歸，又所以成梁苑池臺之句。

【校勘記】

〔一〕「謝惠連」，原作「謝靈運」，檢「歲將暮」八句，文選卷十三作謝惠連雪賦，據清刻本、排印本並參文選改。

投簡梓州幕府簡韋十郎官 新添

幕下郎君安隱無，趙云：隱，讀從穩。佛書：問訊世尊安隱否。從來不奉一行書。固知貧病人須棄，能使韋郎跡也疎。孟浩然詩：不才明主棄，多病故人疎。亦此意。

答楊梓州

悶到房公池水頭，坐逢楊子鎮東州。却向青溪不相見，回船因載阿戎遊。

趙云：青溪，應地名偶同。不然，指水之青碧爲青溪，若緑水、白水之義。古詩云：青溪如委黛。載阿戎遊，必是紀其載兒以遊也。阮籍謂王渾曰：共卿言，不如與阿戎談。阿戎，王戎也，渾之子。

贈韋贊善別

扶病送君發，自憐猶不歸。詩：式微，式微，胡不歸？秖應盡客淚，復作掩荆扉。趙云：客淚，言爲客之淚也。雖送人之際，其身亦客故爾。沈休文宿東園詩云：荆扉新且故。江漢故人少，音書從此稀。往還二十載，歲晚寸心違。趙云：寸心字，本於列子，載龍叔謂文摯曰：吾見子之心矣，方寸之地虚矣。左傳云：王心不違。又，文選庾信愁賦云：且將一寸心，能容萬斛愁〔一〕。又嵇叔夜幽憤詩：事與願違，遘兹淹留。又張季鷹秋日北園詩：旅途驚歲晚，歸興與心違〔二〕。

【校勘記】

〔一〕「文選庾信愁賦」三句，先後解輯校戊帙卷九此詩注〔二〕校語云：「今按，文選成書年代在庾信前，必無庾信賦入選之理。」此説是。又，「且將一寸心，能容萬斛愁」二句，檢庾信詩無，任淵後山詩注卷五古墨行注引有此二句。

〔二〕「又文選庾信愁賦云」以下全部注文，檢先後解輯校戊帙卷九此詩所引趙次公原注〔二〕，無。可知此非趙注，蓋爲郭知達編纂集注時所輯録。

送李卿曄〔一〕

王子思歸日，長安已亂兵。趙云：王子，指李曄也〔二〕。時有吐蕃之亂。霑衣問行在，趙云：十月，代宗出幸陝也。走馬向承明。趙云：漢承明殿在未央宮，霍光傳：太后幸未央承明殿是已。此兩句併言李曄所以去之事。漢武帝詔嚴助居承明之廬。暮景巴蜀僻，春風江漢清。趙云：歲暮之時，僻在巴蜀，公每有意爲荆楚之遊，順言其當春時在江漢間矣，故云。晉山雖自棄，魏闕尚含情。趙云：按宣室志載，唐故尚書李公鈗鎮北門時，有道士尹君者隱晉山，不食粟，嘗餌柏葉，與今公在蜀詩全不相干。按新唐書地理志，閬州晉安縣下注云：本晉城，避隱太子諱更名。此所謂晉山乎？以俟博聞。魏闕，天子之闕也。魏者，大也，所謂象魏是已。莊子云：身在江湖之上，而心馳魏闕之下。江淹通詩云：臨風默含情。此兩句公自言其身在外而心常在朝廷也。

【校勘記】

〔一〕詩題，文瀾閣本作「送李卿」；又，「曄」，清刻本、排印本作「煜」，係避諱。

〔二〕「曄」，文瀾閣本、清刻本、排印本作「煜」，係避諱。

絶句

江邊踏青罷，迴首見旌旗。趙云：或云江邊踏青乃成都事，每以三月三日出郊，言踐踏青草，故謂之踏青。是不知處處皆然。孟浩然大隄行云：歲歲春草生，踏青三兩日〔一〕。又豈特川中邪？新添注：唐李綽輦下歲時記：上巳賜宴群臣於曲江，傾城人物於江頭禊飲踏青。風起春城暮，高樓鼓角悲。趙云：古樂府：春城起風色。

【校勘記】

〔一〕「三兩日」，全唐詩卷二十一、卷一百五十九孟浩然大隄行寄萬七作「二三月」。

九日登梓州城

伊昔黃花酒，如今白髮翁。月令云：菊有黃華。費長房謂桓景曰：九月九日可登高飲菊花酒以除災。追歡筋力異，望遠歲時同。禮記：老者不以筋力爲禮。弟妹悲歌裏，朝廷醉眼中。兵戈與關塞，此日意無窮。趙云：兵戈以言格戰，關塞以言屯戍。時吐蕃之亂，既與之戰，且有防守也。

九日奉寄嚴大夫

九日應愁思，經時冒險艱。左傳曰：險阻艱難，備嘗之矣。不眠持漢節，何路出巴山。蘇武傳：匈奴徙武北海上，杖漢節牧羊，卧起操持，節旄盡落。趙云：武爲明皇、肅宗山陵橋道使，故云不眠持漢節也。下句則公自言，蓋公時方在梓，久客而欲出耳。蜀都賦云：東則左綿巴中，百濮所充。蓋自綿而東乃巴也。小驛香醪嫩，重巖細菊斑。遥知簇鞍馬，回首白雲間。趙云：此言九日所遇之景物也。於此遥想其簇鞍馬，而回首白雲以望之，此嚴武所謂杜二見憶者也。

巴嶺答杜二見憶 嚴武〔一〕

卧向巴山落月時，兩鄉千里夢相思。趙云：嚴、杜相去千里，各在一涯，而夢想也。蓋亦千里共明月之意。可但步兵偏愛酒，阮籍聞步兵厨多美酒，營人善釀，求爲校尉。也知光禄最能詩。謝光禄名莊，字希逸，七歲能屬文，所著文字四百餘首行於世，仕至光禄大夫。江頭赤葉楓愁客，楚詞：湛湛江水兮上有楓。籬外黄花菊對誰？張季鷹：黄花如散金。跂馬望君非一度，冷猿秋雁不勝悲。薛云：此詩洪覺範謂之骨含蘇李體。

【校勘記】

〔一〕詩題，清刻本、排印本作「嚴大夫巴嶺見答附載」。

懷舊

趙云：此篇與下所思不見二篇，蓋同時作。何者？公於三人平生之所善。蘇源明已死而追悼之，題則曰懷舊；鄭虔貶台州而聞其消息，題則曰所思；李白久不見而近不得其音信，故題曰不見。懷舊，晉潘安仁追悼楊肇父子，嘗作懷舊賦，故公倚以爲題。

地下蘇司業，情親獨有君。趙云：司業即源明也。公於下自注「地下」字云：王隱晉書載：蘇韶見其弟節云：卜商、顔淵今爲地下修文郎。天寶間，源明自東平太守召爲司業，其後以秘書少監卒。今云司業，則其當時聲稱之著也。那因喪一作衰。亂後，便有一云作。死生分。趙云：喪亂，一作衰亂；便有，一云便作，皆非。蓋時雖亂而非衰，便作不若便有之快。老罷知明鏡，悲來望白雲。趙云：南史蔡興宗傳：太尉沈慶之曰：加老罷私門，兵力頓闕。知明鏡，則因明鏡而知其老罷之狀也。李陵與蘇武詩：仰視浮雲馳。又蘇武别弟詩曰：仰視浮雲翔。自從失詞伯，不復更論文。趙云：王充論衡有云：文詞之伯。論文，見魏文典論。

所思 得台州鄭司户虔消息。

鄭老身仍竄，台州信所一作始。傳。趙云：古樂府有云：有所思。而古詩云：所思在遠道。虔還著作郎，以安禄山之汙，免死，貶台州司户參軍。為農山澗曲，卧病海雲邊。趙云：前漢楊惲云：願為農夫没此生矣。謝玄暉有在郡卧病呈沈尚書詩。卧病對為農。公古詩亦云：卧病識山鬼，為農知地形。世已疎儒素，人猶乞酒錢。趙云：虔好飲而貧乏。公嘗與詩云：賴有蘇司業，時時與酒錢。故今言人猶乞酒錢，所以拈出舊語也。徒勞望牛斗，無計斸龍泉。晉書張華寶劍事，蓋以劍比鄭公之在台州，如劍埋土中，雖遠望其有衝牛斗之氣，而無由掘顯之也。台州、酆城，皆在江南，故得用之。龍泉，劍名。水經注：晉太康地理志曰：縣有龍泉可以砥礪刀劍，特堅利，是以龍泉之劍為楚寶也。又越絶書曰：楚王令人之吴越，見歐冶子、干將，使為鐵劍三枚，一曰龍泉，二曰太阿，三曰工布。

不見 近無李白消息。

趙云：漢文帝云：吾久不見賈生。公倚以為題。

不見李生久，佯狂真可哀。趙云：箕子避紂而被髮佯狂。唐新史載，白以永王璘之累，長流夜郎。會赦，還潯陽，坐事下獄。世人皆欲殺，吾意獨憐才。趙云：潯陽之獄，蓋亦衆人欲殺之證乎？敏捷詩千首，飄零酒一盃。趙云：漢書：嚴延年為人短小精悍，敏捷於事。齊陸厥與沈約書云：揚脩敏捷。謝惠連雪賦云：憑雲升降，從風飄零。王僧孺致仕表云：堇蕣朝采，飄零已及。酒一盃，素問云：飲以美酒一盃。新添：張翰曰：使我有身後名，不如生前一盃酒。匡山讀書處，頭白好歸來。白始隱岷山，後客任城，居徂徠山，而並不載匡山。杜補遺：范傳正李白新墓碑云：白厥先避仇，客居蜀之彰明，太白生焉。彰明有大、小匡山，白讀書於大匡山，有讀書臺尚存。其宅在清廉鄉，後廢爲僧坊，號隴西院，蓋以太白得名。院有太白像，唐綿州刺史高忱及崔令欽記，所謂匡山，乃彰明之大匡山，非匡廬也。趙云：詩意則公既在蜀，而白舊有讀書處，欲招其歸來也。

題玄武禪師屋壁

今梓州中江縣，古玄武縣。

何年顧虎頭，滿壁畫瀛洲。虎頭，僧相也。杜正謬云：歷代名畫記曰：顧愷之，字長康，小字虎頭。多才氣，尤工丹青。傳寫形勢，莫不絶妙。曾於瓦棺寺北殿畫維摩詰像，畫訖，光照月餘日。趙云：洪駒父嘗云：顧愷之小字虎頭。維摩詰是過去金粟如來，故乞瓦棺寺顧畫摩詰之詩卒章云：虎頭金粟影，神妙極難忘。乃注云：虎頭，僧相；金粟，金地。此殊可笑也。洪之説如此。以虎頭爲愷之小字，蓋本古今畫録所云耳。然歐陽率更作類書於甘蔗門載世説曰：顧愷之爲虎頭將軍。世説即宋劉義慶之書，其去晉爲未遠，而歐陽率更所據全書中引用，但更不見晉人别作虎頭將軍者。一稱小字，一是官號，當俟博物者辨之〔一〕。瀛洲，神仙十洲中之一名也。赤日石林氣，青天江水流。此皆言所畫之景物也。水，一作海。錫飛常近鶴，天台賦：振金策之鈴鈴。飛錫杖也。又云：高真飛錫以躡虚〔二〕。注云：得真道之人，執錫杖而行於虚空，故云飛也。杜補遺：圖經載：舒州潛山最奇絶，而山麓尤勝。誌公與白鶴道人欲之，同請於梁武帝。帝以二人悉具靈通，俾各以物識其地，得者居之。道人云：

某以鶴止處爲記。誌公云：某以卓錫處爲記已。而鶴先飛去，至麓將止，忽聞空中錫飛聲，遂卓於山麓。道人不懌，然以前言不可食，乃各於所識之地築室焉。今之三祖寺靈仙觀，即其故地也。**杯渡不驚鷗。**高僧傳：杯渡者，不知其名姓，常乘木杯渡河，因名焉。佛圖澄變化詭異，圖澄在石勒時，以爲海鷗。杜正謬云：傳燈録云：劉宋時，杯渡者不知姓名，常乘木杯渡水，止宿一家，有金像，求之弗得，因竊以去。主人追之至孟津，浮木杯渡河，無假風棹，輕疾如飛。趙云：錫飛杯渡，則必畫僧之登山渡水者。以不驚鷗字貼之，取列子狎鷗之意。**似得廬山路，真隨惠遠遊。**趙云：言所畫之趣，似是廬山路，可以尋惠遠大師也。

【校勘記】

〔一〕「一稱小字」三句，世説新語箋疏排調第二十五第六十一條「嘉錫案」作：「虎頭是小字，而非官名。」

〔二〕「高」，清刻本、排印本作「應」。案，文選卷十一、全晉文卷六十一遊天台賦作「應」。

聞官軍收河南河北

趙云：史朝義已滅，漸復河南、河北矣，故公遠聞而賦詩也。

劍外忽傳收薊北，初聞涕淚滿衣裳〔一〕。漢高祖徙燕，將臧荼爲燕王，都薊。薊，即幽州薊縣。唐分十道，薊爲漁陽，屬河北道。師云：唐寶應元年，諸將擊史朝義，朝義走河北，遂克東都。十一月，朝義幽州守將李懷仙斬其首表獻〔二〕，河北平。**却看妻子愁何在，漫卷詩書喜欲狂。**趙云：公每憂喪亂而妻子流離，既聞收薊北，則天下有平定之理，所以却看妻子而不知其愁之所在。下句謂讀書之際，聞已收薊北，得與妻子有長聚之慶，所以漫卷之而喜欲狂也。**白日放歌須縱酒，青春作伴好還鄉。**放歌縱酒，即喜欲狂之意。**即從巴峽穿巫峽，便下襄陽向洛陽。**公自注云：余田園在東京。趙云：此公之意欲離蜀還鄉矣。

【校勘記】

〔一〕「淚」，文淵閣本、文津閣本、文瀾閣本、清刻本、排印本作「泣」，訛；案，二王本杜集卷十二、百家注逸詩拾遺、分門集注卷十三以及錢箋卷十二均作「淚」，可證。

〔二〕「李懷仙」，原作「李懷光」，據清刻本、排印本並參舊唐書改。案，舊唐書卷十二德宗本紀云：「朝義走河北。分命諸將追之，俄而賊將懷仙斬朝義首以獻，河北平。」舊唐書卷一百四十三李懷仙傳云：「朝義以餘孽數千奔范陽，懷仙誘而擒之，斬首來獻。」

涪江泛舟送韋班歸京 得山字

追餞同舟日，傷心一水間。趙云：同舟而濟。古詩云：相望一水間。心，一作春。**飄零爲客久，衰老羨君還。**吳韋曜自陳衰老，求去侍、史二官。花雜一作遠。重重樹，雲輕處處山。梁元帝春日詩：春情處處多。何遜詩：客子行行倦，年光處處華。天涯故人少，更益鬢毛斑。韋班歸京，公猶在蜀，則天涯故人鮮少矣。憂思朋舊，而鬢班也。

春日梓州登樓二首

行路難如此，登樓望欲迷。古樂府有行路難篇。身無却少壯，跡有但羇栖。江水流城郭，春風入鼓鞞。趙云：正月，史朝義雖滅，而三月党項羌寇同州，郭子儀敗之于黄堆山，兵戈猶未可已，所以有鼓鞞。樂記：聽鼓鞞之聲，則思將帥之臣。雙雙新燕子，依舊已銜泥。古詩：思爲雙飛燕，銜泥巢君堂。

右一

天畔登樓眼，隨春一作風。入故園。公前篇自注云：余田園在東京。戰場今始定，移柳更一作豈。能存。趙云：故園之下云戰場，則又指東京而言。是時，史朝義已滅，戰場雖定，而故園經盜賊，所移之柳，豈更能存乎？更字，乃疑辭也。厭蜀交遊冷，思吴勝事繁。

公久居蜀，交遊少。前詩有「天涯故人少」之句，意欲遊兩浙也。張翰在洛，因秋風起而思矣。應須理舟楫，長嘯下荆門。杜補遺云：袁崧宜都山川記曰：南崖有山名荆門，北崖有山名虎牙，二山相對，有象門也。

右二

遣憤

聞道花門將，論功未盡歸。趙云：花門，回紇也。壬寅寶應元年，回紇請助國討賊。次歲癸卯，廣德元年，史朝義自縊死。自從收帝里，誰復總戎機。趙云：言既復帝里，誰人總兵柄乎？恐回紇恃功難制而作逆也。蜂蠆終懷毒，雷霆可震威。左傳曰：君無謂邾小，蜂蠆有毒，況國乎！趙云：蜂蠆，言回紇也。公於此疑回紇。其比之爲蜂蠆，詩人眇之之辭也。雷霆，以言人君之威。賈山傳云：人主之威，非特雷霆也，震之以威，豈有不摧折者哉！欲制回紇以威爾。莫令鞭血地，師云：任昉書：鞭血四海，流離無所。再濕漢臣衣。

送竇九歸成都

文章亦不盡，竇子才縱横。非爾更苦節，何人符大名。晉王獻之年七八歲學書，羲之密從後掣其筆不得，歎曰：此兒後當有大名。易節卦：苦節，不可貞。讀書雲閣觀，問絹錦官城。文選東京賦：起甘泉，結雲閣，觀南山〔一〕。注云：二世起雲閣，欲與南山齊，又起觀於南山巔。我有浣花竹，題詩須一行。

【校勘記】

〔一〕「觀」，文選卷三、全後漢文卷五十三東京賦作「冠」。

贈裴南部

聞袁判官自來，欲有按問。

塵滿萊蕪甑，堂横單父琴。范丹，字史雲，爲萊蕪令，清貧。人歌曰：釜中生魚范萊蕪，甑中生塵范史雲。宓子賤爲單父宰，彈琴，不下堂而治。人皆知飲水，公輩不偷金。鄧攸爲吴郡載米之官，惟飲吴水而已。直不疑爲郎，同舍郎告歸，誤持同舍郎金去。金主意不疑，不疑買金償之。後知非，金主大慚，稱爲長者。梁獄書應作，去聲。秦臺鏡欲臨。師云：鄒陽獄中上書，梁孝王出之。西京雜記：秦始皇有方鏡，照見心膽。女子有邪心者，照之，即膽張心動。始皇輒殺之。獨醒時所嫉，群小謗能深。即出黄沙在，何須白髮侵。使君傳舊德，已見直繩心。古詩：清如玉壺冰，直若朱絲繩。

奉送崔都水翁下峽

無數涪江筏，鳴橈總發時。筏，海中舟，編竹木爲之，大曰筏，小曰桴。橈，楫也。别離終不久，宗族忍相遺。白狗黄牛峽，朝雲暮雨祠。白狗、黄牛，皆峽名，言崔都水所經從之地。宋玉高唐賦序：夢巫山之女曰：妾旦爲朝雲，暮爲行雨。旦朝視之如言，故爲立廟，號曰朝雲。所過憑問訊，到日自題詩。

鄭城西原送李判官兄武判官弟赴成都

憑高送所親，久坐惜芳辰。遠水非無浪，他山自有春。趙云：遠水非無浪，以言其行路之苦辛。他山自有春，言去當春時，觸處皆可行樂，故有「句。野花隨處發，官一作妖。柳著行新。江總侍宴瑶泉殿詩云：野花不識采，旅竹本無行。陶侃傳：侃性敏察，嘗課諸營種柳。都尉夏施盜官柳植之於己門。侃後見，駐車問曰：此是武昌西門前柳，何因盜來此種？施謝罪。天際傷愁別，離筵何太頻！

題鄠縣郭三十二明府茅屋壁

江頭且繫船，爲爾獨相憐。雲散灌壇雨，春青彭澤田。師云：博物志云：太公爲灌壇令，武王夢婦人當道夜哭，問之，曰：吾是東海神女，嫁於西海神童，我行必有大風疾雨。今爲灌壇令當道，廢我行。武王覺，召太公問之，果有疾風暴雨，從太公邑外而過。又吴叙雨賦云：紆灌壇之神馭，爲高唐之麗質。陶潛爲彭澤令，郭明府乃鄠縣令。灌壇、彭澤皆令事，故子美見之於詩以贈行也。頻驚適小國，孟子：滕，小國也。一擬問高天。别後巴東路，逢人問幾賢。

客夜

客睡何曾著，秋天不肯明。魏文帝行旅詩曰：漫漫秋夜長，烈烈北風凉。展轉不能寐，披衣起彷徨。趙云：睡著、天明，通中國之常語，實道其事，而句可謂詣理矣。

入一作捲。簾殘月影，高枕遠江聲。計拙無衣食，途窮仗友生。管子曰：衣食足而知榮辱。顏延年詠阮籍詩云云。詩：雖有兄弟，不如友生。老妻書數紙，應悉未歸情。

陪王侍御宴通泉東山野亭

江水東流去，清罇日復斜。趙云：文選長歌行：百川東赴海，何時復西歸。齊謝朓與江水曹詩：山中上芳日，故人清罇賞。又梁劉苞望夕雨詩：清罇久不薦，淹留遂待君。賈誼鵩賦云〔一〕：庚子日斜也。異方同宴賞，何處是京華。趙云：史曰：秀異産於異方。又云：進各異方。庾信烏夜啼：御史府中何處宿。文選：昔余遊京華。注云：京華，帝都也。亭影臨山水，村煙對浦沙。狂歌過於勝，得醉即爲家。趙云：過於字〔二〕，如過乎恭、過乎儉之義。豈言踰過於勝絶者乎？

【校勘記】

〔一〕「鵩」，文淵閣本、文津閣本、文瀾閣本作「鵬」，訛。

〔二〕「過」，文淵閣本作「遇」，訛。

客亭

秋窗猶曙色，落木更天一作高。風。日出寒山外，江流宿霧中。聖朝無棄物，趙云：老子：長善救物，故無棄物。陳徐陵別毛永嘉詩：嗟余今老病，此別恐長離。此蓋公不怨天、不尤人之意，與孟浩然「不才明主棄，多病故人疎」之語有間矣。以謂老病已成一作衰。翁。聖世才無大小，皆量能適用，無棄擲者，而公亦自嘆其老矣，不能用也。王粲傳魏太子與吴質書云：行年長大，所懷萬端；已成老翁，但未白頭耳。多少殘生事，飄零似轉蓬〔一〕。趙云：曹植雜詩曰：轉蓬離本根，飄飖隨長風。類此客遊子，捐軀遠從戎。而袁陽源效古詩云：廼知古時人，所以悲轉蓬。按淮南子曰：聖人觀轉蓬而爲車。此借用其字以言人之飄零如蓬之轉也。

【校勘記】

〔一〕「似」，文淵閣本、文津閣本、文瀾閣本、清刻本、排印本作「已」，訛；案，二王本杜集卷十二、錢箋卷十二皆作「似」，可證。

行次鹽亭縣聊題四韻奉簡嚴遂州蓬州兩使君咨議諸昆季

馬首見鹽亭，高山擁縣青。雲溪花淡淡，春郭水泠泠。趙云：花淡淡，以其在雲溪，故也。陸士衡文賦：音泠泠而盈耳。又宋玉風賦云：清清泠泠，愈病析醒。全蜀多名士，蜀都賦：近則江漢炳靈，世載其英。鬱若相如，皭若君平。王褒韡曄而秀發〔一〕，揚雄含章而挺生。禮云：聘名士。嚴家聚德星。陳仲弓從諸子造荀季和。太史奏賢人聚，故人號爲德星聚。長歌意無極，好爲老夫聽。趙云：三嚴，或以爲嚴震之昆季。按唐史，震，梓州鹽亭人，西川節度使嚴武署押衙。武卒，罷歸。今公聞嚴武再鎮蜀，自閬歸成都，過此而見嚴氏，則非嚴震家矣。更俟博聞。

【校勘記】

〔一〕「韡」，文淵閣本、清刻本、排印本作「煜」，係避諱。

倚杖

鹽亭縣作。鮑照詩：倚杖牧雞豚。

看花雖郭内，倚杖即溪邊。山縣早休市，江橋春聚船。趙云：山縣早休市，道事的當，蓋如小市常争米矣〔一〕。狎一作野。鷗輕白日，一作浪。列子有狎鷗翁，言忘機，故物亦不懼。趙云：言可狎之鷗，遊泳乎白日之中而不知光景之可重也，勝，一作遠矣。歸雁喜青天。物色兼生意，淒涼憶去年。

【校勘記】

〔一〕「常」，文淵閣本、文津閣本、文瀾閣本、清刻本、排印本作「當」。

泛江送魏十八倉曹還京因寄岑中允參范郎中季明

遲日深江水，輕舟送別筵。詩：春日遲遲。帝鄉愁緒外，春色淚痕邊。公詩無一日而忘朝廷，故望帝鄉每生愁緒，對春色妍媚而下淚，則其憂國之心可見矣。見酒須相憶，將詩莫浪傳。趙云：見酒須相憶，言別後他日事也。下句公蓋自負其詩如此。郭受與公詩云：新詩海内流傳徧〔一〕。豈能遏其傳哉！若逢岑與范，爲報各衰年。

【校勘記】

〔一〕「徧」，原作「困」，訛，據本集卷三十六酬郭十五判官附郭受詩以及清刻本、排印本改。又，全唐詩卷二百六十一此詩作「久」。

送路六侍御入朝

童稚情親四十年，中間消息兩茫然。趙云：鄧禹傳：父老童稚，垂髦戴白，滿其車下。言與路相得於總角時也。更爲後會知何地，忽漫相逢是別筵。不分桃花紅勝錦，生憎柳絮白於綿。趙云：天厨禁臠者，洪覺範之書也，以不分桃花紅勝錦，生憎柳絮白於綿，謂之比興格，且曰：錦、綿色紅、白而適用。朝廷用真材，天下福也。惟真材者忠正，小人諂諛似忠，詐訐似正，故爲子美所不分而憎之。不知於桃花，柳絮何所據，而便比諂諛詐訐之小人乎？杜公造爲新語，其云不分、生憎，乃所以深言其紅、白也。劍南春色還無賴，觸忤愁人到酒邊。趙云：桃花之深紅，柳絮之釅白，正是春色放蕩無所藉賴者，翻是觸忤愁人，斷送令到於酒邊以散其愁。然所以愁者，以別筵故也。新添：無賴字見異聞集：織女斜河，亦復無賴。

泛江送客

二月頻送客，東津江欲平。煙花山際重，舟楫浪前輕。淚逐勸盃落，愁連吹笛生。新添：以送客之故而勸之酒，淚所以下。吹笛以爲樂，今吹笛而愁生，亦是别情感動爾。馬融去京踰年，有洛客逆旅吹笛，暫聞之，甚悲感。又，文選向子期思舊賦云：鄰人有吹笛者，發聲寥亮。追想曩昔遊讌之好，感音而歎。離筵不隔日，那得易爲情。離筵，祖餞之筵也。頻日送客亦難乎，其爲情哉。

上牛頭寺

師云：寰宇記：山在梓州郪縣西南二里，高一里，形如牛頭，四岸孤絶，俯臨州郭，上有長樂寺。樓閣煙花，爲一方勝景。

青山意不盡，袞袞上牛頭。趙云：王濟云：張華説史，袞袞可聽。蓋言已遊青山多矣，其意不盡，乃相續而上牛頭也。無復能拘礙，真成浪出遊。花濃春寺静，竹細野池幽。何處鶯啼切，移時獨未休。

望牛頭寺

牛頭見鶴林，梯逕繞幽深。一作秀麗一何深，梯逕一何深。陸士衡赴洛詩：離思一何深。春色浮一作流。山外，天河宿一作没。殿陰。趙云：言殿之高，若與天河相接。此與慈恩寺塔云「七星在北户」同意。宿，一作没。蓋不若宿字之自然。公詠江閣有云：白雲巖際宿[一]。與此同義。傳燈無白日，布地有黄金。釋書：以燈喻法。謂能破暗也。六祖相傳一法，故云傳燈。釋書有傳燈録，皆言傳法事。趙云：謂長明燈也。止借釋書傳燈字用。白日亦有燈，故云無白日。又，佛書：祇陁太子以黄金側布給孤長者園中，而延佛居住，故凡言佛宇謂之金地。又，江寧縣寺有晉長明燈，歲久不滅，火色變青而不熱。隋文帝平陳，訝其遠，至今猶在。休作狂歌老，回看不住心。佛書有不住相，常住相。趙云：公止摘不住兩字爲不住心，義取於無所住而生其心也。

【校勘記】

〔一〕「白」，本集卷三十一宿江邊閣作「薄」。

上兜率寺

兜率知名寺，真如會法堂〔一〕。佛書有兜率天宫，故取以名寺，真如禪理也。趙云：真如，佛書云：真際也。公每題佛寺〔二〕、紀佛僧，多用佛書中字。江山有巴蜀，棟宇自齊梁。趙云：江山自有巴蜀時便有之。此乃使羊叔子所謂自有宇宙來，便有此山之義。齊梁好佛，佛宇當是齊〔三〕、梁時所建。庾信哀雖久〔四〕，庾信作哀江南賦。以金陵瓦解而竄身荒谷。趙云：其所以哀者，公自喻也。何顒好不忘。何顒，後漢人，尚氣節，感友人之義而爲之復父讎。與李膺善，後爲宦官所陷，亡匿汝南間，所至皆親其豪傑。如何顒者有救之心也。趙云：公蓋言已身流離於外，有庾信之哀而不忘交好，然學者多疑其上佛寺詩而及此，斯亦有所感乎？白牛車遠近，且欲上慈航。薛云：清涼禪師般若經序曰：般若者，苦海之慈航，昏衢之巨燭也。杜補遺云：法華經譬喻品曰：有大白牛，肥壯多力，形體殊好[五]，以駕寶車。蓋喻大乘也。

【校勘記】

〔一〕「真」，文津閣本作「直」，訛；案，二王本杜集卷十二、錢箋卷十二作「真」，可證。

〔二〕「公」，諸校本作「故」。

〔三〕「是」，文淵閣本、文津閣本、清刻本、排印本作「時」，訛。

〔四〕「雖」，文淵閣本、文津閣本、文瀾閣本、清刻本、排印本作「離」，訛；案，二王本杜集卷十二、錢箋卷十二作「雖」，可證。

〔五〕「殊」，妙法蓮華經卷二、法華義疏卷六譬喻品作「姝」。

望兜率寺

樹密當山逕，江深隔寺門。霏霏雲氣重，閃閃浪花翻。楚詞九章曰：霰雪紛其無垠兮，雲霏霏而承宇。海賦：蝄像暫曉而閃屍。不復知天大，空餘見佛尊。老子云：天大地大也。佛言：天上天下，惟我獨尊。時應清盥罷，隨喜給孤園。釋書：給孤園，又給孤長者。趙云：前便引祇陁太子求給孤獨長者園以延佛居止，故今佛宇亦稱給孤園。

甘園

春日清江岸，千甘二頃園。襄陽記：李衡於武陵龍陽洲上種甘千樹，臨死勑兒曰：吾州里有千頭木奴。史記蘇秦傳：使我有雒陽負郭二頃田，安能佩六國相印？青雲羞葉密，白雪避花繁。郭璞柑贊：花染繁霜〔一〕，葉鮮翠藍。趙云：本言密葉如雲，白花如雪，而變其語乃云雲羞、雪避，此公新奇之句。結子隨邊使，開筒近至尊。蜀柑向時歲入貢。後於桃李熟，終得獻金門。公自托意於末句也。

【校勘記】

〔一〕「花」，藝文類聚卷八十七果部下、全晉文卷一百二十一郭樸柑贊作「實」。

數陪章梓州泛江有女樂在諸舫戲爲艷曲二首

趙云：一本作李梓州，非是。蓋後有陪章留後也。

佳人滿近船。選詩：燕趙多佳人，美者顔如玉。江上客回空騎，趙云：客既登船，遣騎空回也。史記平原君傳：毛先生至楚而使趙重於九鼎，遂以爲上客。清歌扇底，以扇自障而歌，故謂之歌扇。新添：庾肩吾詩：願以重光曲，承君歌扇塵。野曠舞衣前。玉袖凌風並，趙云：凌風並立，想女樂不一其人矣，所以成「佳人滿近船」之句。金壺隱浪偏。競將明媚色，偷眼艷陽年。一作天。趙云：鮑明遠學劉公幹體詩：朔風吹朔雪，千里度龍山。集君瑶臺裏，飛舞兩楹前。兹辰自爲美，當避艷陽年。艷陽桃李節，皎潔不成妍。今公意蓋謂佳人自衒其美色〔一〕，偷眼視春光以争相勝之意〔二〕。

【校勘記】

〔一〕「今公意」句，「今」「意」二字，清刻本、排印本無。

〔二〕「之」，清刻本、排印本無。

其二

白日移歌袖，青霄近笛牀。師云：蔡琰詩：笛牀近柳陰。翠眉縈度曲，古詩：度曲翠眉低。雲鬢儼分行。立馬千山暮，迴舟一水香。使君自有婦，莫學野鴛鴦。師云：古樂府陌上桑羅敷行：使君自有婦，羅敷自有夫。李梓州有女樂，故公以此戲之。又文選曹子建詩：中有孤鴛鴦，哀鳴求匹偶。

登牛頭山亭子

路出雙林外，亭窺萬井中。趙云：佛書云：佛說法於雙林樹下，故公題佛宇每用雙樹雙林字。下句言亭之高，可以窺井邑萬家也〔一〕。江城孤照日，山一作春。谷遠含風。揚子雲羽獵賦云：山谷爲之風猋。兵革身將老，關河信不通。趙云：時吐蕃猶盛。猶殘數行淚，忍對百花叢！對花垂淚，亦傷時之意也。項羽傳：歌數闋，泣數行下。

【校勘記】

〔一〕「萬」，原作「舊」，據清刻本、排印本改。

陪李梓州王閬州蘇遂州李果州四使君登惠義寺

趙云：師民瞻本作章梓州，是。

春日無人境，虛空不住天。蓋取佛書不住相，謂天運無常以成四時。師云：庾信賦：心遊不住之天。趙云：孫綽天台賦序：踐無人之境。杜牧之傳：若涉無人之地〔一〕。鶯花隨世界，樓閣寄一作倚。山巔。趙云：言當春時，處處有鶯花。世界字，又取佛書中語也。爾雅、釋名：山頂曰巔。遲暮身何得，登臨意惘然。言身老而未有所得也。誰能解金印，蕭洒共安禪。一云三車將五馬，若箇合安禪。趙云：此二句蓋諷四刺史：誰能解所佩之金印而相與安禪聖？按，陶潛解綬去職；又，温遜嘗爲邑宰，解印綬而去。

【校勘記】

〔一〕「地」，文淵閣本作「境」，訛。

送何侍御歸朝章梓州泛舟筵上作。

舟楫諸侯餞，車輿使者歸。趙云：上句指言章梓州作泛舟之筵也，下句言何侍御歸朝也。山花相映發，水鳥自孤飛。趙云：簡文帝云：山川相映發。義雖不同，而以字語之熟用之也。春日垂霜鬢，天隅把繡衣。趙云：前漢暴勝之，衣繡衣持斧，爲直指使者。又，漢侍御史繡衣持斧，言與何侍御把衣爲別也。故人從此去，一作遠。寥落寸心違。選文賦云：吐滂沛乎寸心。詩：中心有違。

江亭送眉州辛別駕昇之得蕪字

柳影含雲幕，一作重。江波近酒壺。趙云：雲幕，言幕之如雲也，字則漢成帝設雲幕於甘泉宮。異方驚會面，終宴惜征途。趙云：李少卿書云：異方之樂，衹令人悲。又史云：秀異産于異方。終宴字，則曹子建詩「公子敬愛客，終宴不知疲」也。沙晚低風蝶，天晴喜浴鳧。別離傷老大，意緒日荒蕪。文選長歌行云：少壯不努力，老大徒傷悲。

涪城縣香積寺官閣

寺下春江深不流，山腰官閣迥添愁。含風翠壁孤雲細，背日丹楓萬木稠。小院迴廊春一作清。寂寂，浴鳧飛鷺晚悠悠。諸天合在藤蘿外，昏黑應須到上頭。釋書有諸天字，皆言勝樂事，公之末章因以見志也。趙云：蓋言其高而近天爾。

戲題寄上漢中王三首

時王在梓州。初至斷酒不飲，篇有戲述。趙云：漢中王名瑀，讓皇帝之子，汝陽王璡之弟。始封隴西郡公，從明皇幸蜀至河池，封漢中王。

西漢親王子，成都老客星。高祖起漢中，今王封漢中王，故云「西漢親王子」也。後漢嚴陵與光武同宿，而史占云：客星犯帝座。公蓋自言身在成都爲客也。百年雙白鬢，一別五秋一作飛。螢。趙云：公自言其老，久與漢中王別，而方再得相見。五秋螢，蓋是別後五見螢火矣。忍斷盃中物，秖看座右銘。陶潛云：天運苟如此，且進杯中物。崔子玉作座右銘。此蓋公言不必斷酒，却只拘守座右銘爲誡也[一]。不能隨皁蓋，自醉逐浮萍。皁蓋，指漢中王之爲梓州也，言王既斷酒，故不能隨其車蓋，而自醉如浮萍之飄泊也。

右一

【校勘記】

〔一〕「座」，原作「坐」，據詩中正文「秖看座右銘」及文瀾閣本改。

策杖時能出，王門異昔遊。房玄齡策杖謁太宗於河北，下句謂其斷酒也。趙云：吳越春秋云：太王避狄，杖策去邠。史記云：魯連子却秦君，平原君欲封之，遂策杖而去。鄒陽曰：何王之門而不可曳長裾乎！「王門異昔遊」，言王之斷酒爾。已知嗟不起，未許醉相留。趙云：已知漢中王嗟我來見時不肯起去，意在求飲，而緣王斷酒，未許留醉也。

蜀酒濃無敵，江魚美可求。蜀都賦：觴以醥清，一醉累月。又云：嘉魚出於丙穴。終思一酩酊，淨掃雁池頭。廣漢郡有金雁池，古老相傳云：有金雁一雙，隱於此池，日暖則見其影。趙云：天后時，高嶠詩云：鸞言尋鳳侶，乘歡俯雁池。則往時素有此名於池，可以泛指爲雁池矣。又兒童歌山簡曰：日夕倒載歸，酩酊無所知。

右二

群盜無歸路，衰顔會遠方。趙云：上句指言僕固懷恩以吐蕃、回紇、党項之兵入寇也。尚憐詩警策，猶憶酒顛狂。

文賦：立片言以居要，在一篇之警策。杜補遺：警，驅動貌；策，可以擊馬，謂片言光益一篇，亦猶以策擊馬，得其警動〔一〕。又曹子建應詔詩：僕夫警策，平路是由。蓋言以策而驅其馬使之疾行也。其後梁鍾嶸詩品曰：陳思贈弟，仲宣七哀，公幹思友，阮籍詠懷，靈運鄴中，士衡擬古，陶公詠貧之製，惠連擣衣之作，斯五言之警策者也。趙云：尚憐、猶憶，蓋主漢中王言之。詩警策、酒顛狂，公自主其身而言也。**魯衛彌尊重，徐陳略喪亡。**漢中王兄弟俱領重鎮。魏文帝與王粲書云：徐陳應劉，一時俱逝。何數年之間，零落殆盡。徐幹、陳琳、應瑒、劉楨。趙云：上句公引魯衛之政兄弟之語，下句言王之賓客多喪也。**空餘枚叟在，應念早升堂。**枚叟，公自喻也。趙云：雪賦云：召鄒生，延枚叟。語：由也升堂矣。

右三

【校勘記】

〔一〕「警」，原作「驚」，訛，據文淵閣本、清刻本、排印本改。

陪章留後侍御宴南樓

絶域長夏晚，兹樓清宴同。趙云：李陵書：出征絶域。今公借而用之。沈佺期古樂府：坐看長夏曉。亦此意也。**朝廷燒棧北，**謂在大散之北也。張良説高祖燒絶棧道。趙云：因宴南樓而望長安也。張良燒絶棧道，今摘其字用之，言地理耳。**鼓角滿**一作漏。**天東。**趙云：漏天在黎州。蜀之西蕃，地多雨，故名漏天。則梓州當在其東，所以形容其地也。蔡伯世正異：漏天乃地名，在雅州，以其地多雨也，居梓州之西。正文訛作滿。

屢食將軍第， 趙云：公自言其食于章留後之宅，以留後同主兵，故云將軍。第字，霍去病爲驃騎將軍辭第也。**仍騎御史驄。** 見上「御史舊乘驄」注。趙云：留後之官，亦御史也。**本無丹竈術，那免白頭翁。** 言無丹竈之術以延年也。杜補遺：江文通別賦：華陰上士，服食還仙[一]。術既妙而猶學，道以寂而未傳。守丹竈而不顧，鍊金鼎而方堅。駕鶴上漢，驂鸞騰天。暫遊萬里，少別千年。趙云：魏文帝云：已成一老翁，但未頭白耳。字如車千秋云：夢白頭翁教臣也[二]。

寇盜狂歌外，形骸痛飲中。 言以酒而自隱爾。莊子：索我形骸之內。蘭亭記有放浪形骸之外。**野雲低渡水，簷雨細隨風。**

出號江城黑，題詩蠟炬紅。 趙云：夜傳號令，此節度府之事也。當出號之時，宴中方明燭而題詩。又是紀實也。**此身醒復醉，不擬哭途窮。** 阮籍以酒自隱，故得免當世之難。常出不由徑，遇途窮則慟哭而返。公自言取籍之自隱於酒，不效其哭途窮也。顏延年詠之云：窮途能無慟。

【校勘記】

〔一〕「仙」，文選卷十六、全梁文卷三十三別賦作「山」。

〔二〕「車千秋」，原作「壺關三老」，參本集卷十七投贈哥舒開府翰二十韻校勘記〔三〕改。

臺上得凉字

改席臺能迥，留門月復光。趙云：改席，則自南樓移於臺上也。留門，且未閉城門也。詩：月出之光。雲霄遺暑濕，山谷進風凉。月令云：土潤溽暑。溽，濕也。以臺高而在雲霄之間，不知暑氣之失去也。揚子雲羽獵賦：山谷爲之風猋。老去一盃足，誰憐屢舞長。張翰云：不如生前一盃酒。詩云：屢舞僛僛。蜀都賦：紆長袖而屢舞。吕氏春秋韓子曰：長袖善舞。何須把官燭，似惱鬢毛蒼。後漢巴祗爲揚州刺史，不然官燭。以章留後之宴，故云官燭也。

送王十五判官扶侍還黔中得開字

大家東征逐子回，後漢：扶風曹世叔妻，班彪之女，名昭，字惠姬。和帝數召入宫，令皇后、貴人師事焉，號曰大家。其子穀爲陳留長，大家隨至官，作東征賦述所經歷。趙云：大家，指言王判官母，以班氏比之也。風生洲渚錦帆開。隋煬帝以錦爲帆。青青竹笋迎船出，白白一云日日，一云旦旦。江魚入饌來。杜補遺：楚國先賢傳：孟宗母好食笋，冬月無之，宗入林中哀號，笋爲之生。後漢：姜詩並妻龐氏並至孝母，好飲江水，嗜魚鱠，又不能獨食，夫婦常力作鱠，呼鄰母共之。舍側忽有湧泉，味如江水。每旦輒出雙鯉以供母膳。王判官侍母還黔中，故有此句。離别不堪無限意，艱危深仗濟時才。黔陽信使應稀少，莫怪頻頻一作頻煩。勸酒盃。

隨章留後新亭會送諸君

新亭有高會，行子得良時。高祖本紀云：漢王入彭城，置酒高會。謝靈運詩：良時不見遺。日動映江幕，風鳴排檻旗。絶葷終不改，勸酒欲無詞。已墮峴山淚，因題零雨詩。晉羊祜傳：襄陽百姓於峴山祜平生遊憩之所建碑。望其碑者莫不流涕。杜預因名爲墮淚碑。詩云：零雨其蒙。

倦夜

竹涼侵卧内，野月滿庭隅。趙云：漢書：引入卧内。又王敦謂石崇曰：誤入卿内。古詩云：秋涼野月白。重露成涓滴，稀星乍有無。師云：崔融詩：秋天零重露。曹孟德云：月明星稀。有無者，星明滅之狀也。暗飛螢自照，水宿鳥相呼。晉傅咸螢火賦序：余曾獨處，顧見螢火，熱以自照。蜀都賦：雲飛水宿。杜補遺：師曠禽經：陸鳥曰棲，水鳥曰宿。又云：凡鳥朝鳴曰嘲，夜鳴曰咹。林鳥以朝嘲，水鳥以夜咹。今林棲之鳥多朝鳴，水宿之鳥多夜叫。咹，音夜。字見龍龕手鏡。萬事干戈裏，空悲清夜徂。有感時之志，而不見用於時，故徒悲清夜之徂往也。趙云：時吐蕃之兵方熾也。

悲秋

涼風動萬里，群盜尚縱橫。家遠傳一作待。書日，秋來爲客情。此二事皆情意之極者。愁窺高鳥過，老逐衆人行。言鳥東西南北尚有所適，老者尚爲衆人行，亦悲時之不與也[一]。趙云：家語：見飛鳥過。詩：有鳥高飛。始欲投三峽，何由見兩京。師云：此公謀下峽也。

【校勘記】

〔一〕「與」，文淵閣本、文津閣本、文瀾閣本、清刻本、排印本作「遇」。

對雨

莽莽天涯雨，江邊獨立時。趙云：於雨言莽莽，可謂新奇矣，蓋猶於日言「野日荒荒白」。江邊獨立，其所思者遠矣。意見下句。不愁巴道路，恐濕漢旌旗。趙云：巴道路，自綿而東也。時治兵禦吐蕃，公之意謂雖往來巴山之道路，而不以爲愁，惟恐濕漢之旌旗矣。雪嶺防秋急，繩橋戰勝遲。趙云：雪嶺在松維州之外，即西山也。繩橋，以岷江湍急不可爲梁，乃以竹繩而爲之駕虛以渡，故號繩橋。西戎甥舅禮，未敢背恩私。言父尚公主，則子爲甥，中國爲舅氏也。趙云：孟子：帝館甥於貳室。爾雅曰：謂我舅者，吾謂之甥。初，中宗景龍三年，以雍王守禮女爲金城公主，以妻贊普。其後，玄宗開元間遣使入朝，奉表言甥，言先帝舅云云。今公言望其敦甥舅之禮而勿背焉。師云：時吐蕃陷松州，今言不背恩私，蓋識失在中國也。

警急

時高公適領西川節度。趙云：警急者，言可警之急也。字祖出漢書，而魏植白馬篇、梁劉孝威結客少年場皆曰：邊城多警急。

才名舊楚將，妙略擁兵機。以美高適也。趙云：考適傳：自諫議大夫除揚州大都督長史，淮南節度使，此所謂楚將也。玉壘雖傳檄，松州會解圍。傳檄，言吐蕃入寇，檄書相聞也。松州正控吐蕃。趙云：蜀都賦：包玉壘而爲宇。傳曰：三秦可傳檄而定也。言高公爲節度，可以傳羽檄而解松州之圍也。廣德元年，吐蕃取隴右。十二月，遂亡松、維、保三州。公詩在未亡松州之前。**和親知計拙，公主漫無歸。**趙云：唐史，永泰元年乙巳，吐蕃方請和，繼而又叛。時議必再有請嫁公主爲和親計者，故公云爾。餘見留花門「公主歌黄鵠」注。**青海今誰得？西戎實飽飛。**上句，見贈哥舒翰開府詩注。飽飛，見送高適詩注。趙云：新史：景龍時，吐蕃厚餉使者楊矩，請河西九曲爲公主湯沐，矩表請與其地。九曲者，水甘草良宜畜牧，近與唐接。自是益張雄，易入寇，則青海亦爲其所有矣。公既以吐蕃既有青海，宜其勢如鷹之飽而飛揚，不就縶紲也。

王命

漢北豺狼滿，巴西道路難。趙云：漢與巴相連，蓋吐蕃入寇之地。吳都賦云：矜巴漢之阻，則以爲襲險之右。可以見巴漢之連矣。漢之北，則褒斜也。巴之西，則綿、漢、成都也。**血埋諸將甲，骨斷使臣鞍。**趙云：廣德元年，使李之芳、崔倫往聘吐蕃，留不遣。虜破邠州，入奉天，天子幸陜。使臣，指李之芳、崔倫。曰骨斷，則憂懼而骨欲斷折之義也。**牢落新燒棧，蒼茫舊築壇。**燒棧事，見上注。漢王齋戒設壇，拜韓信爲大將軍。趙云：時雍王适爲兵馬元帥，郭子儀副之；而禦奉天之寇，委之子儀，則舊築壇，指郭令公也。**深懷喻蜀道，慟哭望王官。**時段子璋反於東川，適與崔光遠逆戰斬之。光遠不戢兵，遂大掠。至有斷士女腕取金者，故民怨而望王官之至也。趙云：司馬相如有喻蜀檄，公止取喻蜀字，以言蜀父老望王官之至也。舊注作段子璋反事，自是上元二年高適爲蜀州刺史時，況今篇又不關涉高適。

征夫

十室幾人在，千山空自多。論語：十室之邑。路衢唯見哭，城市不聞歌。民苦征戍，故多悲哭，豈復有笑歌之事。漂梗無安地，用民如榛梗爾，漂泊不遑寧處也。趙云：此句公自言爾。銜枚有荷戈。漢紀：章邯夜銜枚擊項梁定陶。顔師古曰：銜枚者，止言語讙囂，欲令敵人不知其來也。周官有銜枚氏，其狀如箸，横銜之。官軍未通蜀，吾道竟如何？

送元二適江左

亂後今相見，秋深復遠行。風塵爲客日，江海送君情。趙云：公自言其遭戰之時，而飄泊於外也。下句又以言送元之適江左也。晉室丹陽尹，公孫白帝城。温嶠爲丹陽尹。趙云：丹陽，潤州也。丹陽置尹，在晉室爲然。今元二必是往潤州爲守，則舟行必經白帝城而下也。城乃公孫述所築。經過自愛惜，取次莫論兵。元嘗應孫吴科舉。論兵字，出古樂府〔一〕。

【校勘記】

〔一〕詩尾，有匿名批識云「四句當通看」五字，文淵閣本、文津閣本、文瀾閣本、清刻本、排印本均無。

章梓州水亭

時漢中王兼道士席謙在會，同用荷字韻。

城晚通雲霧，亭深到芰荷。吏人橋外少，秋水席邊多。近屬淮王至，高門薊子過。趙云：前漢淮南王劉安，於近屬中最賢而有學者，故以比漢中王。後漢薊子訓有神異之道，流名京師，士大夫皆承風嚮慕之。此言席道士，又以尊章梓州能致異人也。荊州愛山簡，吾醉亦長謌。趙云：荊州以比梓州。山簡都督荊、湘、交、廣四州諸軍事，荊土豪族有佳園池，簡出嬉遊，多之池上，置酒輒醉。兒童歌之曰：「山公出何許？往至高陽池。日夕倒載歸，酩酊無所知。時時能騎馬，倒著白接䍦。舉鞭向葛强，何如並州兒？」葛强家在并州，簡愛將也。吾醉亦長謌，則欲效兒童之爲歌爾。

送陵州路使君赴任

王室比多難，高官皆武臣。時方急於賞功，故武臣在高位。趙云：自安史之亂，通九年，亦可謂多難矣。幽燕通使者，岳牧用詞人。趙云：乾元二年，祿山父子僭號，凡三年而滅。廣德元年，史思明父子僭號，凡四年而滅。安史既平，幽、燕路通矣，使命可以往來也。書覲四岳群牧是也。詞人者，文詞之人，指言路使君也。國待賢良急，君當拔擢新。佩刀成氣象，行蓋出風塵。上句見左相呂虔刀注。皂蓋行春。趙云：時方吐蕃之亂，道路風塵，而刺史之蓋出風塵以往也。戰伐乾坤破，瘡痍府庫貧。乾坤破，所在殘弊也。前漢季布傳：瘡痍未瘳。衆寮宜潔白，萬役但平均。師云：蓋譏當時在位者貪暴，取於民有偏也。趙云：公此四句以誡其爲政[一]，可謂贈人以言矣。霄漢瞻佳士，泥塗任此身。秋天正搖落，回首大江濱。趙云：佳士，又以指路君。泥塗，則公自言也。

【校勘記】

［一］「其」下，文淵閣本衍「公」字。

薄暮

江水最深地，山雲薄暮時。寒花隱亂草，宿鳥擇一作探。深枝。趙云：史云：鳥則擇木，木豈能擇鳥？

舊國見何日？高秋心苦悲。莊子云：舊國舊邦，望之暢然。漢書云：秋高馬肥。梁簡文帝九日詩：是節協陽數，高秋氣已清。人生不再好，鬢髮白一作自。成絲。

東津送韋諷攝閬州録事

聞説江山好，憐君吏隱兼。晉孫綽嘗鄙山濤，而謂人曰：山濤，吾所不解。吏非吏，隱非隱。寵行舟遠泛，惜別酒頻添。推薦非承乏，操持必去嫌。他時如按縣，不得慢陶潛。陶潛爲彭澤縣令。

惠義寺送王少尹赴成都 分得峰字

苒苒谷中寺，娟娟林表峰。欄干上處遠，結構坐來重。騎馬行春徑，衣冠起暮鐘。雲門青寂寞，此別惜相從。

西山三首

夷界荒山頂，蕃州積雪邊。成都記：西山冬夏積雪不消。趙云：唐松、維二州。維，今之威州一帶皆號西山，與吐蕃分界。其山最高，故云夷界荒山頂。築城依一作連。白帝，轉粟上青天。公孫述號白帝，城在夔州。李白「蜀道難，難於上青天」，言其轉粟之難也。趙云：高山之上築城，所以轉粟之艱[一]，如上青天[二]。秦州記曰：金城郡，漢元始六年置。應劭曰：初築城得金，故名。鄱陽上吳王書曰：轉粟流輸，千里不絕。晉史：披雲霧而覩青天。依則依如之也。蜀將分旗鼓，羌兵助鎧鋋。一作井泉。趙云：以吐蕃陷松、維、保三州，其勢迫蜀，故分旗鼓以禦之。下句蓋言僕固懷恩與之爲寇也。按唐史，廣德二年七月，僕固懷恩以吐蕃、回紇、党項等兵數十萬人入寇。井泉字無義。西戎背和好，殺氣日相纏。時吐蕃陷隴右。趙云：以吐蕃背先帝時盟好，而爲寇不已，殺氣日相纏結矣。

右一

【校勘記】

〔一〕「艱」，文淵閣本作「難」。

〔二〕「如」下，文淵閣本衍「如」字。

辛苦三城戍，長防萬里秋。明皇還蜀後，分東、西兩川爲兩節度。西山列防秋三戍，民罷於役。高適論之，不聽。煙塵侵火井，蜀有火井縣。雨雪閉松州。趙云：松州已陷，閉於雨雪之中。按唐地理志：松州以地産甘松，故名。風動將軍幕，一云蓋。天寒使者裘。趙云：廣德元年，吐蕃没松州，是時既遣將以禦敵，又遣使以和親，故有是句。幕，謂戎幕，一作蓋，非是。漫平聲。山賊營壘，迴首得無憂？言賊壘之多也。

右二

子弟猶深入，關城未解圍。趙云：子弟，言充兵之人也。漢書：解平城之圍。蠶崖鐵馬瘦，灌口米船稀。蠶崖關，灌口地名。趙云：蠶崖，則西山之關隘處也。雪多草枯，故馬不足充戰而瘦。灌口，在今永康軍，亦近西川，以漕運之多而不繼，故船稀。辯士安邊策，元戎決勝威。元戎，元帥也。史：決勝千里之外。趙云：莊子曰：子之談類辯士。前漢車千秋贊：此乃所以安邊境。今朝烏鵲喜，欲報凱歌歸。西京雜記：乾鵲噪而行人至。趙云：周禮：奏凱歌也。傳曰：王師大凱，奏雅歌。

右三

薄遊

趙云：夏侯湛作東方朔畫贊序云：以爲濁世不可以富樂也，故薄遊以取位。又謝靈運初去郡詩：薄遊似邴生。公自秦入西蜀，自蜀而來東川，浮遊不定，故以此爲題。

淅淅風生砌，團團日一作月。隱墻，謝靈運：淅淅振條風。班婕妤扇詩：團團似明月。趙云：梁何遜詩曰：的的帆向浦，團團日隱洲。惟其日晚，晚則低而隱墻。舊注輒改日作月，殊不知下句有秋雁滅、暮雲長，則日晚之景也。遥空秋雁滅，半嶺暮雲長。病葉多先墜，寒花只暫香。秋興賦：槁葉多殞〔一〕。趙云：上句意義在病字與先字。舊注引秋興賦槁葉多殞，非是。巴城添淚一作月。眼，今夕復清光。趙云：公於鄜州，月夜詩云：何時倚虚幌，雙照淚痕乾〔二〕。則以還家而淚乾。今以薄遊無定，見月而添淚也。此句方是言月，然不必有月字而義自明，以今夕清光字見之矣。

【校勘記】

〔一〕「多」，初學記卷三歲時部、全晉文卷九十潘岳秋興賦作「夕」。

〔二〕「月夜」，「月」下原奪「夜」字，檢「何時倚虚幌」二句，本集卷十九題作月夜，據補訂。

新刊校定集注杜詩卷二十五

近體詩

送梓州李使君之任

公自注：故陳拾遺，射洪人也。篇末有云。洙曰：拾遺陳子昂常爲縣令段簡收繫，憂憤死獄中。射洪，梓州之屬縣也。

籍甚黄丞相，能名自潁川。近看除刺史，還喜得吾賢。五馬何時到，雙魚會早傳。老思筇竹杖，冬要錦衾眠。不作臨歧恨，唯聽舉最先。火雲揮汗日，山驛醒心泉。遇害陳公殞，于今蜀道憐。君行射洪縣，爲我一潸然。洙曰：漢黄霸爲潁川太守，治爲天下第一，後代丙吉爲丞相。趙曰：漢官儀：太守五馬。蓋天子六馬，而諸侯五馬也。古樂府：客從遠方來，遺我雙鯉魚。呼兒烹鯉魚，中有尺素書。筇竹與錦皆蜀中所出。公從李使君求此二物也。洙曰：京房傳：舉最當遷。徙以課最被舉。

王閬州筵奉酬十一舅惜别之作

萬壑樹聲滿，千崖秋氣高。浮舟出郡郭，别酒寄江濤。良會不復久，此生何太勞。窮愁但有骨，群盜尚如毛。吾舅惜分手，使君寒贈袍。沙頭暮黄鶴，失侣亦哀號。後山詩話：杜牧云：「南山與秋色，氣勢兩相高。」最爲警絶。而子美纔用一句云「千崖秋氣高」，語益工。鶴曰：時吐蕃、党項與僕固懷恩之亂方殷，故有「群盜尚如毛」之句。

閬州奉送二十四舅使自京赴任青城

鶴曰：青城縣屬蜀州。

聞道王喬舄，名因太史傳。如何碧雞使，把詔紫微天。秦嶺愁回馬，涪江醉泛船。青城漫污雜，吾舅意淒然。洙曰：漢王喬爲葉令，每朔望，自縣詣臺朝。明帝怪其來數，令太史伺望之。言其臨至，有雙鳧飛來。於是舉羅張之，得一隻舄焉。定功曰：漢書〔一〕：方士言益州有金馬、碧雞，可祭祀致也，宣帝使王褒往祀焉〔二〕。鄭曰：秦嶺在秦州〔三〕。

【校勘記】

〔一〕「漢書」，文津閣本作「濮書」，訛。

〔二〕「使」原奪，據文淵閣本、文津閣本、文瀾閣本、清刻本、排印本訂補。

〔三〕「在秦州」，文淵閣本作「在秦州之東」。

放船

送客蒼溪縣，山寒雨不開。直愁騎馬滑，故作放舟迴。青惜峰巒過，黄知橘柚來。江流大自在，坐穩興悠哉。鮑曰：唐志：蒼溪縣屬閬州。葛常之曰：五言律詩於對聯中十字作一意，詩家謂之十字格。如老杜放船詩云：直愁騎馬滑，故作放舟迴；對雨詩云：不愁巴道路，恐失漢旌旗；江月詩云天邊長作客，老去一沾巾是也。鮑曰：青惜峰巒過，黄知橘柚來。舟行湍移，景物如畫。雖速而不言速也。吴子良荆溪林下偶談：錢起云「山來指樵火，峰去惜花林」，不若子美「青惜峰巒過，黄知橘柚來」。

奉待嚴大夫

鶴曰：按唐紀：上元二年建丑月以嚴武爲成都尹。今公待其至。詩云：不知旌節隔年回。乃次年正月也。又按舊史，武出爲綿州刺史，劍南東川節度使兼御史中丞。上皇誥以劍南兩川合爲一，拜武成都尹兼御史大夫，充劍南節度。此當在乾元二年裴冕爲尹之前，蓋上皇以上元元年七月移居西内，已不復預國事矣。武嘗三鎮蜀，在乾元裴冕之前爲一，是年爲二，廣德二年表公爲參謀時爲三也。寶應元年成都作。

殊方又喜故人來，重鎮還須濟世才。常怪偏裨終日待，不知旌節隔年回。洙曰：偏裨，謂諸將校也。欲辭巴徼啼鶯合，遠下荆門去鷁催。身老時危思會面，一生襟抱向誰開？

希曰：偏裨字，見漢書馮奉世傳。趙曰：淮南子注：鷁，大鳥也，畫其象若船首，以禦水患。夢弼曰：公聞嚴武至，欲辭蜀之巴峽，下楚之荆門，以迓之也。

奉寄高常侍

鶴曰：高適爲西川節度，禦吐蕃。師出無功，亡松維等州。以嚴武代還，用爲刑部侍郎左散騎常侍。

汶上相逢年頗多，飛騰無那故人何。總戎楚蜀應全未，方駕曹劉不啻過。今日朝廷須汲黯，中原將帥憶廉頗。天涯春色催遲暮，別淚遥添錦水波。洙曰：地理志：汶水，出泰山萊蕪。蜀亦有汶川，出西山。 趙曰：高適先除淮南節度，後爲西川節度，故言總戎楚蜀。 修可曰：方駕，並駕也，與方舟之方同。 廣絶交論：遒文麗藻，方駕曹王。 今言曹劉，乃曹植、劉楨也。 洙曰：不啻，猶過多也。 家語：何翅惡哉？ 漢書：汲黯在朝，淮南寢謀。 言黯之材足以折衝千里也。 史記：廉頗，趙之良將也。 漢文帝嘗嘆曰：吾獨不得廉頗、李牧爲將，豈憂匈奴哉？

奉寄章十侍御

公自注：時初罷梓州刺史，東川留後，將赴朝廷。 鶴曰：按唐史，是年嚴武再鎮蜀，因小忿，召梓州刺史章彝殺之。公是詩却言其罷梓州，將赴朝廷。豈非將行時爲武所殺？又按彝去年夏，方守梓，未應得代，當是其時欲入奏也。

淮海惟揚一俊人，金章紫綬照青春。指麾能事回天地，訓練强兵動鬼神。湘西不得歸關羽，此人所諱者。河内猶宜借寇恂。朝覲從容問幽側，勿云江漢有垂綸。

洙曰：章彝，揚州人。 趙曰：指麾所能之事，雖天地亦可回，誇大言之。 歐公曰：時段子璋反，章討平之，故云。 洙曰：蜀將關羽，字雲長，先主收江南諸郡，拜羽爲襄陽太守、盪寇將軍，駐江北。 先主西定益州，拜羽督荆州事。 後漢：寇恂，字子翼，光武收河内，拜恂爲太守，後移潁川，又移汝南太守。 潁川盜賊群起，車駕南征，恂從至潁川，盜賊悉降。 百姓遮道曰：願從陛下復借寇君一年。 乃留恂。 黄曰：美章彝善守東川，恐如關羽、寇恂不得去也。 希曰：文選：沈約恩倖論：明揚幽側，惟才是與。 晁曰：江漢垂綸，公自言也。

將赴荊南寄别李劍州弟

鶴曰：公仕蜀，連往來梓閬間。將欲出峽遊荊楚，後竟不果。

使君高義驅今古，寥落三年坐劍州。但見文翁能化俗，焉知李廣未封侯。路經灩澦雙蓬鬢，天入滄浪一釣舟。語特悽愴。戎馬相逢更何日？春風回首仲宣樓。洙曰：前漢循吏傳：文翁初爲蜀郡太守，仁愛好教化，見蜀地僻陋，有蠻夷風，乃選郡縣小吏開敏有材者，遣詣京師，受業博士。數歲，皆成就還歸，文翁又修起學宫於成都市中，招下縣子弟以爲學宫弟子，繇是大化。文翁終於蜀，吏民爲立祠堂，歲時祭祀不絶，至今巴蜀好文雅，文翁之化也。李廣傳：廣與從弟子蔡俱爲郎，蔡積功，武帝封爲樂安侯。廣不得爵邑，官不過九卿。廣之軍士及士卒或取封侯。廣嘗與望氣王朔言之，朔曰：將軍自念，豈嘗有恨者乎？廣曰：吾爲隴西守，羌嘗反，吾誘降者八百餘人，詐而同日殺之。至今獨恨此事〔一〕。朔曰：禍莫大於殺降，此乃將軍之所以不得侯者也。趙曰：灩澦堆，在巫峽之口。滄浪，則漁父所歌滄浪之水。在楚地，公時欲南下也。洙曰：魏王粲，字仲宣，以西京擾亂，乃之荊州依劉表，嘗登城樓作賦，故云仲宣樓。

【校勘記】

〔一〕「獨恨」，文淵閣本、文津閣本、文瀾閣本、清刻本、排印本作「恨獨」。

奉寄別馬巴州

公自注：時甫除京兆功曹，在東川。鶴曰：按公傳云：公流落劍南，結廬成都西郭，召補京兆功曹參軍，不至。會嚴武節度劍南東、西川，往依焉。又按唐紀云：上元二年建丑月以嚴武爲成都尹〔一〕。以是知公之除功曹在是年冬也，時草堂方成，道路多梗，而嚴武又來，是以不赴也。

勳業終歸馬伏波，功曹非復漢蕭何。扁舟繫纜沙邊久，南國浮雲水上多。獨把漁竿終遠去，難隨鳥翼一相過。知君未愛春湖色，興在驪駒白玉珂。謂不能就別，知必爲我來也。春湖，馬所居，或巴州景物也。洙曰：馬伏波謂馬巴州也。蕭何，公自謂也。後漢：馬援少有大志，以功名自許，封伏波將軍。修可曰：劉貢父詩話云：杜詩「功曹非復漢蕭何」，按曹參嘗爲功曹，非蕭何也。王定國云：高祖紀：何爲主吏。孟康注曰：主吏，功曹也。貢父之言誤矣，二説皆非。按吴志：虞翻爲孫策功曹。策曰：孤有征討事，未得還府，卿復以功曹爲吾蕭何，守會稽耳。洙曰：前漢王式傳注：驪駒，逸詩篇名也，見大戴禮：客欲去，歌之。其辭云：驪駒在門，僕夫具存；驪駒在路，僕夫整駕。珂者，馬勒飾也。

【校勘記】

〔一〕「嚴武」，文淵閣本奪「武」字。

泛江

方舟不用楫，極目總無波。長日容盃酒，深江淨綺羅。亂離還奏樂，飄泊且聽歌。故國流清渭，如今花正多。趙曰：方舟，並舟也，字出爾雅。大觀曰：深江淨綺羅，言江花色淨，如綺羅也。夢弼曰：末句公思長安之景物也。

陪王使君晦日泛江就黄家亭子二首

鶴曰：王使君謂閬州守也，唐以正月晦日爲令節。

山豁何時斷，江平不肯流。稍知花改岸，始驗鳥隨舟。結束多紅粉，歡娱恨白頭。非君愛人客，晦日更添愁。

右一

有徑金沙軟，無人碧草芳。野畦連蛺蝶，江檻俯鴛鴦。日晚煙花亂，風生錦綉香。不須吹急管，衰老易悲傷。

右二

南征

春岸桃花水，雲帆楓樹林。偷生長避地，適遠更霑襟。老病南征日，君恩北望心。百年歌自苦，未見有知音。此等不忍再讀。

久客

羇旅知交態，淹留見俗情。衰顏聊自哂，小吏最相輕。去國哀王粲，傷時哭賈生。狐狸何足道，豺虎正縱横！洙曰：漢書：翟公書其門曰：一貧一富，乃知交態。漢末西京擾亂，王粲去，而依劉表於荆州。賈誼，文帝時上政事疏云：可爲痛哭者一。張綱傳：豺狼當路，安問狐狸！

春遠

肅肅花絮晚，菲菲紅素輕。日長唯鳥雀，春遠獨柴荆。語近而別。數有關中亂，何曾劍外清。故鄉歸不得，地入亞夫營。鶴曰：按史，是年吐蕃雖退，而二月党項羌寇京兆之富平縣。故云數有關中亂。趙曰：亞夫營在長安，公之故鄉也。漢文帝時，周亞夫軍細柳以備寇。

暮寒

霧隱平郊樹，風含廣岸波。沉沉春色静，慘慘暮寒多。戍鼓猶長擊，林鶯遂不歌。忽思高宴會，朱袖拂雲和。洙曰：周禮大司樂奏雲和之琴瑟。注：雲和，地名，以其産良材而中爲琴瑟也。

愁坐〔一〕

高齋常見野，愁坐更臨門。十月山寒重，孤城水氣昏。葭萌氏種迥，左擔犬戎屯〔二〕。終日憂奔走，歸期未敢論。鮑曰：葭萌屬利州，見唐志。左擔當作武擔，見成都記。

【校勘記】

〔一〕詩題，文津閣本作「愁生」，訛。

〔二〕「擔」，文淵閣本、文津閣本、文瀾閣本作「簷」，均訛。

雙燕

禹偁曰：此詩子美托物比己意。鶴曰：公有意於出峽。

旅食驚雙燕，啣泥入此堂〔一〕。應同避燥濕，自喻。且復過炎涼。養子風塵際，來時道路長。今秋天地在，吾亦離殊方。夢符曰：左傳：子罕曰：吾儕小人皆有闔廬，以避燥濕寒暑。

【校勘記】

〔一〕「啣」，文瀾閣本作「御」，訛。

百舌

十朋曰：百舌者，反舌也，能反覆其舌，隨百鳥之音，春囀夏止。

百舌來何處，重重祇報春。知音兼衆語，整翮豈多身。花密藏難見，枝高聽轉新。過時如發口，君側有讒人。山谷曰：余讀周書月令云「反舌有聲，佞人在側」，乃解老杜百舌詩「過時如發口，君側有讒人」之句。鮑曰：按周書月令乃周公時訓也。

地隅

江漢山重阻，風雲地一隅。年年非故物，處處是窮途。喪亂秦公子，悲涼楚大夫。平生心已折，行路日荒蕪。洙曰：謝靈運擬魏公子鄴中詩序：王粲家本秦川，貴公子孫，遭亂流寓，自傷情多。楚大夫，屈原、宋玉也。

遊子

趙曰：公時欲南下，而尚在巴蜀，故是篇有留滯之嘆。

巴蜀愁難語，吴門興杳然。九江春草外，三峽暮帆前。厭就成都卜，休爲吏部眠。蓬萊如可到，衰白問群仙。趙曰：九江、三峽正是南下之所歷也。洙曰：史記：嚴君平避世，賣卜於成都市中。晉書：畢卓爲吏部郎。比舍郎釀熟，卓因醉夜至其甕間盜飲之，爲掌酒者所縛，明旦視之，乃畢吏部也。趙曰：公意已厭往成都，言休爲酒而眠，更留滯於此，非止南下遊吴而已。蓬萊，仙山。可到，則亦往矣。

歸夢

道路時通塞，江山日寂寥。偷生惟一老，伐叛已三朝。紀事有情，百讀不厭〔一〕。雨急青楓暮，雲深黑水遥。夢歸歸未得，不用楚辭招。趙曰：楚地多楓，此言南下之景。黑水在鄠、杜之間，去長安爲近。

【校勘記】

〔一〕「紀事有情」二句，文淵閣本、文津閣本、文瀾閣本作：「紀事有情孰不愛」。

江亭王閬州筵餞蕭遂州

離亭非舊國，春色是他鄉。老畏歌聲短，愁從舞曲長。二天開寵餞，五馬爛生光。川路風煙接，俱宜下鳳凰。洙曰：後漢：蘇章遷冀州刺史。故人爲清河太守，章行部案其姦贓。乃請太守，爲設酒肴〔一〕，陳平生之好。太守喜曰：人皆有一天，我獨有二天。師曰：閬與遂皆屬蜀道，故云川路風煙接。昔蕭史跨鳳而去，王喬乘雙鳥飛來，皆神仙人。故云俱宜下鳳凰。以美二公不凡也。洙曰：賈誼賦：鳳凰翔于千仞兮，覽德輝而下之。漢黄霸爲潁川太守，是時，鳳凰神爵，數集郡國，潁川尤多。此以美二公爲郡之治效也。

【校勘記】

〔一〕「爲」，文淵閣本、文津閣本、文瀾閣本、清刻本、排印本無。

絶句二首

遲日江山麗，春風花草香。泥融飛燕子，沙暖睡鴛鴦。富貴氣象。

右一

江碧鳥逾白，山青花欲然。今春看又過，何日是歸年？

右二

滕王亭子

公自注：亭在玉臺觀内，王曾典此州。夢弼曰：滕王元嬰，高祖之子也。調露年間任閬州刺史，在閬州有亭，洪州有閣，又有碧落碑。

君王臺榭枕巴山，萬丈丹梯尚可攀。春日鶯啼修竹裏，仙家犬吠白雲間。以亭在觀内，故有下句。清江碧石傷心麗，嫩蘂濃花滿目斑。人到于今歌出牧，來遊此地不知還。

右一

寂寞春山路，君王不復行。古牆猶竹色，虚閣自松聲。鳥雀荒村暮，雲霞過客情。尚思歌吹入，千騎把霓旌。葉夢得詩話：老杜滕王亭子詩云：古牆猶竹色，虚閣自松聲。若不用「猶」與「自」兩字，則餘八字凡亭子皆可用，不必滕王也。此皆工妙至到，人力不可及。

右二

玉臺觀二首

公自注：滕王造。趙曰：觀在高處，其中有臺號曰玉臺也。

中天積翠玉臺遥，上帝高居絳節朝。遂有馮夷來擊鼓，始知嬴女善吹簫。雖是江境，語有神僊。以觀内有滕王亭子，故有鼓簫之句。江光隱見黿鼉窟，石勢參差烏鵲橋。更有紅顔生羽翰，翰，作去聲。今人以爲訝未必敢用也。便應黄髮老漁樵。洙曰：列子：周穆王築臺，號中天之臺。漢禮樂志：遊閶闔，觀玉臺。注：上帝之所居。修可曰：顔延年詩：攢素既森靄，積翠亦葱芊。注：松柏重布曰積翠。洙曰：曹植洛神賦：馮夷鳴鼓，女媧清歌。馮夷乃河伯。列仙傳：蕭史教秦女弄玉吹簫，作鳳凰鳴。嬴，秦姓也。淮南子：烏鵲填河成橋而渡織女。

右一

浩劫因王造，平臺訪古遊。綵雲蕭史駐，文字魯恭留。又極典重。宫闕通群帝，乾坤到十洲。水心觀宇。人傳有笙鶴，時過北山頭。趙曰：道書：惟有元始，浩劫之家。梁孝王有平臺。又以魯恭比滕王也。以詩意推之，滕王必有文書遺跡在焉。洙曰：道書中有十洲記，皆言神仙境土。列仙傳：周靈王太子晉好吹笙作鳳鳴，嘗乘白鶴駐緱氏山頭。

右二

渡江

春江不可渡，二月已風濤。舟楫欹斜疾，魚龍偃卧高。渚花張素錦，汀草亂青袍。戲問垂綸客，悠悠見汝曹。

喜雨

南國旱無雨，今朝江出雲。入空纔漠漠，灑迴已紛紛。巢燕高飛盡，林花潤色分。晚來聲不絶，應得夜深聞。趙曰：南國，指荆楚也。安石曰：記云：天降時雨，山川出雲。故可言江出雲也。

送韋郎司直歸成都

竄身來蜀地，甫以避難奔走入蜀，故言竄身。劉公幹贈五官詩：余因沈痼疾，竄身清漳濱。同病得韋郎。韋亦避難者，故言同病。吳越春秋：子胥曰：子不聞河上歌乎？同病相憐，同憂相救。

天下兵戈滿，江邊歲月長。别筵花欲暮，春日鬢俱蒼。一作春鬢色俱蒼。爲問南溪竹，一作笋。南溪，即浣花溪之南也。抽梢合過牆。公自注：余草堂在成都西郭浣花里[一]。

【校勘記】

〔一〕「成都」，「成」原作「城」，訛，據文瀾閣本改。

將赴成都草堂途中有作先寄嚴鄭公五首

此詩廣德二年春作，嚴武先鎮蜀，甫依之。武入朝，蜀亂，甫遂去，之梓閬。公聞武再鎮蜀，故欲復歸草堂也。

得歸茅屋赴成都，直爲文翁再剖符。直，一作真。昔文翁爲蜀郡太守，故以比嚴武也。説文：符，信也。漢制：以竹長六寸，分而相合。文帝二年，初與郡守爲銅虎符，竹使符音，義曰銅虎符。第一至第五發兵遣使，至郡合符。符合，乃聽受之。竹使符，以竹長五寸鐫刻篆書，亦第一至第五符者，左留京師，右以與之。是以出鎮，亦謂之剖符。甫言復歸草堂者，以武之再鎮蜀耳。

但使閭閻還揖讓，此甫喜復歸得與鄰里相接也。敢論松竹久荒蕪！此甫不敢以私己之園林久廢不治爲念也。魚知丙穴由來美，由，舊作猶。後漢郡國志：漢中郡沔陽縣西有丙穴。酈氏水經注：丙穴出嘉魚，常以二月出〔一〕，十月入。水臯縣注，魚自穴下還入水〔二〕。穴口向丙，故曰丙穴。寰宇記：興州順政縣東南七十里有大丙山、小丙山，其崖北有穴，方圓二丈餘，其穴有水潛流，土人相傳名丙穴。周地圖云：其穴向丙，因以爲名。沮水經穴間而過，或謂之大丙水。每春三月上旬，有魚長八九寸，或二三日連綿縱穴出。相傳名嘉魚也。段成式酉陽雜俎：丙穴魚食乳水，食之甚温。神農本草亦云：嘉魚味甘，食之令人肥健悦澤。此乳穴中小魚，常食乳水，所以益人也。酒憶郫一作笙。筒不用沽。郫，賓彌切，一作笙。甫思嚴武先待我之厚，醉我以郫筒之酒，而甫不須沽也。成都記：郫縣因水得名，居人以筒釀酒，蜀王杜宇所都。華陽風俗録：郫人刳竹之大者，傾春釀於筒，閉以藕絲，包以蕉葉，信宿香達於竹外，然後斷之以獻俗，號郫筒。夢弼謂此説非也，郫筒乃酒器也，郫出大竹，土人截以盛酒，故號郫筒。故李商隱詩云：錦石爲棊子，郫筒當酒壺。是也。五馬舊曾諳小徑，甫謂武昔嘗過余之草堂也。餘見前注。幾回書札待潛夫。潛夫，甫自比也。

右一

【校勘記】

〔一〕「二月」，水經注卷二十七「二」作「三」。

〔二〕「自」，原作「目」，文淵閣、文津閣本作「木」，皆訛，據下文所引周地圖並參水經注卷二十七沔水訂正。

處處青江帶白蘋，爾雅釋草：苹之大者曰蘋。故園或作居。猶得見殘春。故園，指成都草堂也。雪山斥候無兵馬，謂西山之亂靖也。錦里逢迎有主人。謂嚴武再鎮成都也。戰國策：田光造燕太子，跪而逢迎，却行爲道。休怪兒童延俗客，不教鵝鴨惱比鄰。比，頻脂切，近也。甫於武有故舊之好，而能如此，則甫之厚德與夫慎重可見矣。習池未覺風流盡，況復荆州賞更新。武每訪草堂，酣飲賦詠，故甫自比之習池。荆州，則以比武之來宴賞，復無窮也。按晉山簡鎮襄陽，諸習氏者，荆土豪族，有佳園地〔一〕。簡每出戲，多於池上，輒醉而歸。名之曰高陽池。

右二

【校勘記】

〔一〕「地」，晉書卷四十三山簡傳作「池」。

竹寒沙碧浣花溪，梁益記：溪水出湔江。居人多造綵箋，故號浣花。公之別館，館後爲崔寧宅，捨爲寺，今尚存焉〔一〕。菱一作橋。刺藤梢咫尺迷。言別草堂之久，宜其荒蕪也〔二〕。過客徑須愁出入，居人不自解東西。解，佳買切，曉也。以蓬蒿之僻也。書籤藥裹封蛛網，籤，千廉切，驗也。野店山橋送馬蹄。言橋與店空送馬蹄於道中往來而已。蓋甫不在草堂故也。肯藉荒亭春草色〔三〕，先判一飲醉如泥。判，普官反切。後漢周澤傳：澤爲太常，清潔循行，盡敬宗廟。嘗卧病齋宫，其妻闚問所苦。澤怒，以妻干犯齋禁，遂收詔獄。時人爲之語曰：生世不諧，作太常妻，一歲三百六十日，三百五十九日齋，一日不齋醉如泥。余按禆官小説：南海有蟲，無骨，名曰泥，在水中則活，失水則醉如一塊泥然。

右三

【校勘記】

〔一〕「梁益記」以下三十五字，文淵閣本闕；文瀾閣本作「溪水造箋故號浣花」。又，「湔江」原作「淤江」，訛，據百家注卷十九、分門集注卷十九改。

〔二〕「言别草堂之久」，文淵閣本作「言有留堂之久」，文津閣本作「有堂之久」，文瀾閣本作「有此草堂已久」。

〔三〕「亭」，二王本杜集卷十三、錢箋卷十三作「庭」。

常苦沙崩損藥欄，也從江檻落風湍。新松恨不高千尺，新松，甫指手植四松也。按集有四松詩云「霜骨不甚長」是也。惡竹應須斬萬竿。甫歸故林，竹之惡者斫之，護其新美者。按集有詩曰「今晨去千竿」，又曰「步屧萬竹疎」是也。生理祇憑黄閣老，甫言生計皆仰于嚴武也。國史補：兩省相呼爲閣老。衰顏欲赴紫金丹。丹陽抱陽山人大藥證：煉粉爲鉛，化汞爲塵，自然伏火，去鉛取丹，更入華池，還源反色，再入神室，更養火六十日，成紫金火丹。若人服食，化腸爲筋，變髓凝骨，自然不死。三年奔走空皮骨，信有人間行路難。古詩有行路難篇。

右四

錦官城西生事微，官，或作里，王荊公作錦官。生事城西微，甫言薄有常産也。烏皮几在還思歸。謂以烏皮爲几也。謝朓詠烏皮隱几詩：蟠木生附枝，彫刻豈無施。曲躬奉微用，聊承終宴疲。昔去爲憂亂兵入，今來已恐鄰人非。恐經亂離而人物變易也。側身天地更懷古，回首風塵甘息機。甫言厭奔走也。共説總戎雲鳥陣，總戎，謂嚴武爲元帥也。太公六韜曰：既以被山而處，必爲雲鳥之陣，陰陽皆備。又曰：以車騎分爲雲鳥之陣。所謂鳥雲者，鳥散而雲飛，變化無窮者也。不妨遊子芰荷衣。遊子，甫自謂也。甫欲參軍謀，不妨吾逸態，而衣芰荷之衣也。屈原離騷篇：製芰荷以爲衣，集芙蓉以爲裳。

右五

別房太尉墓

閬州太守名房琯，字次律，河南人。常與嚴武等交結，貶邠州刺史。上元元年，爲漢州刺史；寶應二年，拜刑部尚書，在路遇疾；廣德六年，卒於閬州僧舍，年六十七也。

按唐書：上皇入蜀，琯建議請分諸王鎮天下。其後賀蘭進明以此讒之肅宗，琯坐是卒廢，不專以陳濤之敗也。司空圖房太尉漢中詩曰：物望傾心久，匈渠破膽頻。注謂禄山初見分鎮詔書，拊膺嘆曰：吾不得天下矣。圖博學多聞，嘗謂朝廷且修史，其言必有自來。今唐書不載此語，惜哉不爲一白之也。

他鄉復行役，駐馬別孤墳。近淚無乾土，言淚多而濕之也。低空有斷雲。對碁陪謝傅，甫自言：甫嘗對房太尉圍碁，如陪謝安石也。晉謝安，字安石，薨，贈太傅。初苻堅入寇，諸將退敗，堅屯于淮淝，加安征討大都督。姪謝玄入問計，安指授將帥各當其任，玄等既破堅，有驛書至。安方對客圍碁，看書既竟，便攝於床上，了無喜也，碁如故。把劍覓徐君。把劍，甫以季札自比，將欲掛之於房太尉之墓。出劉向新序：延陵季子西聘晉，帶寶劍以過徐君。徐君觀劍不言而色欲之。季子有上國之使而未獻也，其心許之。致使於晉，反，則徐君已死。於是以劍繫徐君墓樹而去。唯見林花落，鶯啼送客聞。

自閬州領妻子却赴蜀山行三首

鶴曰：公出峽之計[一]，聞嚴武再鎮成都，遂歸草堂。

汩汩避群盜，悠悠經十年。不成向南國，復作遊西川。物役水虛照，魂傷山寂然。我生無倚著，盡室畏途邊。趙曰：物役水虛照，言身爲物所役，水亦徒相照，不得優遊觀賞之也。洙曰：漢書：地著注〔二〕，謂安土也。趙曰：左傳：盡室以行。莊子：夫畏途者十殺一〔三〕，則父子兄弟相戒也。

右一

【校勘記】

〔一〕「公出峽之計」，文淵閣本、文津閣本、文瀾閣本作「公出峽之計未遂」。

〔二〕「地著注」，原作「地注著」，「著」與「注」二字倒誤，據漢書卷二十四食貨志上「理民之道地著爲本」句所引顏師古注乙正。

〔三〕「十殺一」，文淵閣本、文津閣本、文瀾閣本、清刻本、排印本作「十殺一人」。

長林偃風色，迴復意猶迷。衫裛翠微潤，馬銜青草嘶。棧懸斜避石，橋斷却尋溪。宛轉語。何日兵戈盡？飄飄愧老妻！洙曰：棧，謂蜀中閣道也。

右二

行色遞隱見，人煙時有無。得高下之趣。僕夫穿竹語，稚子入雲呼。轉石驚魑魅，抨弓落狖鼯。直供一笑樂〔一〕，似欲慰窮途。洙曰：莊子：車馬有行色。趙曰：抨，披耕切。訓，擊彈也。洙曰：狖猿屬鼯鼠也。

右三

【校勘記】

〔一〕「直」，文淵閣本作「真」，訛。

山館

南國晝多霧，北風天正寒。蘇曰：張茂先：北風凜冽，天色正寒。遊子不歸，吾心如割。雖有尺書，吾不能達。路危行木杪，身遠宿雲端。洙曰：謝朓詩：雲端楚山見，林表吳岫微〔一〕。山鬼吹燈滅，厨人語夜闌。趙曰：楚詞有山鬼篇。此山館乃楚地矣。晉傅玄詩〔二〕：厨人進藿茹，有酒不盈杯。雞鳴問前館，世亂敢求安！

【校勘記】

〔一〕「謝朓」，原作「鮑明遠」，檢「雲端楚山見」二句，文選卷二十七、齊詩卷三作謝朓休沐重還丹陽道中，當是誤置，據改。

〔二〕「傅玄」，原作「傅元」，係避諱，此改。以下均同。

贈王二十四侍御契四十韻

往往雖相見，飄飄媿此身。不關輕紱冕，倉頡篇：紱綬也。說文：大夫以上冠也。俱是避風塵。甫以左拾遺出爲華州功曹，而遂自罷官。若輕紱冕者，風塵之警，不得不避亂也。一別星橋夜，華陽地志：李冰守蜀，造橋七，上應斗魁七星。三移斗柄春。以志時也。斗杓隨時而指於昏，指東則爲春矣，三移則三年矣。春秋運斗樞曰：北斗七星，第一名天樞，第二至第四爲魁，第五至第七爲杓，杓即柄也。敗亡非赤壁，言潼關之敗，兩京遂陷，其禍酷烈，殆非赤壁之比也。阮元瑜爲曹公作書與孫權曰：昔赤壁之役，遭罹疫氣，燒船自還，以避惡地，非周瑜水軍所能控抑也。江陵之守，物盡穀殫，無所復據，徙民還師，又非周瑜所能敗也。奔走爲黃巾。爲，于僞切。黃巾，以喻禄山也。後漢皇甫嵩傳：鉅鹿張角，十餘年間衆徒數十萬，遂置三十六方，方猶將軍號也。靈帝中平元年，一時俱起，皆著黃巾爲標幟，時人謂之黃巾。蜀劉焉傳：涼州逆賊數千人，自號黃巾。又鄭玄傳〔二〕：會黃巾寇青部，避地徐州。子去何瀟灑，子指王侍御也。余藏異隱淪。甫因奔走避寇，遂成隱淪，非本志也。餘詳見前注。書成無過雁，言欲寄書而乏便也。蘇武傳：昭帝即位，匈奴與漢和親。漢使復至匈奴，常惠請其守者與俱，得夜見漢使，具自陳道。教使者謂單于，言天子射上林中，得雁，足有係帛書，言武等在某澤中。故范彥龍詩：寄書雲中雁，爲我西北飛也。衣故有懸鶉。公自叙其貧也。荀子：子夏貧，衣如懸鶉。恐懼行裝數，數，色角反。伶俜臥疾頻。伶，郎丁切。俜，普丁切，失所貌。曉鶯工迸淚，秋月解傷神。春鶯秋月，人所賞翫，而鶯所工者在於迸人之淚，月所解者在於傷人之神，則以亂離疾病之所感也。會面嗟黧黑，李斯傳：禹鑿龍門，股無胈[二]，脛無毛，手足胼胝，面目黧黑。含悽話苦辛。謝靈運廬陵墓下詩：含悽泛廣川[三]。古詩：坎坷長辛苦。接輿還入楚，言甫自蜀適荆衡，故以接輿爲比也。接輿，楚人。論語：楚狂接輿是也。王粲不歸秦。自喻不得歸長安之故鄉。故又以王粲爲比也。謝靈運擬魏公鄴公詩序云：王粲本秦川貴公子孫，遭亂流寓，自傷情多。詩曰：整裝辭秦川，秣馬赴楚壤。錦里殘丹竈，言去錦城之久，空殘煉藥之壚矣。花溪得釣綸。言浣溪之人得我前日所遺之釣綸矣。消中祇自惜，消中，甫自謂有消渴之病也。晚起索誰親。索，蘇各切，謂流寓索居而無骨肉之親也。或謂索音求索之索，亦通也。伏柱聞周史，柱史，比王公之爲侍御也。劉向列仙傳：李耳字伯陽，陳人也。生於殷，時爲周柱下史。好養精氣，轉爲守藏史。王康琚詩：老聃伏柱史。乘槎有漢臣。乘槎，豈非美王侍御嘗使吐蕃乎？餘見查上似張騫注內。鴛鴻不易狎，龍虎未宜馴。言王侍御不可得而親近，如鴛鴻龍虎之莫能狎馴也。古樂府：莫狎鴛鴻侶。曹植曰：嗟龍虎之末馴。客即挂冠至，交非傾蓋新。時王侍御守漢州，甫自秦亭棄拾遺而來。今一見之，有如舊相識也。晉葛洪掛冠不仕。孔叢子：孔子與程子相遇於途，傾蓋而語。鄒陽傳：白頭如新，傾蓋如故。由來意氣合，直取性情真。浪跡同生死，無心耻賤貧。言共遭亂離而爲密友，真可以托死生而不以甫之貧賤爲耻也。偶然存蔗芋，幸各對松筠。麤飯依他日，窮愁怪此辰。女長裁褐穩，長如字。男大卷書匀。兩聯通義，言麤糲之飯依如他日。所以窮愁者，在乎女長男大，則婚嫁之事來相迫矣。湔口江如練，湔，普崩切，又普冰切。此已下言王侍御之所居也。樂史寰宇記：李冰擁江作湔口〔四〕。湔堰，在導江縣。又云湔口在彭州。或云湔口，岷江所經。謝玄暉詩：澄江静如練。蠶崖雪似銀。王洙云：蠶崖關在西山。黄庭堅云：蠶崖在茂州帶雪山。魯書云：蠶崖在松州。名園當翠巘，巘，魚蹇切。野棹没青蘋。屢喜王侯宅，王侯宅，統言王侍御與嚴鄭公也。時邀江海人。甫自謂常爲嚴鄭公王侍御顧遇也。追隨不覺晚，款曲動彌旬。但使芝蘭秀，甫期與王侍御心德之芳〔五〕，有如芝蘭之秀也。易曰「同心之言，其臭如蘭」是也。或謂晉謝玄答叔父安曰：子弟譬如芝蘭玉樹，欲使其生於庭階耳。何煩棟宇鄰。甫草堂在成都浣花里，王侍御所居在導江縣，故有是句。陶潛答鮑參軍四言詩：歡心孔洽，棟宇惟鄰。山陽無俗物，言王侍御之門下無俗客也。向秀與嵇康爲竹林之遊，經康所居之山陽，作思舊賦云：濟黄河以泛舟兮，經山陽之舊居。阮籍謂王戎曰：俗物亦復來敗人意。鄭驛正留賓。又以鄭莊比王侍御之禮賢也。史記：鄭莊爲太子舍人，嘗置驛馬於長安諸郊，請謝賓客，夜以繼日。出入並鞍馬，鮑照詩：鞍馬光照地。光輝參席珍。儒行：儒有席上珍以待聘。重遊先主廟，先主廟，今在南門外。更歷少城闉。少城，張儀所築也。石鏡通幽魄，蜀主葬其妃，殉以石鏡。琴臺隱絳脣。琴臺，乃司馬相如彈琴之所。餘並見前注。送終惟糞土，結愛獨荆榛。此兩聯又寓意傷鄭公之死，朋舊凋喪。今遇王侍御，禮待之隆，可以駐足也。置酒高林下，觀碁積水濱。此聯以下甫自叙其依王侍御也。或者又謂此以結上句。初以石鏡送終，今墓中之人已糞土矣；以琴結夫婦之好，今則徒生荆棘矣。既往之事爲可弔，則置酒觀碁以遺懷耳。

區區甘累趼，趼，古典切，足瘡也。莊子：百舍重趼而不息。稍稍息勞筋。網聚粘圓鯽，絲繁煮細蓴。蓴，音純，水菜也。此聯又言歸浣花草堂之樂也。餘見前注。長歌敲柳癭，癭，於郢切，謂鐏也、瘤也。曹植詩：我有柳癭瓢。是也。小睡凭藤輪。藤輪，謂車也。鮑照詩：花蔓引藤輪。是也。農月須知課，田家敢忘勤？忘，無放切。浮生難去食，良會惜清晨。列國兵戈暗，今王德教淳。要聞除猰㺄，猰，烏八切；㺄，勇主切。猰㺄，獸名，喻盜賊也。爾雅釋獸：猰㺄，類貙，虎爪，食人，飛走。郭璞注：貙大如狗，文如貍。淮南子本經訓：猰㺄爲害，堯使羿殺之，萬民皆喜。休作畫麒麟。但以除猰㺄爲心，不必志於畫形麒麟閣上也。餘見今代麒麟閣注。洗眼看輕薄，輕薄，言交道之不終者。甫蓋有激而云耳。虛懷任屈伸。莫令膠漆地，萬古重雷陳。甫之望王侍御者〔六〕，至矣。後漢陳重與雷義爲友，時人語曰：膠漆自謂堅，不如雷與陳。

【校勘記】

〔一〕「鄭玄」，原作「鄭元」，係避諱，此改。以下均同。

〔二〕「胈」，原作「肢」，訛，據史記卷八十七李斯傳改。

〔三〕「泛廣川」，原作「托廣州」，文淵閣本、文津閣本作「訖廣州」，皆訛，據文選卷二十三、宋詩卷三謝靈運廬陵王墓下作改。

〔四〕「口」，原作「曰」，訛，據文瀾閣本改。

〔五〕「芳」，文淵閣本、文津閣本、文瀾閣本作「芬芳」。

〔六〕「之」，文淵閣本無。

新刊校定集注杜詩卷二十六

近體詩

寄董卿嘉榮十韻

聞道君牙帳，防秋近赤霄。下臨千雪嶺，却背五繩橋。海内久戎服，京師今晏朝。犬羊曾爛漫，宫闕尚蕭條。猛將宜嘗膽，龍泉必在腰。黄圖遭污辱，月窟可焚燒。謂宫殿。會取干戈利，無令斥候驕。居然雙捕虜，自是一嫖姚。落日思輕騎，秋天憶射鵰。雲臺畫形像，皆爲掃氛妖。洙曰：牙帳，則元帥建牙旗於帳前也。鶴曰：防秋近赤霄，言列戍西山三城之高也。洙曰：雪嶺即西山繩橋，在岷江。史記：越王勾踐反國，苦身勞思，飲食嘗膽，不忘會稽之耻。龍泉，楚王劍名也。趙曰：書有三輔黄圖，言秦漢宫苑制度。洙曰：長楊賦：西壓月窟。西域傳：斥候百人，五分之夜，擊刁斗自衛。漢光武拜馬武捕虜將軍，明帝初復拜武捕虜將軍。霍去病爲嫖姚校尉。修可曰：北史：斛律光工騎射，嘗射一大禽，形如車輪，而下乃鵰也。邢子高曰：此直射鵰手。當時號爲落鵰都督。趙曰：漢明帝圖畫二十八將於南宮雲臺。

寄司馬山人十二韻

關内昔分袂，天邊今轉蓬。驅馳不可説，談笑偶然同。道術曾留意，先生早擊蒙。家家迎薊子，處處識壺公。長嘯峨嵋北，潛行玉壘東。有時騎猛虎，虚室使仙童。髮少何勞白，顔衰肯更紅？望雲悲轗軻，畢景羨冲融。喪亂形仍役，淒涼信不通。懸旌要路口，倚劍短亭中。永作殊方客，殘生一老翁。相哀骨可換，亦遣馭清風。洙曰：後漢方術傳：薊子訓有神異之道，既到京師，公卿以下候之者，坐上常數百人。費長房爲市椽〔一〕。市中有老翁賣藥，懸一壺於肆頭，及市罷，輒跳入壺中。市人莫之見，惟長房於樓上覩之，異焉，因往再拜，翁乃與俱入壺中。趙曰：史記云：搖搖懸旌，無所終薄。莊子曰：夫列子御風而行，泠然善也。

【校勘記】

〔一〕「椽」，文津閣本、文瀾閣本作「椂」，訛。

寄李十四員外布十二韻〔一〕

公自注：新除司議郎兼萬州別駕，雖尚伏枕，已聞理裝。

名參漢望苑，職述景題輿。巫峽將之郡，荊門好附書。遠行無自苦，内熱比何如。正是炎天闊，那堪野館疎。黄牛平駕浪，畫鷁上凌虛。試待盤渦歇，方期解纜初。悶能過小徑，自爲摘嘉蔬。渚柳元幽僻，村花不掃除。宿陰繁素奈，過雨亂紅蕖。寂寂夏先晚，泠泠風有餘。江清心可瑩，竹冷髮堪梳。直作移巾几，秋帆發敝廬。

洙曰：漢博望苑，武帝爲戾太子置之，使通賓客，從其所好。夢弼曰：司議，太子官屬也。以李布新除司議郎，故用博望苑事。洙曰：後漢：周景爲豫州刺史，辟陳蕃爲別駕。蕃不就。景題別駕輿曰陳仲舉座也。洙曰：内熱字，出莊子。黄牛，峽名。修可曰：畫鷁者船頭畫爲鷁，以厭水神。洙曰：郭璞江賦：盤渦谷轉。

【校勘記】

〔一〕「李」，文津閣本作「季」，訛。

歸來

客裏有所適，歸來知路難。開門野鼠走，散帙壁魚乾。洗杓開新醞，低頭著小冠。憑誰給麯糵，細酌老江干。本作低頭拭小盤，一作著小冠。先生云：著小冠勝。洙曰：謝玄暉詩：散帙問所知。注：帙，書衣也。沈曰：郭璞注：衣書中蟲，今人謂之壁魚。定功曰：壁魚，白魚也，俗傳壁魚入道經函中，因蠹食神仙字，身有五色，人得而吞之，可致神仙。

王録事許修草堂貲不到聊小詰

爲嗔王録事，不寄草堂貲。昨屬愁春雨，能忘欲漏時。其題可備口實，其詩可删。

寄邛州崔録事

邛州崔録事，聞在果園坊。久待無消息，終朝有底忙。應愁江樹遠，怯見野亭荒。浩蕩風塵外，誰知酒熟香？洙曰：果園坊在成都。

過故斛斯校書莊二首

公自注：老儒艱難時，病于庸蜀。歎其歿後方授一官。鶴曰：即斛斯六，乃草堂之鄰，公所謂酒伴者。

此老已云歿，鄰人嗟未休。竟無宣室召，徒有茂陵求。極是恨意，後來作者皆不及，簡齋步驟略近〔一〕。妻子寄他食，園林非昔遊。空餘繐帷在，淅淅野風秋。洙曰：漢文帝召賈誼於宣室。司馬相如病免，家居茂陵。武帝使所忠往取其書，至則相如已死，問其妻，曰：長卿未死時，爲一卷書，言有使來求書，奏之。於是所忠奏焉，天子異之，其遺書言封禪事。謝玄暉詩：茂陵將見求。

右一

【校勘記】

〔一〕「簡齋」，文津閣本作「簡及齋」，衍一「及」字。

燕入非傍舍，鷗歸祇故池。斷橋無復板，臥柳自生枝。又悲於他作。遂有山陽作，多慚鮑叔知。素交零落盡，白首淚雙垂！洙曰：向秀與嵇康爲竹林之遊，後經山陽嵇康之居，作思舊賦。鮑叔與管仲交，管仲曰：生我者父母，知我者鮑子[一]。劉孝標絶交論：素交盡，利交興。

右二

【校勘記】

[一]「鮑子」，文淵閣本、文津閣本、文瀾閣本作「鮑叔」。

立秋日雨院中有作 廣德三年秋，成都府幕中作。

山雲行絶塞，大火復西流[一]。飛雨動華屋，蕭蕭梁棟秋。窮途愧知己，暮齒借前籌。洙曰：張良：願借前箸以籌之。趙曰：已費清晨謁，那成長者謀。解衣開北户，高枕對南樓。樹濕風凉進，江喧水氣浮。禮寬心有適，節爽病微瘳。主將歸調鼎，吾還訪舊邱。公謂晚年得預嚴府參謀也。趙曰：禮寬心有適，謂嚴武待以禮數之寬。病微瘳，公素有肺病也。洙曰：主將，謂嚴武也。公相期武還朝秉政，曰：吾當遂歸計矣。希曰：舊邱，指長安故居也。

【校勘記】

〔一〕「火」，原作「小」，據文淵閣本、文津閣本、文瀾閣本、清刻本、排印本並參二王本杜集卷十三、錢箋卷十三改。

奉和嚴鄭公軍城早秋

秋風嫋嫋動高旌，嫋，奴鳥切，長弱貌。九歌：嫋嫋兮秋風。玉帳分弓射虜營。已收滴博雲間戍，滴博，屯戍之地，名雲間，以言其高也。更奪蓬婆雪外城。蓬婆，城名也。按編年通載：廣德二年，嚴武破吐蕃于當狗城，克鹽州城。吐蕃傳：天寶二年已前，王昱兵次蓬婆嶺。

附嚴武詩

昨夜秋風入漢關，借漢以言唐也。朔雲邊雪滿西山。西山即雪山也，謂其冬夏常積雪故也。更催飛將追驕虜，漢，匈奴常號李廣爲飛將軍。驕虜，指吐番也。莫遣沙場匹馬還。此戒之之辭也。春秋公羊傳：匹馬隻輪無反者。

院中晚晴懷西郭茅舍

幕府秋風日夜清，澹雲疎雨過高城。葉心朱實堪時落，堪者不甚也。階面青苔先自生。復有樓臺銜暮景，不勞鐘鼓報新晴。浣花溪裏花饒笑，肯信吾兼吏隱名。趙曰：汝南先賢傳：鄭欽吏隱於蟻陂之陽。夢弼曰：晉山濤：吏非吏，隱非隱。

到村

碧澗雖多雨，秋沙先少泥。蛟龍引子過，荷芰逐花低。老去參戎幕，歸來散馬蹄。稻粱須就列，榛草即相迷。蓄積思江漢，頑疎惑町畦。久有意出蜀，不曉人事分爾，我殆幕中有不合故。暫酬知己分，還入故林棲。鄭曰：先，先見切。洙曰：曹子建詩：俯身散馬蹄。蒼舒曰：莊子：彼且爲無町畦，亦與之爲無町畦。

宿府

清秋幕府井梧寒，魏明帝詩：雙梧生空井。詩家用井梧自此始矣。獨宿江城蠟炬殘。永夜角聲悲自語，中天月色好誰看。風塵荏苒音書絕，關塞蕭條行路難。已忍伶俜十年事，伶，郎丁切；俜，普丁切，失所貌。甫遭亂奔走，自廣德二年逆數至天寶十四載，凡十年矣。彊移棲息一枝安。甫時寓嚴武幕爲參謀，此一枝之安也。莊子逍遥遊篇：鷦鷯巢於深林，不過一枝。

遣悶奉呈嚴公二十韻

白水魚竿客，魚竿自比太公。清秋鶴髮翁。胡爲來幕下，祇合在舟中。仕宦失志，不能決絕如此。黃卷真如律，青袍也自公。老妻憂坐痺，幼女問頭風。平地專欹倒，分曹失異同。禮甘衰力就，義忝上官通。疇昔論詩早，光輝仗鉞雄。寬容存性拙，翦拂念途窮。露裛思藤架，煙霏想桂叢。信然龜觸網，直作鳥窺籠。不得志之語。西嶺紆村北，南江繞舍東。竹皮寒舊翠，椒實雨新紅。浪簸船應坼，杯乾甕即空。藩籬生野徑，斤斧任樵童。束縛酬知己，蹉跎效小忠。周防期稍稍，信憂纔之態可念。太簡遂匆匆。曉入朱霏啓，昏歸畫角終。不成尋別業，未敢息微躬。烏鵲愁銀漢，駑駘怕錦幪。會希全物色，時放倚梧桐。即據槁梧而瞑，但增桐字迥異。趙曰：上官指嚴武〔一〕，公在幕府，得關通於上官矣。洙曰：龜觸網，用史記龜策傳：神龜抵網而遭漁者得之。烏窺籠，用潘岳秋興賦：池魚籠鳥而有江湖山藪之思。師曰：西嶺、南江，述浣花里之景也。洙曰：束縛者，言性本疎散也。大觀曰：別業，指草堂也。夢弼曰：物色謂形容之老。公有望於嚴武，俾得遂倚桐之適也。

【校勘記】

〔一〕「槁」，文淵閣本作「高」，訛。

送舍弟穎赴齊州三首

岷嶺南蠻北，徐關東海西。此行何日到，送汝萬行啼。絶域惟高枕，清風獨杖藜。危時暫相見，衰白意都迷。趙曰：徐關，齊地。言弟自岷蜀起發而之齊耳。

右一

風塵暗不開，汝去幾時來？兄弟分離苦，形容老病催。江通一柱觀，日落望鄉臺。客意長東北，齊州安在哉！鄭曰：荆州有一柱觀，士人呼爲木履觀〔一〕。洙曰：成都有望鄉臺，乃隋蜀王秀所創也。

右二

【校勘記】

〔一〕「士」，文淵閣本作「吐」，文津閣本、文瀾閣本作「土」，皆訛。

諸姑今海畔，兩弟亦山東。去傍干戈覓，來看道路通。短衣防戰地，匹馬逐秋風。莫作俱流落，長瞻碣石鴻。鶴曰：按公作范陽太守盧氏墓誌，盧氏所出，有適會稽賀撝。會稽瀕於海也。趙曰：齊州近海〔一〕，則是山東矣。洙曰：趙武靈王好胡服，士皆短衣。洙云：劉孝標廣絶交論：附騏驥之旄端，軼歸鴻于碣石。注：海畔〔二〕，山也。

右三

【校勘記】

〔一〕「齊州」，原作「徐州」，據文淵閣本、文津閣本、文瀾閣本、清刻本、排印本改。

〔二〕「海畔」，文淵閣本作「海之畔」，「之」字衍。

嚴鄭公堦下小松得霑字

弱質豈自負，移根方爾瞻。細聲聞一作侵。玉帳，疎翠近珠簾。未見紫烟集，虛蒙清露霑。何當一百丈，欹蓋擁高簷。

嚴鄭公宅同詠竹得香字

綠竹半含籜，新梢纔出墻。色侵書帙晚，陰過酒罇凉。雨洗娟娟淨，風吹細細香。但令無翦伐〔一〕，會見拂雲長。孫季昭示兒編云：花竹亦有無香者，世所共知。櫻桃初無香，退之云：香隨翠籠擎初重。則以香言之。竹與枇杷本無香，子美云：風吹細細香；枇杷樹樹香。則皆以香稱之。至于太白，又以柳爲有香，其曰白門柳花滿店香是也。若夫荆公梅詩有云：少陵爲爾添詩興，可是無心賦海棠。豈謂海棠無香而不賦乎？

【校勘記】

〔一〕「但」，文淵閣本、清刻本、排印本作「伹」，訛，二王本杜集卷十三作「但」，可證。

奉觀嚴鄭公廳事岷山沲江畫圖十韻得忘字

沲水臨中座，岷山赴此堂。白波吹粉壁，青嶂插雕梁。直訝松杉冷，兼疑菱荇香。雪雲虚點綴，沙草得微茫。嶺雁隨毫末，川蜺飲練光。霏紅洲蘂亂，拂黛石蘿長。暗谷非關雨，丹楓不爲霜。秋成玄圃外[一]，景物洞庭傍。繪事功殊絶，幽襟興激昂。從來謝太傅，丘壑道難忘。夢弼曰：禹貢：岷山導江東，别爲沱。寰宇記：沱水在成都府新繁縣。誠齋詩話云：老杜山水圖云：沱水臨中座，岷山赴此堂。白波吹粉壁，青嶂插雕梁。此以畫爲真也。曾吉甫云：斷崖韋偃樹，小雨郭熙山。此以真爲畫也[二]。洙曰：秋成，一作秋城。太傅，謝安也。安雖受朝廷，寄東山之志，始末不渝。

【校勘記】

〔一〕「玄」，原作「元」，係避諱，此改。

〔二〕「真」，文津閣本作「直」，訛。

晚秋陪嚴鄭公摩訶池泛舟

公自注：池在府内，蕭摩訶所開，因是得名。

湍駛風醒酒，船回霧起隄。高城秋自落，雜樹晚相迷。坐觸鴛鴦起，巢傾翡翠低。莫須驚白鷺，爲伴宿清溪〔一〕。

鄭曰：駛，苦史切，疾貌也。趙曰：清溪，公指浣花溪爾。

【校勘記】

〔一〕「清」，二王本杜集卷十三、錢箋卷十三作「青」。

陪鄭公秋晚北池臨眺

鶴曰：公在嚴武幕中。自遣悶有作奉呈，後如詠竹、泛舟、觀岷沱畫圖至北池臨眺，皆分韻賦詩。其情分稠密如此，而史謂嚴武中頗銜之，不知何所本而云。

北池雲水闊，華館闢秋風。獨鶴先依渚，衰荷且映空。采菱寒刺上，踏藕野泥中。素檝分曹往，金盤小徑通。萋萋露草碧，片片晚旗紅。杯酒霑津吏，衣裳與釣翁。異方初艷菊，故里亦高桐。摇落關山思，淹留戰伐功。嚴城殊未掩，清宴已知終。何補參軍乏，本中曰：何補參軍乏，一作參軍事。歡娱到薄躬。

初冬

垂老戎衣窄，歸休寒色深。漁舟上急水，獵火著高林。日有習池醉，愁來梁父吟。干戈未偃息，出處遂何心。鶴曰：按是年十月，嚴武攻吐蕃、鹽川城，克之。公在幕府，故亦衣戎衣也。趙曰：日有習池醉，謂陪嚴武出也[一]。愁來梁父吟，公以諸葛亮自比也。

【校勘記】

〔一〕「嚴武」，文淵閣本作「嚴」。

正月三日歸溪上有作簡院内諸公

野外堂依竹，籬邊水向城。蟻浮仍臘味，謂酒也。南都賦：醪敷徑寸，浮蟻若萍。釋名：酒有沉齊，浮蟻在上[一]。周庾信謝賜酒詩：浮蟻對春開。鷗泛已春聲。南越志：鷗，水鳥也，在漲海中，隨潮上下，三月風至，乃去。藥許鄰人劚，公之不吝如此。按集有天寒劚茯苓之句，謂以鐵椎劚地而得之也。書從稚子擎。言文書多任稚子也。白頭趨幕府，深覺負平生。公自嘆老而猶參嚴鄭公故人之幕府也。

【校勘記】

〔一〕「齊」，文淵閣本作「池」，訛。

敝廬遺興奉寄嚴公

野水平橋路，春沙映竹村。風輕粉蝶喜，花暖蜜蜂喧。把酒宜深酌，題詩好細論。府中瞻暇日，江上憶詞源。邀其過我，語涉進退，頗自負。跡忝朝廷舊，情依節制尊。還思長者轍，恐避席爲門。趙曰：隋文藝傳云：筆有餘力，詞無竭源。鶴曰：嚴武時尹成都，節制兩川。洙曰：陳平家負郭窮巷，以席爲門，然門外多長者車轍。趙曰：公欲枉嚴公之駕，故用陳平事以激之。

春日江村五首

農務村村急，春流岸岸深。乾坤萬里眼，時序百年心。使人無復思致，故不可及。茅屋還堪賦，桃源自可尋。艱難昧生理，飄泊到如今。

右一

迢遞來三蜀，蹉跎又六年。客身逢故舊，發興自林泉。過懶從衣結，頻遊任履穿。藩籬頗無限，恣意向江天。一本作藩籬無限景，恣意買江天。趙曰：蜀郡、廣漢郡、犍爲郡爲三蜀。鶴曰：公以乾元二年冬入蜀，至是六年矣。洙曰：董威輦衣百結衣。夢弼曰：莊子：衣敝履。穿貧也，非憊也。

右二

種竹交加翠，栽桃爛漫紅。經心石鏡月，到面雪山風。赤管隨王命，銀章付老翁。豈知牙齒落，名玷薦賢中。洙曰：石鏡、雪山，皆在蜀中，注見前。漢官儀：尚書令僕丞郎，月給赤管大筆一雙。公時爲檢校尚書工部郎，故云。鶴曰：公爲工部員外郎，賜緋魚袋。考漢表：銀章青綬。注：銀印，背紐，其文曰章，謂刻曰某官之章。唐雖無賜印者，公謂銀章，特指魚袋而言耳。趙曰：銀章方賜來，故次篇有垂朱紱之句。

右三

扶病垂朱紱，歸休步紫苔。郊扉存晚計，幕府媿群材。燕外時絲卷，鷗邊水葉開。鄰家送魚鱉，問我數能來。洙曰：紱，古蔽膝也，象冕服，以韋爲之。希曰：漢韋賢傳：黼衣朱紱。師古注曰：朱紱爲朱裳畫爲亞文也。亞，古弗字，故因謂之紱，又作黻。

右四

群盜哀王粲，中年召賈生。群盜、中年，皆不必事實，政是作者。登樓初有作，前席竟爲榮。宅入先賢傳，才高處士名。異時懷二子，春日復含情。洙曰：漢末王粲以西京擾亂，之荆州，嘗思歸，作登樓賦。故先賢傳載：荆州有王粲宅。漢文帝以賈誼爲長沙王太傅。歲餘，思誼，徵至宣室，因問以鬼神事，帝不覺前席。曰：吾久不見賈生〔一〕，自以爲過之，今不及也。

右五

【校勘記】

〔一〕「吾」，文淵閣本作「我」。

絶句六首

日出籬東水，雲生舍北泥。竹高鳴翡翠，沙僻舞鵾雞。夢弼曰：翡翠，羽雀翠、青羽雀。上林賦注：鵾雞，黄白色，長頸，赤喙。

右一

藹藹花蘂亂，飛飛蜂蝶多。幽棲身嬾動，客至欲如何。

右二

鑿井交椶葉，開渠斷竹根。扁舟輕褭纜，小逕曲通村。

右三

急雨捎溪足，斜暉轉樹腰。隔巢黃鳥並，翻藻白魚跳。

右四

舍下筍穿壁，庭中藤刺簷。地晴絲冉冉，江白草纖纖。

右五

江動月移石，溪虛雲傍花。鳥棲知故道，帆過宿誰家？

右六

絶句四首

堂西長笋别開門，塹北行椒却背村。宛曲有趣。梅熟許同朱老喫，松高擬對阮生論。公自注：朱、阮，劍外相知。趙曰：行椒，蓋成行者。

右一

以作魚梁雲覆湍，因驚四月雨聲寒。青溪先有蛟龍窟，竹石如山不敢安。洙曰：覆一作復，去聲。趙曰：魚梁乃劈竹積石，横截中流以取魚，而溪下有蛟龍窟，故未敢安也。

右二

兩箇黄鸝鳴翠柳，一行白鷺上青天。窗含西嶺千秋雪，門泊東吴萬里船。此千秋、萬里，是其氣槩，非苟也。洙曰：西嶺即西山也，冬夏常積雪。鶴曰：公在浣花，未嘗不繫舟也。趙曰：公之志，每欲南下，今言所泊門外之船，乃欲往東吴萬里之船也。漫叟詩話云：詩中有拙句，不失爲奇作，若退之逸詩云

「偶上城南土骨堆，共傾春酒兩三杯」；子美詩云「兩箇黄鸝鳴翠柳，一行白鷺上青天」是也。

右三

藥條藥甲潤青青，色過棕亭入草亭。苗滿空山慙取譽，根居隙地怯成形。

右四

陪李七司馬皁江上觀造竹橋即日成往來之人免冬寒入水聊題短作簡李公

鶴曰：此詩當是公在蜀州作。詳見後篇高使君成都回題下注〔一〕。

伐木爲橋結構同〔二〕，褰裳不涉往來通。天寒白鶴歸華表，日落青龍見水中。顧我老非題柱客，知君才是濟川功。合歡却笑千年事，如此下合歡字誰曉，頗疑其誤。驅石何時到海東？夢弼曰：橋前二柱曰華表。故以白鶴爲言也。青龍以喻橋影。然朝野僉載：河北道趙州有石橋甚工。則天時默啜破趙州，至石橋，馬跪地不進。但見青龍卧橋上，奮迅而怒，乃遁去。洙曰：成都有昇仙橋，相如初西去，題其柱曰：不乘駟馬車，不復過此橋。書：若濟巨川，用汝作舟楫。趙曰：言與賓客落橋之成而歡飲，因笑往事之勞，徒驅石以下海也。洙曰：秦始皇作石橋，欲過海看日出處。有神人能驅石下海，石去不速，神輒鞭之，石皆流血。

【校勘記】

〔一〕「君」，文淵閣本、文津閣本、文瀾閣本作「自」。

〔二〕「木」，二王本杜集卷十三、錢箋卷十三作「竹」。

觀作橋成月夜舟中有述還呈李司馬

把燭橋成夜，迴舟客坐時。天高雲去盡，江迥月來遲。衰謝多扶病，招邀屢有期。異方乘此興，樂罷不無悲。

李司馬橋了承高使君自成都回

鶴曰：時高適守蜀州而攝成都，故云自成都回。按九域志：成都在蜀州之東。故詩中云橋東待使君，又知公是詩在蜀州作也。

向來江上手紛紛，三日功成事出群。已傳童子騎青竹，總擬橋東待使君。洙曰：後漢：郭伋爲并州牧，始至行部，有童兒數百騎竹馬，道次迎拜。

江上值水如海勢聊短述

爲人性僻耽佳句，語不驚人死不休！老去詩篇渾謾興，春來花鳥莫深愁。新添水檻供垂釣，故著浮槎替入舟。焉得思如陶謝手陶淵明、謝靈運。，令渠述作與同遊。

寄杜位

公自述：位京中有宅近西曲江，詩尾有述。

近聞寬法離新州，想見歸懷尚百憂〔一〕。逐客雖皆萬里去，悲君已是十年流。干戈況復塵隨眼，鬢髮還應雪滿頭。玉壘題書心緒亂，何時更得曲江遊？夢弼曰：新州屬廣南道。公之侄杜位貶新州，時朝廷寬其罪，移之於近郡。按集有杜位宅守歲詩，當是明年位即被謫，故云已是十年流也。洙曰：玉壘，蜀之坊名。趙曰：玉壘在蜀州青城縣。公時自成都過青城，因寄此詩。夢弼曰：曲江在長安，爲勝遊之地。杜位有宅近焉。

【校勘記】

〔一〕「歸懷」，二王本杜集卷十三、錢箋卷十一作「懷歸」。

題桃樹

小徑升堂舊不斜，五株桃樹亦從遮。高秋總餽貧人實，來歲還舒滿眼花。簾户每宜通乳燕，兒童莫信打慈鴉。寡妻群盜非今日，天下車書正一家。

舍弟占歸草堂檢校聊示此詩

久客應吾道，猶云我道，蓋是。相隨獨爾來。孰知江路近，頻爲草堂迴。鵝鴨宜長數，柴荆莫浪開。省事語。東林竹影薄，臘月更須裁〔一〕。

【校勘記】

〔一〕「裁」，文淵閣本、文瀾閣本、清刻本、排印本、錢箋卷十二作「栽」。文津閣本作「哉」，訛。

暮登四安寺鐘樓寄裴十迪

暮倚高樓對雪峰，僧來不語自鳴鐘。孤城返照紅將斂，返照夕陽也。近市浮烟翠且重。多病獨愁常闃寂，闃，古鶪切。闃，僻静也。易：窺其户，闃其無人。注：闃，寂也。故人相見未從容。從容，欸曲也。知君苦思緣詩瘦，思，去聲。太向交遊萬事慵。李白有戲贈甫詩：借問年來何瘦生，只爲從前作詩苦。

觀李固請司馬弟山水圖三首

簡易高人意，匡牀竹火爐。寒天留遠客，碧海挂新圖。雖對連山好，貪看絶島孤。群仙不愁思，有味外味。冉冉下蓬壺。夢弼曰：淮南子：匡牀弱席〔一〕，非不寧。許慎注：匡，安也。

右一

【校勘記】

〔一〕「弱」，淮南子集釋卷九主術訓作「蒻」。

方丈渾連水，天台總映雲。人間長見畫，老去恨空聞。自傷足力之不繼也。上句亦足媿人之不能往者。范蠡舟偏小，王喬鶴不群。此生隨萬物，何處出塵氛。夢弼曰：孫綽天台賦：涉海則有方丈、蓬萊，登陸則有四明、天台，皆古聖之所由化，神仙之所窟宅。洙曰：范蠡爲越破吴，功成名遂，乃乘扁舟泛江湖，變姓名適齊，爲鴟夷子。趙曰：其圖必畫舟與鶴，故以范蠡、王喬比之。王喬鶴事注見前。

右二

高浪垂翻屋，崩崖欲壓牀。野橋分子細，沙岸繞微茫。紅浸珊瑚短，青懸薜荔長。浮查並坐得，仙老暫相將。總是好語。夢弼曰：王子年拾遺記：堯時，有巨查浮於西海。查上有光，若星月。查浮四海，十二年一周天，名曰貫月查，又曰挂星查。羽仙棲息其上。

右三

散愁二首

久客宜懸旆，興王未息戈。蜀星陰見少，江雨夜聞多。百萬傳深入，寰區望匪他。司徒下燕趙，收取舊山河。望李光弼之深也。光弼爲檢校司徒，追收河北。寶應元年進封臨淮王。

右一

聞道并州鎮，尚書訓士齊。并州，太原也。乾元中，李光弼徙河陽，王思禮代爲河東節度使，是時還兵部尚書。其後加司空，則八哀詩稱之以「司空王公」是也。上元二年思禮薨。幾時通薊北，謂平安史之亂也。當日報關西。謂長安以西也。戀闕丹心破，霑衣皓首啼。老魂招不得，歸路恐長迷。屈原有招魂篇。

右二

至後

冬至至後日初長，遠在劍南思洛陽。青袍白馬有何意，金谷銅駝非故鄉。梅花欲開不自覺，棣萼一別永相望。語極有興。愁極本憑詩遣興，詩成吟詠轉淒涼。夢弼曰：金谷園、銅駝陌，豈非洛陽故鄉，行樂之勝境乎？劉禹錫楊柳詞云「金谷園中鶯亂飛，銅駝陌上好風吹」是也。

撥悶一作贈嚴二別駕。

聞道雲安麴米春，纔傾一盞即醺人。乘舟取醉非難事，下峽銷愁定幾巡。長年三老遥憐汝，捩柂開頭捷有神。已辦青錢防顧直，當令美味入吾脣。夢弼曰：雲安縣屬夔州，今爲雲安軍。東坡志林：退之詩曰：百年未滿不得死，且可勤買抛青春。國史補云：酒有郢之富水，烏程之若下，滎陽之土窟春，富平之石凍春，劍南之燒春。杜子美亦云：聞道雲安麴米春，才傾一盞即醺人。裴硎作傳奇記裴航事，亦有酒名松醪春。乃知唐人名酒多以春，則抛青春亦必酒名也。趙曰：東坡詩「麴米春香並舍聞」，蓋出于此。長年三老，川中呼舟師之名。夢弼曰：峽中以篙師爲長年柂工，三老今俗謂之翁。洙曰：開頭一作鳴鐃，皆行船貌。初行船曰開頭。鄭曰：捩，練結切，拗捩也。趙曰：川人不以準折一色見錢爲青錢。

登高

風急天高猿嘯哀，王洙曰：宋玉云：天高而氣清。潘安仁：勁風淒急。渚清沙白鳥飛迴。無邊落木蕭蕭下，洙曰：江賦：尋之無邊。楚詞：洞庭波兮木葉下。又：風颯颯兮木蕭蕭。不盡長江衮衮來。洙曰：謂不舍晝夜，故云不盡。萬里悲秋常作客，洙曰：宋玉悲秋。百年多病獨登臺。洙曰：相如多病，卧於茂陵。艱難苦恨繁霜鬢，潦倒新停濁酒盃。洙曰：嵆康曰酒一盃。潦倒麄味。

九日

廣德元年秋閬州，冬梓州作。鶴曰：是年秋公自梓暫往閬州，冬復至梓州。

去年登高郪縣北，今日重在涪江濱。苦遭白髮不相放，羞見黄花無數新。世亂鬱鬱久爲客，路難悠悠常傍人。酒闌却憶十年事，腸斷驪山清路塵。鶴曰：郪縣，屬梓州，涪江水東南，合梓州之射江。孫曰：驪山，指舊日明皇遊幸也。

秋盡〔一〕

鶴曰：是年秋，公自梓州歸成都迎家，冬再往梓州。

秋盡東行且未迴，茅齋寄在少城隈。籬邊老却陶潛菊，江上徒逢袁紹杯。雪嶺獨看西日落，劍門猶阻北人來。不辭萬里長爲客，懷抱何時獨好開〔二〕！鶴曰：成都大城西有少城。洙曰：典略云：劉松、袁紹在河朔，於三伏之際酬飲避暑，號爲河朔飲。

【校勘記】

〔一〕詩題，文瀾閣本作「愁盡」，訛。

〔二〕「獨」，二王本杜集卷十三、錢箋卷十二作「得」。又，此詩下，文淵閣本、文津閣本、文瀾閣本有野望「西山白雪三城戍」一詩，復見於本集卷二十三。

老病

老病巫山裏，稽留楚客中。藥殘他日裏，花發去年叢。夜足霑沙雨，春多逆水風。合分雙賜筆，猶作一飄蓬。趙曰：漢官儀：尚書令僕丞郎，月給赤管大筆一雙。公嘗爲尚書工部郎，故云。

新刊校定集注杜詩卷二十七

近體詩

去蜀

五載客蜀郡，一年歸梓州。如何關塞阻，轉作瀟湘遊。萬事已黄髮，殘生隨白鷗。毛詩：黄髮兒齒。安危大臣在，何必淚長流。漢陸賈曰：天下安，注意相；天下危，注意將。

放船

收帆下急水，卷幔逐回灘。江市戎戎暗，山雲淰淰寒。荒村無徑入，獨鳥怪人看。已泊城樓底，何曾夜色闌。

哭嚴僕射歸櫬

（趙云：嚴公再尹成都，乃封鄭國公加檢校吏部尚書。永泰元年四月卒，贈尚書左僕射。）

素幔隨流水，歸舟返舊京。（舊京，故國也。趙云：歸櫬舟行，故曰素幔隨流水。盧子諒贈崔温詩：北眺沙漠垂，南望舊京路。）老親如（一作知。）宿昔，部曲異平生。（按新史：武卒，母哭且曰：今而後吾知免爲官婢矣。又云：言部曲有異於存日也。宋鮑照東武吟：將軍既即世[一]，部曲亦罕存。後漢光武紀注：大將軍營有五部三校尉，部下有曲，曲有軍侯一人。趙云：言嚴公有母在，棄之而去，其母之健尚如宿昔耳。公既死，部曲無主，宜乎異平生也。馮衍答任武書曰敢不陳露宿昔之意，故對平生字，則論語「久要不忘平生」之言。）風送蛟龍雨，（見上蛟龍得雲雨注。）天長驃騎營。（晉書：齊獻王攸遷驃騎將軍，時驃騎當罷，營兵數千人戀攸恩德[二]，不肯去。蛟龍以譬嚴公。）一哀三峽暮，遺後見君情。（趙云：言悲哀之極，而江山亦爲之動色，所以遺傳於後世者，見嚴公有恩德於公之情如此也。）

【校勘記】

〔一〕「即」，文選卷二十八、樂府詩集卷四十一、宋詩卷七鮑照代東武吟作「下」。

〔二〕「千」，文淵閣本作「十」。

宴戎州楊使君東樓

勝絶驚身老，情忘發興奇。趙云：此篇破頭便對，蓋言勝雖絶矣，而驚見在之身則老也；情雖忘矣，而發所對之興則奇也。禮記云：忘身之老也。鮑照園中秋散詩云：臨歌不知調，發興誰與歡。坐從歌妓密，樂任主人爲。語云：不圖爲樂之至於斯也。重碧拈一作酤。春酒，輕紅擘荔枝。曹子建七啓：蒼梧縹清。注：縹，深碧色。蜀都賦：旁挺龍目，側生荔枝。趙云：舊本拈春酒作酤字，非。今就其字誤而言之，酤當與論語沽酒市脯之沽同。又按，詩伐木篇：有酒湑我，無酒酤我。按毛、鄭解此兩句不同。毛云：湑，茜音，所六切，泲之也。酤，一宿酒也。其謂有酒則須泲茜使清而後飲，無酒則雖一宿未清者亦飲，乃王之厚意也。鄭云：酤，買也。王有酒則泲茜之，王無酒則沽買之，其意以爲族人陳王之恩厚於我曹。雖以侈言王之盛意，然豈有天子而沽酒乎？詩人必不如此窮相。此鄭之失也。今杜公詩之酤字，若用毛萇一宿曰酤言之，則不成詩句；用鄭玄酤買言之，二千石設筵，必有公帑，豈亦沽酒乎？舊本作拈，當以爲正。據元稹元日詩云：羞看稚子先拈酒。白樂天歲假詩云：歲酒先拈辭不得。則拈酒乃唐人語也。而杜公又云：門外柔桑葉可拈。又云：試拈禿筆掃驊騮。亦拈之義。拈與擘皆在主及賓身上言之。詩云：爲此春酒，以介眉壽。荔枝見於上林賦。食荔枝而飲春酒，蓋煮酒也。謂之重碧，以酒之色言之也。輕紅，亦言荔枝之顏色也。其後山谷在戎州，有詩云：試傾一杯重碧色，快剥千顆輕紅肌。觀此則可見杜公重碧輕紅之義。後學又以重碧、輕紅爲二妾名，尤可鄙笑。豈不見梁簡文帝梁塵詩云：依幃濛重翠，帶日聚輕紅。輕紅，謂荔枝膜粉紅也。若以名其皮色，則又惑誤學者。師云：戎州，今叙州。重碧，叙州公庫酒名。輕紅，叙州倅園荔子名。樓高欲愁思，横笛未休吹。趙云：樓高而愁思欲生，何横笛之未肯罷休以增愁也。公月夜憶舍弟云：况乃未休兵。與此句法同。

渝州候嚴六侍御不到先下峽

聞道乘驄發，沙邊待至今。趙云：後漢：桓典爲侍御史，有威名。常乘驄馬，人號爲驄馬御史。不知雲雨散，宋玉高唐賦：湫兮如風〔一〕，凄兮如雨。風止雨霽，雲無處所。王粲詩曰：風流雲散，一別如雨。趙云：隋江總別袁昌詩：不言雲雨散，更似東西流。虚費短長吟。古詩有短、長吟。山帶烏蠻闊，嶲州西有烏、白蠻。江連白帝深。公孫述以永安爲白帝城，在夔州之側。船經一柱過，留眼一作留滯。共登臨。梁劉孝綽江津寄劉之遴：經過一柱觀，出入三休臺。餘見上卷江通一柱觀注。

【校勘記】

〔一〕「湫」，原作「秋」，據文淵閣本、文津閣本、文灡閣本、清刻本、排印本改。

聞高常侍亡

忠州作。鮑云：高適也。本傳：繼廣德元年後，言召爲刑部侍郎左散騎常侍。

歸朝不相見，蜀使忽傳亡。虚歷金華省，何殊地下郎。江淹上建平王書：升降承明之闕，出入金華之殿。世説顔回爲地下修文郎。趙云：班固叙傳：鄭寛中、張禹入説尚書、論語於金華殿。注：在未央宫。適爲左散騎常侍而亡，故云虚歷金華省也。王隱晉書載：蘇韶已死，見其弟節。韶云：顔回、卜商，今爲地下修文郎，韶亦一人也。致君丹檻折，哭友白雲長。趙云：折檻，言高之諫諍也。觀唐史載：適遷侍御史，擢諫議大夫，負氣敢言，權近側目。致君，見首篇注。朱雲上書，願請尚方斬馬劍，斷佞臣一人。上問：誰也？對曰：安昌侯張禹。上大怒。御史將雲下。雲攀殿檻，檻折。雲呼曰：臣得下從龍逄、比干遊於地下，足矣！未知聖朝何如耳。禮記曰：朋友哭諸寢門之外。獨步詩名在，秖今故舊傷。適有詩名於時。又，曹子建與楊德祖書曰：僕少好文章，迄至于今二十五。然今世作者，可略而言：昔仲宣獨步於漢南，孔璋鷹揚於河朔。又，南史：王筠，字元禮。沈約謂筠文章之美，可謂後來獨步。秖字，音支，適也。

宴忠州使君姪宅

出守吾家姪，出守，守土也，刺史是也。古詩：一麾乃出守。殊方此日歡。文子云：殊方偏國。自須遊阮舍，阮咸與叔父籍爲竹林之遊。咸與籍居道南，諸阮居道北，北阮富而南阮貧。公自比阮籍，而目忠州爲阮咸也。不是怕湖灘。忠州下惡灘也。樂助長歌逸，一作送。杯饒旅思寬。一作林饒放思寬。昔曾如意舞，牽率强爲看。趙云：王戎嘗以如意起舞。左氏傳：牽率老夫。

禹廟 忠州作

禹廟空山裏，秋風落日斜。荒庭垂橘柚，古屋畫龍蛇。招魂：仰觀刻桷畫龍蛇。趙云：書禹貢：厥包橘柚錫貢。公於東屯茅屋詩有云：山險風煙僻，天寒橘柚垂。而兩句之勢則盧照鄰文翁講堂詩云空梁無燕雀，古壁有丹青也。雲氣生虛壁，一作噓青壁。江聲走白沙。趙云：生虛壁，當作噓青壁字爲正，蓋噓字新且工矣。又青壁對白沙亦工。早知乘四載，按史記河渠書云：夏書曰：禹治洪水十三年，三過家不入門。陸行載車，水行載舟，泥行蹈毳，山行即橋。橋，一作輂。書禹貢曰：予乘四載。疏鑿一作流落。控三巴。華陽國志曰：武王克商，封其子宗姬於巴。故漢末，益州牧劉璋以墊江以上爲巴郡，江州至臨江爲永寧郡，朐忍至魚復爲固陵郡，巴遂分矣。璋復改永寧爲巴郡，以固陵爲巴東，徙龐羲爲巴西太守，是爲三巴〔一〕。郭璞江賦：巴東之峽，夏后疏鑿。趙云：今按樂史寰宇記於渝州記云：閬、白二水東南流〔二〕，三曲如巴字，是爲三巴。則非有分其地之定名，當俟博聞訂之。

【校勘記】

〔一〕「是」，文淵閣本作「自」。

〔二〕「白」，原作「自」，參卷九南池校勘記〔一〕改。

題忠州龍興寺所居院壁

忠州三峽内，蜀都賦：經三峽之崢嶸。注：三峽，巴東永安縣有高山相對，相去可二十丈，左右崖甚高，人謂之峽，江水過其中。趙云：杜公言三峽者，以明月峽爲首，巴峽、巫峽之類爲中，東突峽爲盡矣。今忠州在渝州之下，夔州之上，斯乃杜公所謂三峽内也。井邑聚雲根。趙云：雲根，言石也。張協詩：雲根臨八極。蓋取五岳之雲觸石而出。則石者，雲之根也。唐人詩多指雲根爲石用之。小市常争米，孤城早閉門。趙云：兩句雖實道其事。而早閉門字，戰國策有邊境早閉晚開也。空看過客淚，莫覓主人恩。趙云：公寓僧寺居而無顧之者，故有是句。淹泊仍愁虎，深居賴獨園。金剛經：給孤獨園。趙云：言淹泊，則滯留於龍興寺之居也。

旅夜書懷

細草微風岸，危檣獨夜舟。趙云：細草，春時也。荀子：微風過之。王仲宣詩：獨夜不能寐。星垂平野闊，月湧大江流。謝玄暉：大江流日夜〔一〕。趙云：東方璆嘗與盧照鄰分韻有云，洶湧大江流。公換一「月」字，點鐵成金矣。名豈文章著，官應老病休。飄零何所似，天地一沙鷗。趙云：飄零字，公使多矣。雪賦：從風飄零。在人言之，取物爲譬也。謝安内集，謂諸子姪曰：白雪紛紛何所似？

【校勘記】

〔一〕「謝玄暉」，原作「王仲宣」，據清刻本、排印本並參文選卷二十六、齊詩卷三謝玄暉暫使下都夜發新林至京邑贈西府同僚改。又「謝玄暉」，清刻本、排印本作「謝元暉」，係避諱。

别常徵君

兒扶猶杖策，卧病一秋强。趙云：吴越春秋云：太王杖策而去邠。字書注：細木杖曰策。白髮少新洗，寒衣寬總長。趙云：白髮以病而少，新洗，沐也。寒衣以病而寬長也。曹子建詩云：瘦覺衣寬長，愁知酒淺淡。故人憂見及，此别淚相忘。趙云：故人，言常徵君也。雖别而俱不能淚，所以成相忘也。各逐萍流轉，來書細作行。趙云：屬其委曲也。漢書言：細書成文，一札十行。

十二月一日三首

今朝臘月春意動，雲安縣前江可憐。一聲何處送書雁，百丈誰家上水船？趙云：百丈，牽船篾。内地謂之笪，音彈。未將梅蘂驚愁眼，要取椒花媚遠天。趙云：言眼前實事，蓋梅未開而椒有花也。其句法可謂新奇矣。明光起草人所羨，肺病幾時朝日邊。明光，殿名也。漢王商欲借以避暑者，起草作制誥也。相如病肺多渴，遂卧疾于茂陵。趙云：後漢尚書郎奏事明光殿〔一〕，下筆爲詔誥，出語爲命令。日邊，言帝都也。晉明帝云：只聞人自長安來，不聞人從日邊來。後人遂以日邊爲帝都。

右一

【校勘記】

〔一〕「尚」，文淵閣本、文津閣本、文瀾閣本、清刻本、排印本奪。

寒輕市上山煙碧，日滿樓前江霧黄。負鹽出井此溪女，打鼓發船何郡郎？新亭舉目風景切，茂陵著書消渴長。趙云：晉王導傳：洛京傾覆，中州士人避亂江左者十六七。每至暇日，邀出新亭飲宴。周顗中坐而歎曰：風景不殊，舉目有江山之異。

上句以避亂流落，所寓如新亭之景物。茂陵，則公自比於相如之有肺疾也。

春花不愁不爛熳，楚客唯聽棹相將。趙云：楚客，則公自指爲楚地之客也。聽棹相將，則任船所往，何處看春花也。

右二

即看燕子入山扉，豈有黄鶯歷翠微。短短桃花臨水岸，輕輕柳絮點人衣。趙云：方十二月一日作詩，而有燕子、黄鶯、桃花、柳絮之言，何也？此義在末句「他日一盃難强進」也。皆逆道其事爾。

春來準擬開懷久，老去親知見面稀。他日一杯難强進，重嗟筋力故山違。趙云：於山謂之違。家語：孔子云：違山十里，猶聞螻蛄聲也。

右三

又雪

南雪不到地，風土記云：南方無雪。青崖霑一作露。未消。趙云：當作霑爲正。但雪不濃，所以不到地而止着青崖爾（一）。顔延年詩：藐盼覯青崖，衍漾觀緑疇。微微向日薄，脉脉去人遥。冬熱鴛鴦病，峽深豺虎驕。愁邊有江水，焉得北之朝。趙云：末句蓋言當愁之際，觀江水止是朝東入海，安得折而之北，我乘此水以歸長安也。

【校勘記】

〔一〕「地」，原作「也」，據文淵閣本、文津閣本、文瀾閣本、清刻本、排印本改。

奉漢中王手札

國有乾坤大，王今叔父尊。王，讓皇帝之子，代宗之叔父也。剖符來蜀道，言以漢中之封來蜀作守也。前有詩，公自注云：王時在梓州者乎？歸蓋取荆門。由荆門軍取道而往也。峽險通舟過，江長注海奔。書：江漢朝宗于海。亦百川注海之義也。主人留上客，避暑得名園。劉松、袁紹於河朔，三伏之際爲避暑之飲。前後緘書報，分明饌玉恩。趙云：上句言得漢中王手札。饌玉，則前漢陳咸奢侈玉食，晉王武子鮮衣玉食之義。言美食如玉，却非洪範惟辟玉食也。天雲浮絶壁，風竹在華軒。趙云：觀絶壁之天雲，對華軒之風竹。言在名園中如此也。已覺良宵永，何看駭浪翻。趙云：上句言時已秋矣，秋江浪平故也。海賦：驚浪雷奔，駭水迸集。入期朱邸雪，朝傍紫微垣。唐制，諸侯各置邸京師，故有邸吏。朱邸，言邸有朱户。趙云：以雪時爲期而至京也。謝玄暉云：朱邸方開，效蓬心於秋實。晉志：紫宮垣，一曰紫微，大帝之座，天子所居也。枚乘文章老，河間禮樂存。西京雜記：枚皋文章敏疾〔一〕，長卿制作淹遲，皆盡一時之譽。又按漢書：景十三王。河間獻王德，武帝時，來朝獻雅樂。又云：立博士，修禮樂，被服儒術。趙云：上句公自言也。梁孝王時，枚乘在諸文士之間，年最爲高，故謝惠連雪賦召鄒生，延枚叟也〔二〕。次句指漢中王也。傳曰：河間之功，江夏之略，可爲宗室標的者也。悲秋宋玉宅，哀江南賦：誅茅宋玉之宅。宋玉九辯云：悲哉，秋之爲氣也。蕭瑟兮草木摇落而變衰。趙云：宋玉宅在歸州。言王今在歸州，又如悲秋之宋玉也。失路武陵源。見上如逢武陵路注。淹薄俱崖口，東西異石根。趙云：崖口、石根，言巴峽之地如此。漢中王在下流，爲東；公在夔，爲西也。夷音迷咫尺，鬼物傍一作倚黄昏。楚俗，語言多夷音。又蕪城賦：木魅山鬼；昏見晨趨。趙云：上句則夔之南與蠻相接，不爲不遠，而夔、巴有蠻音，故公詩屢有夷音、蠻語、蠻歌之句。左傳：天威不違顔咫尺。言近也。今言在夔於咫尺之間，語音不同，所以不省而迷也。下句一作傍，當以倚爲正。史云：妖禽孽狐得夜，乃爲不祥。此倚黄昏之義也。犬馬誠爲戀，狐狸不足論。曹子建表：不勝犬馬戀主之情。張綱傳：豺狼當道，安問狐狸。趙云：言其有懷君之心也。從容草奏罷，宿昔奉清罇。趙云：此言漢中王草奏，既罷，當奉飲宴。蓋在昔日常如此也。梁劉苞望夕雨詩曰：清罇久不薦，淹留遂待君〔三〕。

【校勘記】

〔一〕「枚皋」，原作「枚乘」，據西京雜記卷三改。

〔一〕「故謝惠連雪賦召鄒生」二句，「謝惠連」原作「謝靈運」，檢謝靈運詩文無此二句，考文選卷十三、全宋文卷三十四謝惠連雪賦有此二句，當是誤置，據改。

〔二〕「待」，文淵閣本、文津閣本、文瀾閣本、清刻本、排印本作「侍」。

贈崔十三評事公輔

飄飄西極馬，漢郊祀歌：天馬來，從西極〔一〕。來自渥洼池。趙云：以言崔有天馬之妙足，而所從來之遠也。渥洼池，見沙苑行注〔二〕。颯飁寒一作定。山桂，低徊風雨枝。趙云：當作寒山。楚辭云：桂樹叢生兮山之幽。選詩：桂枝生自直。則桂枝不宜低回。今桂所以低迴者，風雨之故也。以喻崔評事之美材，而用於邊徼之小官。飁，音習。唐韻云：颯飁，大風也。此四句是扇對〔三〕。我聞龍正直，道屈爾何爲。趙云：崔如龍之直，而屈在幕府僚屬，故公怪而問之。詩：好是正直。且有元戎命，悲歌識者知！趙云：元戎，節度使也。以元戎命之而有行役，不能無悲歌，唯識者知之。官聯辭冗長，文賦：固無取乎冗長。趙云：崔評事於元戎之僚屬，可辭冗長矣。行路洗欹危。當開公正之路。趙云：以舟行則免欹危之苦也。脱劍主人贈，季札脱劍挂樹以贈徐君。趙云：主人指元戎也。解劍贈人亦理之常，如伍子胥解劍以贈漁父。舊注非是。去帆春色隨。陰沈鐵鳳闕，陸佐公石闕銘：蒼龍玄武之制，銅雀鐵鳳之工。趙云：鐵鳳闕，言帝都也。教練羽林兒。

宣帝紀：羽林孤兒。注：天有羽林星。林，喻若林木之盛；羽，言羽翼、鷙擊之意。故以名武官焉。百官表：取從軍死事者之子，養羽林，官教以五兵，號曰羽林孤兒。天子朝侵早，雲臺仗數移。趙云：言天子多難。其朝侵早，以訓兵練卒，故所御非一處，而數移雲臺之仗也。光武圖二十八將於雲臺。分軍應供給，百姓日支離。支離，言不親也。黠吏因封己，公才或守雌。老子：知其雄，守其雌。趙云：封，厚也，蓋言貪吏乘之以封植其己，廉吏閔之而柔克公正。美崔公之才，守雌柔之道，不乘勢刻剥以私於封己，則爲可尚耳。黠吏，字出前漢詔書。國語：叔向曰：引黨以封己。晉王導謂孔愉有公才而無公望。燕王買駿骨，燕昭王以千金市駿骨〔四〕。渭老得熊羆。見「田獵舊非熊」，又見「熊羆載呂望」注。活國名公在，拜壇群寇疑。孫楚曰：愛民活國。高祖築壇拜韓信。冰壺動瑶碧，鮑照詩：清如玉壺冰。野水失蛟螭。趙云：上句以言元戎，胸中如冰壺之清。下句則蛟龍得雲雨，終非池中物也。入幕諸彦聚，入幕，見上注。別賦：金閨之諸彦。渴賢高選宜。鶱騰坐可致，九萬起於斯。趙云：方當渴賢而崔君宜應高選，必能鶱騰如鵬之九萬里矣。復進出矛戟，昭然開鼎彝。趙云：言崔君復於此進，而出其胸中之矛戟，則昭然銘功於鼎彝也。會看之子貴，歎及老夫衰。左傳：老夫耄矣，無能爲也。詩：江有沱，之子歸。豈但江曾決，孟子：沛然若決江河。還思霧一披。衛瓘見樂廣曰：若披雲霧而覩青天。趙云：豈特平時與崔相談論如江河之決，又思一披霧以相見也。暗塵生古鏡，拂匣照西施。趙云：公蓋自負其有美質，而久無識者。此所以美崔君而責望之也。舅氏多人物，無慚困翮垂。趙云：舅氏之家多有人材，必應如上所言鶱騰富貴之事也。今日尚爾行役，無慚困苦也。崔，蓋公之表弟。

【校勘記】

〔一〕「從」，文淵閣本、文津閣本作「自」。

〔二〕「沙苑行」，原作「沙馬行」，檢「渥洼」句，見於本集卷二沙苑行「龍媒昔是渥洼生」句，據改。

〔三〕「是」，文淵閣本、文津閣本、文瀾閣本、清刻本、排印本作「長」。

〔四〕「市」，清刻本、排印本作「買」。

長江二首

衆水會涪萬，涪、萬，峽中二郡名。瞿唐争一門。瞿唐爲三峽之門。朝宗人共挹，盜賊爾誰尊。趙云：禹貢：江漢朝宗于海。水以其朝宗，人共挹取。若盜賊者，敢有犯順之爲，將欲使誰尊爾乎？孤石隱如馬，高蘿垂飲猿。張華詩：象馬誠可驗，波神亦露機。蓋言灩澦如馬，瞿唐莫下也。

歸心異波浪，何事即飛翻。趙云：言水之波飛翻而流去，歸心未便得往，何事即效其飛翻乎？

其二

浩浩終不息，乃知東極臨。一作深。趙云：言水之萬折，必東至於三峽，則其來已遠，可以知東極將逼臨也。衆流歸海意，萬國奉君心。衆流之所以尊海，亦萬國之所以奉君之心也。色借瀟湘闊，趙云：瀟湘在潭州，三峽之水下入洞庭，與瀟湘相連，故云色借。聲驅灩澦深。一作沈。未辭添霧雨，趙云：江海不讓衆流，以爲大。雖霧雨之細，亦可以益其流。接上遇一作過。衣襟。趙云：舟中之人接於其上，則先經過於衣襟間也。此必是微雨而作，實道其事耳。選：詩曰：露霑衣襟。

哭台州鄭司户蘇少監

故舊誰憐我，平生鄭與蘇。存亡不重見，喪亂獨前途。豪俊何人在，文章掃地無。羈遊萬里闊，凶問一年俱。白日中原上，清秋大海隅。夜臺當北斗，泉路著東吴。得罪台州去，時危棄碩儒。移官蓬閣後，穀貴殁潛夫。王符著潛夫論。流慟嗟何及，銜冤有是夫。道消詩發興，心息酒爲徒。許與才雖薄，追隨跡未拘。班揚名甚盛，嵇阮逸相須。會取君臣合，寧詮品命殊。賢良不必展，廊廟偶然趨。勝決風塵際，功安造化鑪。從容詢舊學，慘淡閟陰符。擺落嫌疑久，哀傷志力輸。俗依綿谷異，客對雪山孤。童稚思諸子，交期列友于。詩：友于兄弟。情乖清酒送，望絶撫墳呼。瘧痢飡巴水，瘡痍老蜀都。飄零迷哭處，天地日榛蕪。

承聞故房相公靈櫬自閬州啓殯歸葬東都有作二首

趙云：房琯謫漢州刺史，召而死於道，贈太尉。

遠聞房太尉，舊作太守。歸葬陸渾山。山在伊洛間，昔辛有適伊川，見被髮而祭者，言此地當夷。後爲陸渾之戎所有，山因得名。一德興王後，同德以興王業也。伊尹咸有一德，下句言房公謫死，久殯閬州。孔明多故事，蜀志：陳壽與荀勗等定故蜀丞相諸葛孔明故事二十四篇以進。安石竟崇班。謝安薨時六十六。帝三日臨于朝堂，賜秘器、朝服，贈太傅，謚曰文靖。及葬，加殊禮，依大司馬桓温故事。他日嘉陵涕，一作淚。仍霑楚水還。趙云：靈櫬自閬州起發，則由嘉陵江而下故也。

右一

丹旐飛飛日，丹旐，銘旌也。寡婦賦：飛旐翩以啓路。初傳發閬州。風塵終不解，江漢忽同流。趙云：時吐蕃未息也。蓋靈櫬所經，自江漢而下，故曰同流。劍動新身匣，趙云：師本作親身，方有義。書歸故國樓。盡哀知有處，爲客恐長休。趙云：公因聞房公靈櫬之歸，有感於中而發此言也。

右二

雲安九日鄭十八攜酒陪諸公宴

寒花開已盡，菊蘂獨盈枝。趙云：凡涉秋之花，皆謂之寒花也。舊摘人頻異，輕香酒暫隨。趙云：上句言舊時採摘菊花之人，頻改易而不同，見公所逢九日之地不一也。地偏初衣裌，陶潛：心遠地自偏。秋興賦：御裌衣。山擁更登危。風俗記：九日登高以禳災。萬國皆戎馬，酣歌淚欲垂。

答鄭十七郎一絶

雨後過畦潤，花殘步屧遲。把文驚小陸，好客見當時。小陸，陸雲。趙云：小陸，陸士龍也。當時，鄭莊也。小陸，鄭十八。鄭莊好客，而比鄭十七郎爾。

將曉二首

石城除擊柝，趙云：擊柝，以言警夜，曉則除之。鐵鏁欲開關。鼓角悲荒塞，星河落曙山。巴人常小梗，謂段子璋反也。亦不甚傾駭也。趙云：謂之小梗，史不載，舊注非是。蜀使動無還。趙云：吐蕃未息，所以蜀使無還也。垂老孤帆色，飄飄犯白蠻。趙云：末句白蠻，亦以荆地靠溪洞一帶爲蠻矣。舊作百蠻，非。

右一

軍吏回官燭，官燭字，見上注。舟人自楚歌。項籍聞軍中四面皆楚歌。寒沙蒙薄霧，落月去清波。趙云：天曉月落，不復有影在水中。壯惜身名晚，衰慙應接多。歸朝日簪笏，筋力定如何？趙云：四句公自言其衰老也。歸朝日事簪笏，恐筋力之不堪爾。

右二

懷錦水居止二首

軍旅西征僻，風塵戰伐多。趙云：永泰元年，僕固懷恩誘吐蕃等寇奉天，京師大震。帝自將苑中，急召郭子儀屯涇陽，故云西征。猶一作獨。聞蜀父老，司馬相如有難蜀父老文。不忘舜謳歌。孟子曰：謳歌者，不謳歌堯之子而謳歌舜。天險終難立，劍門，天設之險也，無德不可恃。趙云：憂吐蕃能犯蜀之險也。易曰：天險不可升。柴門豈重過。謂思草堂不可再到。朝朝巫峽水，遠逗錦江波[一]。錦江水與巫峽相通也。趙云：重懷成都之意，水徒相通而不能即返焉。

【校勘記】

[一]「遠逗」，原作「遠遠」，據文淵閣本、文津閣本、文瀾閣本、清刻本、排印本並參錢箋卷十四改。

其二

萬里橋西宅〔一〕，百花潭北莊。浣花草堂在萬里橋西，地有百花潭。趙云：舊本作橋南，非是。公詩：萬里橋西一草堂，百花潭北即滄浪。〔二〕層軒皆面水，宋玉招魂云：高堂邃宇，幽檻層軒〔三〕。老樹飽經霜。趙云：四時纂要：冬瓜飽霜後收之。梁吴筠行路難曰：洞庭水上一株桐，經霜觸浪困嚴風。雪嶺吐蕃中山。界天白，錦城曛日黃。曛日，晚日也。惜哉形勝地，回首一茫茫。張孟陽劍閣銘曰：形勝之地，匪親勿居。趙云：以西山尚有屯戍，恐蜀受其禍，故歎惜形勝之地，而不忘於懷也。

【校勘記】

〔一〕「西」，二王本杜集卷十四、十家注卷七、百家注卷二十一、分門集注卷七以及錢箋卷十四作「南」。

〔二〕「百花潭北」，「北」，通行本作「水」。

〔三〕「幽檻層軒」，文選卷三十三、全上古三代文卷十宋玉招魂作「檻層軒些」。

子規

趙云：子規與杜鵑是兩種，其形、聲名不同。於杜鵑行古詩注言之詳矣。

峽裏雲安縣，江樓翼瓦齊。兩邊山木合，終日子規啼。子規，杜鵑也。公有杜鵑行云：涪萬無杜鵑，雲安有杜鵑。此可見矣。坡云：非親到其處，不知此詩之工也。眇眇春風見，蕭蕭夜色淒。一作棲。客愁那聽此，故作傍人低。一云故傍旅人低。此四句道盡子規之妙。每於春風眇眇之際，夜色蕭蕭之時，客愁聞此，能不悲感耶？「故傍旅人低」之句，非是。上既有客愁字〔一〕，不應更言旅人也。

【校勘記】

〔一〕「上」字，文淵閣本無。

立春

春日春盤細生菜，忽憶兩京梅發時。趙云：食生菜，立春之事也。按齊人月令曰：凡立春日，食生菜不可過多，取迎新之意。下句則立春在去年之冬，當梅發時也。兩京，東京、西京也。盤出高門行白玉，菜傳纖手送青絲。趙云：于公高門也，行白玉，行玉盤也。公於廢畦詩亦曰：悲君白玉盤。行則如麗人行水精之盤行素鱗也。曾成公綏洛禊賦：或振纖手〔一〕，或濯素足。此上四句是一段。古詩云：蘆菔白玉縷，生菜青絲盤。**巫峽寒江那對眼，杜陵遠客不勝悲。**趙云：言巫峽傍江地十寒，眼前不見此菜，宜乎其悲矣。**此身未知歸定處，呼兒覓紙一題詩。**古詩：呼童烹鯉魚。

【校勘記】

〔一〕「振」，全晉文卷五十九成公綏洛禊賦作「盥」。

漫成

江月去人只數尺，風燈照夜欲三更。趙云：嘗聞士大夫云：東坡先生有言：杜子美「江月去人只數尺」，不若孟浩然「江清月近人」之不費力。此公論，不可廢也。梁虞騫詩曰：日光移數尺。**沙頭宿鷺聯拳靜**一作起。**，船尾跳魚撥**一作跋。**剌鳴。**撥剌躍而有聲也。薛云：按後漢張平子賦：控飛弧之撥剌兮〔二〕，射嶓冢之封狼。趙云：聯拳，相並相續之貌。字則沈約郊居賦云：雌霓聯拳。用對撥剌爲稱。杜補遺云：張衡賦：撥剌下注云：剌，音力達反。撥剌，張弓聲。李白酬贈魚詩亦云：雙鰓呀呷鰭鬣張，跋剌銀盤欲飛去。一作鱍鯻。

【校勘記】

〔一〕「控飛」，文選卷十五、全後漢文卷五十二張衡思玄賦作「彎威」。

南楚

南楚青春異，暄寒早早分。趙云：公在夔而言南楚，則夔在戰國爲楚地。寒盡而暄生矣。無名江上草，隨意嶺頭雲。正月蜂相見，非時鳥共聞。趙云：易：萬物皆相見。而公於蜂言之，句意兩新。杖藜妨躍馬，不是故離群。趙云：躍馬，則言官身而在諸人之間，則必騎馬。今也杖藜而獨往，乃放曠使然，不是故爲離群也。莊子：原憲杖藜應門。蔡澤曰：吾躍馬食肉，四十年亦足矣。禮記云：離群索居。

移居夔州郭

伏枕雲安縣，遷居白帝城。春知催柳別，江與一作已。放船清。趙云：言春知人之離居，故催柳之發生，以供行人爲别也。詩家於相别必用柳事，蓋古有折楊柳之曲，多言離别也。下句言春江清且平，供其泛船爾。農事聞人説，山光見鳥情。禹功饒斷石，且就土微平。沿峽皆因開鑿而成，故少平土，惟夔州稍平耳。左傳：劉子歎禹之功。江文通雜擬云：海濱饒奇石。

船下夔州郭宿雨濕不得上岸别王十二判官

依沙宿舸船，石瀨月娟娟。謝靈運有回溪石瀨，茂林修竹詩。鮑照翫月：娟娟似蛾眉。風起春燈亂，江鳴夜雨懸。晨鐘雲外濕，勝地石堂煙。趙云：石堂應是夔州佳處，空望其煙，故題中所謂不得上岸也。柔艣輕鷗外，含情覺汝賢。趙云：柔櫓，今舟人所謂軟櫓者也。言船櫓在輕鷗之外，忽忽遂行，不得如鷗之遊漾，所以含情而覺鷗之勝己也。書曰：不自滿假，惟汝賢。

入宅三首

奔峭背赤甲，斷崖當白鹽。謝靈運詩：孤客傷逝湍，行旅苦奔峭。赤甲、白鹽，瞿唐峽口二山名。趙云：赤甲，本岬字。按水經云：江水東南，逕赤岬西。注云：是公孫述所造。因山據勢，周迴七里一百四十步，東高二百丈，西北高一千丈。南連白帝，山甚高大，不生樹木，其石悉赤，故名。又云：江水又東，逕廣溪峽。注云：斯乃三峽之首也。其間三十里，傾巖倚木，厥勢殆交。北岸山上有神淵，淵北有白鹽崖，高可千餘丈。土人見其高白，故名之。客居媿遷次，春酒漸多添。次，舍也，猶遷居也。左傳：凡師，一宿爲舍，再宿爲信，過信爲次。趙云：樂昌公主詩：今日何遷次。花亞欲移竹，鳥窺新捲簾。衰年不敢恨，勝概欲相兼。

右一

亂後居難定，春歸客未還。趙云：言又見春矣，以居止之不定，而尚未還故鄉，有所感發耳。水生魚復浦，雲暖麝香山。魚復，白帝舊名。杜補遺云：後漢郡國志：巴郡、魚復，古之庸地。左氏文十六年魚人逐楚師是也〔一〕。夔州圖經：麝香山，在州東南百二十五里，以其出麝香，故名。半頂梳頭白，趙云：白髮之所存者，僅半頂耳。過眉拄杖斑。相看多使者，一一問函關。時寇亂未平，關中之信未通爾。趙云：吐蕃未平，所以問函關也。

右二

【校勘記】

〔一〕「文十」下，原脱「六」字，據春秋左傳注文十六年以及後漢書卷二十三郡國志録「古庸國」條訂補。

宋玉歸州宅，雲通白帝城。歸州有宋玉宅，今亡矣。下句見白帝城樓詩注。吾人淹老病，旅食豈才名。趙云：漢宣帝歌曰：泛濫不止兮愁吾人。故對旅食，其字則祖魏文帝旅食南館也。吾人乃自言也。所以淹老病而旅食，豈坐才名之故耶？峽口風常急，江流氣不平。趙云：以風急之故，江流之洶湧，如人之氣不平也。只應與兒子，飄轉任浮生。

右三

赤甲

卜居赤甲遷居新，兩見巫山楚水春。炙背可以獻天子，美芹由來知野人。嵇康書：野人有快炙背而美芹子者，欲獻之至尊，雖有區區之意，亦已疎矣。趙云：列子：宋國有田夫，自曝於日，不知天下有綿纊狐貉。謂其妻曰：負日之暄，人莫知者。以獻吾君，將有重賞。里之富室告之曰：昔人有美戎菽、甘枲、莖芹、萍子者，對鄉豪稱之。鄉豪取而嘗之，蜇於口，慘於腹。衆哂而怨之，其人大慚。荆州鄭薛寄詩近，蜀客郗岑非我鄰。四人者，皆公之故舊。趙云：四人者，鄭監審，岑參。公夔州詠懷詩題云「奉寄鄭監審」。詩注云鄭在江陵，所以寄詩。近岑參作嘉州刺史，所以謂之蜀客。其二人不敢妄考。笑接郎中評事飲，病從深酌道吾真。趙云：評事，則崔評事也。郎中，未有所考。道吾真，則以我爲真率也。

上白帝城二首

江城含變態，一上一回新。朝暮雲煙變化，態度多端也。楚辭思美人篇曰：觀南人之變態。天欲今朝雨，山歸萬古春。趙云：公詩歸字有二義，一則歸全之歸，如春從沙際歸是也；一則歸往之歸，如春歸何處尋是也。英雄餘事業，白帝城，公孫述所築。後爲劉備屯戍之地，改名曰永安。趙云：英雄，指言白帝也。公孫述自號白帝，築爲此城。衰邁久風塵。公自言也。取醉他鄉客，相逢故國人。兵戈猶擁蜀，賦斂强輸秦。上句謂段子璋之徒未靖也。趙云：言崔旰之亂也。永泰元年閏十月，劍南兵馬使崔旰反，殺其將郭英乂。明年張獻誠及崔旰戰于梓州，敗績。斯爲兵戈擁蜀也。下句謂國用不足，多賦斂耳。不是煩形勝，深慚畏損神。趙云：張孟陽劍閣銘云：地之形勝，匪親勿居。意則以不是憚煩此地之形勝而難上，以兵戈猶在，畏懼而損我之神爾。

右一

白帝空祠廟，孤雲自往來。舊注：公孫述廟在白帝城。江山城宛轉，棟宇客徘徊。趙云：此篇甚明。言江山之間，其城宛轉。棟宇之下，客於此徘徊也。句法可謂新奇矣。勇略今何在，當年亦壯哉。言述始爲王莽導江卒正，更始時起兵討宗成、王岑之亂，破之。遂有蜀土，僭立爲帝，爲光武所誅。趙云：勇略今何在，即前篇英雄餘事業也。後人將酒肉，虚殿日塵埃。凡舟人往來皆祠之爾。孟子：必有酒肉。谷鳥鳴還過，林花落又開。多慙病無力，騎馬入青苔。

右二

愁 强戲爲吴體

江草日日喚愁生，巫峽一作春峽。泠泠非世情。趙云：言水自泠泠之聲也。一作春峽，非。蓋豈可言夏峽、秋峽乎？盤渦鷺浴底心性，郭璞江賦云：盤渦谷轉。獨樹花發自分明。周王褒送葬詩云：平原看獨樹。十年戎馬暗萬國，自安史亂後，天下不安者十餘年。異域賓客老孤城。公本北人而寓南國，故云異域。渭水秦山得見否？人今罷病虎縱横。渭水、秦山，皆關中風物也。時方罷弊，賊寇充斥，而公不能往，故云得見否。趙云：渭水、秦山，則言長安也。虎縱横，言盗賊也。張載詩云：盗賊如豺虎〔一〕。雖吐蕃亦盗賊爾。罷，音疲。

【校勘記】

〔一〕「張載詩云」二句，「張載」原作「王粲」，檢王粲詩無「盜賊如豺虎」句，考文選卷二十三、晉詩卷七張載七哀詩有此句，當是誤置，據改。

江雨有懷鄭典設 亦吳體。

春雨闇闇塞峽中，早晚來自楚王宮。謂旦爲朝雲，暮爲行雨也。趙云：楚王宮，指言高唐也。高唐賦云：楚襄王與宋玉遊於雲夢之臺，望高唐之觀。今言塞滿峽中之雨，旦暮皆自楚王高唐宮來。或以塞爲關塞之塞，謂白帝城連峽爲塞峽，義不通。亂波紛披已打岸〔一〕，弱雲狼籍不禁風。趙云：於波言紛披，於雲言狼籍，此公之新奇者。打岸字，應是方言。如風吹船，謂之打頭風之類。劉禹錫金陵懷古詩：潮打空城寂寞回。淳于髡云：盃盤狼籍。寵光蕙葉與多碧，點注桃花舒小紅。趙云：蓼蕭篇：既見君子，爲龍爲光。注云：龍，寵也。箋云：爲寵光，言天子恩澤光耀，被及己也。魏鍾會孔雀賦：五色點注，華羽參差。天雨之施蕙葉，有寵光之義；其於桃花才小開苞，有點注之狀，使字不亦新乎？谷口子真正憶汝，岸高瀼滑一作闊。限西東。揚子雲曰：谷口鄭子真，不屈其志而耕巖石之下。以比鄭典設也。夔有澗水出山谷間，土人名之曰瀼，又分左右曰瀼東、瀼西。公有阻雨不得歸瀼西甘林。公在瀼西，鄭必在瀼東矣。

【校勘記】

〔一〕「紛」，二王本作「分」。

雨不絶

鳴雨既過漸細微，映空摇颺如絲飛。古詩：密雨如散絲。階前短草泥不亂，院裏長條風乍稀。趙云：蓋以長條之垂，本自稠密，因風颺之，乍成稀疏。舞石旋應將乳子，湘川記：零陵有石燕，雨過則飛如生燕。行雲莫自濕仙衣。謂高唐神女也。汴見前詩。趙云：此公於夔峽間所賦雨詩。而夔峽去湘潭爲近，又高唐正在其處，方使石燕神女事。此之謂當體。莫字，非莫勿之莫。蓋言莫是自濕仙衣乎？乃問之之辭也。眼邊江舸何忽促，未得一作待。安流逆浪歸。

崔評事弟許相迎不到應慮老夫見泥雨怯出必愆佳期走筆戲簡

趙云：楚詞曰：與佳期兮夕張。謝玄暉云：佳期悵何許。

江閣要賓許馬迎，午時起坐自天明。浮雲不負青春色，細雨何孤白帝城。李陵書：陵雖孤恩，漢亦負德。今多用辜負字，俗子相承爾。身過花間霑濕好，醉於馬上往來輕。虛疑皓首衝泥怯，實少銀鞍傍險行。

晝夢

二月饒睡昏昏然，不獨夜短晝分眠。趙云：中春氣候昏，令人多睡，不獨夜短，晝亦分其半以眠爾。司馬遷悲士不遇賦：昏昏罔覺，內生毒。庾信：蕭索無真氣，昏昏有欲心。後漢：邊韶爲弟子所嘲曰：懶讀書，晝日眠。桃花氣暖眼自醉，春渚日落夢相牽。趙云：桃花在暖日中，熏灼人目，已是醉悶；春渚日落，而夢已相牽挽，不自由矣。故鄉門巷荊棘底，中原君臣豺虎邊。上句言盜賊之多，閭里殘弊也。趙云：不歸之久，而生荊棘矣。如姑蘇臺上荊棘滿銅駝是也。

吐蕃亦盜賊爾。安得務農息戰鬭，普天無吏横横，去聲。〔一〕索錢！時多暴賦横斂也。趙云：吏乘軍須之勢，至於暴横求索，此爲可傷也。畫夢詩而後段及此，公之用心可見矣。

【校勘記】

〔一〕「横去聲」三字，文淵閣本、文津閣本、文瀾閣本、清刻本、排印本無。

熟食日示宗文宗武

消渴遊江漢，羈栖尚甲兵。趙云：公自志其病也。遊江漢，則江水、漢水，近荆南而合矣。詩云：滔滔江漢，南國之紀。甲兵，又言吐蕃未息也。夔實楚地，近接荆南，故云遊江漢。幾年逢熟食，萬里逼清明。秦人呼寒食爲熟食日。言其不動煙火，預辦食物過節也。亦云禁煙節。松栢邙山路，風花白帝城。杜補遺：十道志曰：邙山在洛陽縣北十里。楊佺期洛城記曰〔一〕：邙山，古今東洛九原之地也。俗以寒食省墳。子美先塋在邙，而其身流寓白帝，於寒食不能展省也，故有此句。汝曹催我老，迴首淚縱横！

則譏交道不終矣。

【校勘記】

〔一〕「方」，文淵閣本無。

又示兩兒

令節成吾老，他時見汝心。趙云：令節，指言寒食。成吾老，則老者之情不堪也。言汝輩今日年少，未知老者之情，他日長大，方見汝之心〔一〕，如我今日也。浮生看物變，爲恨與年深。長葛書難得，江州涕不禁。趙云：長葛、江州，意是其弟妹所在，特未可妄考也。團圓思弟妹，行坐白頭吟。白頭吟，蓋老而爲詩耳。其本出於司馬相如將聘茂陵女爲妾，文君作白頭吟以諷之。沈約宋書載古辭白頭吟曰：淒淒重淒淒，嫁娶不須啼。願得一心人，白頭不相離。其後鮑照輩作白頭吟，

【校勘記】

〔一〕「楊佺期」，清刻本、排印本作「沈佺期」，訛。

新刊校定集注杜詩卷二十八

近體詩

陪諸公上白帝城頭宴越公堂之作

越公，楊素也。有堂在城上，畫像尚存。

此堂存古製，城上俯江郊。落構垂雲雨，荒階蔓草茅。趙云：雲頹而下，雨落于空，皆有垂之義。黃魯直詩云：太史鏁窻雲雨垂，蓋出於此。柱穿蜂溜蜜，棧缺燕添巢。趙云：柱穿字，宋劉秀之傳：丹陽聽事上柱有一穿。坐接春盃氣，心傷艷蕊梢。英靈如過隙，宴衎願投膠。古詩：以膠投漆中。趙云：英靈，指言公孫述。如過隙〔一〕，則歎其已逝。莊子云：人生如白駒之過隙。言一時英靈如過隙之駒而逝亡，則今日宴衎，當願如投膠於漆，佔綢繆之好也。莫問東流水，生涯未即抛。趙云：言不須問東流水，而便欲順流南下，我此地生涯，亦未即抛棄而去也。

【校勘記】

〔一〕「如過隙」，句前原衍「楊素」二字，據上下文義並參先後解輯校戊帙卷一此詩趙次公原注「三」删。

傷春五首

時避寇在蜀作。

天下兵雖滿，春光一作青春。日自濃。趙云：上句謂廣德元年吐蕃陷京師，車駕幸陝。西京疲百戰，北闕任群凶。趙云：吐蕃留京師，聞郭子儀軍至，驚潰。子儀遂復長安。下句謂程元振、魚朝恩之徒。按史載柳伉疏：吐蕃犯順，罪由元振。請斬之以謝天下！以元振等弄權，故呼爲群凶。關塞三千里，煙花一萬重。趙云：公在蜀，望乘輿所在，隔三千里關塞之遠。以春時，故言煙花萬重也。蒙塵清路急，左傳：蒙塵于外。御宿且一作有。誰供？趙云：御宿，乃帝御所宿也。漢以爲地名，見揚雄校獵賦。殷復前王道，商之中宗、高宗，能恢復前王之道。周遷舊國容。趙云：成王營洛，平王東遷，此所以爲周遷舊國容也。蓬萊足雲氣，應合總從龍。易：雲從龍。雲以比群臣，龍以比天子。言群臣合從駕出幸也。趙云：蓬萊殿也。公正憂群臣有徇身而辭難者，故言合從龍也。

右一

鶯入新年語，花開滿故枝。天清一作青。風卷幔，草碧水通池。牢落官軍速，蕭條萬事危。言國家遭難，事勢蕭條危殆，故公每憂之。鬢毛元自白，淚點向來垂。元自與向來，皆言前時總如此，非止今日也。不是無兄弟，其如有別離。言雖有兄弟，而爲喪亂阻隔，不得相保爾。詩：雖有兄弟。語：君子何患乎無兄弟也？巴山春色靜，北望轉逶迤。巴山，言蜀之山。長安在蜀之北，故北望逶迤也。

右二

日月還相鬭，星辰屢合一云亦屢。圍。韋昭曰：星相擊爲鬭。趙云：晉天文志云：元帝太興四年二月癸亥，日鬭。漢高祖七年月暈，圍參、畢七重。此則日、月、星辰有爭鬭凌犯之義也。如此皆主兵革。不成誅執法，焉得變危機。趙云：執法，雖出於晉天文志：南宮南四星名執法，應在下如御史之官，而非今句之謂。李善於辨命論「宋公一言，法星三徙」之下注引廣雅曰：熒惑謂之罰星，或謂之執法。今此指熒惑而言也。蓋公之意，以譏程元振之徒熒惑人主，時柳伉上書：吐蕃犯順，罪由程元振用事，請斬之以謝天下。庾信：頻乘險轍，亟拯危機〔一〕。

大角纏兵氣，鉤陳出帝畿。天文志：大角者，天王之帝座庭〔二〕。其兩旁曰攝提。蓋京師兵又滿，故曰纏兵氣。魏都賦云：兵纏紫微。趙云：鉤陳，亦星名。西都賦云：周以鉤陳之位，衛以嚴更之署。注：鉤陳，王者法之，主行宮也。今隨車駕出狩，故曰出帝畿。煙塵昏御道，黄道也。耆舊把天衣。一本作：固無牽白馬，幾至著青衣。趙云：天子從御道經行而出，爲煙塵所昏。下句言父老不欲車駕之出，皆牽挽帝衣也。煙塵字，孫子荆書：煙塵俱起，震天駭地。三國志注多引襄陽耆舊傳。天衣字，借小説郭翰傳云：天衣本非針線爲耳。行在諸軍闕，言軍士稀少。來朝大將稀。言藩鎮不朝。吐蕃陷京師，天子幸陝，諸鎮畏程元振、魚朝恩讒構，莫肯奔命。朝廷所恃者，郭子儀一人而已。賢多隱屠釣，王肯載同歸？言賢者避地，隱於屠釣。王能爲文王載呂望事乎？任彥升爲蕭揚州薦士表：隱鱗卜祝，藏器屠保。趙云：公亦微自見意矣。呂望釣於渭川，文王載之以歸，而舉伐紂之兵。若屠事，則如朱亥殺晉鄙而奪兵符者。大意言屠釣中有人，亦不必泥事實也。

右三

【校勘記】

〔一〕「拯」，文淵閣本作「極」，訛。

〔二〕「王」，文淵閣本、文津閣本作「上」，訛。

再有朝廷亂，難知消息真。近聞一作傳。王在洛，復道使歸一作通。秦。謂傳者不一也。趙云：詳此篇尤見車駕出幸東都，傳之未審也。奪馬悲公主，登車泣貴嬪。蕭關迷北上，漢武帝北出蕭關。滄海欲東巡。秦始皇帝東巡海上，銘石勒功 敢料安危體，猶多老大臣。趙云：上兩句亦所傳聞，以爲車駕或議北上蕭關，或欲東巡滄海，兩皆迷惑而不定也。如此，則敢料安危體乎？朝廷尚有老臣可與議也。豈一作得。無嵇紹血，霑灑屬車塵。晉書忠義傳：嵇紹以天子蒙塵，承詔詣行在所。值王師敗績於蕩陰，百官及侍衛莫不散潰，唯紹儼然端冕，以身捍衛，兵交御輦，飛箭雨集，紹遂被害於帝側，血灑御服。天子深哀歎之。及事定，左右欲浣衣，帝曰：此嵇侍中血，不可去也。司馬相如諫獵書：犯屬車之清塵。

右四

聞説初東幸，孤兒却走多。宣帝紀注：取從軍死事者之子養羽林官教以五兵（一），號曰羽林孤兒。少壯者令從軍。趙云：此篇聞官軍逃亡之詩。却走，則退却而走也。難分太倉粟，漢太倉之粟，紅腐而不可食。競棄魯陽戈。魯陽公與韓戰酣，日暮，援戈麾之，日爲之反三舍。趙云：言其既走，則雖有太倉之粟，難與之也。戈以麾戰而反棄之，亦可痛矣。胡虜登前殿，吐蕃陷京師也。王公出御河。出奔也。得無一作忍爲。中夜舞，宜憶大風歌。趙云：晉祖逖與司空劉琨雄豪著名，同辟司州主簿，情好綢繆。共被而寢，中夜聞雞起舞，曰：此非惡聲。每語世事，或中宵起坐，相謂曰：若四海鼎沸，豪傑並起，吾與足下相避中原爾。漢高祖大風歌曰：大風起兮雲飛揚，安得猛士兮守四方。言誰復憶省大風歌中有思猛士之語乎？春色生烽燧，見悲青坂詩注。幽人泣薜蘿。言賢者泣於草野爾。趙云：幽人，公自謂也。方春之時，而惟有烽燧，此薜蘿之中，幽人無如之何，所以但泣而已。君臣重脩德，猶足見時和。巴閬僻遠，傷春罷始知春前已收宮闕。趙云：末句尤見公之經濟矣。

右五

【校勘記】

〔一〕「官」，原作「宮」，訛，據漢書卷十九百官公卿表改。

暮春題瀼西新賃草屋五首

久嗟三峽客，再與暮春期。趙云：樂史寰宇記：渝州有三峽之名，曰西峽、巴峽、巫峽。明月峽在夔州之西，即西峽矣。公客于夔，故云。百舌欲無語，繁花能幾時？趙云：反舌無聲，在芒種後十日。今謂之欲無語，則暮春之時也。谷虛雲氣薄，波亂日華遲。戰伐何由定，哀傷不在茲。趙云：戰伐未定，乃公之深所哀傷者，其爲時當暮春而在僻遠之草屋乎？茲者，指言草屋。語：文不在茲乎？

右一

此邦千樹橘，不見比封君。趙云：千株之橘，不見從來道可以比封君乎？前漢食貨志云：蜀漢江陵千樹橘，其人皆與千户侯等。言夔之多橘也。李衡種甘橘千樹，號千頭木奴。養拙干戈際，全生麋鹿群。畏人江北草，旅食瀼西雲。言其客路萍跡無定計也。趙云：古詩：客子常畏人。魏文帝云：旅食南館。畏人在於江北之草間，旅食在於瀼西之雲裏。此公之自歎也。萬里巴渝曲，三年實飽聞。前漢禮樂志：巴渝鼓員三十六人。注云：巴渝之樂，因此始也。趙云：巴，即今之巴州；渝，即今之恭州。漢高祖得巴渝之人，與之定三秦。其後有巴渝之樂。公自永泰元年八月至雲安縣，今大曆二年，爲三年也。

右二

綵雲陰復白，錦樹曉來青。趙云：錦樹曉來青，言前日因花發如錦，今此春暮，密葉已穠，故青也。身世雙蓬鬢，乾坤一草亭。趙云：上句言身已老，雙鬢如蓬矣。下句言天地之間，有此瀼西一草亭也。非以爲喻。哀歌時自短，醉舞爲誰醒？趙云：言歌不終其曼聲，而忽然短住。緣古詩有長歌行、短歌行故也。細雨荷鋤立，陶潛詩曰：晨興理荒穢，帶月荷鋤歸。江猿吟翠屏。天台山賦：橫壁立之翠屏〔一〕。長門賦：玄猿嘯而長吟。

右三

【校勘記】

〔一〕「橫」，文選卷十一、全晉文卷六十一孫綽遊天台山賦作「搏」。

壯年學書劍，項籍少時學書不成，去學劍。他日委泥沙。公自嘆其流落，言不用於時爾。事主非無祿，浮生即有涯。莊子：吾生也有涯。高齋依藥餌，絶域改春華。謝玄暉有高齋詩。李陵奉使絶域。春華，春之光華也。喪亂丹心破，丹心，赤心也。王臣未一家。詩：率土之濱，莫非王臣。未一家，言未混一也。禮記：聖人以天下爲一家也。

右四

欲陳濟世策，已老尚書郎。趙云：晉石苞傳：景帝曰：貞廉之士，未必能經濟世務〔一〕。公官是尚書工部員外郎，故云。已老尚書郎，木蘭歌云：木蘭不用尚書郎。不息豺虎鬭，空慙鴛鷺行。趙云：豺虎，以言盜賊。張載詩云：盜賊如豺虎〔二〕。公曾任左拾遺，籍占朝列，故云鴛鷺行。古詩云：廁迹鴛鷺行。時危人事急，風逆羽毛傷。趙云：時危人事急，又暗結不息豺虎鬭之句；風逆羽毛傷，又暗結鴛鷺行之句。上句言理，下句比興也。落日悲江漢，中宵淚滿牀。趙云：或曰：禹貢：荆及衡陽惟荆州，江漢朝宗于海。孔氏云：二水經此州而入海。公詩於夔州，每言江漢，則亦以其切近荆楚矣。

右五

【校勘記】

〔一〕「景帝曰」三句，「景帝」原作「宣帝」，考「貞廉之士」二句，晉書卷三十三石苞傳作景帝語，當是誤置，據改。

〔二〕「張載詩云」二句，「張載」原作「王粲」，當是誤置，參本集卷二十七愁校勘記〔一〕改。

承聞河北諸道節度入朝歡喜口號絶句十二首

趙云：自程元振用事，來瑱、李懷讓以上將誅斥，裴冕、李光弼以元勳被譖，方帥由是攜解。吐蕃入寇，詔集天下兵，無一士奔命者。今聞諸道節度入朝，歡喜可知也。

禄山作逆降天誅，更有思明亦已無。洶洶人寰猶不定，時時戰鬪欲何須。趙云：禄山、思明，蓋追言之也。安禄山父子僭位凡三年，而滅在乾元二年也。史思明父子僭位四年，而滅在廣德元年也。是歲七月，吐蕃入寇，故有下句。

右一

社稷蒼生計必安，蠻夷雜種錯相干。漢書：羌胡雜種，種類不一也。周宣漢武今王是，言除去暴亂，如孝武恢復帝業，如周宣也。孝子忠臣後代看。趙云：此篇望諸節度之忠孝也。錯相干字，衛玠云：非意相干，可以理遣。

右二

喧喧道路多歌一作好童。謡，河北將軍盡入朝。始是乾坤王室正，却交江漢客魂銷。趙云：公因喜諸節度入朝，而傷其流落。未有還闕朝王之期。魂銷，則所以重嘆也。舊注云：亦望朝廷徵用，豈公本意哉！

右三

不一作北。道諸公無表來，茫然庶事遣人猜。擁兵相學干戈鋭，使者徒勞百萬迴。吐蕃之亂，諸道節度無一救援者。朝廷遣使敦諭，竟不至。趙云：諸節度雖亦通表於朝，然不肯入覲，此爲可猜也。公爲詩探其心意，且爲寬法以待之，春秋之義也。

右四

鳴玉鏘金盡正臣，西征賦：飛翠緌，拖鳴玉。以出入禁門者衆矣。修文偃武不無人。書：乃偃武修文。興王會静妖氛氣，聖壽宜過一萬春。趙云：鳴玉鏘金，言諸節度之貴。稱爲正臣，則公待之以忠義，喜其入朝也。劉向云：正臣進者，治之表。國語：興王賞諫臣。陳徐陵移齊文有翦妖氛，空巢穴之語〔一〕。

右五

【校勘記】

〔一〕「空巢穴」，全陳文卷十徐陵移齊文作「未窮巢窟」。

英雄見事若通神，聖哲爲心小一身。言不役天下以奉一人也。燕趙休矜出佳麗，古詩：燕趙多佳人，美者顏如玉。宮闈不擬選才人。趙云：喜河北諸節度入朝，却防其媚悦而獻佳麗〔一〕，故預以爲戒。才人，宮中之爵號。唐制，才人正二千石〔二〕。

右六

【校勘記】

〔一〕「獻佳麗」，「獻」字下文瀾閣本、清刻本、排印本有「其」字；又，「佳麗」文淵閣本、文津閣本作「其佳」。

〔二〕詩尾有匿名批識，曰：「歐公禁中春帖云：御輦經年不遊幸，上林花好莫爭開，正是此意」，諸校本無。

抱病江天白首郎，馮唐白首尚爲郎。趙云：公晚年爲尚書員外郎，所謂白首郎也。空山樓閣暮春光。趙云：空山樓閣，指白帝城。城上有白帝樓也。

衣冠是日朝天子，草奏何人入帝鄉！趙云：草奏之語，公有所激爾。

右七

澶漫山東一百州，趙云：山東，今日之河北也，唐謂之山東。古云山東出相，山西出將，則以太行山爲言耳。削成如桉抱青丘。削，平也。顔延年充使詩：入河起陽峡，踐華因削成。又西山經曰：太華之山，削成而四方。相如子虚賦：秋田乎青丘。苞茅重入歸關内，王祭還供盡海頭。趙云：左傳：齊桓公問罪楚國曰〔一〕：汝貢苞茅不入，王祭不供，無以縮酒。言諸道皆入貢也。

右八

【校勘記】

〔一〕「齊桓公」，原作「齊威公」，係避宋諱，此改。

東逾遼水北滹沱，趙云：遼水在今營平長城之外，在漢曰玄菟郡。按後漢郡國志玄菟郡：高勾驪，遼山，遼水所出。注引山海經曰：遼水出白平山。以地圖觀之，是爲中國之極。東逾遼水，則又自營平而往矣。後漢光武紀：至滹沱河無船，遇冰合，得過。注：山海經云：大戲之山，滹沱之水出焉。今在代州繁時縣，是爲河北之北。今云北滹沱，則極燕趙之地廣而言之也。舊本作呼沱。師民瞻本作滹沱，是。

星象風雲喜共和。紫氣關臨天地闊，趙云：指言函谷關也。周時尹喜爲關吏，望其上有紫氣，云當有聖人入關，而老子來。今公借言紫氣臨關而天地闊遠，以見天下混一也。黄金臺貯俊賢多。燕昭王置千金於臺上，以延天下之士，故稱爲黄金臺。趙云：臺在燕地，昭王所築，以禮郭隗而繼得樂毅也。幽燕既平，盡屬王化，其黄金臺上賢俊復集也。

右九

漁陽突騎邯鄲兒，見十一卷漁陽詩注。漁陽突騎、邯鄲遊俠，其豪俊勇決，古有名稱。趙云：漁陽，燕州也。漁陽突騎四字，則漢光武克邯鄲，置酒高會，從容謂馬武曰：吾得漁陽、上谷突騎，欲令將軍將之。蔡邕曰：冀州强弩，幽州突騎，天下之精也。邯鄲，趙州也。邯鄲兒，則如幽並兒之類爾〔一〕。酒酣並轡金鞭垂。高祖過沛，留置酒，酒酣。意氣即歸雙闕舞，雙闕，即帝闕也。雄豪復遣五陵知。五陵，漢之五陵，亦豪俠所聚之地。趙云：西都賦：南望杜霸，北眺五陵。注：漢：所葬之七陵。據賦分作兩句，言陵之在北者曰五陵〔二〕。謂燕、趙雄豪所以歸向帝闕之意，皆爲王臣也。

右十

【校勘記】

〔一〕「則」，文淵閣本、文津閣本作「見」，訛。

〔二〕「北」，先後解輯校戊帙卷二此詩引趙次公原注〔一〕作「此」。

李相將軍擁薊門，趙云：李相，則節度使之稱相公者。將軍，則節度使之稱將軍者。擁薊門，乃河北諸道節度矣。白頭惟有赤心存。趙云：舊本作白頭雖老赤心存。師民瞻本作白頭惟有赤心存。公自謂也〔一〕。竟能盡説諸侯入，知有從來天子尊。趙云：畢竟能盡喜悦諸侯之入朝者，蓋天子從來有至尊之勢也。

右十一

【校勘記】

〔一〕「趙云舊本作白頭雖老」二句，「趙云」二字原奪，檢百家注卷二十四、分門集注卷十五此詩之舊注無此三句，而先後解輯校戊帙卷二此詩引趙次公原注有此三句，當是漏標「趙云」注者，據補訂。

十二年來多戰場，趙云：天寶十四載安禄山反，接之以史思明，又接之以吐蕃，至今歲大曆二年春，凡十二年矣。至今春兵息。天威已息陣堂堂。左傳：天威不違顔咫尺。孫子云：堂堂之陣。神靈漢代中興主，功業汾陽異姓王。

右十二

得舍弟觀書自中都已達江陵今茲暮春月末行李合到夔州悲喜相兼團圓可待賦詩即事情見乎詞

爾到江陵府，何時到峽州？亂離生有別，聚集病應瘳。趙云：生有別，則楚詞云：悲莫悲於生別離。書：若藥不瞑眩，厥疾弗瘳。颯颯開啼眼，朝朝上水樓。老身須付托，白骨更何憂。

喜觀即到復題短篇二首

巫峽千山暗，終南萬里春。終南，山名，在長安。言去家萬里也。病中吾見弟，書到汝爲人。始爲亂離所隔，莫知其生死。及書到，方知弟尚存也。意答兒童問，來經戰伐新。或云戰伐塵，謂其自戰伐風塵中來，兒童見之，必喜而勞問也。泊船悲喜後，款款話一作謀。歸秦。

右一

待爾嗔烏鵲，拋書示鶺鴒。趙云：西京雜記曰：乾鵲噪而行人至。言待其弟來，怒烏鵲之不實也。詩云：脊令在原，兄弟急難。枝間喜不去，原上急曾經。趙云：上句以成嗔烏鵲之句。嗔之者何？以其喜不去，恐徒成妄也。下句以成拋書示弟之句。示之者何？以其急難之曾經也。江閣嫌津柳，嫌其隔望眼也。風帆數驛亭。數其期程也。應論十年事，撚絶始星星。趙云：舊本作然絶〔一〕，一作撚絶，當以撚絶爲正。星星，言鬚之白。南史韻語詩：鉛膏染髭鬢〔二〕，欲以媚側室。青青不解久，星星行復出。

右二

【校勘記】

〔一〕「作」，文淵閣本、文津閣本、文瀾閣本、清刻本、排印本無。

〔二〕「鉛膏染髭鬢」，宋書卷六十七、南史卷十九謝靈運傳作「陸展染白髮」。

喜聞賊盜蕃寇總退口號五首

蕭關隴水入官軍，趙云：蕭關，在靈州之傍。隴水，則隴州之水。入官軍，則吐蕃退而官軍盡入其居矣。青海黃河卷塞雲。青海，在西，吐蕃之地。

黄河，則白積石而往。卷塞雲，則無復戰陣而邊塞之雲卷散矣。餘見「君不見青海頭」注。**北極轉愁龍虎氣，西戎休縱犬羊群。**上句，漢高祖紀：范增説項羽曰：吾使人望漢王氣，其上皆爲龍虎五色。趙云：北極，指言帝座。犬羊群，舊注云：以畜待夷狄耳。晉陶侃傳曰：賊尋犬羊相結，並力來攻。是也。

右一

贊普多教使入秦，贊普，吐蕃主帥〔一〕。**數通和好止煙塵。**按新史傳：至德三載，吐蕃使使來請討賊，且修好，肅宗遣使報聘。**朝廷忽用哥舒將，殺伐虚悲公主親。**趙云：此篇四句通一段事。開元二十八年，吐蕃金城公主薨，遣使來告。因請和，而明皇不許。後二年，帝以哥舒翰節度隴右。翰攻拔石堡，更號神武軍，又擒其相，又破洪濟。翰雖有功，而結吐蕃之怨深矣。其後禄山之亂，邊候空虚，故吐蕃得乘隙暴掠。則公之意，不美朝廷之用翰以招殺伐矣。是則國家虚悲公主之死而已。

右二

【校勘記】

〔一〕「帥」，文淵閣本、文津閣本作「師」，訛。

崆峒西極過崑崙，趙云：崆峒，在西郡之西，而崑崙又在崆峒西極之西。今公此句，詩人廣大其言，謂其從化之地遠也。**駝馬由來擁國門。**

逆氣數年吹路斷，蕃人聞道漸星奔。趙云：劉越石答盧諶四言詩云：裹糧攜弱，匍匐星奔。又劉孝標廣絶交論云：靡不望影星奔。

右三

勃律天西采玉河，堅昆碧盌最來多。趙云：勃律、堅昆，皆西羌國名。勃律，天之西，乃采玉河所在，應是于闐國也。碧盌出堅昆國。杜補遺云：晉平居誨爲張匡鄴使于闐判官〔一〕，作行程記云：玉河在于闐城〔二〕，其源出崑山，西流千餘里，至于闐界乃流爲三河：白玉河、緑玉河、烏玉河。五六月大水暴漲，則玉隨流而至。秋水退，乃可采。薛夢符引唐書：于闐國距京師九千七百里。有玉河，國人夜視月光盛處，必得美玉。堅昆國在唐爲黠戛斯，匈奴西鄙也。地當伊吾之西，焉耆北，白山之旁。舊隨漢使千堆寶，少答胡王萬匹羅。趙云：舊日以千堆寶隨漢使入貢，而中國所答者，特萬匹羅爾。夫以蠻夷入貢之多，而中國賜遺之不費，自非服化從義而然乎！

右四

【校勘記】

〔一〕「晉平居誨爲張匡鄴」句，「匡」字原奪，據新五代史卷七十四四夷附録補訂。「平」，新五代史卷七十四四夷附録作「高」，誤。

〔二〕「玉」，原作「王」，據文淵閣本、文津閣本、文瀾閣本、清刻本、排印本改。

今春喜氣滿乾坤，南北東西拱至尊。大曆二年調玉燭，玄元皇帝聖雲孫。爾雅：四氣和，謂之玉燭。疏云：四時和氣，温潤明照，故曰玉燭。李巡云：人君德美如玉而明若燭。是知人君德輝動于内，和氣應於外。統而言之謂之玉燭。爾雅親：孫之子爲曾孫，曾孫之子爲玄孫，玄孫之子爲來孫，來孫之子爲晜孫，晜孫之子爲仍孫，仍孫之子爲雲孫。注：言輕遠如浮雲，七世孫也。唐以老子爲聖祖，封玄元皇帝，故曰聖雲孫。

右五

即事

暮春三月巫峽長，語云：暮春者，春服既成。盛弘之荆州古歌云：巴東三峽巫峽長，猨鳴三聲淚沾裳。晶晶行雲浮一作無。日光。陶淵明詩：晶晶川上平。雷聲忽送千峰雨，花氣渾如百和香。趙云：莊子：淵嘿而雷聲。梁孝元帝經巴陵詩：柳條常拂岸，花氣盡薰舟。神仙傳曰：淮南王爲八公張錦繡之帳，燔百和之香。又古詩：博山爐中百和香，鬱金蘇合與都梁。黃鸝過水翻迴去，燕子銜泥濕不妨。飛閣卷簾圖畫裏，虛無只少對瀟湘。趙云：雖眼前之山水如圖畫(一)，而虛無空闊，只欠瀟湘相對也。上林賦：乘虛無，與神俱。

【校勘記】

〔一〕「圖畫」，文淵閣本、文津閣本作「畫圖」。

見螢火

巫山秋夜螢火飛，簾疎巧入坐人衣。趙云：簾之疎闊，螢火入於坐客之衣也。公詩又有時能點客衣之句。忽驚屋裏琴書冷，復亂簷邊星宿稀〔一〕。却繞井欄添箇箇，偶經花蘂弄輝輝。滄江白髮愁看汝，來歲如今歸未歸。

【校勘記】

〔一〕「邊」，清刻本、排印本作「前」。

送十五弟侍御使蜀

喜弟文章進，添余別興牽。趙云：南史：丘靈鞠在沈深坐，見王儉詩。深曰：王令文章大進。曰：何如我未進時。數盃巫峽酒，百丈内江船。水自渝上合者，謂之内江。自渝由戎、瀘上蜀者，謂之外江。趙云：上水乃使百丈，然今云内江船，豈非使東蜀乎。未息豺狼鬭，言戰爭也。空催犬馬年。以自稱其年，故從卑賤。晉陶侃臨終上表曰：臣猶謂犬馬之齒，尚可少延。歸朝多便道，搏擊望秋天。便道，間道也。前漢趙充國傳曰：將軍引兵便道西並進，使虜聞東北方兵並來。杜田云：舊唐史：桓彦範爲中丞，舉揚嶠爲御史。嶠不樂搏擊之任。彦範曰：爲官擇人，豈待情願！遂引爲右臺御史。是詩送侍御弟使蜀，故云。

暮春

卧病擁塞在峽中，瀟湘洞庭虚映空。趙云：言瀟湘洞庭之景虚映空，而我病卧峽中不得往觀也。梁簡文詩：春色映空來。楚天不斷四時雨，古詩：地近漏天經歲雨。巫峽長吹千里風。巫峽多風。趙云：陳陰鏗晚泊五洲詩：遥然一柱觀，欲輕千里風。沙上草閣柳新闇，城邊野池蓮欲紅。暮春鴛鷺立洲渚，挾子翻飛還一叢。趙云：韻書曰：叢，聚也。一叢，則鴛鷺與子，爲一聚爾。

晴二首

久雨巫山暗，新晴錦繡紋。江山晴明，風物鮮麗，若錦繡也。碧知湖外草，趙云：洞庭湖之外，遂連青草湖也。選云：春草碧色，春水綠波。紅見海東雲。趙云：言日出之處紅雲也。兩句以言峽中之晴，不亦開廣乎？竟日鶯相和，摩霄鶴數群。淮南子曰：鳴鵠背負蒼天〔一〕，膺摩赤霄。此摘用之也。野花乾更落，風處急紛紛。

右一

【校勘記】

〔一〕「鳴」，文津閣本作「鶴」，淮南子卷十八人間訓作「鴻」。

啼鳥争引子，鳴鶴不歸林。趙云：有鳥夜啼曲。易曰：鳴鶴在陰。下食遭泥去，高飛恨久陰。趙云：上句言鳥，下句言鶴。漢高祖紀：鴻鵠高飛，一舉千里。雨聲衝塞盡，日氣射江深。回首周南客，驅馳魏闕心。趙云：太史公曰：余留滯周南，不得從郊祀之事。公自言留滯，如太史公之在周南也。莊子：身在江湖之上，心馳魏闕之下。薛云：文選謝靈運詩：仲連輕齊組，子牟眷魏闕。蓋天子之門，而闕謂之象魏。

右二

雨

始賀天休雨，還嗟地出雷。易曰：雷出地奮豫。驟看浮一作巫。峽過，密作渡江來。趙云：浮峽對渡江。作巫峽字，非。牛馬行無色，蛟龍鬭不開。莊子：秋水時至，不辨牛馬。干戈盛陰氣，未必自陽臺。月令：陰氣太勝〔一〕，戎兵乃來。蓋言因陰氣盛而多雨，非自陽臺而來也。趙云：惟是峽中詩用陽臺爲當體。神女曰：妾在巫山之陽，高丘之阻，旦爲行雲，暮爲行雨。朝朝暮暮，陽臺之下。又稽神異苑載：述征記曰：蕭總遇洛神女，後逢雨，認得香氣，曰：此雲雨從巫山來。

【校勘記】

〔一〕「太勝」，文淵閣本、清刻本、排印本作「太盛」；又，文津閣本、文瀾閣本「太」字奪、「勝」作「盛」。

月三首

斷續巫山雨，天河此夜新。天河，銀漢也。廣雅云：天河謂之天漢。若無青嶂月，愁殺白頭人。趙云：古樂府有愁殺人之句。魍魎移深樹，月明則魍魎遁逃也。左傳：入山，不逢不若。魑魅魍魎。蝦蟆動半輪。趙云：蝦蟆、白兔，皆月中之物。故園當北斗，直指照西秦。北斗，辰極也。趙云：一說長安城有南斗、北斗之像；一云長安上直北斗。廣雅云：北斗樞爲雍州。故公又有詩曰：北斗故臨秦。

右一

併照巫山出，新窺楚水清。趙云：併照字，當作併點。舊本照字淺近，著一點字可謂新奇也。羈栖愁裏見，二十四迴明。趙云：此又公不拘數對數之格。羈栖之愁，對二十有四，其勢暗敵。指見在夔歷望夜凡二十四迴也。必驗升沈體，如知進退情。謂不違弦望也〔一〕。趙云：月初出曰升，既落曰沈。升則進之道，沈則退之理也。不違銀漢落，亦伴玉繩橫。鮑明遠：夜移衡漢落。謝朓：玉繩低建章〔二〕。趙云：河漢落，則月將落矣。玉繩，星名。凡夜深，則玉繩低也。言月隨銀漢而落，伴玉繩而低，乃望夜之月也。杜補遺云：河圖括地象曰：河精上爲天漢。抱朴子曰：河漢者，天之水也。隨天而轉入地下過，故公言落。

右二

【校勘記】

〔一〕「違」，文淵閣本、文津閣本、文瀾閣本、清刻本、排印本作「遠」，訛。

〔二〕「謝脁」，原作「謝靈運」，檢下句「玉繩低建章」，謝靈運詩無此句，考文選卷二十六、齊詩卷三謝脁暫使下都夜發新林至京邑贈西府同僚有此句，當是誤置，據改。

萬里瞿唐峽，一作月。趙云：指言夔州也。春來六上弦。時時開暗室，君子不欺闇室。故故滿青天。若披雲霧而覩青天。爽合風襟靜，高當淚臉懸。趙云：公以羈旅在外，傷時感舊也。宋玉風賦：披襟當之。南飛有烏鵲，曹孟德詩：月明星稀，烏鵲南飛。遶樹三匝，何枝可依。夜久落江邊。

右三

園

仲夏流多水，清晨向小園。碧溪搖艇闊，朱果爛枝繁。趙云：碧溪搖艇闊，以成仲夏流多水之句；朱果爛枝繁，以成清晨向小園之句。始爲江山靜，終防市井喧。畦蔬繞茅屋，自足媚盤飧。趙云：媚者，宜也。詩：媚于天子。又梁沈約悲哉行曰：旅遊媚年春，年春媚遊人。左傳：盤飧寘璧。

歸

束帶還騎馬，東西却渡船。林中才有地，峽外絶無天。夔州居山水間，在峽中，故號爲稍平，然狹隘多石。盧仝詩：低頭雖有地，仰面輒無天。虚白高人静，喧卑俗累牽。莊子云：虚室生白。注：人人能虚心遊世，則純白備於内。鮑明遠舞鶴賦：歸人寰之喧卑。他鄉悦遲暮，不敢廢詩篇。

諸葛廟

久遊巴子國，今夔州，古巴子國。屢入武侯祠。竹日斜虚寢，溪風滿薄帷。阮嗣宗詠懷云：薄帷鑒明月。君臣當共濟，賢聖亦同時。翊戴歸先主，并吞更出師。亮出師表云：有并吞中國之志。蟲蛇穿畫壁，巫覡醉蛛絲。薛云：國語：楚觀射父曰：民之精爽不貳，齊肅衷正，則神或降之，在男曰覡，在女曰巫。此言廟弊，巫覡醉於蛛絲中也。趙云：合用巫覡字，則張衡東京賦云巫覡操茢也。欸一作欸。憶吟梁父，躬耕也未遲。亮耕南陽，作梁父吟。也未遲，一作起未遲。趙云：末句公感孔明梁父吟事，方切思歸耕而起耳。舊本作也未遲，非。蓋却成方欲躬耕也。

豎子至

樝梨纔一作且。綴碧，梅杏半傳黄。趙云：言幽園之果，一則纔綴碧，一則半傳黄，未可摘也。小子幽園至，輕籠熟棕香。山風猶滿把，野露及新嘗。記：天子嘗新。欲寄江湖客，提攜日月長。趙云：言豎子所摘來之熟棕，正欲寄遠，而恨道路之長，費時日也。古詩云：涉江采芙蓉，蘭澤多芳草。采之欲遺誰，所思在遠道。公蓋取此意也。

舍弟觀歸藍田迎新婦示兩篇

汝去迎妻子，高秋念却迴。即今螢已亂，好與雁同來。趙云：螢已亂，當是三四月間。雁同來，所以結高秋念却回之語。東望西江永，趙云：舊本作西江水，師本作西江永。蓋永字方與下句開字相對。西江者，楚人指蜀江之名。莊子：激西江之水。疏云：蜀江從西來，故謂之西江。公欲泛舟南下，今在夔，爲楚之上游，則西江之盡處在其東，故東望其永。詩云：江之永矣，不可方思。南遊北户開。趙云：既成南遊，則北户之開矣。吴都賦云：開北户以向日。卜居期静處，會有故人杯。趙云：既至彼，則卜居必期幽静之處，當有故人相訪共飲也。屈原有卜居篇。南史有云：性好静處。謝朓離夜詩：山川不可夢，況乃故人杯。

右一

楚塞難爲别，一作路。藍田莫滯留。趙云：公客寓楚塞，兄弟之情，難乎其爲别也。舊本作難爲路，無意義。既知離别之難，故祝以無滯留而即迴爾〔一〕。衣裳判協平聲。白露，鞍馬信清秋。趙云：白露降，則秋時矣。滿峽重江水，開帆八月舟。此時同一醉，應在仲宣樓。趙云：王粲字仲宣，劉表時在荆州，因登樓而作賦。其後因指荆州樓爲仲宣樓，則梁元帝詩：夕返仲宣樓。蓋約其弟迴時，相會荆州也。

右二

【校勘記】

〔一〕「爾」，文淵閣本、文津閣本作「耳」。

季夏送鄉弟韶陪黄門從叔朝謁

令弟尚爲蒼水使，名家莫出杜陵人。杜陵有南北杜，最爲名家。趙云：吴越春秋：禹登衡岳，血白馬以祭。夢見赤繡衣男子，稱玄夷蒼水使者，曰：聞帝使文命于斯，故來候之。一本自注云：韶比兼開江使，通成都外江下峽舟檝。比來相國兼安蜀，歸赴朝廷已入秦。杜鴻漸以相國入蜀，平崔旰之亂，尋表旰爲節度使還朝。捨舟策馬論兵地，拖玉腰金報主身。潘安仁西征賦：拖鳴玉，以出入禁門者衆矣。腰金，横金帶。趙云：上句言二人同行，可以論兵矣。下句專言叔父黄門也。莫度清秋吟蟋蟀，早聞黄閤一作閣。畫麒麟。潘安仁爲黄門作秋興賦云：蟋蟀鳴乎軒屏。下句見扈聖登黄閤[一]，又見今代麒麟閣注。趙云：蟋蟀字，見毛詩。而阮籍詠懷詩云：開秋兆涼氣，蟋蟀鳴牀帷。感物懷殷憂，悄悄令心悲。此爲吟蟋蟀也。按鄭玄注禮記：三公之與天子禮秩相亞，故黄其閤以示謙[二]，不敢斥天子。宜是漢舊制也。漢武帝畫功臣於麒麟閣上。

【校勘記】

〔一〕「閤」，文淵閣本、文津閣本作「閣」。

〔二〕「閤」，文淵閣本、文津閣本作「閣」。

熱三首

雷霆空霹靂，雲雨竟虛無。趙云：雷霆、霹靂字，如穀梁傳云：陰陽相薄，感而爲雷，激而爲霆。又何休公羊注云：雷疾甚爲震。而五經通義云：震與霆皆霹靂也。虛無字，上林賦：乘虛無，與神俱。其後文賦云：課虛無以責有也。炎赫衣流汗，低垂氣不蘇。乞爲寒水玉，願作冷秋菰。趙云：寒水玉、冷秋菰，非有定名也，蓋言寒水中之玉，冷秋時之菰爾。句法蓋庾信和樂儀同苦熱云：思爲鸞翼扇，願借明光宫也。何似兒童歲，風涼出舞雩。趙云：魏志：賈逵自爲兒童戲弄，常設部伍。舞雩事，則論語云：冠者五六人，童子六七人，浴乎沂，風乎舞雩，詠而歸。

右一

瘴雲終不滅，瀘水復西來。瀘水在夔之上流。諸葛亮云：五月渡瀘。蓋大渡河水從南荒炎瘴中流出故也。閉户人高卧，孫敬閉户讀書。諸葛亮高卧南陽。歸林鳥却迴。趙云：人閉户而高卧，鳥不安而又飛，其熱亦甚矣。峽中都似火，江上只空雷。想見陰宫雪，風門颯踏開。孟子：齊宣王見孟子於雪宫。故使陰宫雪也。

右二

朱李沈不冷，雕胡炊屢新。魏文帝書：浮甘瓜於清泉，浸朱李於寒水。沈休文：長袂屢以拂，雕胡方自炊。將衰骨盡痛，被暍一作褐。味空頻。趙云：暍音於歇切，傷暑也，故禹扇暍，武王亦扇暍。今方被暍而有沈水之朱李，新炊之彫胡，其味空頻，不能食也。舊本作被褐，無義。歘許律切。翕炎蒸景，飄飖征戍人。趙云：欻翕，義即欻吸也。字則江文通擬王微詩云：欻吸鵾雞悲。又謝朓高松賦云：卷風飇之欻吸〔一〕。十年可解甲，爲爾一霑巾。

右三

【校勘記】

〔一〕「欻吸」，全齊文卷二十三謝朓高松賦奉竟陵王教作作「吸欻」。

返照

楚王宫北正黄昏，白帝城西過雨痕。返照入江翻石壁，歸雲擁樹失山村。趙云：返照字，梁元帝纂要云：光返照於東，謂之返景。公詩又曰孤城返照紅將斂。歸雲字，則如陸士衡：歸雲難寄音。失字，范雲詩霧失交河城也〔一〕。衰年肺病唯高枕，絶塞愁時早閉門。不可久留豺虎亂，南方實有未招魂。趙云：宋玉作招魂篇云：魂兮歸來！南方不可以止些。公自言也。客於南楚，魂魄飛越，實爲未招也。

【校勘記】

〔一〕「范雲」，原作「鮑照」，檢下句「霧失交河城」，鮑照詩無此句，考文選卷三十一、梁詩卷二范雲效古詩有此句，當是誤置，據改。

示獠奴阿段

山木蒼蒼落日曛，竹竿裊裊細泉分。以竹引泉也。郡人入夜争餘瀝，豎子尋源獨不聞。趙云：詳味此詩，意水源在遠，以筒引水而使郡人分取之。其水咽塞，或滲漏而不通快，故郡人止争餘瀝耳。惟阿段者，獨能尋源修筒水而至焉。病渴三更迴白首，趙云：公病渴，賴此水爲多也。傳聲一注濕青雲。趙云：修筒之後，水來之聲自傳聞矣。濕青雲，言水筒之源流高遠也。曾驚陶侃胡奴異，怪爾常穿虎豹群。此詩全篇皆引泉事。薛夢符云：晉書陶侃傳：媵妾數十，家僮千餘。世説王脩齡曰：修齡若飢，自當問謝仁祖索食，不須陶胡奴米船〔一〕。注：胡奴，陶範小字。侃別傳曰：範，侃弟十子也〔二〕。師云：陶侃有十七子，見本傳者止九人。惟袁宏傳載：胡奴於密室抽刀逼宏，以宏作東征賦，皆載過江諸公名德，而不及侃。宏窘急，遂口占六句答之，胡奴乃止。亦不見穿虎豹群事。胡奴名，惟見於此。趙云：薛夢符既引胡奴，陶範小字，可以見胡奴，乃侃之子也。而於阿段似無相干。余逆其意，陶侃奴僕之多，其子胡奴必有所稱異之者，如今日阿段能穿虎豹群以尋水源。其在陶侃家僮之中，亦必有可異者矣。意似如此，而事未顯見，以俟博聞。

【校勘記】

〔一〕「船」，世説新語箋疏方正第五十二條無。

〔二〕「弟」，文淵閣本、文津閣本、文瀾閣本、清刻本、排印本作「第」。案，「弟」通「第」。

簡吳郎司法

有客乘舸自忠州，遣騎安置瀼西頭。前詩注所謂瀼東、瀼西者。古堂本買藉疎豁，借汝遷居停宴遊。趙云：借吳司法自舟中遷來以居，而我甘心停止宴遊也。雲石熒熒高葉曙，風江颯颯亂帆秋。趙云：腹聯兩句以言瀼西古堂所見之景物也〔一〕。却爲姻婭過逢地，詩：瑣瑣姻婭。按爾雅：婦之父母，婿之父母，相爲姻婭。許坐曾軒數散愁。趙云：吳郎與公爲姻婭之家，既借古堂與之居，乃爲我相過從之地耳，應仍許我坐於層軒，數數散其愁也。

【校勘記】

〔一〕「句」字底本漫滅，據諸校本補。

又呈吳郎

堂前撲棗任西鄰，無食無兒一婦人。前漢王吉傳：東家棗樹垂吉庭中，其妻取棗啖吉。吉知之，乃去婦。東家欲伐樹，吉乃還婦〔一〕。里語曰：東家棗完，去婦復還。趙云：公之樂易，則告吳郎以一任西家之婦取棗也。不爲困窮寧有此？祇緣恐懼轉須親。趙云：言探斯婦之情，蓋困窮所致，又告吳郎當念其恐懼，宜更親之。此兩句，其上句有遺秉、滯穗，資寡婦之利之意。下句則有見竊筍而又擲與之同科。可見公之用心，使其在廟堂，澤及天下可知矣。即防一作知。遠客雖多事，使一作便。插疏籬却甚真。趙云：言雖任鄰婦取棗，然吳郎以遠方而來。謂多事之不可測，亦須謹藩籬以防寇盜，不害爲真爾。已訴徵求貧到骨〔二〕，正思戎馬淚盈巾！趙云：末句，言取棗之鄰婦，已告訴爲徵求所困而貧到骨；下句乃公聞其徵求之語，正思因戎馬所致而淚霑巾也。

【校勘記】

〔一〕「吉」，文淵閣本作「言」，訛。

〔二〕「貧」字底本漫滅，據文淵閣本、文津閣本、文瀾閣本、清刻本、排印本補。

新刊校定集注杜詩卷二十九

近體詩

七月一日題終明府水樓二首

高棟曾軒已自涼，秋風此日灑衣裳。招魂：高堂邃宇，檻層軒。劉公幹詩[一]：涕泣灑衣裳。趙云：春秋緯書：高棟深宇，以避風雨。何遜閨怨詩：曉河没高棟，斜月半空城。齊王儉後園餞從兄詩曰：兹夕復何夕，念别開曾軒。張茂先答何劭詩：穆如灑清風。翛然欲下陰山雪，不去非無漢署香。陰山，匈奴山名，其地四時常有冰雪。又尚書郎，漢置四人，口含雞舌香，以其奏事答對，欲使氣息芬芳爾。趙云：陰山多雪，而夔地七月有類於此耳。莊子：翛然而往，洞然而來也。漢署者，省署也。公爲尚書工部員外郎，其在省，自應有含香之制，但以爲客不能去也。絶壁過雲開錦繡，夔峽路有錦繡巖。疎松夾水奏笙簧。於松言笙簧，即天籟是已。看君宜著王喬履，真賜還疑出尚方〔二〕。終明府，功曹也，兼攝奉節令，故有此句。佇觀奏，即真也。已上自注。後漢：王喬爲葉令，有神術。每月朔，嘗自縣詣臺朝。帝怪其來數而不見車騎，密令太史望之。言其臨至，有雙鳧從東南來，舉羅張之，果得雙舄〔三〕。乃詔尚方診視，則四年中所賜尚書官屬履也。前漢百官公卿表：尚方主作禁器物。師古曰：尚方，少府之屬官也，作供御之器物。

右一

【校勘記】

〔一〕「劉公幹」，文瀾閣本、清刻本、排印本作「劉楨」。案，劉楨，字公幹，漢末詩人，建安七子之一。

〔二〕「疑」，原作「宜」，訛，據文瀾閣本、清刻本、排印本並參二王本杜集卷十五、百家注卷二十二、分門集注卷五以及錢箋卷十六改。

〔三〕「舄」，文淵閣本作「鳥」。

宓子彈琴邑宰日，潘正叔詩：宓生化單父，子奇涖東阿。趙云：呂氏春秋曰：宓子賤治單父，身不下堂，彈琴而治之。終軍棄繻英妙時。終軍年十八選爲博士。初，軍從濟南當詣博士，步入關。關吏與軍繻。軍問以此何爲，吏曰：爲復傳還，當以合符。軍曰：丈夫西遊，不復傳還。棄繻而去。後爲謁者，行郡國，建節東出關。關吏曰：此使者乃前棄繻生也。貼以英妙字，則潘安仁西征賦云：終童山東之英妙，賈生洛陽之少年也。承家節操尚不泯，趙云：以成終軍之句。爲政風流今在茲。趙云：以宓子彈琴宰邑美終明府也。

可憐賓客盡傾蓋，鄒陽傳曰：古語：白頭如新，傾蓋如故。何則？知與不知也。文穎曰：傾蓋，猶交蓋駐車也。趙云：上句言終明府之相見，皆是傾蓋如故之賓也。何處老翁來賦詩。公自謂也。魏文帝曰：已成老翁，但未頭白爾。楚江巫峽半雲雨，用宋玉高唐賦事。趙云：乃實道其事，如公詩又云：楚山不斷四時雨，巫峽長吹千里風。是也。清簟疎簾看奕碁。謝玄暉詩云：珍簟清夏室。江淹賦云：夏簟清兮晝不暮。魏文帝書：彈碁間設，終以博弈〔一〕。

右二

【校勘記】

〔一〕「博弈」，文淵閣本、文津閣本作「博奕」，文瀾閣本、清刻本、排印本作「六博」。

送李八祕書赴杜相公幕

青簾白舫益州來，巫峽秋濤天地迴。趙云：蓋言秋濤之勢，可以回轉天地也。石出倒聽楓葉下，櫓搖皆指菊花開〔二〕。趙云：石出，言灩澦之石也。商人語曰：灩澦如袱，瞿唐莫觸。灩澦如馬，瞿唐莫下。灩澦如鼈，瞿唐舟絶。灩澦如龜，瞿唐莫窺。載樂史寰宇記。石出則行之候也。必以楓葉下，菊花開時爲言，蓋九月之間爾。貪趨相府今晨發，恐失佳期後命催。南極一星朝北斗，五雲多處是三台。晉天文志：北極，最尊之星也。天運無窮，三光迭曜，而辰星不移〔二〕，故語曰：居其所而衆星拱之，人君之象也。五雲，五色雲也。三台：上台、中台、下台也。趙云：南極一星，言李秘書。以其在楚而往。北斗，指言長安，蓋上直北斗而號北斗城也。晉天文志云：三台六星，兩兩而居，三公之位也。在人曰三公，在天曰三台。指言杜相公矣。

【校勘記】

〔一〕「皆」，文瀾閣本、清刻本、排印本作「背」。

〔二〕「辰」，文淵閣本、文津閣本、文瀾閣本、清刻本、排印本作「晨」。

秋日夔府詠懷寄鄭監審李賓客之芳一百韻〔一〕

絶塞烏蠻北，巂州以西有烏、白蠻。孤城白帝邊。公孫述更魚復縣爲白帝城。趙云：上句指言雲安縣也。白帝城，而夔州在其邊。自此兩句至陶冶賴詩篇十二句，公鋪叙以自述。飄零仍百里，消渴已三年。司馬相如有消渴病。趙云：公自中原入蜀，往來東、西蜀間，又自蜀南下，可謂飄零矣。以病久住雲安，又移居于夔，所以謂之飄零仍百里也。謝惠連雪賦有曰：從風飄零。若在人言之，則如庾信枯樹賦有云：山河阻絶，飄零離别。雄劍鳴開匣，雷煥得雙劍于豐城，劍有雌雄。趙云：烈士傳曰：楚王夫人常于夏納凉而抱鐵柱，心有所感，遂懷孕，後産一鐵。楚王命鏌鋣鑄此精爲雙劍〔二〕，三年乃成。劍一雌一雄，詳見上注。雷煥劍事，並無雌雄字〔三〕。群書滿繫船。一云所向皆窮轍，餘生且繫船。漢劉向博極群書，今則書在舟中也。亂離心不展，詩：亂離瘼矣。不展，謂憂心如結也。趙云：選云：意不宣展。又詩云：折麻心莫展。此化而用之也。衰謝日蕭然。名跡消泯也。趙云：周王褒與周弘讓書：年事遒盡，容髮衰謝。晉書：此外蕭然無辨。筋力妻孥問，菁華歲月遷。陶徵士誄云：菁華隱沒，芳流歇絶。注：菁華，猶英華也。禮記云：老者不以筋力爲禮。登臨多物色，陶冶賴詩篇。登高臨遠，多有景物，所以象其變態者，有詩以陶成之爾。陶，如陶者之埏埴；冶，如工冶之鎔鑄。薛云：按梁鍾嶸詩評曰：阮嗣宗詩，其源出於小雅，無雕蟲之工。而詠懷之作，可以陶性靈，發幽思。趙云：宋玉曰：登山臨水。兩字合用，則謝靈運有登臨海嶠詩，故對陶冶。其字則出顏氏家訓之言文章曰：陶冶性靈，從容諷諫。已上十二句是一段。峽束滄江起，巖排石樹圓。拂雲霾楚氣，潮海蹴吳天。趙云：舊本作滄江字，而師民瞻本作蒼江，石樹作古樹，是。自峽束蒼江起，至野店引山泉十六句，所以鋪陳多物色者也。拂雲霾楚氣，所以成古樹圓之句。言樹木拂雲而高，爲楚氣所昏霾之。潮海蹴吳天，所以成蒼江起之句。言江流朝宗于海，其勢若蹴踏吳國之天也。煮井爲鹽速，蜀都賦曰：濱以鹽池。注：鹽池，出巴東北新井縣，水出地如湧泉，可煑以爲鹽。新井在今閬中，而夔亦有鹽泉，今大寧鹽井是也〔四〕。燒畬度地偏。峽土瘠确，暖氣晚達，故民燒地而耕，謂之火耕，亦謂之畬田也。趙云：度音度越之度，言燒畬所至，度過其地之偏處也。有時驚疊嶂，沈休文詩：山嶂遠重疊。任彥升詩：疊嶂易成響。趙云：公於劍門詩曰：意欲剗疊嶂。何處覓平川。峽中絶無平川。趙云：玉臺後集載沈君攸采蓮詩云：平川映曉霞，蓮舟泛浪華。溪鶒雙雙舞〔五〕，獮猴壘壘懸。疊疊，重疊貌。趙云：壘壘，在前人使作平字。如魏文帝善哉行云：還望故鄉，鬱何壘壘。張孟陽七哀詩云：北邙何壘壘，高陵有四五。公今用作上聲。碧蘿長似帶，錦石小如錢。黃牛峽，出錦石，圓如錢，上有五綵花紋〔六〕。趙云：下兩句體物之語。公嘗以藻荇爲翠帶，荷葉爲青錢，乃其義也。此有錦石字，尤見前句石樹爲古樹爾。春草何曾歇，謝靈運詩：芳草亦未歇。寒花亦可憐。張景陽詩：寒花發黄彩。趙云：上句雖倣謝詩，而字則梁元帝藥名詩云：況看春草歇，還見雁南飛。花之可憐，如梁簡文帝春日詩：桃含可憐紫，柳發斷腸青。亦可憐，蓋翻用此意。寒花在秋日，亦爲可憐也。獵人吹戍火，野店引山泉。趙云：火，謂之戍火，則有屯戍在白帝城也〔七〕。獵人至其上故爾。峽民依山而居，故鮮水，常以竹引山泉而飲。已上十六句一段。唤起搔頭急，西京雜記：武帝過李夫人，就取玉簪搔頭。自此後宫人搔頭皆用玉，玉價倍貴。此搔頭乃抓頭耳。趙云：言寢睡之中被人唤起，頭方煩癢，以簪搔之不停手而頗急。而公自注：何遜云：金粟裹搔頭。此自是詠婦人之詩，而公引之，所以表見搔頭字所出。扶行幾屐穿。公自注云：諸阮云：一生能著幾屐。阮孚性好屐，客有詣孚，正見自蠟屐，因自嘆曰：未知一生能著幾屐？神色自閑暢。公自注：幾屐。此非時露消息，以其詩無兩字無來處耶？兩京猶薄産，四海絶隨肩。公有田在韋杜。語：四海之内皆兄弟也。絶隨肩，言無故舊相隨也。趙云：上句則公於洛陽、長安，皆有物業〔八〕。下句則嘆無交遊相隨。禮記：五年以長，則肩隨之。幕府初交辟，郎官幸備員。班固傳云：幕府新開，廣延群俊。趙云：指言節度府幕也。前此嚴公爲東、西川節度使，辟公爲參謀。漢：衛青開幕府。注引漢官儀云：始自衛青就北幕拜大將軍，因開幕府。瓜時猶旅寓，瓜時，見左傳。萍泛苦寅緣。謝靈運詩：蘋萍泛沈深。藥餌虚狼籍，謝靈運詩：藥餌情所止，衰疾忽在斯。陸、賈名聲籍甚。注：言狼藉甚盛。秋風洒静便。趙云：楚詞：嫋嫋兮秋風。謝靈運：拙疾相倚薄，還得静者便。開襟驅瘴癘，王洙曰：峽多嵐嶂，氣候蒸濕，故多瘴癘。憂愁鬱結者易爲所困，故必開襟以驅之。王仲宣登樓賦：向北風而開襟。明目掃一作拂。雲煙。史：明目張膽。顔延年詩：城闕生雲煙。趙云：明目字，借使書明四目也。已上十二句一段。高宴諸侯禮，佳人上客前。古詩：主人愛上客。趙云：自高宴諸侯禮，至滿座涕潺湲八句，因實道赴藩侯之宴會，而感傷所聞之曲。唐之藩鎮，乃古之諸侯，其爲宴也，乃諸侯之禮。上客，則公自謂也。哀箏傷老大，魏文帝書：哀箏順耳。傷老大，則摘使「老大徒悲傷」中字。華屋艷神仙。曹子建箜篌引：平生華屋處。謝靈運：華屋非蓬居。古詩：金屋羅神仙。南内開元曲，常時弟子傳。法歌聲變轉，滿座涕潺湲。都督栢中丞筵聞梨園弟子李仙奴歌。已上公自注。明皇雜録：天寶中，上命宮中女子數百人爲梨園弟子，皆居宜春北院。上素曉音律，時有馬仙期、李龜年、賀懷智皆知律度。安禄山自范陽入覲，獻白玉簫管數百事，皆陳於梨園。自是音響殆不類人間。其後李龜年流廢江南，每遇良辰勝景，爲人歌闋。座上聞之者，莫不掩泣而罷酒〔九〕。有梨園法曲及霓裳曲。言南内，則明皇初居興慶宮，謂之南内也。趙云：已上八句一段。弔影夔州僻，言獨客夔州，旁無親舊，惟與影相弔自憐而已。李令伯陳情表：煢煢孑立，形影相弔。趙云：形影相弔，出於曹子建表。舊注引李令伯之言在後矣。回腸杜曲煎。宋玉高唐賦曰：感心動耳，回腸傷氣。司馬遷書云：腸一日而九回。趙云：公在長安，家于杜曲，故懷杜曲而回腸煎熬也。自弔影夔州僻，至鴻雁美周宣二十四句，言身處夔州，而心思王室，因喜用賢伐叛，王業中興也。即今龍廐水，莫帶犬戎羶。兩京龍廐門，苑馬門也。渭水流苑門内。已上公自注。犬戎，吐蕃也，謂陷京師。趙云：公在夔州，不知中原消息，故憂疑之，以今龍廐門邊之水，莫也爲犬羊所羶汙乎？或又云：莫者，止之之辭。耿賈扶王室，後漢二十八將，耿弇、賈復也。贊論曰：耿、賈之洪烈。又云：翼扶王運〔一〇〕。蕭曹拱御筵。蕭、曹之功，尊拱漢室。乘威滅蜂蠆，左傳：魯公卑，邾不設備而禦之。臧文仲曰：君其無謂邾小，蜂蠆有毒，況國君乎。趙云：蜂蠆，以譬吐蕃也。乘威，則望如上句四公者滅之也。選云：乘靈風而扇威。戮力效鷹鸇。左傳：季文子使太史克，對曰：先大夫臧文仲教行父事君之禮曰：

見無禮於其君者，誅之，如鷹鸇之逐鳥雀也。又，子産問然明爲政，對曰：見不仁者誅之，如鷹鸇之逐鳥雀也〔一一〕。趙云：此句又以屬大臣。書：聿求元聖，與之戮力。左傳戮力一心也。舊物森猶在，凶徒惡未悛。哀元年傳：祀夏配天，不失舊物。左傳子家亦無悛志。注：悛，改寤也。趙云：庾信云：兇徒瓦解。國須行戰伐，人憶止戈鋋。言人厭兵革也。光武紀：道未方古，亦止戈之武焉。東都賦：戈鋋彗雲。注：矛稍也。趙云：歐陽率更作類書，有戰伐門，故對戈鋋字。鋋，音時連切，小矛也。奴僕何知禮，恩榮錯與權。前漢衛青傳：人奴之生，得無笞罵足矣。公孫弘傳贊曰〔一二〕：衛青奮於奴僕。言以恩而假奴僕以權，任人之失也。趙云：此則當戰伐之時，必有武夫悍卒立功而蒙寵者。然公爲此句無所畏憚，蓋亦痛悼其弊爾。或云：此句似專指言安禄山不合付以兵柄也。胡星一彗孛，前漢天文志：昴，曰旄頭，胡星也。張晏曰：彗，所以除舊布新也。孛氣似彗也。趙云：此兩句又憫蒼生同受其禍矣。漢天文志又曰「彗孛飛流，日月薄食」是已。黔首遂拘攣。秦始皇更民名曰黔首，謂首之黑也。應劭曰：黔，黧黑也。鄒陽傳：以其能越攣拘之語。漢曹褒傳：諸寮拘攣，難與圖始。注：拘攣，猶拘束。潘安仁西征賦：陋吾人之拘攣。哀痛絲綸切，前漢西域傳贊：武帝末年，遂棄輪臺之地，而下哀痛之詔。禮：緇衣。子曰：王言如絲，其出如綸；王言如綸，其出如綍。煩苛法令蠲。漢高祖約法三章，掃除煩苛。趙云：兩句言代宗之美。上句則言詔書切至也。業成陳始王，詩七月：陳王業也。言因時之變，陳王業之艱難，以警時君也。趙云：以成王比代宗也。兆喜出于畋。齊世家：太公望吕尚，以漁釣于周。西伯將出獵，卜之曰：所獲非熊非彲〔一三〕，非虎非羆，所獲乃霸王之輔。果遇太公於渭陽。宫禁經綸密，台階翊戴全。梁竦傳：宫省事密，莫有知者。台階事，見建都詩注。趙云：此又申言大臣之扶王室如此。易曰：君子以經綸。台階，星也。晉天文志：三台六星，兩兩而居。又曰：三台爲三階也。傳曰：劉琨與段匹磾盟文云：古先哲王，貽厥後訓，所以翊戴天子。熊羆載呂望，鴻雁美周宣。美其能勞來旋定安集也。趙云：前句止云兆喜出于畋，則方往求賢。今云熊羆載呂望，則果得賢而歸矣。鴻雁美周宣，則又用中興之主以美代宗。鴻雁，詩篇名，其序曰：美宣王也。側聽中興主，烝民：任賢使能，周室中興焉。側聽，諦聽也。趙云：自側聽中興主至不敢墜周旋十六句，言王室中興本乎得賢。而下句鄭與李，乃所謂賢者，故吟詠而思之[一四]。中興主字，緊結美周宣之句。側聽字，則陸士衡洛道中作云：側聽悲風響。顏延年夏夜詩：側聽風薄木。長吟不世賢。王吉云：欲治之主。不世，出曹子建曰：不世之賢。趙云：長吟，則選有永嘯長吟也。音徽一柱數，梁劉孝綽江津寄劉之遴詩：經過一柱觀，出入三休臺。趙云：一柱觀在荆州。事載渚宮故事[一五]。見前渝州詩云：船經一柱觀。注：此言其數通音問也。陸士衡擬古詩云：歡友蘭時往，迢迢匿音徽。道里下牢千。自注：鄭在江陵，李在夷陵。趙云：下牢關在峽州，所以言夷陵也。傳曰：四方之貢賦，道里均焉。道里千，相去千里也。鄭李光時論，文章並我先。陰何尚清省，沈宋欻聯翩。趙云：四子皆以美鄭、李也。陰，則陰鏗；何，則何遜；沈，則沈佺期；宋，則宋之問。陰、何前代，而二公比之，彼尚清省，未爲富艷；沈、宋近代，欻然追逐，與之相聯翩也。字則文賦云：浮藻聯翩，若翰鳥纓繳，而墜層雲之峻也。律比崑崙竹，前漢律曆志：黄帝使伶倫大夏之西，崑侖之陰，取竹嶰谷，斷兩節，間而吹之，以爲黄鐘之宮[一六]。音知燥濕絃。伯牙彈琴，意在山，子期曰：巍巍乎；意在水，子期曰：蕩蕩乎。子期死，伯牙遂絶絃。杜正謬云：劉孝標廣絶交論曰：撫絃徽音，未達燥濕變響。又韓詩外傳：趙王曰：夫時有燥濕，絃有緩急。徽指推移，不可記也。風流俱善價，王衍、樂廣，見重於時，天下言風流者，惟王[一七]、樂爲首。見晉書。善價字，論語：求善價而沽諸。愜當久忘筌。文賦：詩目者[一八]，尚奢；愜心者，貴當。王弼明象曰：猶筌者，所以在魚，得魚而忘筌[一九]。趙云：此上四句以言二公之文章。置驛常如此，鄭當時，孝景時爲太子舍人。每五日洗沐，常置驛馬長安諸郊，請謝賓客，夜以繼日，至明旦，常恐不徧。儒行：其自立有如此者。**登龍蓋有焉。**李膺獨持風義，以聲名自高。士有被其容接者，名爲登龍門。趙云：上句以言鄭監之好客，下句以言李賓客之待士。左氏曰：某人有焉。**雖云隔禮數，**左傳：名位不同，禮亦異數。隔，猶不同也。趙云：隔禮數，公自謙，以爲與二公位貌相隔絶也。又任彦昇哭范僕射詩云：平生禮數絶，式瞻在國楨。**不敢墜周旋。**左傳：奉以周旋，罔敢失墜。趙云：已上十六句一段。**高視收人表，**曹子建與楊德祖書曰：足下高視於上京。楊德祖答牋云：自周章於省覽，何遑高視哉？趙云：任彦昇撰王文憲集序曰：經師人表，允兹實望。人表者，言人倫之表也。自高視收人表至佳句染華牋十二句，或併言二公，或分言之。收人表，則收斂之而在己也。**虚心味道玄。**老子：虚其心，實其腹。又云：玄之又玄，衆妙之門。杜補遺：顏延年五君詠云：探道好淵玄。味，若味道之腴之味。**馬來皆汗血，鶴唳必青田。**汗血馬，詳見上注。永嘉記：青田有雙白鶴，年年生子，長便去。謝朓詩：獨鶴方朝唳[二〇]。趙云：以馬比二公，則皆汗血；以鶴比二公，則必青田。於馬言來，字則漢樂歌曰：天馬來。晉書：聞風聲鶴唳也。**羽翼商山起，**趙云：以言李賓客。蓋賓客者，太子官也。故用商山四皓事。見張良傳。**蓬萊漢閣連。**西都賦：脩塗飛閣，自未央而連桂宮。又云：瀛洲、方壺、蓬萊，皆起乎中央。趙云：此句以言鄭監。鄭監者，秘書監也，故用蓬萊字。後漢書曰：學者稱東觀爲老氏藏室，道家蓬萊山。唐秘書監掌圖書秘記，即漢之東觀也。今言爲秘書監，乃在蓬萊山，而其地與漢之宮閣相連，皆在禁中故也。公後有寄題鄭監湖上亭詩，又云：暫阻蓬萊閣，終爲江海人。**管寧紗帽静，**見嚴中丞枉駕過詩注。**江令錦袍鮮。**陳書：江總爲尚書令，能屬文。其文集有山水衲袍賦。趙云：二公之官，一則在東宮，一則在禁省，而皆出於外。言其閑曠，則如管寧之戴紗帽；其宴遊則如江總之着綿袍。江總傳不載錦袍事，其文集自有山水納袍賦。其序云：皇儲監國餘辰，勞謙終宴。有令以納袍降賜，何以奉揚恩德？因題此賦。語有：裁縫則萬壑縈體，針縷則千巖映目，埒衍彩於雕煥，並芬芳於蘭菊〔二一〕。則袍之華麗可知。今公云錦袍，則以其華麗如錦也。**東郡時題壁，**南史：柳惲詩云：亭皋木葉下，隴首秋雲飛。琅琊王融見而嗟賞，因題于壁。**南湖日扣舷。**舷，船唇也。扣，擊也。郭璞江賦：詠採菱以扣舷〔二二〕。選賦：鳴根扣舷〔二三〕。説文曰：根，高木也，以長木扣舷爲聲而歌也。又驚魚令入網也。趙云：上句似專言李賓客，以成江令錦袍之句；下句似專言鄭監，以成管寧紗帽之句。何以知之？其後有寄題鄭監湖上亭三首，又有暮春陪李尚書過鄭監湖亭泛舟一首，又有重泛鄭監前湖一首，以是知南湖日扣舷者，專言鄭監也。**遠遊凌絕境，**遠遊，履名，洛神賦曰：踐遠遊之文履。古詩云：足下雙遠遊。是也。**佳句染華牋。**華牋，蜀郡彩牋也〔二四〕。趙云：楚詞有遠遊賦〔二五〕。世説：孫興公作天台賦，以示范榮期。每至佳句，則曰：是我輩語。上十二句一段。**每欲孤飛去，**謝惠連雪賦：瞻雲雁之孤飛。**徒爲百慮牽。**江淹詩：撫枕懷百慮。又云：歲暮百慮交。趙云：自每欲孤飛去，至蕭踈聽晚蟬十八句，因言二公之遊賞，欲往從之而不得，爲思慮之所牽役爾。江總秋日登廣州城南樓詩：不及孤飛雁，獨在上林中。易云：一致而百慮。**生涯已寥落，**生涯，言己之生計也。寥落，無所成也。**國步尚迍邅。**尚，舊作乃，師民瞻取作尚。桑柔詩：國步斯頻。易：屯如邅如。難行不進之貌。趙云：莊子：吾生也有涯。王無功詩：人世何勞隔，生涯故可知。謝玄暉京路夜發詩云：曉星正寥落。班固幽通賦：迍邅與蹇連兮，何艱多而智寡。**衾枕成蕪没，池塘作棄捐。**平生多病，卜築遺懷。已上自注。國步亂離，故寢處宴安之地，皆蕪没而棄捐也。趙云：詩：角枕粲兮，錦衾爛兮。謝靈運：池塘生春草。**別離憂怛怛，**怛怛，傷慘不安貌。趙云：楚辭：悲莫悲兮生別離。詩：憂心忡忡。又，勞心怛怛。是也。**伏臘涕漣漣。**臘者，夏曰嘉平，殷曰清祀，周曰大蜡，漢改爲臘。伏臘，人所以祭祀，公所以感也。史記：秦德公始爲伏。杜補遺：曆忌釋及左傳、風俗通等三百餘言，卻成伏與臘門類之書。夏之有伏，冬之有臘，乃歲時之常也。禮記有烝嘗伏臘，而何至支離引證之多耶。詩云：

泣涕漣漣。露菊班豐鎬〔二六〕，西征賦：徘徊豐鎬。秦紀：豐鎬之間，帝王之都也。秋蔬一作菰。影澗瀍。豐鎬，在長安；澗瀍，在洛陽。皆公生涯所在之鄉也。趙云：公前所謂兩京猶薄產也。酆鎬是兩字。周文王都酆，武王都鎬是也。澗瀍，二水名。禹貢云：東北會于澗瀍。洛誥云：我乃卜澗水東、瀍水西，惟洛食。共誰論昔事，幾處有新阡。風俗通：南北曰阡，又謂之冢。趙云：新阡，以言墳墓。前漢：原涉名其母墓曰南陽阡。是也。富貴空回首，言富貴外物，轉頭即陳跡爾。喧争懶著鞭。趙云：劉琨云：常恐祖生，先吾著鞭也。兵戈塵漠漠，江漢月娟娟。時天下亂離，惟江漢可以避難。鮑明遠翫月詩：娟娟似蛾眉。趙云：兵戈字，前漢戾太子傳贊。詩：文王之道，被于南國，美化行乎江漢之域。公在夔，於江漢之水爲近，故可以月系之。選詩有云：生煙紛漠漠。又云：娟娟新月體。今摘而用之。局促看秋燕，局促，言不得自肆〔二七〕也。看秋燕〔二八〕，言欲歸而未得也。仲長統云：人事可遺〔二九〕，何爲局促。趙云：漢武帝曰：局促如轅下駒〔三〇〕。蕭疎聽晚蟬。宋玉九辯云：蟬寂寞而無聲。趙云：謝惠連泛南浦至石帆云：蕭疎野趣生，逶迤白雲起。雕蟲蒙記憶，揚子雲曰：童子雕蟲篆刻。俄而曰：壯夫不爲也。烹鯉問沈綿。古詩云：客從遠方來，遺我雙鯉魚。呼兒烹鯉魚，中有尺素書。趙云：言二公記憶其能詩，又數遣人致書尺以問其病體也。沈綿者，久疾之狀。王無功久客病歸詩云：沈綿赴漳浦〔三一〕。卜羡君平杖，嚴君平卜筮於成都市，以爲卜筮者賤業，而可以惠人。有邪惡非正之問，則依蓍龜爲言利害，各因勢導之，以善從吾言者，已過半矣。日閲數人，得百錢足自養，則閉肆下簾而授老子。又阮修宣子常以百錢掛杖頭，至酒店，便獨酣暢〔三二〕。偷存子敬氈。趙云：言被寇盜之餘，所存無幾。晉王獻之夜卧齋中，而有偷人入室，盜物都盡。獻之徐曰：偷兒，青氈我家舊物，可特置之。群盜驚走。囊虛把釵釧，米盡拆花鈿〔三三〕。趙云：公自言貧窘之狀也。把釵釧、拆花鈿，皆日貨易之爾。囊虛，即此囊空虛也。甘子陰凉葉，茅齋八九椽。趙云：指言瀼西茅屋也。陰凉對八九，此又不拘以數對數之證爾。陣圖沙北岸，桓溫傳：初諸葛亮造八陣圖於魚復平沙之上，壘石爲八行，相去二丈。溫見之，謂之常山蛇勢。市暨瀼西巔。自注：八陣圖、市暨，夔人語也。江水横通山谷處，方人謂之瀼（三四）。覊絆心常折，江淹別賦曰：心折骨驚（三五）。棲遲病即痊。趙云：言平昔每爲事物覊絆，故其心常折。今得棲遲，可以養病而痊瘉也。莊子云：予病少痊。紫收岷嶺芋，一云紫秋岷下芋。前漢貨殖傳：蜀卓氏曰：吾聞岷山之下，沃野千里。下有蹲鴟，至死不飢。師古曰：蹲鴟，謂芋也。趙云：蓋其種自岷嶺來爾。白種陸池一作家。蓮。趙云：陸池蓮，師民瞻本取之，乃陸地所開之池也。色好梨勝頰，穰多栗過拳。蜀都賦：紫梨津潤，榛栗罅發。趙云：上四句皆紀瀼西草堂所有。勑廚唯一味，求飽或三鱣。趙云：王羲之傳：有一味之甘，割而分之。揚震傳：雀銜三鱣魚，飛集講堂。鱣，一音善。兒去看魚笱一云俗異鄰蛟室。，詩云：敝笱在梁。又云：毋發我笱。注云：捕魚梁也，故合使魚笱字。人來坐馬韉。一云朋來坐馬韉。戰國策云：蘇秦少與張儀爲友。秦在趙爲相，儀至趙，使人白秦。秦心激之，令儀於城東門外，坐以破馬韉，進之鹿食。儀憤乃西入秦。昭王善之，拜爲相，儀歎曰：馬韉之事，乃至是乎？人來坐馬韉，言貧無坐席也。縛柴門窄窄，通竹溜涓涓。縛柴爲門也，通竹以引泉爾。淵明辭：泉涓涓而始流。塹抵公畦稜，自注：京師農人指田遠近多云幾稜。稜，岸也，音去聲。村依野廟壖。晁錯傳：鑿太上廟。堧垣，師古曰：堧者，内垣之外游地也。人緣反。趙云：公又有自注：廟壖者，廟外垣餘地也。按申屠嘉傳：晁錯爲内史，門東出不便，更穿一門南出者，太上皇廟堧垣也。缺籬將棘拒，倒石賴藤纏。拒，猶言補塞也。

借問頻朝謁，何如穩晝眠。趙云：自此已下八句〔三六〕，又言其嬾不出仕也。邊孝先，腹便便，懶讀書，晝日眠。誰云行不逮，語曰：古者言之不出，耻躬之不逮也。自覺坐能堅。馬援曰：大丈夫窮當益堅，老當益壯。霧雨銀章澀，趙云：公時已朱紱銀章，既不服之久，所以昏澀也。公詩又有銀章破在腰之句。馨香粉署妍。趙云：公時爲尚書工部員外郎，今不在省中，徒言其官署之美。謂之馨香者，以其含香握蘭也。一謂之蘭省，亦謂之畫省，以粉塗畫，故言粉署。紫鸞無近遠，黄雀任翩翾。趙云：上句以譬高材之人，則不論遠近而往。下句則公自謙，如黄雀之小，徒任卑飛而已。公又有聽許十一誦詩云：紫鸞自超詣。可見矣。梁簡文望月詩：可憐無遠近，光照悉徘徊。又戰國策：劇辛曰：黄雀俯啄白粒，仰栖茂樹，鼓翅奮翼，自以爲與人無争；不知公子王孫左挾彈，右攝丸，以其頭爲的。晝遊茂樹，夕調酸鹹爾。困學違從衆，明公各勉旃。上句言與俗俯仰而已。孔子拜下違衆，麻冕從衆。又揚惲傳〔三七〕：方當盛漢之隆，願勉旃，無多談。言子當自勉勵，以立功名。不須多爲我言也。趙云：自困學違從衆，至青簡爲誰編十二句，因言己之局促，而勉二公之爲功名也。揚子曰：困而不學，斯爲下矣。聲華夾宸極，早晚到星躔。上句言李鄭聲華，足以夾輔宸極。下句取郎官象列星，諸侯象四七；宰相法三台，皆星躔。早晚，言非久拔用之也。趙云：謝安傳：宫室體宸極。懇諫留匡鼎，諸儒引服虔。匡衡傳：諸儒語曰：無説詩，匡鼎來。匡説詩，解人頤。服虔曰：言匡且來也。應劭曰：鼎，方也。師古曰：服、應二説是。傳載匡言日食事甚切到。後漢儒林傳：服虔少以清苦建志，入太學受業，善著文，舉孝廉。趙云：以言二公也。不逢一作過。輸鯁直，會是正陶甄。趙云：若留匡鼎而引服虔，則亦不過用鯁直以進，當爲正陶甄之化耳。史云：樂軟熟而憎鯁直。宵旰憂虞軫，黎元疾苦駢。趙云：前漢傳：宵衣旰食。傳曰：舉賢良，問民疾苦。雲臺終日畫，青簡爲誰編？趙云：既能如上兩句解天子之憂，救黎庶之苦，則功名成矣，可畫像於雲臺，而書名於史册也。馬援傳：顯宗圖畫建武中名臣列將于雲臺〔三八〕。青簡者，殺竹青爲簡也。杜補遺：後漢：吴祐父恢爲南海大守，殺青簡寫書。注：殺青，以火炙簡，令汗，取其青易書。劉向別録：治青竹作簡書，謂之青簡。蓋出文選劉孝標書李善注。行路難何有，招尋興已專。趙云：自行路難何有至末句，蓋叙述其將離夔而往從二公南下，歷訪佛寺，尋問佛法以終老也。古詩有行路難。由來具飛檝，木玄虛海賦：飛迅鼓檝。暫擬控鳴弦。西域傳：控弦者十餘萬。趙云：此兩句通義，言檝飛之疾，如箭之往也。韓退之有劈箭疾。匈奴傳有控弦之士。身許雙峰寺，門求七祖禪。杜補遺云：釋氏要覽云：曹溪在韶州雙峰寺下，昔晉武侯曹叔良宅也。又云：按佛書：毗婆尸佛、尸棄佛、毗舍浮佛、拘留孫佛、拘那含牟尼佛、迦葉佛、釋迦牟尼佛，謂之天竺七祖。其所説七偈乃禪源也。自達磨至慧能，謂之中華六祖，與子美同時先後人耳。趙云：謂之門求，則所求之法門也。落帆追宿昔，衣褐向真詮。趙云：於彼處帆落，乃是宿昔之願。落帆即收帆也。其衣褐之身，專爲依向真詮也。天台賦：被毛褐之森森。孟子：皆衣褐梱屨。褐者，布衣也。真詮，佛法也。安石名高晉，自注：鄭高簡，得謝太傅之風。昭王客赴燕。自注：李宗親，有燕昭之美。燕，周之裔。趙云：以安石比鄭，以燕昭比李，言所經當與鄭李相會。途中非阮籍，阮籍時率意獨駕，不由徑路，車跡所窮，輒慟哭而反〔三九〕。查上似張騫。因話録：漢書載張騫窮河源。言其奉使之遠也。乘槎事，見張華博物志。二句公自謂也。披拂一作晤。雲寧在，衛瓘見樂廣曰：瑩然若披雲霧而覩青天也。淹留景不延。劉安招隱士詩云：援桂枝兮聊淹留〔四〇〕。趙云：一相見，便當相別也。選云：步幽蘭以披拂。一作披晤，非。披拂乃兩字，故對淹留。離騷經云：又何可以淹留。風期終破浪，水怪莫飛涎。趙云：兩句通義，言我之風期必破浪而往，告爾水怪毋爲孽也。南史：宗慤曰：願乘長風破萬里浪。孔子曰：水之怪龍罔象也。海賦：其垠則有天琛水怪，鮫人之室。江賦：揚鬐掉尾，噴浪飛涎。**他日辭神女，**宋玉有神女賦，廟在巫山。**傷春怯杜鵑。**蜀都賦：鳥生杜鵑之魄〔四一〕。見華陽風俗録。趙云：既申言其離夔州，而於巫峽辭神女之日，當在暮春杜鵑鳴時也。**淡交隨聚散，**禮：君子之交淡如水。**澤國遶迴旋。**言地多陂澤，故云澤國。趙云：此二句又申言見二公交友，當如水之淡，可聚可散，不必戀著，如小人之甘不忍離也。江陵而往，皆水澤之國矣。言其別二公之後，而淹留於江漢也。**本自依迦葉，**王簡棲頭陁寺碑：以法師景行大迦葉，故以頭陁爲稱首佛大弟子也。**何曾藉**去聲**偓佺。**列仙傳：偓佺，槐里采藥父也。食松實，形體生毛數寸，能飛行逐走馬。甘泉賦云：雖方征僑與偓佺兮，猶彷髴其若夢。趙云：迦葉，摩竭陁國人，姓婆羅門。於七佛之外，爲天竺二十五祖之首，具見傳燈録。偓佺以松子遺堯，堯不服〔四二〕，時受服者皆三百歲。白樂天詩曰：海山不是吾歸處，歸即應歸兜率天。亦言事佛而不學仙也。**鑪峰生轉眄，**廬山東南有香鑪山，孤峰突起，遊氣籠其上，氛氳若香煙焉。**橘井尚高褰。**神仙蘇耽種橘鑿井以救鄉里之疫病者，以井泉服一橘葉即已。趙云：鑪峰，在江州，蓋名山也。周景式廬山記曰：匡俗，周威王時，生而神靈。廬於此山，稱廬君，故山取號焉。酈道元據列仙傳云：耽，郴州人，則橘井在郴也。其井在馬嶺山上，故云高褰也。嵇康四言曰〔四三〕：組帳高褰。今此借用耳。夔州至鑪峰，一水而下，故云轉眄〔四四〕。公嘗有詩曰〔四五〕：轉盼拂宜都。鑪峰在江州，橘井在郴州，路既不同，未得見之，爲尚高褰也〔四六〕。**東走窮歸鶴，**見卜居詩歸羨遼東鶴注。**南征盡跕鳶。**馬援傳云：吾在浪泊、西里間，虜未滅之時，下潦上霧，毒氣薰蒸，仰視飛鳶跕跕墮水中，卧念少游平生時語，何可得也。趙云：搜神記：遼東城門華表柱，忽有白鶴來集。歌曰：有鳥有鳥丁令威，去家千年今來歸。南征，向南而行也。梁張纘有南征賦。此上四句，蓋公之所欲遊行者。**晚聞多妙教，卒踐塞前愆。**妙教，釋典也。釋書云：能修其教者，足以追塞宿業也。

趙云：言晚年所聞多在於妙教，而畢竟欲踐履之，以塞前日之愆過也。莊子云：若丘之晚聞道也。天台山賦序云：卒踐無人之境。**顧愷丹青列，**晉顧愷之尤善丹青，圖寫特妙，謝安深重之〔四七〕，以爲有蒼生以來〔四八〕，未之有也。**頭陁琬琰鐫。**姓氏英賢録云：王中，字簡栖，作頭陁寺碑文。頭陁寺者，沙門釋惠宗之所立也。敢寓言於雕篆庶髣髴乎，衆妙琬琰鐫碑也。杜補遺：釋氏要覽云：梵言杜多，漢言抖擻，謂三毒之塵，能坌汙心，此人能振掉除去〔四九〕。今頭陁稱呼之誤也。趙云：上句言寺中之畫，下句言寺中之碑。愷之常畫瓦棺寺維摩詰像最有名。公以佛寺之畫，當求如愷之者而觀之。寺中之碑，求如簡栖者而作之。

衆香深黯黯，法華經云：曉燒衆名香。天台賦云衆香馥以揚煙〔五〇〕。**幾地肅芊芊。**潘岳籍田賦：蟬冕熲以灼灼兮〔五一〕，碧色肅其芊芊。趙云：上句又以言佛寺如衆香國之香，其深黯黯。維摩經曰：上方界分過四十二恒河沙。佛土有國，名衆香，佛號香積。潘岳在懷縣作曰：稻栽肅仟仟。注云：與芊芊同。**勇猛爲心極，**佛書云：勇猛精進。**清羸任體孱。**陳書：姚察居憂齋素日久，後主見察柴瘠，爲之動容，勑曰：卿羸瘠如此，齋菲累年，不宜一飯，有乖將攝也。趙云：兩句通義，言心極於聞道，而不管病體之羸弱也。顧野王傳：體素清羸。**金篦空刮眼，**

鏡象未離銓。一云平等未離銓。涅槃經云：如目盲人爲治目，故造詣良醫。即以金篦刮其眼膜。趙云：法苑珠林載一實事：後周張元，其祖喪明。元憂泣，因讀藥師經云：盲者得視之言，遂命僧誦經。七日，夢一翁以金篦療其祖目，曰：三日必差。又維摩經云：如鏡中像。詩句蓋言求聽佛法之論，若金篦雖可以刮眼中之膜，而執鏡中之像以爲實有，則未離銓量之間。公於此又高一著，而遺行役之累也。

【校勘記】

〔一〕「夔府」，文淵閣本、文津閣本、文瀾閣本、清刻本、排印本作「夔州」。

〔二〕「精」，文瀾閣本、清刻本、排印本作「鐵」。

〔三〕「雌雄」，文淵閣本作「雄雌」。

〔四〕「鹽井」，「鹽」原作「監」，「井」字奪，據文瀾閣本、清刻本、排印本補訂。

〔五〕「溪」，文瀾閣本、清刻本、排印本作「溪鳥」。

〔六〕「綵」，文淵閣本、文瀾閣本、清刻本、排印本作「十」。

〔七〕「則」，文瀾閣本、清刻本、排印本作「時」。

〔八〕「物」，文瀾閣本、清刻本、排印本作「故」。

〔九〕「莫不」，文瀾閣本、清刻本、排印本作「皆」。

〔一〇〕「運」，文淵閣本、文津閣本、文瀾閣本、清刻本、排印本作「室」。

〔一一〕「又子産問然明焉政」以下二十四字，文淵閣本、文津閣本、文瀾閣本、清刻本、排印本無。案，春秋左傳注襄公二十五年作：「子産始知然明，問爲政焉。」

〔一二〕「弘」，原作「洪」，文瀾閣本、清刻本、排印本作「宏」，係避諱，此改。以下均同。

〔一三〕「熊」，文瀾閣本、清刻本、排印本作「羆」。

〔一四〕「吟詠」，文瀾閣本、清刻本、排印本作「吟」。

〔一五〕「渚宫故事」前，原奪「事載」二字，據文瀾閣本、清刻本、排印本補。

〔一六〕「律曆志」，原作「律歷志」，檢「黄帝使伶倫大夏之西」以下五句，漢書卷二十一作「律曆志」，據改。

〔一七〕「惟」，文瀾閣本、清刻本、排印本作「以」。

〔一八〕「目」，文瀾閣本作「日」，訛。

〔一九〕「得魚而忘筌」，文瀾閣本作「而忘筌忘筌」，訛。

〔二〇〕「謝朓」，原作「鮑明遠」，考「獨鶴方朝唳」句，文選卷二十七、齊詩卷三作謝朓敬亭山詩，當是誤置，據改。

〔二一〕「蘭菊」，文淵閣本、文津閣本作「菊蘭」。

〔二二〕「詠」，文淵閣本、文津閣本奪。

〔二三〕「舷」，文淵閣本作「船」。

〔二四〕「也」，文瀾閣本、清刻本、排印本無。

〔二五〕「賦」，文瀾閣本、清刻本、排印本作「篇」。

〔二六〕「班」，文瀾閣本、清刻本、排印本作「斑」，訛；二王本杜集卷十五、錢箋卷十五皆作「班」，可證。

〔二七〕「肆」字下，文瀾閣本、清刻本、排印本有「也」字。

〔二八〕「看」，文淵閣本、文津閣本無。

〔二九〕「遺」，後漢書卷四十九仲長統傳及漢詩卷七仲長統詩作「遣」。

〔三〇〕「漢武帝」，原作「漢景帝」，參見本集卷一苦雨奉寄隴西公王徵士校勘記〔五〕。

〔三一〕「漳浦」下，文瀾閣本、清刻本、排印本有「也」字。

〔三二〕「暢」，文淵閣本、文津閣本、文瀾閣本、清刻本、排印本作「飲」。

〔三三〕「拆」，文淵閣本、文津閣本作「折」，二王本杜集卷十五、錢箋卷十五作「坼」。

〔三四〕「八陣圖市暨」四句，文瀾閣本、清刻本、排印本作「峽人目市井泊船處曰市暨江山横通江谷處謂之瀼」。

〔三五〕「折」，原作「圻」，據文淵閣本、文津閣本、文瀾閣本、清刻本、排印本改。

〔三六〕「八」，底本漫滅，據文淵閣本、文津閣本、文瀾閣本、清刻本、排印本補。

〔三七〕「揚惲」，文津閣本作「揮惲」，訛。

〔三八〕「名臣列將」，文淵閣本、文津閣本、文瀾閣本、清刻本、排印本作「名將列臣」。

〔三九〕「慟」，文淵閣本、文津閣本、文瀾閣本、清刻本、排印本作「痛」。

〔四〇〕「攀」，原奪，據文瀾閣本、清刻本、排印本並參文選卷二二招隱士補。

〔四一〕「杜鵑」，文選卷四、全晉文卷七十四蜀都賦作「杜宇」。

〔四二〕「堯」，文淵閣本、文津閣本、文瀾閣本、清刻本、排印本無。

〔四三〕「曰」，文瀾閣本、清刻本、排印本作「詩」。

〔四四〕「夔州至鑪峰」，原作「匡俗之鑪峰」，文義扞格難通，當係傳鈔之誤。據文瀾閣本、清刻本、排印本改。

〔四五〕「公」上，文瀾閣本、清刻本、排印本有「又」字。

〔四六〕「爲」，文瀾閣本、清刻本、排印本作「故曰」。

〔四七〕「謝安」，文瀾閣本、清刻本、排印本作「謝太傅」。案，謝安，字安石，孝武帝時位至宰相。卒，贈太傅。

〔四八〕「爲」，文瀾閣本、清刻本、排印本作「謂」。

〔四九〕「振」，文瀾閣本、清刻本、排印本作「坌」。

〔五〇〕「云」，原作「去」，據文瀾閣本、清刻本、排印本改。

〔五一〕「冕」，原作「晃」，據文瀾閣本、清刻本、排印本並參文選卷七籍田賦改。

贈李八秘書别三十韻

往時中補右，扈蹕上元初。扈，扈從也。蹕，鳴蹕也，天子之出，鳴蹕以清道。後漢輿服志：蘭臺令史皆執蹕以督整車騎，謂之護駕。趙云：首兩句指言李秘書也。唐制，補闕、拾遺有左、有右，掌供奉、諷諫、扈從、乘輿。今云往時中補右，則在中爲右補闕矣。王立之詩話載潘子真云：杜詩有「往時中補右，扈蹕上元初」，然少陵罷拾遺時是至德後。李太沖以年譜考之，信然。子真以爲扈蹕主上之初元耳。杜時可補遺亦云：天寶十五載丁酉七月，肅宗即位於靈武，改至德元載。是時，子美自賊中竄歸鳳翔，拜左拾遺，而扈從乘輿也。乾元元年己亥，移華州司功。乾元二年棄官，自秦入蜀。上元元年辛丑，二年壬寅，並在蜀郡。以此考之，扈蹕上元初，非年號也。王定國謂扈蹕於上之初元，乃至德元載耳。若在梓州寄題草堂云：經營上元始，斷手寶應年，自當作年號。杜乃以天寶十五載爲丁酉，比之編年通載差太歲一年，其下遞相差。蓋編年通載：天寶十五載乃丙申也。然諸公云云，於講上元初三字頗是，但不知何故，却以爲子美自言乎？是不省悟杜公乃爲左拾遺，而此云中補右，則言右補闕耳。却豈是杜公耶！又不省悟下段云：不才同補袞，是説與李秘書同在補袞之職也。如此，則非李秘書爲右補闕而公爲左拾遺乎？謂之往時，則追言至德初之事也。

反氣凌行在，反氣，謂寇賊之氣也。天子所幸，謂之行在。趙云：肅宗即位靈武，駐蹕于鳳翔，故謂之行在。反氣，指言安祿山也。

妖星下直廬。陸機詩云[一]：厭直承明廬。趙云：直廬，則從官所直之廬。梁蕭子雲有歲暮直廬賦。妖星，亦指言賊，其名曰彗，曰孛，備載晉天文志。

六龍瞻漢闕，易：時乘六龍以御天也。蕭何作漢宮闕。

萬騎略姚墟。蔡邕獨斷曰：大駕備千乘萬騎。帝王世紀曰：瞽瞍之妻曰：握登生舜于姚墟，故得姓於姚氏也。趙云：上句言乘輿在鳳翔，而瞻望長安之闕；下句則先遣騎兵略河中府而静之矣。六龍、萬騎，皆在天子言之。謂之漢闕，則漢之舊都宮闕也。河中府則漢之蒲坂，舜所都也。

玄朔迴一作巡。天步，詩：天步艱難。

神都憶帝車。武后以東都爲神都。時天子尚在蜀，故言憶。又後漢輿服志言北斗攜龍角，爲帝車也[二]。趙云：車駕十月還長安。玄朔，則玄冬之朔。神都，則天子所居，乃神明之都也。憶帝車者，非止憶望上皇之車而已。詩兩句通義，言冬之朔望。迴天步者，以神明之都，憶望帝車故也。

一戎纔汗馬，書：一戎衣而天下大定。公孫弘：臣愚駑，無汗馬之勞。

百姓免爲魚。左傳

昭元年：劉子曰：美哉禹功，明德遠矣。微禹，吾其爲魚乎。趙云：此專言肅宗親治兵以平禍亂。光武紀：百萬之家，可使爲魚。已上説車駕之還京。

通籍蟠螭印，通籍注：籍者，爲二尺竹牒，記其年紀、名字、物色，懸之宫門。案省相應，乃得入。蟠螭，謂印鼻鈕上文也。晉陽春秋曰：重光照洞微，上蟠螭文隱起。薛云：右按漢舊儀：天子六璽，皆玉螭虎鈕也。差肩列鳳輿。趙云：此兩句方言李補闕之扈從。鳳輿，指言乘輿。與諸侍從之臣，肩相摩而羅列於其側也。事殊迎代邸，高祖崩，呂産欲危劉氏。周勃與丞相陳平〔三〕、朱虚侯劉章共誅諸呂，遂奉天子法駕，迎代王於代邸，立爲孝文帝。喜異賞朱虚。朱虚侯，劉章也。趙云：兩句通義。肅宗以皇太子爲天下兵馬元帥，北收兵至靈武。裴冕等奉皇太子即皇帝位。與漢文帝從代王入爲天子，事體不同，故著殊字與異字也。寇盜方歸順，謂歸降納款也。乾坤欲晏如。言寧静也。趙云：此兩句結肅宗還京而禍亂削平也。不才同補衮，謂作拾遺也。奉詔許牽裾。魏辛毗。文帝欲徙冀州士家十萬户實河南〔四〕，毗諫，帝怒不答，起入。毗隨而引其裾。趙云：詩：衮職有闕，惟仲山甫補之。公爲左拾遺，與補闕之職皆是掌供奉諷諫，故云同補衮，云許牽裾也。諸公説杜詩者，不知詳味詩意，便以謂首句中補右爲公之爲拾遺〔五〕，不知讀至此，却乃云同補衮，以爲何義耶？鴛鷺叨雲閣，古詩：廁跡鴛鷺行。謂侍從列也。潘安仁：高閣連雲。騏驎滯玉除。一作石渠。謂李秘書也。趙云：上句又申言其在朝與李秘書同列也。下句却指李秘書如騏驎駿馬，留滯於石渠而不遷擢也。玉除字，當以石渠爲正。蓋下文押除字也〔六〕。漢東觀石渠，正是校書之所，其指言李秘書尤明。文園多病後，司馬相如傳：相如有消渴病，嘗爲孝文園令。中散舊交疎。嵇康爲中散大夫。趙云：上句又以司馬相如自比其消渴也。下句又自比爲嵇康與呂安、向秀爲交最善，而今隔絶，所以嘆其疎也。飄泊哀相見，平生意有餘。風煙巫峽遠，臺榭楚宫除。一作虚。趙云：漂泊哀相見，則公自言其與李秘書昔日同侍從之班，其後漂泊，知再會聚於夔〔七〕，相與道平生，其意氣固有餘也。故下有巫山、楚宮之句。楚宮虛，一作除，宜以除爲正。蓋上已押朱虛韻矣。除，則亦蕩除而不存也。**觸目非論故，新文尚起予。**趙云：上句則嘆李秘書之外，滿目皆非故舊，不可與論故事，不可與言故地。舊注便引顏延年詠阮步兵詩云：物故不可論。此義自説阮嗣宗口不評論、臧否人物，何干此事？恐惑學者。下句又言李秘書之文，尚能起予也。孔子曰：起予者，商也。**清秋凋碧柳，別浦落紅蕖。**此兩句紀與李秘書相見之時。**消息多旗幟，**高祖紀：張旗幟於山上爲疑兵。**經過歎里閭。**爲經喪亂，里閭多凋敝也。趙云：上句爲大曆二年，秋九月，吐蕃寇靈州，又寇邠州。又言兵所過無不殘擾，公之鄉里爲近，可爲慨嘆也。**戰連脣齒國，**僖公五年，晉侯假道於虞以伐虢。宮之奇諫曰：虢，虞之表也，虢亡，虞必從之。此所謂輔車相依，脣亡齒寒者，其虞、虢之謂乎？**軍急羽毛書。**魏武帝奏事曰：若有急〔八〕，則插羽於檄，謂之羽檄。趙云：脣齒之國，既被其害，宜乎檄書之奔馳也。**幕府籌頻問，**自注云：山劍元帥杜相公，初屈幕府參籌畫。相公朝謁，今赴後期也。**山家藥正鋤。**自注云：秘書北卧青城山中。趙云：相公，杜鴻漸也。永泰元年歲在乙巳，崔旰殺郭英乂。西蜀大亂。次歲，命鴻漸以宰相兼成都尹，充山劍川副元帥，劍南西川節度使，以鎮撫之。既而今歲大曆二年，請入覲。許之。問籌、鋤藥之句，公自有本注。蓋杜相公自到任後，雖頻有屈致李秘書充幕府之命，而李侯方且在青城山鋤藥不起也。**台星入朝謁，使節有吹噓。**趙云：台星入朝，正言杜相公之入覲，必薦舉之也。**西蜀災長弭，南翁憤始攄。**趙云：上句憂吐蕃能爲西蜀之患。前年陷松、維州，西蜀不爲不被其災。若能弭除西蜀之災，而後可以攄南翁之憤。公客於楚，故以南翁自謂也。前漢項籍傳：南公稱曰：楚雖三户，亡秦必楚。注：南公，南方之老人也。今字雖用翁，實此義矣。**對敭抗士卒，**益稷曰：時而颺之。注：揚，舉也。畢命：對揚文、武之光命。注：揚，舉也。詩：對揚王休。**乾没費倉**

儲。張湯始爲小吏乾没，與長安富賈田甲、魚翁叔之屬交私。趙云：其對歟之所抗舉，必以士卒爲言者，爲其乾没而費廩食也。乾没，謂成敗也，或者直爲是陸沈兩字，言乾地沈没其利爾。今公所用，疑出於此。勢藉兵須用，功無禮忽諸。趙云：上既云乾没費倉儲，則當去兵而後食可無費〔九〕。然兵未可去，故云勢藉兵須用。公之意以杜相公必有策以減兵而省食也。下句言朝廷得杜相公必有厚禮矣。左傳：皋陶庭堅不祀忽諸。御鞍金騕褭，宮硯玉蟾蜍。漢書音義曰：騕褭者，神馬也，赤喙，黑身，與飛兔同，明君有德則至。西京雜記：晉靈公冢甚瓌壯，四角皆以石爲玃。大棺器無復形兆，尸猶不壞。孔竅中皆有金玉，其他器物朽爛不可別，惟有玉蟾蜍一枚，大如拳，腹空，容五合水，光潤如新玉。拜舞銀鉤落，銀鉤字也，猶言詔書也。恩波錦帕舒。西京雜記言秘閣圖書，皆表以牙籤，覆以錦帕。趙云：四句則朝廷所以寵賜相公之物。金騕褭，賜之以馬也。武帝鑄金爲麟蹄，故駿馬得謂之金騕褭。玉蟾蜍，賜之以硯滴也。拜舞銀鉤落，所以成宮硯玉蟾蜍之句。既拜舞以受賜，則用之揮染，而字畫如銀鉤之落矣。索靖論書曰：婉若銀鉤，漂如驚鸞。恩波錦帕舒，所以成御鞍金騕褭之句。蓋恩波所及，併御鞍而賜焉，於是又蒙覆之以錦帕也。梁丘遲侍宴詩：肅穆恩波被。此行非不濟，良友昔相於。趙云：言李相繼隨杜趨朝，非不有濟如同舟共濟之義。李爲杜之良友，宿昔最相得，則必推薦之矣。又所以成使節有吹噓之句。相於字，出選。去棹依顔色，沿流想疾徐。趙云：以言李之舟行也。沈綿疲井臼，馮衍傳：兒女常自操井臼。倚薄似樵漁。趙云：公以言其卧病也。病之沈綿，則不能服井臼之事。井，汲也；臼，舂也。古列女傳載：周南之妻曰：親操井臼。謝靈運詩云：拙疾相倚薄，還得静者便。言留滯于夔，即是依倚止薄，如樵夫、漁父然也。乞米煩佳客，乞字，公自注：去聲。鈔詩聽小胥。小吏也。趙云：自我求人謂之乞。自人與我謂之乞，則音氣也。詩云：於焉嘉客〔一〇〕。佳客即嘉客也〔一一〕。周禮有小胥之官。雖是官名，今言乃胥史也。杜陵斜晚照，漢宣帝葬杜陵，去長安南五十里。潏水帶寒淤。潏，音決，水名也。上林賦：豐鎬潦潏之淤。杜陵、潏水，公之故里。潏水在長安縣南十里，東自萬年縣界流入。莫話青溪髮，蕭蕭白映梳。趙云：四句因李君之行趨長安，遂起懷鄉之念。青溪，言溪水之色青爾。謝莊詩云：青溪如委黛。

【校勘記】

〔一〕「陸機」，文淵閣本、文津閣本作「陸幾」，訛。

〔二〕「爲帝車也」，文淵閣本作「角爲帝卓也」，訛。

〔三〕「與」，原作「爲」，文瀾閣本、清刻本、排印本改。

〔四〕「家」，文瀾閣本、清刻本、排印本作「民」。

〔五〕「爲拾遺」之「爲」字，文瀾閣本、清刻本、排印本作「右」。

〔六〕「文」，原作「又」，據文津閣本、文瀾閣本、清刻本、排印本改。又，文淵閣本作「文文」，衍一「文」字。

〔七〕「知」，文瀾閣本、清刻本、排印本作「及」。

〔八〕「若」，文瀾閣本、清刻本、排印本無。

〔九〕「無費」，文淵閣本、文津閣本奪「無」字，文瀾閣本、清刻本、排印本作「省」。

〔一〇〕「嘉」，文淵閣本、文津閣本作「佳」，訛。

〔一一〕「嘉」，文津閣本作「佳」，訛。

寄劉峽州伯華使君四十韻

峽内多雲雨，秋來尚鬱蒸。高唐賦：旦爲朝雲，暮爲行雨。應璩書：處凉臺而有鬱蒸之煩。趙云：上句普言三峽一帶之地，與「忠州三峽内」同義。下句謂楚地之多熱也。遠山朝白帝，見上白帝城詩注。深水謁一作出。夷陵。峽州有夷陵縣。趙云：上句説夔州，蓋公之所在也。下句説峽州，劉使君之所在也。謁，或作出，非。蓋水至夷陵而愈深，所以謂之謁，用對朝字爲工爾。遲暮嗟爲客，西南喜得朋。易：西南得朋。趙云：上句所以成在白帝之句，下句所以成望夷陵之句。楚詞：傷美人之遲暮。陸士衡歎逝賦：托末契於後生，余將老而爲客。得朋，指言劉使君。大抵四川皆在中州之西南，文人於恰好處不放過。一句説夔，一句説峽，此亦雙紀格。哀猿更起坐，落雁失飛騰。趙云：上句謂聞猿嘯之聲悲哀，不覺起坐。更，平聲。下句則以譬其身如雁之落，而困於飛翔也。伏枕思瓊樹，江淹古别離云：願一見顔色，不異瓊樹枝。言思劉使君也。臨軒對玉繩。星名。謝玄暉詩：玉繩低建章。趙云：伏枕，公言其病也。瓊樹，指言劉使君。漢李陵贈蘇武詩曰：思得瓊樹枝，以解長渴飢。杜補遺：世説王戎云：太尉夷甫，神姿高徹，如瑤林瓊樹，自是風塵外物。下句則思劉君臨軒而坐，直至玉繩星見爾。青松寒不落，莊子云：松栢在冬夏青青。何敬祖詩：青青陵上松，亭亭高山栢。光色冬夏茂，根柢無凋落。言劉使君之勁節也〔一〕。碧海闊逾澄。十洲記：扶桑在碧海之中。趙云：東方朔十洲記：東有碧海，廣狹浩汗與東海等。水不鹹苦，止作碧色。此言劉使君之寬量也。昔歲文爲理，群公價盡增。尚文之世，群公皆馳譽得時，則其價增矣。趙云：此追言前朝也，所以引下句。家聲同令聞，時論以儒稱。趙云：此言劉使君祖宗家聲與公祖審言同休令之聞望，當時士論皆以儒名歸之。太后當一作臨。朝肅，多才接迹昇。趙云：太后，指言則天也。翠虛捎魍魎，丹極上鵾鵬。趙云：言多才進用，如在翠虛、丹極之間，於是棄捐不才，如捎魍魎；進用賢者，如鵾鵬摶扶九霄間。捎字，東京賦云：捎魑魅。注云：捎，殺也。上字，則莊子：摶扶搖而上者九萬里。是也。宴引春壺酒〔二〕，一作滿。恩分夏簟冰。頒，冰也。江淹賦：夏簟清兮晝不寐。趙云：言太后朝所寵賜大臣如此。春壺酒，則詩春酒百壺也〔三〕。一作春壺滿，非是。蓋以酒對冰方當。彫章五色筆，江淹夢得五色筆，由是文藻日新。杜補遺云：齊蕭慤秋夜賦詩云：芙蓉露下落，楊柳月中疎。邢劭以爲斯文彫章間出〔四〕。又文選任彥升作王文憲集序曰：公述作不倦，事該軍國，豈特雕章縟采而已哉。紫殿九華燈。西京雜記：元日燃九華燈於南山上，照見百里。謝玄暉詩：紫殿肅陰陰。趙云：雕鏤章句所用之筆，即五色筆也。而彫章之作，在於紫殿夜宴之時。前漢成帝紀曰：神光降集紫殿。蓋漢殿名也。學並盧王敏，唐文苑傳：盧照鄰與楊炯、王勃、駱賓王以文詞齊名，海內稱爲王楊盧駱，號爲四傑。書偕褚薛能。褚遂良、薛稷也。褚遂良之書得王逸少之體。稷外祖魏徵家多褚書，稷銳意模學〔五〕，時無及者。趙云：詳此詩，豈言劉伯華之祖與公之祖審言乎？故謂之並與偕也。記云：名與功偕；事與時並。老兄真不墜，小子獨無承。言伯華所學，真不墜其家世，惟已不克負荷先業也。趙云：劉毅與劉裕樗蒲，毅既得雉，裕曰：老兄試爲卿答。於是成盧。故對小子。語曰：吾黨之小子。近有風流作，聊從月繼一作窴。徵。趙云：風流作，言其詩之風流，用對月繼，則月月相繼而徵索之。月繼字，師民瞻本作月窟。杜田補遺作月窴，引顏延年宋郊祀歌：月窴來賓，日際奉土。注：窴，窟也。一作峽，未知孰是。放蹄知赤驥，列子：周穆王有赤驥。捩翅服蒼鷹。鸚鵡賦曰：蒼鷹鷙而受紲。此皆言文才俊逸也。趙云：皆取神駿快疾。謂劉之詩如馬行鷹飛之馳騁神速也。卷軸來何晚，襟懷庶可憑。趙云：恨其寄詩卷之遲。我之懷抱，欲憑詩以驅遣爾，故有下句。會期吟諷數，益破旅愁凝。趙云：會欲數數吟詠，而用破旅愁之鬱結也。雕刻初誰料，一作解。揚子：或問雕刻衆形匪天歟？曰：以其不雕刻也。如物刻而雕之，焉得力而給諸？纖毫欲自矜。趙云：言其詩雕刻之妙，誰能輕料之。此蓋以造化言之也。又謂其纖毫皆妙，而可矜誇。故公前有詩云：毫髮無遺恨。亦此意爾。神融躡飛動，戰勝洗侵凌。杜補遺云：列子曰：心凝形釋，骨肉都融，不覺形之所倚，足之所履；隨風東西，猶木葉幹殼，竟不知風乘我耶？我乘風耶？神融躡飛動，蓋亦取列子骨肉都融，隨風東西之意用之耶。又韓子云：昔子夏見曾子，曰：何肥？對曰：戰勝故肥。曾子曰：何謂也？對曰：吾入見先王之道義，則榮之，出見富貴，又榮之。兩者戰於胸中，未知勝負，故臞。今先王之義勝，故肥。趙云：公於論詩嘗曰：飛動摧霹靂。今躡飛動亦是此意。洗侵凌，則凡作詩者，不敢與戰而侵凌之也。妙取筌蹄棄，得魚忘筌，得兔忘蹄之義。高宜百萬層。言格致高遠也。趙云：上句言其詩之不拘泥，下句言其詩之不卑淺也。史：一士止百萬之師〔六〕。白頭遺恨在，青竹幾人登！青竹，青簡也。猶書於青簡者能幾人。趙云：所謂登青竹，則專主文章而言之。文賦：常遺恨以終篇，豈懷盈而自足。前史有文藝傳、文苑傳，又如司馬相如、揚雄、王褒等，班班載於史册，皆以文稱矣。回首追談笑，勞歌跼寢興。趙云：蓋以追懷劉使君之談笑，故徒勞歌詠，而跼蹐起居之間也。選：宴語談笑。又：以當談笑。詩：載寢載興〔七〕。年華紛已矣，世故莽相仍。嵇康書曰：世故繁其慮〔八〕，七不堪也。趙云：公自入仕，遭安史之亂，又有吐蕃之兵，則世故相仍，如草莽之多矣。刺史諸侯貴，翟方進奏曰：古選諸侯賢者以爲州伯。今部刺史居牧伯之位，秉一州之統。請罷刺史置州牧。趙云：今之刺史，乃古之諸侯之貴也。郎官列宿應。漢明帝館陶公主爲子求郎。帝不許，賜錢一千萬，曰：夫郎官，上應列宿，出宰百里，非其人，則民受其殃。潘生驂閣遠，一云潘安雲閣遠，是。黃霸璽書增。黃霸爲潁川太守，治爲天下第一。天子下詔，賜關内侯黃金百斤。循吏傳云：二千石有治效者，輒報璽書勉勵，增秩賜金。趙云：潘安仁秋興賦序云：以太尉掾，寓直于散騎之省。高閣連雲，陽景罕曜。下句以劉使君比黃霸也。乳贙號攀石，飢鼯訴落藤。趙云：此而下則公自叙述，而終之以末句之歎傷也。乳贙，舊注：乳虎也。非是。贙音畎。杜時可引爾雅：贙有力。注：出西海大秦國，似狗，多力獷惡。又音鉉。炙轂子載贙銘曰：爰有獷獸，厥形似犬，饑則馴服，飽則反眼。出于西海，名之曰畎。其説是。然夔州未必有之，而公使此者，蓋亦山中之物爾。前乎杜公，則如沈佺期嘗云：且懼威非贙，寧知心是狼也。乳贙號叫而攀石，鼯以訴飢而落藤，此皆道夔州山居事。藥囊親道士，灰劫問胡僧。趙云：上句以其病之故，求服食於道士。秦皇侍毉以藥囊提荆軻。下句以世故之多，形乎憂懼，遂有胡僧之問矣。杜補遺云：漢武帝穿昆明池極深，悉見墨灰，以問東方朔。朔曰：臣愚，不足以知之，請問西域胡人。至後漢明帝時有外國人入來。舉以問之，云：此是天地大劫將盡〔九〕，劫灰之餘也。憑久烏皮綻，烏皮几也。簪稀白帽稜。管寧常著白帽。趙云：上句以老懶之故。烏皮者，几也。杜補遺云：齊謝脁有詠烏皮几詩，曰：蟠木生附枝，刻削豈無施。取則龍文鼎，三趾獻光儀。曲躬奉微用，聊承終宴疲〔一〇〕。下句以髮少之故，著白紗帽也。管寧常戴之。林居看蟻穴，焦贛易林曰：蟻封户穴，大雨將集。博物志：蟻知欲雨。野食待魚罾。魚網也，待罾中，所得之魚爲饌爾。筋力交凋喪，飄零免戰兢。趙云：筋力兩字交，當作皆，言皆彫喪。因避難而眼中不見戰伐事，故得免憂懼也。詩：戰戰兢兢。皆爲百里宰，正似六安丞。皆字，師民瞻本作昔字，而趙本又作旹字，蓋古時字也。此所以成「郎官列宿應」之句，蓋言身爲郎官，當其時自可爲百里宰矣，然正如桓譚之出耳。後漢桓譚數以言事忤旨，出爲六安丞。姹女縈新裹，丹砂冷舊秤。杜補遺：漢魏真人參同契曰：河上姹女靈而最神，得火則飛，不染垢塵。真一子注云：河上姹女，即是真汞也。漢真人大丹訣曰〔一一〕：姹女隱在丹砂中。注：姹女，汞也，是天地之至寶。丹砂，乃七十二石之至尊。趙云：此下言修煉之事，以成「藥囊親道士」之句，欲以大藥而養性爾。仙求椿壽永，莊子曰：上古有大椿者，以八千歲爲春，八千歲爲秋。莫慮杞天崩。列子：杞國有人，憂天崩墜，身無所寄。趙云：亦求長年也〔一二〕。鍊骨調情性，養生論曰：修性以保神，安心全身。文子曰：太上養神，其次養形。張兵撓棘矜。徐樂傳：奮棘矜。師古曰：棘，戟也；矜者，棘之把。時秦銷兵器故，但有戟之把耳。養生終自惜，伐叛必全懲。嵇康有養生論云：善養生者清虛靜泰，少私寡欲。又七發云：伐性之斧。上四句皆養生之理。伐叛者，言外物之害性，不可不懲戒也。政術甘疎誕，詞場愧服膺。顔子得一善則拳拳服膺。趙云：公自謙。其於政事疎拙誕妄，不若劉使君；於詞場，雖知服膺，尤切自愧也。展懷詩頌魯，魯諸侯而有頌者，以其德之可歌誦也。割愛酒如澠。平生所好，消渴止之。已上自注。左傳：齊侯投壺，相者曰：有酒如澠，有肉如陵。寡君中此，與君代興。亦中之。咄咄寧書字，世說：殷浩被廢在長安，終日書空作咄咄怪事四字。冥冥欲避矰。揚子曰：鴻飛冥冥，弋人何慕焉〔一三〕。又淮南子曰：雁銜蘆以避矰繳。上句言不以世俗爲怪，下句則又有遠引之意。江湖多白鳥，天地有青蠅。詩云青蠅以喻讒人。鮑云：上句與白鷗波浩蕩同意。杜田補遺云：白鳥有二說：一說謂鷗鷺之類，詩言「白鳥鶴鶴」是也，喻賢者之潔白，而棄置江湖間；一說謂白鳥蚊蚋也，以譬則小人。言賢者居亂世欲隱，而爲蚊蚋所嚼，欲出則爲青蠅所污，是無逃於天地之間矣。蚊蚋，謂之白鳥者。按大戴禮夏小正注：白鳥羞丹鳥。丹鳥者，丹良也。白鳥者，蚊蚋也。羞，進也。凡有翼者爲鳥。崔豹古今注曰：螢一名丹良，一名丹鳥。腐草爲之，食蚊蚋也。趙云：此言在江湖之間，天地之內，無所逃蚊蠅之害也。亦寓意，以言小人之多者乎？

【校勘記】

〔一〕「勁節」，原作「歲寒」，據文瀾閣本、清刻本、排印本改。

〔二〕「引」，文淵閣本作「飲」，訛。

〔三〕「春」，文瀾閣本、清刻本、排印本作「清」。案，毛詩正義卷十八亦作「清」。

〔四〕「邢劭以爲斯文彫章間出」句，「邢劭」原作「高林」，訛，據文瀾閣本、清刻本、排印本並參全北齊文卷三邢紹蕭仁祖集序改。又，「斯文」，文瀾閣本、清刻本、排印本作「可謂」。

〔五〕「模」，文淵閣本、文津閣本、文瀾閣本、清刻本、排印本作「摹」。

〔六〕「止」，文瀾閣本、清刻本、排印本作「正」。

〔七〕「載寢載興」，原作「再寢再興」，據文淵閣本、文津閣本、文瀾閣本、清刻本、排印本並參先後解輯校丁帙卷五此詩引趙次公注〔二〇〕及詩經秦風小戎改。

〔八〕「繁」，文淵閣本、文津閣本、文瀾閣本、清刻本、排印本作「煩」。

〔九〕「大」，原作「天」，訛，據文瀾閣本、清刻本、排印本並參搜神記卷十三改。

〔一〇〕「承」，文淵閣本、文津閣本、文瀾閣本、清刻本、排印本作「成」。

〔一一〕「人」，先後解輯校丁帙卷五此詩引趙次公注〔三〇〕作「丈」，當是。

〔一二〕「亦」，排印本作「以」。

〔一三〕「慕」，文瀾閣本、清刻本、排印本作「篡」。

王十五前閣會

楚岸收新雨，春臺引細風。趙云：上兩句言所會之地。引字，如江總秋日登廣州城南樓詩：秋城韻晚笛，危樹引清風〔一〕。情人來石上，鮮鱠出江中。趙云：情人，言會中之人。鮑明遠翫月城門詩：迴軒駐輕蓋，留酌待情人。鮮鱠，言薦食之味。枚乘七發云：鮮鯉之鱠。鄰舍煩書札，趙云：王十五者必公之鄰也。肩輿强老翁。司馬相如傳注云：扎木，簡之薄小者。時未多用紙，故給札以書。陶淵明使二子乘肩輿。病身虚俊味，何幸飫兒童。趙云：以病不能食，虚其雋美之味。則持之以歸，燕及兒輩也。俊，當作雋。

【校勘記】

〔一〕「樹」，陳詩卷八、藝文類聚卷二十八人部載此詩作「榭」。

寄韋有夏郎中

省郎憂病士，書信有柴胡。藥名也。飲子頻通汗，懷君想報珠。四愁詩：何以報之明月珠。杜田補遺：仇池翁曰：沈佺期回波辭云：姓名雖蒙齒録〔一〕，袍笏未復牙緋。子美用飲子對懷君，亦齒録牙緋之比也。又古今詩話云：古之文章自應律度，未以音韻爲主。自沈約增崇韻學之後〔二〕，浮巧之語，體製漸多。始有蹉對、假對、雙聲疊韻之類。如自朱邪之狼狽，致赤子之流離，不惟朱對赤、邪對子，而狼狽、流離，乃獸名對鳥名，所謂假對。子美以飲子對懷君，亦假對。按本草：柴胡爲君，味苦平，以之爲湯，皆通表裏爾。親知天畔少，藥餌峽中無。峽俗信鬼病，則禱祠而不服藥，故峽中藥餌絶少。歸楫生衣卧，春鷗洗翅呼。趙云：以上水更不須楫，所以生衣而卧。生衣，謂水衣生也〔三〕。下句以紀其來時也。猶聞上急水，早作取平途。趙云：蓋言韋君上水也。萬里皇華使，爲僚記腐儒。詩皇皇者華，君遣使臣也。文七年傳：荀林父曰：同官爲僚。漢高祖罵酈食其曰：腐儒，幾敗吾事。

【校勘記】

〔一〕「姓」，全唐詩話卷一、本事詩嘲戲七作「身」。

〔二〕「增」，文瀾閣本、清刻本、排印本作「尊」。

〔三〕「水衣生」，文淵閣本作「水生衣」，文瀾閣本作「衣生衣」，均訛。

寄常徵君

白水青山空復春，徵君晚節旁風塵。徵君者，以其曾爲朝廷禮聘而不起，故謂之徵君也。趙云：言徵君本在白水青山之間，今以其出，故空復春也。蓋使蕙帳空兮夜鶴怨之意。下句謂其晚節末路，乃旁風塵，出而爲官也？楚妃堂上色殊衆，海鶴階前鳴向人。海鶴非階墀之物，而今鳴向人者，非本意也，以言徵君晚節爾。趙云：兩句皆以喻徵君。上句言徵君如楚妃之妍，有絶衆之色。下句言徵君如海鶴之高，非階墀物爾。萬事糾紛猶絶粒，賈誼賦：糾錯相紛。一官羈絆實藏身。趙云：絶粒，猶絶糧也，蓋言其愁、病、疾、苦，無所不有矣，猶更有絶粒糧之患〔一〕，則其困可知。一官羈絆，以成旁風塵之句。開州入夏知涼冷，不似雲安毒熱新。趙云：開州，必徵君官於彼矣。

【校勘記】

〔一〕「有」，文瀾閣本、清刻本、排印本作「不免」。

寄岑嘉州

趙云：岑參也。詩乃吴體，故不拘詩眼。

不見故人十年餘，不道故人無素書。古詩云：遺我雙鯉魚，中有尺素書。願逢顔色關塞遠，江淹詩：願一見顔色。豈意出守江城居。公自注云：州據蜀江外。顔延年：一麾乃出守。外江三峽且相接，斗酒新詩終自疏。師云：王導曰：近日病肺，與友人斗酒，新詩稍疎。趙云：江城，即言嘉州，下臨大江、汶水〔一〕，自叙歷瀘、連夔，故云與三峽相接。史云：隻雞斗酒。選云：示我新詩。終自疎，言不與岑同詩酒之樂也。謝朓每篇堪諷誦，謝朓，字玄暉，有詩載在文選。趙云：言岑之詩如謝朓，篇篇可諷詠也。馮唐已老聽吹嘘。馮唐老尚爲郎，公以自比，而聽有吹嘘之者。泊船秋夜經春草，伏枕青楓限玉除。趙云：公初至雲安，是去年秋時，故云泊船秋夜。今又見春矣，故云經春草。伏枕，則公病肺而卧也。青楓，言楚地多楓樹。限玉除，則公念還闕也。曹子建贈丁儀云：凝霜依玉除。眼前所寄選何物？贈子雲安雙鯉魚。趙云：上句使素書，末句使雙鯉魚，皆一意也。

【校勘記】

〔一〕「汶水」，原作「吴水」，文瀾閣本、清刻本、排印本作「汶水」。

峽中覽物〔一〕

曾爲掾吏趨三輔，憶在潼關詩興多。趙云：三輔者，京兆、馮翊、扶風也。長安爲京兆，同州爲馮翊，華州爲扶風。公曾爲華州功曹，故云。潼關于唐則華州之華陰也。華州所賦之詩，即潼關之詩興矣。巫峽忽如瞻華嶽，蜀江猶似見黄河。巫峽之高，蜀江之長，可以比華嶽與黄河。蓋亦在峽中覽物，而思華州也。

舟中得病移衾枕，洞口經春長薜蘿。謝靈運詩：想見山阿人，薜蘿若在眼。趙云：言其初得病於雲安舟中，而移衾枕於客居屋舍之下。洞口，亦所居雲安之地也。形勝有餘風土惡，幾時回首一高謌！峽中雖號形勝之地，而風土不類中原也。趙云：張孟陽劍閣銘云：形勝之地，匪親不居。意言幾時離此三峽險惡之地而去，可回首望之〔二〕，寫胸懷而浩歌也。

【校勘記】

〔一〕詩題，二王本杜集卷十五、錢箋卷十六作「覽物」。

〔二〕「回」，原作「以」，訛，據文瀾閣本、清刻本、排印本並參先後解輯校丁帙卷四此詩引趙次公原注改。

憶鄭南玭

趙云：玭，音蒲眠切，珠名也。韻書正作蠙，禹貢蠙珠是已。唐柳玭作家訓者，亦此玭字也。或云，鄭南，地名；玭，人名，居於此。意者公之族人行卑，故不著姓，而特言其名爾。師民瞻本削去玭字。又首句舊云「鄭南伏毒守」，極難解，具于後。

鄭南伏毒寺，蕭洒到江心。趙云：舊本「伏毒守」難解，師民瞻作手，亦無義。一作寺，却似有理。蓋寺名伏毒而在江心。石影銜珠閣，泉聲帶玉琴。琴亦有三峽流泉操。趙云：石影、泉聲，言其處所之景物也。玉琴，言泉聲如玉琴之聲也。江淹去故鄉賦：撫玉琴兮何親。風杉曾曙倚，雲嶠憶春臨。趙云：倚風杉、臨雲嶠，此所以題謂之憶也。萬里滄浪水，一作外。龍蛇只自深。趙云：舊本作滄浪外，師民瞻本作水字，是。滄浪之水清兮，可以濯我纓。蓋言滄浪之水徒爲龍蛇深藏之窟宅，不似鄭南江心之可到也。

懷灞上遊

悵望東陵道，蕭何傳：邵平者，故秦東陵侯。種瓜長安城東，世謂東陵瓜。阮籍詩：昔聞東陵瓜，近在青門外。趙云：指言長安東門外也。平生灞上遊。趙云：滻水，在萬年縣東二十里，北流入渭，則東陵道乃所以往灞上也。春濃停野騎，夜宿敞雲樓。趙云：懷昔之遊者也〔一〕。離別人誰在？經過老自休。趙云：昔所與同遊之人既已離別，復誰存在者。又身已老矣，經過亦自罷休也。阮籍詩云：西遊咸陽中，趙李相經過。眼前今古意，江漢一歸舟。趙云：止懷灞上而欲歸，蓋言眼前有今古無窮之意，特在一舟從江漢以歸也。謝玄暉云：天際識歸舟。

【校勘記】

〔一〕「之」，文瀾閣本、清刻本、排印本作「同」。案，先後解輯校丁帙卷六此詩引趙次公原注〔一〕作「之」。

雨

萬木雲深隱，連山雨未開。風扉掩不定，水鳥去仍回。趙云：風扉，舟中之門也。水鳥去仍回，乃舟中所見矣。蛟館如鳴杼〔一〕，江賦云：蛟人織綃於泉室〔二〕。樵舟豈伐枚。詩云：遵彼汝墳，伐其條枚。樵舟，以雨之故，不能採樵，故云豈伐枚也。此又成連山雨未開之句。清涼破炎毒，衰意欲登臺。

【校勘記】

〔一〕「蛟」，文瀾閣本、清刻本、排印本作「鮫」。案，二王本杜集卷十五、錢箋卷十五作「蛟」。

〔二〕「蛟」，文瀾閣本、清刻本、排印本作「鮫」。

晚晴

返照斜初徹，一作散。浮雲薄未歸。趙云：纂要云：日將落曰薄暮，日西落，光返照於東，謂之返景。隋康孟詠日云：光泛扶桑海，返照若華池。師本以徹作散，非是。日光將收藏，不可言散也。語：於我如浮雲。返照言斜，則賈誼云庚子日斜也。雲言未歸，謝靈運遊南亭詩：雲歸日西馳。李善引曹子建詩：朝雲不歸山，霖雨成川澤。蓋雨則雲出，晴則雲歸也。今爲其薄薄尚在，故云未歸。江虹明遠一作近。飲，楚詞：虹霓紛其朝霞兮，夕淫淫而霖雨。漢燕王旦謀反，大虹下于宮中，飲井水竭。峽雨落餘飛。鳧雁終高去，喻避世之士，能高舉遠引也。熊羆覺自肥。喻貪暴者賊民以自豐也。趙云：既晴矣，故鳧雁仍高飛而去。熊羆亦以晴而便於求食也。秋分客尚在，竹露夕微微。言秋分而尚留滯於他方爾。

夜雨

小雨夜復密，迴風吹早秋。爾雅云：小雨謂之霢霂。又云迴風曰飄。趙云：張協詩云：密雨如散絲。以言小雨也。楚詞九歌之一有乘回風兮。阮嗣宗詠懷：回風吹四壁。野涼侵閉户，江滿帶維舟。趙云：已閉户矣，而涼氣透入，此之謂侵閉户。蓋用孫敬閉户讀書字也。江以雨而水添，故謂之滿。用陶潛春水滿四澤字也。維舟字，則如任彦昇詩序云：贈郭桐廬出溪口見候，余既未至，郭乃維舟久之。言江水添而有維舟在岸也。通籍恨多病，爲郎忝薄遊。公通籍朝省，晚得渴病，嘗爲尚書工部郎。趙云：前漢元帝紀注：籍者，爲二尺竹牒，記其年紀、名字、物色，懸之宮門，按省相應乃得入。公前者爲左拾遺，蓋嘗通禁省之籍矣。張良傳：良多病，故未嘗持兵將。司馬相如以訾爲郎。薄遊，則夏侯湛作東方朔畫贊序云：以爲濁世不可富樂也〔一〕，故薄遊以取位。又孫綽子曰：或問賈誼不遇漢文，將退耕於野乎？薄遊於朝乎？蓋言薄薄遊宦也。**天寒出巫峽，醉別仲宣樓。**趙云：公以冬時出峽，即可到荊州。又乘醉而別仲宣樓以歸長安也。禮記：天寒既至，霜雪既降。梁元帝出江陵縣還詩云：朝出屠羊縣，夕返仲宣樓。

【校勘記】

〔一〕「樂」，文瀾閣本、清刻本、排印本作「貴」。案，先後解輯校丁帙卷五此詩引趙次公原注〔二〕作「樂」，文選卷四十七、全晉文卷六十九東方朔畫贊作「貴」。

更題

只應踏初雪，騎馬發荊州。趙云：此篇又想像之詩。公以初雪爲期，離荊州而歸長安，然尚在夔州。**直怕巫山雨，真傷白帝秋。**趙云：乃巫山〔一〕、白帝之側，故怕其多雨，而當秋時尤爲可傷也。**群公蒼玉珮，**趙云：後四句乃思帝闕之事。晉公卿禮秩曰：特進、尚書令、僕射、中書監令，皆佩水蒼玉。韓退之：峩峩進賢冠，耿耿水蒼佩。亦謂此也。**天子翠雲裘。**宋玉賦云：主人之女，爲承日之華，上翠雲之裘。此宋玉誇誕之言。今公直言天子矣。**同舍晨趨侍，胡爲淹此留？**言同舍皆在侍從而嘆己之淹留也。離騷經云：又何足以淹留。

【校勘記】

〔一〕「乃」，文瀾閣本、清刻本、排印本作「居」。案，先後解輯校丁帙卷五此詩引趙次公原注〔一〕作「乃」。

峽隘〔一〕

聞説江陵府，今之荆南也〔二〕。雲沙淨眇然。江鄉水國，眼界空闊，故雲沙之淨而眇無涯際也。白魚如切玉，崔豹古今注曰：白魚好群遊。浮水上名曰白萍，如切玉，言其白也。朱橘不論錢。以其多而賤也。水有遠湖樹，人今何處船？趙云：言江陵府以水言之，有遠湖邊之樹，而所謂欲往江陵之人，其船今在何處？乃公自言也。青山若在眼，却望峽中天。趙云：舊本作各在眼，師民瞻作若在眼，蓋言往江陵則必經巫山峽，若巫峽之青山在眼，却仰望峽中之天矣。意謂巫峽高峻而極窄，才能見天也。謝靈運詩：想見山阿人，薜蘿若在眼。

【校勘記】

〔一〕「峽」，文津閣本作「陜」，訛。

〔二〕「荆南」，文淵閣本、文津閣本、文瀾閣本、清刻本、排印本作「荆州」。

存没口號二首

席謙不見近彈碁，席謙，吴人，善彈碁。畢耀仍傳舊小詩。畢耀善爲小詩，見玉臺集。玉局他年無限笑，薛云：按道藏：成都地神涌出，扶一玉局，今之玉局觀是也。白楊今日幾人悲！陶潛挽歌云：蔓草何茫茫，白楊亦蕭蕭。杜補遺：後漢梁冀傳注：藝經曰：彈碁，兩人對局，白、黑碁各六枚。先列碁相當，更先彈也。詳見酉陽雜俎云。世説言彈碁起自魏室粧奩戲也。典論云：予於他戲弄之事少所善〔一〕，唯彈碁略盡其巧。彈碁，起於魏明帝。按史稱梁冀能彈碁，則後漢已有之，非起於魏也。趙云：末句言幾人爲之悲？特有我而已。

右一

【校勘記】

〔一〕「善」，全三國文卷八魏文帝典論、三國志卷二魏書作「喜」。

鄭公粉繪隨長夜，曹霸丹青已白頭。天下何曾有山水，人間不解重驊騮！

自注：高士滎陽鄭虔，善畫山水。曹霸善畫馬。趙云：此篇一存、一殁也。山水言鄭虔之畫，驊騮言曹霸之畫。末句言無人珍重而藏其畫也。或曰：何曾有山水，止言鄭殁更無人會畫山水耳，於義亦通。

右二

日暮

牛羊下來夕，一作久。詩云：日之夕矣，牛羊下來。各已閉柴門。風月自清夜，江山非故園。石泉流暗壁，草露滴秋原。一作滴秋根。趙云：舊本作滴秋根，字生，而秋原則與暗壁敵也。頭白燈明裏，何須花燼繁。趙云：西京雜記言陸賈云：乾鵲噪而行人至，蜘蛛集而百事喜。目瞤得酒食，燈花得錢財。世俗以爲燈花結，必有喜事。今句蓋言頭白矣，何以喜爲，故不須燈燼繁結也。

秋日寄題鄭監湖上亭三首

碧草違春意，別賦云：春草碧色。沅湘萬里秋。沅、湘，二水名。趙云：碧草者，春時事也。今經秋草枯，故謂之違背春意。江陵之下接洞庭、沅湘，爲言萬里秋，故廣言之。池要山簡馬，見習池未覺風流盡注。語云：久要不忘平生之言。月靜庾公樓。晉庾亮在武昌，諸佐吏殷浩之徒乘秋夜，共登南樓，俄而不覺亮至。諸人將起而避之，亮徐曰：諸君少住，老子於此興復不淺。便據胡床與浩等談詠竟夕。趙云：以習家池比鄭監之湖，以當日府帥比山簡。下句直比鄭監之樓爲庾亮樓矣。磨滅餘篇翰，趙云：此下四句公自言也。書序：其餘錯亂磨滅。平生一釣舟。高唐寒浪減，髣髴識昭丘。趙云：以上句「一釣舟」引落句，高唐峽水入冬而浪減，則可以行，故能髣髴望昭丘而識之。王粲在荊州作登樓賦云：北彌陶牧，西接昭丘。注引荊州圖經曰：當陽東南七十里，有楚昭王墓。公時在夔，言水退則下荊南矣。

右一

新作湖邊宅，還聞賓客過。自須開竹逕，誰道避雲蘿。趙云：自須開竹逕，承賓客過之下，蓋亦暗使蔣詡開逕事爾。既開竹徑，則其徑顯豁，豈是隱避於雲蘿之間者乎。官序潘生拙，潘岳閑居賦：拙者絕意乎寵榮之事。才名賈誼多〔一〕。本傳言誼年少頗通諸家之書，文帝召爲博士。每詔令議下，諸老先生未能言，誼盡爲之對。趙云：潘岳云：嘗讀汲黯傳，至司馬安四至九卿，而良史書之，題以巧宦之目，嘆曰：巧誠有之，拙亦宜然。潘生以比鄭監，蓋言其材器可以超遷，而止如潘生之拙也。其言官序，爲安仁自述其八徙官而一進階，再免，一除名，一不拜，遷職者三而已矣。斯爲官序也。西征賦云：賈生洛陽之才子也。言誼才名而貼之以多，則士衡患才多也。捨舟應卜地，鄰接意如何？公之意欲往江陵，故有接鄰之問。

右二

【校勘記】

〔一〕「賈誼」，二王本杜集卷十五、分門集注卷十以及錢箋卷十六作「賈傅」。

暫阻蓬萊閣，見上蓬萊漢閣連注。終爲江海人。鄭君爲祕書監，即漢之東觀。後漢書曰：學者稱東觀爲道家蓬萊山。鄭君罷退，斯江海之人矣。莊子曰：就藪澤，處閒曠，釣魚閒散；此江海之士，避世之人也。謝靈運憶山中詩曰：韓亡子房奮，秦帝魯連耻。本自江海人，忠義感君子。揮金應物理，拖玉豈吾身。西征賦：飛翠緌，拖鳴玉，以出入禁門者衆矣。漢疏廣爲太子太傅，兄子受爲少傅。廣謂受曰：吾聞知足不辱，知止不殆。豈如父子相隨出關，歸老，不亦善乎？遂上疏乞骸骨。上賜黄金二十斤〔一〕，皇太子贈以五十斤〔二〕。廣既歸鄉里，日令家設酒食，請族人故舊相與娛樂。或勸廣買田宅爲子孫計，廣曰：吾豈老不念子孫哉？賢而多財，則損其志；愚而多財，則益其過。此金者，聖主惠老臣，故樂與鄉黨宗族共之，不亦可乎？族人悦服。張景陽詠二疎詩：昔在西京時，朝野多歡娛。藹藹東都門，群臣祖二疎。朱軒耀金城，供帳臨長衢。達人知止足，遺榮忽如無。抽簪解朝衣，散髮歸海隅。行人爲隕涕，賢哉此丈夫。揮金樂當年，歲暮不留儲。顧謂四座賓，多財爲累愚。清風激萬代，名與天壤俱。咄此蟬冕客，君紳宜見書。羹煮秋蓴滑，盃迎露菊新。蓴，菜也，見「張翰願歸吳」注。陶淵明詩：秋菊有佳色，裛露掇其英。泛此忘憂物，遠我遺世情。一觴雖獨進，盃盡壺復傾。賦詩分氣象，佳句莫頻頻。趙云：公言鄭君賦詩，分得我吟詠之氣象，則佳句莫也頻頻有之乎？此莫字與「行雲莫自濕僊衣」之莫同。

右三

【校勘記】

〔一〕「十」，文淵閣本作「千」，訛。案，漢書卷七十一疏廣傳作「十」。

〔二〕「十」，文淵閣本作「千」，訛。案，漢書卷七十一疏廣傳作「十」。

謁真諦寺禪師

蘭若山高處，若，以者切。蘭若，寺名。煙霞嶂幾重。凍泉依細石，晴雪落長松。趙云：雪以晴日所照，自高松而墜下也。問法看詩妄，一作忘。觀身向酒慵。未能割妻子，卜宅近前峰。費長房棄妻子以從壺公。趙云：宋周顒長於佛理，於鍾山西立隱舍，終日長蔬。雖有妻子，獨處之。此於卜宅近寺爲可證。舊引費公事，非。

覆舟二首

巫峽盤渦曉，江賦：衝巫峽以迅激。又，盤渦谷轉。黔陽貢物秋。書云：各貢方物。黔陽，今黔州也。丹砂同隕石，翠羽共沈舟。趙云：丹砂、翠羽，則所貢之物也。故因其物以寓沈覆之辭。僖十六年，隕石于宋五。鄒陽曰：積羽沈舟。蓋言雖至輕之物，所積既多，可以沈舟也。羈使空斜景，羈旅也。龍居閟積流。龍居，寶之所聚也。趙云：上句形容押綱船之使者，船覆無聊之意盡矣。下句則罪龍之爲孽。篙工幸不溺，俄頃逐輕鷗。言其能泅爾。

其二

竹宮時望拜，前漢禮樂志：正月上辛用事甘泉圜丘，昏祠至明。夜常有神光如流星止集於祠壇。天子自竹宮而望拜，百官侍祠者數百人皆肅然動心。桂館或求仙。前漢郊祀志：公孫卿曰：仙人可見，上往常遽，以故不見。今陛下可爲館如緱氏城，置棗脯，神人宜可致。仙人好樓居。於是長安創飛廉、桂館。師古曰：二館名也。趙云：詳味此篇，蓋因祠享而貢物也。上四句言祠享，下四句言覆舟。姹女凌波日，神光照夜年。趙云：上句以言神女之降，下句則上所謂神光如流星是已。桓帝時，童謡云：河間姹女能數錢。曹子建洛神賦：凌波微步，羅韈生塵。照夜字，多矣。若珠璧之光照夜，故用對凌波。此四句言祠享而神降之也。徒聞斬蛟劍，荆佽飛得寶劍，渡江中流，兩巨蛟繞舟，幾没。佽飛拔劍斬蛟而濟。無復爨犀船。晉温嶠宿牛渚磯下，爇犀以照水怪，須臾，見奇形異狀者。兩句蓋言恨無劍以斬蛟龍，無犀以照水怪，皆憤怒之辭爾。使者隨秋色，迢迢獨上天。趙云：舊注引張騫兩字，亦是。蓋從江中至帝闕，故暗用此字。

右二

秋清

高秋蘇肺氣，白髮自能梳。藥餌憎加減，謝靈運詩：藥餌情所止，衰疾忽在斯。門庭悶掃除。陳蕃云：大丈夫當掃除天下[一]，安事一室。趙云：傳云：門庭遠於萬里。加減字，醫方多有。漢高祖約法三章，掃除煩苛。杖藜還客拜，愛竹遣兒書。莊子云：原憲杖藜應門。王子猷愛竹也。遣兒書，則題字於竹上。十月江平穩，輕舟進所如。趙云：末句欲離夔南下也。

【校勘記】

〔一〕「天」字下原衍一「天」字，據文淵閣本、文津閣本、文瀾閣本、清刻本、排印本删。

哭王彭州掄

趙云：此詩二十韻，首兩句驚嘆其死。自「新文生沈謝」至「隱几接終朝」十一韻，鋪敘王彭州之平生。自「翠石俄雙表」至「令子各清標」六韻，敘王彭州之歿。後末四句，公自嘆其留滯，老不得歸長安，因王君之喪而感傷也。

執友驚淪沒，斯人已寂寥。禮記：交遊稱其義也[一]，執友稱其仁也。趙云：執友厚愛，尤切於交遊矣。語曰：斯人也，而有斯疾也。文選：山河寂寥、晨暮寂寥。

新文生沈謝，異骨降松喬。沈約、謝靈運，六朝之能文者。赤松子、王喬也。王君平謂茅盈曰：子有異骨可學仙。趙云：魏文帝芙蓉池作云：壽命非松喬。以松、喬言之，想見王君人物有僊風道骨者。生，若生起之生。蓋言王之新文，可以生起沈、謝於已死之後也。

北部初高選，東堂早見招。趙云：言其初官得京畿尉也，故用北部事。曹操年二十舉孝廉，爲郎，除洛陽北部尉。舊注：漢有北部太守。豈有才起身而遂爲太守乎？煬帝嘗謂侍臣曰：天下皆謂朕承藉緒餘而有四海，設令朕與士大夫高選，亦當爲天子矣。東堂早見招，言其得進見天子也。晉郄詵遷雍州刺史，武帝於東堂會送。問詵曰：卿自以爲如何[二]？詵對曰：臣舉賢良，對策爲天下第一，猶桂林之一枝，崑山之片玉。可以見東堂乃帝所臨幸，以延賢傑之處也。本朝宋敏求作河南志，引山謙之丹陽記云：東堂、西堂，亦魏制[三]，周之小寢也。左太沖詠史詩云：馮公豈不偉，白首不見招。今公翻用之。公又嘗曰：京兆田郎早見招。言得用之早矣。

蛟龍纏倚劍，鸞鳳夾吹簫。舊注引宋玉大言賦云：長劍耿介倚天外。趙云：言禁從之地，變化者如蛟龍纏繞所倚之劍。今王君所佩之劍謂之倚劍，則在天子之傍矣。秦有蕭史者，善吹簫。秦穆公以女弄玉妻焉，遂教弄玉吹簫，作鳳鳴而仙去。豈非言王君爲宗室女夫乎？

歷職漢庭久，中年胡馬驕。職，任也。胡馬驕，謂安史亂也。趙云：方以帝戚爲侍從，而值祿山之亂也。漢書云：漢庭公卿，無出其右。選云：胡馬嘶北風。

兵戈闇兩觀，寵

辱事三朝。東京賦：建象魏之兩觀。趙云：兩觀，天子之觀闕，孔子誅少正卯於兩觀之下，是已。言天寶十五載禄山犯京師也。寵辱，則老子「寵辱若驚」也。三朝，言王君事明皇、肅宗與當日之代宗三朝。雖實事，然漢有書曰三朝記，則其字不爲無所出。蜀路江干窄，彭門地里遥。彭門，地名，屬彭州。趙云：言王君之出守。解龜生碧草，諫獵阻青霄。謝靈運詩：解龜在景平。注云：解去所佩龜印也。趙云：生碧草，言龜之閑，其上生蘚。司馬長卿有上諫獵書也。青霄，言丹禁深遠，如霄漢然。此言王君已自彭州替罷，而有封事於朝，雖上而不報也。頃壯戎麾出，叨陪幕府要。趙云：此言嚴武節度東、西川，提兵而出，辟王君爲幕客也。武之初來，以一時勑命指揮兩川都節制，既還朝。而第二次來，雖阻徐知道反不進，然止西川節度而已。其後辟杜公爲參謀時，即是第三次來，兼領東、西川節度，其戎麾可爲盛壯矣。公在幕府參謀，謂之叨陪幕府要，則王彭州亦在焉，而公陪之矣。將軍臨氣候，猛士塞風飈。趙云：上句指言總戎之人，下句指戰伐之士。臨氣候者，用兵之氣候，蓋風角、鳥占、孤虚之事。風飈，戰鬭謂之風飈，而猛士塞之也。高祖：安得猛士守四方。井渫趙作漏。泉誰汲？烽燧火不燒。易井之九三：井渫不食，爲我心惻，可用汲。注：絜已而不見用也。趙云：渫，當作漏。泉誰汲、火不燒，此狀風塵既塞，而用兵閑暇之事。凡軍旅所在，必先論井泉；凡有警急，必頻舉烽燧。井漏液而泉不汲，烽燧稀舉而火不用燒，則無事矣。言王君善爲參謀而然。前籌自多暇，隱几接終朝。漢張良：願借前箸而籌之。孟子：隱几而卧。老子：飄風不終朝。趙云：接終朝，公自以其叨陪王君於幕府之中而多暇，日日得相接也。翠石俄雙表，寒松竟後彫。蔡伯喈：樹碑表墓。趙云：品官之高者，其死立雙石爲表，以言主人嚴鄭公之死也。語曰：歲寒，然後知松栢之後彫。言王君於主人交情如寒松之不替，然亦終於後彫，亦所以言其死也。贈詩焉敢墜，染翰欲無聊。趙云：言不敢以其死而廢詩篇之贈，然染翰之間，自痛悼而共情無聊矣。再哭經過罷，離魂去住銷。橋玄見曹操曰：天下將亂，安生民者，其在君乎？後玄死，操經過玄墓，輒愴悽致祭，感其知己也。江文通別賦：黯然銷魂。去住，言去者有思念之心，住者有憂念之意，故皆銷魂也。趙云：再哭之義，言已嘗哭嚴公靈櫬矣。今又再哭其幕中之王君也。之官方玉折，寄葬與萍漂。蕭望之便道之官。王褒云：死如玉折。趙云：追悼其才赴任而遂如玉折。萍漂者，又傷念其寄殯若萍泛之未安也。曠望渥洼道，霏微河漢橋。趙云：漢禮樂志天馬篇云：天馬徠；循東道。此所謂道也。謂王之已如龍馬，不可復見矣。烏鵲填河以度牛女，謂王之魂當在仙境也。夫人先即世，令子各清標。趙云：以實道其事。此皆於死者可嘆念也。巫峽長雲雨，春城近斗杓。見「峽内多雲雨」注。杓，斗極也。趙云：上句公言身之在夔，下句公懷長安之遠。長雲雨，公挨傍神女云：妾在巫山之陽，高丘之阻。旦爲朝雲，暮爲行雨也。秦城，則長安城，謂之北斗城。馮唐毛髮白，歸興日蕭蕭。趙云：此公自嘆其留滯空老，不得歸長安，蓋因王君之喪而感傷也。

【校勘記】

〔一〕「義」，禮記正義卷一曲禮上作「信」。

〔二〕「如何」，文淵閣本、文津閣本作「何如」。

〔三〕「亦魏制」，「亦」文瀾閣本、清刻本、排印本無；「魏」文瀾閣本、清刻本、排印本作「晉」。

夔府書懷四十韻〔一〕

趙云：此篇謂之書懷，公鋪叙其初賜官逢亂，至在夔州仍以避亂之故。首尾所言，惟傷時憂國爾。自「昔罷河西尉」至「戰瓦落丹墀」十四韻，先言肅宗至代宗時皆有兵亂；自「先帝嚴靈寢」至「答效莫支持」十韻，追言肅宗上昇，付授代宗事；自「使者分王命」至「蜀使下何之」八韻，言遣使當在寡誅求、除盜賊之事〔二〕；自「鈞瀨疎墳籍」至「凡百慎交綏」八韻，言身在夔府之事。

昔罷河西尉，初興薊北師。趙云：公於天寶九載末獻三大禮賦，預言明年之事。明年，召試文章，方參列選序，授河西尉，不行。至十四載，方得免河西尉爲右衛率府兵曹。是歲十一月，安祿山反於幽州，則所謂薊北也。薊北，用對河西，蓋鮑明遠詩云出自薊北門也。不才名位晚，敢恨省郎遲？趙云：公自中原入蜀已五年，嚴武再爲東、西川節度，辟公參謀，方爲尚書工部員外郎，故云敢恨其遲也。扈聖崆峒日，端居灩澦時。趙云：言初在鳳翔爲拾遺，與今日寓居夔州也。崆峒山岷洮，秦築長城之所起處，而渭州實當其南〔三〕，古平凉也。肅宗初幸平凉，又治兵靈武，再過平凉。公爲左拾遺，扈從乘輿矣。灩澦石在瞿塘江中，言居夔州也。萍流仍汲引，樗散尚恩慈。趙云：言代宗永泰元年召爲京兆功曹也〔四〕。公自中原入蜀，若萍之無根，任漂流矣。仍爲人汲引，字則劉向云：更相汲引，不爲比周。萍流字，晉夏侯湛浮萍賦曰：既澹淡以順流。又曰：流息則寧。故用對樗散。莊子曰：吾有大樹，人謂之樗。其大本擁腫而不中繩墨；其小枝卷曲而不中規矩。立之途，匠者不顧，言如樗之散材矣。而尚蒙恩慈，謂除京兆功曹，乃君王之恩慈也。遂阻雲臺宿，常懷湛露詩。趙云：阻雲臺宿，則公以病不得起而歸直也。雲臺，漢南宫之臺名。顯宗畫二十八將於南宫雲臺是也。宿，直宿也。後漢鍾離意傳：藥崧家貧爲郎〔五〕，常獨直宿臺上，無被枕也。湛露，周詩篇名，天子燕諸侯之詩也。懷湛露詩，則不得預宴爲懷矣。翠華森遠矣，白首颯凄其。趙云：翠華，天子之旗也。南都賦云：望翠華之葳蕤。故對白首也。如左太沖詩云：馮公豈不偉，白首不見招。遠矣，如莊子：君自此遠矣。故對凄其。詩云：凄其以風。又謝靈運云：懷賢亦凄其。拙被林泉滯，生逢酒賦欺。文園終寂寞，漢閣自磷緇。趙云：司馬相如爲漢文帝茂陵園令，故得稱文園。漢閣，指言揚子雲也，著書於天祿閣上。公以二人自況。終寂寞，在相如雖無此事，特言以文園而不顯用，終寂寞耳。磷緇字，祖出論語：磨而不磷，涅而不緇。今以磷緇爲平聲，則謝靈運過始寧墅詩：磷緇謝清曠，疲薾慙貞堅。病隔君臣議，慙紆德澤私。趙云：公被召命，以病不行。不參預國論，徒荷私恩也。君臣議字，如戰國策顔率謂齊王致九鼎之塗曰：梁之君臣，謀之暉臺之下，少海之上；楚之君臣，謀之葉庭之中。乃其意矣。德澤字，如漢武帝制云：德澤洋溢，施乎方外也。揚鑣驚主辱，拔劍撥年衰。趙云：言乘輿不備，天子騎馬而出，所以爲主辱矣。鑣馬，銜也。揚鑣，出選。范雎云：主憂臣辱，主辱臣死。漢書：諸將拔劍擊柱。蓋忠義之心，爲之憤怒，思拔劍慷慨，以撥遣年衰也。社稷經綸地，風雲際會期。趙云：此兩句懷羡之辭。論語有社稷焉。經綸字，出易。漢書：感會風雲。血流紛在眼，涕泗亂交頤〔六〕。趙云：時以吐蕃之難，用兵不息也。自代宗即位之初，寶應元年史思明父子滅，而吐蕃寇秦、成、渭三州。是歲台州賊袁晁乘亂據浙東。次年，廣德元年，吐蕃陷隴右諸州、河東，天子憂皇，駕幸陝，而京師遂陷矣。及京師既復而車駕還，十二月又陷松、維州。廣德二年，僕固懷恩以吐蕃、回紇、党項兵入寇，朝廷大震。是歲，西原蠻又陷邵州。次年，永泰元年，吐蕃又寇邊，掠涇、邠，躪鳳翔，入醴泉、奉天，京師大震。是歲劍南兵馬使崔旰反，殺其帥郭英乂。次年，大曆元年，吐蕃又陷原州。今歲九月，寇靈州，又寇邠州。今此詩乃今歲二年之作，則血流者此也。尚書：血流漂杵。又揚子雲：川谷流人之血。謝靈運詩：想見山阿人，薜蘿若在眼。漢東方朔云：吳王泣下交頤。四瀆樓船泛，中原鼓角悲。趙云：樓船，大舟也。所以載兵運糧。漢有樓船將軍，治水戰之兵。而公用樓船字，於大食寶刀云：太常樓船聲嗷嘈。送李大夫赴廣州云：樓船過洞庭。皆大船之義。鼓角悲，蓋兵或戰或戍，鼓角自悲矣。舊注云：人心悲憤，故鼓角之聲亦悲耳。賊壕連白翟，戰瓦落丹墀。左傳有長翟、白翟也。趙云：白翟在西。有赤翟，有白翟，宜吐蕃與之連矣。戰瓦落丹墀，此言陷京師時事。後漢：昆陽之戰，屋瓦皆落。丹墀者，天子之軒墀以丹塗之也。先帝嚴靈寢，靈一作虛。宗臣切受遺。趙云：上句指言肅宗也。蕭何傳：一代宗臣。受遺，受領遺命也。公孫弘傳贊云〔七〕：受遺則霍光、金日磾。恒山猶突騎，遼海競張旗。趙云：肅宗上昇，以遺命付與代宗，而史朝義未滅，則恒山猶爲突騎矣。恒山言河北安史之巢穴也。遼海者，遼東，亦連安史起兵之地。田父嗟膠漆，行人避蒺藜。膠漆所以爲弓，言誅求之多，則田父以供輸爲嗟〔八〕。蒺藜者，鐵蒺藜，所以禦馬，所在布蒺藜於地，而行人避之。總戎存大體，降將飾卑詞。楚貢何年絶？堯封舊俗疑〔九〕。趙云：總戎者，元帥也。時代宗以雍王适爲天下兵馬元帥，德宗是已。孟子：或從其大體。降將飾卑詞，代宗即位之次年，廣德元年，史朝義兵敗，其將李懷仙斬其首降也。史氏既滅，於是欲問河北、山東貢賦，自其年絶至于今〔一〇〕。托言楚貢，則齊桓公伐楚〔一一〕，責之曰：爾貢包茅不入，王祭不供也。堯封舊俗疑，則河北、山東，蓋皆王土，其尊君戴上之俗既更變亂，可疑其忘之也。董仲舒云：堯舜之俗，比屋可封。疑謂時無好善之民，故以可封爲疑。長吁翻北寇，一望卷西夷。趙云：北寇，指言安史也。其亂幸已滅息，則傾翻之良不易，此爲可吁歎。今則有西夷之禍，一望思欲卷掃之也。不必陪玄圃，超然待具茨。趙云：上句言己身，以譬不必在朝列也。葛仙公傳云：崑崙一曰玄圃者，非以言列仙之地乎？下句莊子載：黄帝將見大隗于具茨之山。至於襄城之野，七聖皆迷。遇牧馬童子，問塗焉。今公心激怒，望帝親征，卷掃之。所以借黄帝之出言之。凶兵鑄農器，凶，一作休。講殿闕書帷。老子：兵者，凶器也。趙云：此兩句則公之望太平如此。以凶器爲農器。傳所謂銷鋒鏑者也。漢書東方朔傳：文帝集上書囊爲殿帷。講殿，若成帝時鄭寬中、張禹朝夕入説尚書、論語於金華殿中。新添云：四句言爲治去亂之道，不必遠求古先聖人虛無玄妙之説，在務德去兵，納諫崇儉而已。廟筭高難測，天憂實在茲！假意以譏時，無善謀者。趙云：公之意以爲欲望太平而鑄農器，闕書幃，此事係於廟堂諸公之謀筭，然其高論難測，獨天子之憂每在此耳。此與後篇諸將詩云「獨使至尊憂旰食[一二]，諸君何以答升平」同義。形容真潦倒，答效莫支持。此公之自傷於無補也。嵇康書云：潦倒麤疎。答效，猶報國也。使者分王命，群公各典司。趙云：謂諸節度各以王命，而爲有司當以誅求刻剝爲戒也。漢有繡衣使者，羽獵賦云：群公常伯，揚朱、墨翟之徒。雲漢詩：群公先正。恐乖均賦斂，不似問瘡痍。趙云：均賦斂之義出於周官。又孔子曰：不患寡而患不均。喪亂之際，公私窘急，所分之命，所典之司，必未至於均賦斂，問瘡痍也，故以乖賦斂之均爲恐。瘡痍，以言民傷。漢書：瘡痍未瘳。而問，則所謂問民疾苦也。不似，言不得似有問瘡痍者[一三]。萬里煩供給，孤城最怨思。趙云：上句則率土之濱，莫不貢賦；下句孤城，指言夔州。公雖寓居，而眼前所見，當爲之傷矣。緑林寧小患，雲夢欲難追。趙云：上句憂嘯聚之盜賊。後漢劉玄傳：諸亡命共攻離鄉聚，藏於緑林中。緑林山，今在荊州當陽縣東北。下句憂藩鎮之跋扈。韓信傳：信初之國，有告信反，上患之，用陳平謀，僞遊雲夢。信果來朝，遂擒以歸。公意以信可以計追，而鎮藩一跋扈[一四]，雖欲追而不至矣。即事須嘗膽，蒼生可察眉。趙云：上句成雲夢欲難追之句。蓋禄山叛，河北諸將節度不朝，寧不嘗膽爲戒耶？越句踐既脱會稽之難，思有以報吳，飲食必嘗膽。下句成緑林寧小患之句。列子載：郄雍能視盜，察眉知之，千無一遺者。公意言蒼生爲盜賊之情，可得於眉睫間，但當撫綏之，則不爲耳。議堂猶集鳳，貞觀是元龜[一五]。蜀都賦：議殿爵堂。趙云：議論之堂也。猶集鳳，又申言廟堂諸公如鳳之集。欲除上所陳之患，但以貞觀爲龜鑑也。集鳳，借史書鳳凰集于某所。元龜，則又借用無逸爲元龜也。**處處喧飛檄，家家急競錐。**左太沖詩：邊城苦鳴鏑，羽檄飛京都。張景陽云：常懼羽檄飛。急競錐，言誅求之細。江淹書云：競錐刀之利。**蕭車安不定，蜀使下何之？**漢蕭育傳：哀帝時，南郡多盜賊，拜育爲太守。上以育者舊名臣，乃以三公使車載育入殿中受策。注云：使車，三公奉使之車，若安車也。趙云：蕭育乘安車所往，止是南郡。今公句云：安不定，言使者之車不得如蕭育之安，蓋其安無定所也〔一六〕。不定字，如左傳納而不定；莊子神生不定也。蜀使，如李郃善知天星，知二使入蜀也。又司馬相如爲郎使蜀。今公句云：蜀使下何之，以言盜賊禍亂之多，使者無定住也。何之字，楚辭云：浮雲兮容與，道余兮何之？陶潛歸去來詞云：胡爲遑遑欲何之。

釣瀨疎墳籍，耕巖進弈棊。後漢嚴陵被羊裘釣澤中，後人名其釣處爲嚴陵瀨焉。揚子：谷口鄭子真不詘其志，耕于巖石之下，名震于京師。此公以自比也。疎墳籍、進弈棊，言其閑曠而然。**地蒸餘破扇，冬暖更纖絺。**言夔之風土多暄也。語：當暑袗絺綌〔一七〕。**豺遘哀登楚，麟傷泣象尼。**趙云：王仲宣詩：西京亂無象，豺虎方遘患。此之謂豺遘，其有登樓賦，乃是登荊州之樓，此之謂登楚。哀登楚者，哀登楚之人也。史記：魯哀公西狩獲麟，孔子見之，掩袂拭面曰：吾道窮矣！象尼者，孔子之生，其父母禱之於尼丘山，故名丘，字仲尼。而傳記又載孔子之首象其山〔一八〕。**衣冠迷適越，藻繪憶遊睢。**越人斷髮文身，以衣冠適之，則迷矣。漢武帝祀后土于睢水之上。趙云：言欲離夔而南下，且未能即然，所以用適越事形容之。莊子曰：宋人資章甫而適諸越，越人斷髮文身，無所用之也。睢，音雖，地在南都，昔之宋州也。杜正謬：文選陳孔璋爲曹洪與魏文帝書曰：過高唐者，效王豹之謳。遊睢渙者，學藻繢之彩。李周翰注：睢、渙，二水名，其人多文章，又能織藻繢錦綺，天子郊廟御服出焉。尚書所謂厥篚織文也。公少年嘗遊宋，故云憶遊睢。**賞月延秋桂，傾陽逐露葵。**沈休文：春光發隴首，秋風生桂枝。趙云：此正見公作詩之時，三秋皆秋桂也，非八月，不足當之。延則延賞也。曹子建表：若葵藿之傾太陽。葵傾陽，而吾心亦逐之也。

大庭終反樸，京觀且僵尸。莊子載大庭氏與赫胥氏、栗陸氏相連，不著年載，大率至德之世。反淳復樸也。左傳宣十二年：楚子曰：古者明王伐不敬，取其鯨鯢而封之，以爲大戮，於是乎有京觀，以懲淫慝。趙云：公意欲席卷西夷也。

高枕虛眠晝，哀歌欲和誰？趙云：高枕字[一九]，言不得高枕而卧。邊孝先弟子嘲之曰：懶讀書，晝日眠。左太沖：哀歌和漸離，謂若傍無人。今乃言無和我者也。又陽春白雪，曲高和寡，亦此意。

南宮載勳業，凡百慎交綏。後漢：永平中，顯宗追感前世功臣，乃圖畫二十八將於南宮雲臺。詩：凡百君子，各敬爾儀[二〇]。魏應德璉建章臺集詩：凡百敬爾位，以副飢渴懷。左傳文十二年，晉人、秦人出戰，交綏。杜預注云：司馬法曰逐奔不遠，則難誘。從綏不及，則難陷。然則，古名退軍爲綏，秦晉志未能堅戰，短兵未致[二一]，爭而兩退，故曰交綏。今公意蓋言欲載勳業於南宮者，則無使志之不堅，猶戰者之交綏焉。

【校勘記】

〔一〕「四十」，文淵閣本作「二十」，訛。

〔二〕「遣使」句，文淵閣本、文津閣本作「遣使當在寡誅求」，文瀾閣本、清刻本、排印本作「遣使撫綏寡誅求」。

〔三〕「南」原作「名」，訛，據文瀾閣本、清刻本、排印本改。

〔四〕「永泰元年」，案，杜甫補京兆功曹時間，宋呂大防杜甫年譜作「永泰元年」，誤。宋蔡興宗、魯訔杜甫年譜以及清錢謙益、朱鶴齡、仇兆鰲三種杜甫年譜均作「廣德元年」，而宋黄鶴年譜辨疑一作「廣德元年」、一作「廣德二年」，互歧。當以廣德元年爲是。

〔五〕「藥崧」，原作「樂崧」，據後漢書卷四十一藥崧傳改。

〔六〕「泗」，文瀾閣本、清刻本、排印本作「灑」。案，二王本杜集卷十五、錢箋卷十五作「洒」。

〔七〕「公孫弘」，「弘」原作「洪」，文瀾閣本、清刻本、排印本作「宏」，係避諱，此改。

〔八〕「輪」，文淵閣本作「翰」，訛。

〔九〕「封」，文津閣本、文瀾閣本、清刻本、排印本作「風」，訛。案，二王本杜集卷十五、百家注卷二十七、分門集注卷十三以及錢箋卷十五均作「封」，可證。

〔一〇〕「其」，原作「甚」，訛，據文瀾閣本、清刻本、排印本改。

〔一一〕「齊桓公」，原作「齊威公」，係避諱，此改。案，文瀾閣本、清刻本、排印本均作「齊桓公」。

〔一二〕「旰食」，文津閣本作「吁食」，訛。案，本卷諸將五首其二作「社稷」。

〔一三〕「得似」，文瀾閣本、清刻本、排印本作「聞似」，文津閣本作「得也」。

〔一四〕「鎮藩」，先後解輯校戊帙卷七此詩趙次公原注〔一七〕作「藩鎮」，當是。

〔一五〕「貞觀」，原作「正觀」，係避諱，此改。以下均同。

〔一六〕「安」，文瀾閣本、清刻本、排印本作「使」，當是。

〔一七〕「袗絺綌」，「袗」文津閣本缺，「絺綌」文淵閣本作「絡綌」。

〔一八〕「其」，文瀾閣本、清刻本、排印本作「尼」。

〔一九〕「字」，文瀾閣本、清刻本、排印本作「虚」。案，詩中正文作「虚」，當是。

〔二〇〕「各敬爾儀」，毛詩正義卷十二之二雨無正作「各敬爾身」。

〔二一〕「戰短兵未致」，文瀾閣本、清刻本、排印本作「當戰兵未致」。

送李功曹之荆州充鄭侍御判官重贈

曾聞宋玉宅，每欲到荆州。杜時可補遺：按余知古渚宫故事曰：庾信因侯景之亂，自建康遁歸江陵，居宋玉故宅，宅在城北三里。哀江南賦〔一〕：誅茅宋玉之宅，穿逕臨江之府。子美在夔詠懷古跡云：「搖落深知宋玉悲」，「江山故宅空文藻」。又移居入夔州宅云「宋玉歸州宅，雲通白帝城」。疑歸州亦有宋玉宅，非止於荆州也。趙云：今公專主荆州宅而言之爾。韓愈爲荆州法曹，詩亦云「宋玉亭邊不見人」。此地生涯晚，遥悲水國秋。趙云：王褒與周弘讓書云：還念生涯，繁憂總集。又王無功詩：人世何勞隔生涯。故可知水國指言荆州。其字則周禮云水國用龍節。句意言其秋時在荆州也。孤城一柱觀，落日九江流。趙云：一柱觀，渚宫故事〔二〕：宋臨川王義慶鎮江陵，於羅公洲上立觀，唯一柱也。九江，與荆州水相連矣，公前有詩曰「九江日落醒何處，一柱觀頭眠幾回」，亦言荆州也。使者雖光彩，青楓遠自愁。趙云：上句即詩所謂皇皇者華，君遣使臣也。送之以禮樂，言遠有光華之意。爲判官於幕府，則必出使，故以使者目之。下句又是楚事。宋玉云：湛湛江水兮上有楓，目極千里兮傷春心。

【校勘記】

〔一〕「哀江南賦」，「南」字原無，據排印本補。

〔二〕「諸宫故事」，「故」字原奪，據文瀾閣本、清刻本、排印本補。

上卿翁請修武侯廟遺像缺落時崔卿權夔州

大賢爲政即多聞，趙云：言多有傳聞之善政也。刺史真符不必分。漢制，除刺史則分銅虎符、竹使符。師古曰：謂各分其半，右留京師，左以與之。真符不必分，則言其權爲州也。尚有西郊諸葛廟，易云：自我西郊。孔明有祠在夔州。卧龍無首對江濆。徐庶謂先主曰：諸葛孔明，卧龍也。易：見群龍無首，吉。

孤雁

公值喪亂，覊旅南土，而見於詩者，志嘗在于鄉井，故托意於孤雁也。末章則譏不知我而譊譊者。

孤雁不飲啄，飛鳴聲念群。趙云：一作聲聲飛念群，是。飛鳴念群，則與下句鳴噪自紛紛相犯也。誰憐一片影，相失萬重雲。趙云：范元實詩眼云：嘗愛崔塗孤雁詩云「幾行歸塞盡」者八句，豫章先生使余讀老杜「孤雁不飲啄者」〔一〕，然後知崔塗之無奇。范之説如此。今全載其詩云：幾行歸塞盡，念爾獨何之。暮雨相呼失，寒塘欲下遲。渚雲低閶渡，關月冷遥隨。未必逢矰繳，孤飛可自疑。庶學者知之也。其中公用相失字，而崔用相呼失，蓋在孤雁自當使失字。梁簡文帝賦隴坻雁初飛詩，亦云：「霧暗早相失，沙明還共飛。」望盡似猶見，哀多如更聞。野鵶無意緒，鳴噪自紛紛。趙云：末句則言野鵶之紛鳴，不若孤雁之獨鳴爲有意也。豈有不知我而譊譊之意邪？

【校勘記】

〔一〕「老杜」，原作「老壯」，訛，據文淵閣本、文津閣本、文瀾閣本、清刻本、排印本改。

遣愁

養拙蓬爲户，茫茫何所開。趙云：禮記：儒有蓬户甕牖，貧者之居也。士而至於蓬户，則亦爲生之拙者矣。又繼之以茫然無所開，其愁可知。故作詩以遣之爾。江通神女館，見神女峰娟妙注。地隔望鄉臺。見日落望鄉臺注。趙云：兩句蓋言夔州也。神女館在巫山。望鄉臺在成都，隋蜀王秀所築，見成都記。漸惜容顔老，傷時不可再也。無由弟妹來。以道路阻隔，故爾。列子載：揚朱曰：弟妹之所不親。兵戈與人事，回首一悲哀！史云：棄絶人事。

奉寄李十五祕書二首 文嶷

避暑雲安縣，秋風早下來。暫留魚復浦，同過楚王臺。趙云：避暑雲安縣，言李祕書留身雲安度夏也。秋風早下來，約李祕書早自雲安來夔也。既來矣，則囑其於魚復浦而少駐，公欲與之同南下也。魚復乃漢縣舊名，今之奉節縣也。楚王臺，則高唐賦所謂游於雲夢之臺是已。猿鳥千崖窄，江湖萬里開。竹枝歌未好，畫舸莫遲回。竹枝歌：巴渝之遺音，惟峽人善唱。趙云：梁簡文帝經琵琶峽詩：千崖共隱天。末句蓋速其來而出峽矣。竹枝歌，夔峽人歌之未好，則欲出夔峽聽好音也〔一〕。

右一

【校勘記】

〔一〕「欲」，原作「離」，據文瀾閣本、清刻本、排印本改。

行李千金贈，衣冠八尺身。飛騰知有策，意度不無神。趙云：左傳：行李之往來。千金贈，則見其贐行之多。衣冠八尺身，實道其頎然而長也。飛騰字，飛英聲而騰茂實也。班秩兼通貴，公侯出異人。玄成負文彩，世業豈沈淪。趙云：唐制，秘書郎從六品上，所以謂之通貴。左傳：公侯之子孫，必復其始。李秘書必宗室之子矣。末句又見李秘書世以經學相傳，蓋漢韋賢其先韋孟少子玄成，皆以經術名家。賢常曰：遺子黃金滿籯，不如一經。而玄成少好學，修父業，爲相七年，守正持重不及父賢，而文采過之。

右二

即事

天畔群山孤草亭，江中風浪雨冥冥。楚辭九歌：雷填填兮雨冥冥。一雙白魚不受釣，三寸黃柑猶自青〔一〕。史記周本紀〔二〕：武王渡河，中流，白魚躍入王舟中。多病長卿無日起，謝靈運云：有疾象長卿。窮途阮籍幾時醒。趙云：公以司馬長卿自況，則亦病消渴也。魏氏春秋曰：籍時率意獨駕，不由徑路，車迹所窮，輒慟哭而返。貼之以幾時醒，則籍沈醉於酒，一飲六十日也。未聞細柳散金甲，周亞夫細柳營。蔡文姬詩：金甲耀朝日。腸斷秦川流濁涇。公有弟妹在秦川也。趙云：時京畿猶有兵戍〔三〕，故用細柳事，亞夫所營之地。秦川，言長安。潘安仁西征賦云：北有清渭濁涇。公懷鄉之句也。詩：涇以渭濁。

【校勘記】

〔一〕「黄柑」，二王本杜集卷十五、錢箋卷十五作「黄甘」。

〔二〕「本」字底本漫滅，據文淵閣本、文津閣本、文瀾閣本、清刻本、排印本補。

〔三〕「戍」，文淵閣本「戍」下衍一「戍」字；又，「戍」文瀾閣本、清刻本、排印本作「戎」。

新刊校定集注杜詩卷三十

近體詩

灔澦

趙云：按酈道元注水經云：魚復，水門之西，江中有孤石爲淫預石。冬出水三十餘丈，夏則没，亦有裁出矣。今公句云灔澦既没孤根深，謂之既没，指夏時而言。語曰：灔澦如袱，瞿唐不觸。灔澦如馬，瞿唐不下。灔澦如鼈，瞿唐舟絶。灔澦如龜，瞿唐莫窺。見本朝樂史寰宇記。

灔澦既没孤根深，此峽人以灔澦爲水候，既没則尤漲，不可下也。薛云：古樂府灔澦作淫澦，其詞曰：淫澦大如袱，瞿塘不可觸。金沙浮轉多，桂浦忌經過。西來水多愁太陰。言陰氣太盛也。趙云：太陰字，出不一，若在水言之，則吴楊泉五湖賦曰：太陰之所毖，玄靈之所游。江天漠漠鳥雙去，雙一作飛。風雨時時龍一吟。舟人漁子歌回首，估客胡商淚滿襟。趙云：龍吟未必可聞，而水之深積，想其如此矣。庾信泛江云：春江下白帝，畫舸向黄牛；日落江楓静，龍吟迴上游。宋謝莊侍宴蒜山詩：霧罷江天分。舟人漁子歌回首，言其習水而輕之也。句出海賦。「估客胡商淚滿襟」，以水之泛漲，不行則滯留，行則憂有傾沈之患，所以泣也。古樂府詩有估客樂之曲。寄語舟航惡年少，休翻鹽井横黄金。趙云：此蓋言販鹽之惡年少者，不顧危亡而欲行舟，必沈溺。棄鹽於水，是横費黄金也。吴均古意詩：中有惡少年，伎能專自得〔一〕。公於摘蒼耳詩又曰：寄語惡少年，黄金且休擲。蓋惟惡少年而後多黄金矣。翻鹽井者，翻出其物而他往也。舊注引蜀都賦：家有鹽井之泉。用證鹽井字則可〔二〕，若講此句之義，却成煎鹽井家横金矣。恐後學未悟，更爲詳之。

【校勘記】

〔一〕「吴均古意詩」三句，「吴均」原作「梁元帝」，檢梁元帝詩無「中有惡少年」二句，考梁詩卷十一吴均古意詩二首其一有此二句，當是誤置，據改。

〔二〕「井」，文淵閣本奪。

白帝

白帝城頭雲若屯，趙云：首句乃師民瞻本。舊作白帝城中雲出門，非，蓋用對雨翻盆，而字出列子言化人之宇曰：望之若雲屯焉。謝靈運詩：巖高白雲屯，使此屯字也。白帝城下雨翻盆。雲行而雨施爾。翻盆，言其勢之猛暴。高江急峽雷霆鬭，江爲峽所束，故波聲若雷霆也。翠木蒼藤日月昏。戎一作九。馬不如歸馬逸，千家今有百家存。言殘敝也。哀哀寡婦誅求盡，慟哭秋原何處村！民死於役，故多寡婦。暴賦橫斂，故多誅求。此言軍旅之際，民不聊生也如此。趙云：老子：天下有道，則戎馬生於郊。載記慕容寶傳：眭邃曰：宜令郡縣聚千家爲一堡。管子度地篇：百家爲里，里十爲術。

黄草

黄草峽西船不歸，赤甲山下人行稀。秦中驛使無消息，蜀道兵戈有是非。鮑云：崔寧之亂，郭英乂犯寧家室，寧逐之是也。以大義責之，則寧以偏裨逐大將，非也。趙云：黄草峽在涪州峽之西。赤甲山下人行稀，諸本皆作行人稀，非是。蔡伯世本作人行稀，以爲公律詩四韻盡對者凡十篇，此其一焉。水行之船不歸，陸行之人稀少，此所以致疑道路之梗塞也。故望秦中之驛使，則無消息；聞蜀道之兵戈，或是或非，未敢必料也。蔡伯世謂是時蜀中多故，冬日池詩[一]，公自注：傳蜀官軍自圍普、遂，可見矣。萬里秋風吹錦水，成都記：濯錦江，秦相張儀所作。笮橋東下枕水，舊錦里城基址猶在。此水濯錦即鮮明，故號錦水。誰家別淚濕羅衣。古詩：被服羅衣裳。莫愁劍閣終堪據，張孟陽劍閣銘：興實在德，嶮亦難恃[二]。聞道松州已被圍。松州在西山，吐蕃之南鄙。趙云：上兩句承蜀道兵戈之下而起思。秋風，言萬里橋之秋風，錦水正在其下。誰家別淚，則行兵出戍，與夫避難逃禍者爲有離別矣。末句蓋云：勿謂劍閣之嶮可恃，而欲割據。雖松州在劍閣之內，已有圍之者矣。其以戒守土之臣，勿生異意乎？若是大曆三年詩，則當年漢州刺史楊子琳反，陷於成都，可以講劍閣堪據之義。更俟博聞者辯之。

【校勘記】

〔一〕「他」，原作「池」，據先後解輯校丁帙卷六此詩引趙次公注〔一〕改。

〔二〕「亦」，文淵閣本作「以」。

吹笛

吹笛秋山風月清，誰家巧作斷腸聲？鮑明遠：離聲斷客情。又，行子心腸斷。風飄律呂相和切，馬融笛賦：律呂既和，哀聲互降〔一〕。月傍關山幾處明。向秀月夜聞笛，遂作懷舊賦。胡騎中宵堪北走，言笛聲怨切，能動鄉思。胡人聞之，當北走矣。杜云：晉劉琨爲并州刺史，嘗爲胡騎所圍。琨乘月登樓清嘯，賊聞之，皆悽然長嘆。中夜吹胡笳，則又流涕噓欷，有懷土之意，遂棄圍而去。胡騎，指史朝義之兵未息。朱家云：季布不北走胡則南走越也。武陵一曲想南征。王徽之聞桓伊善笛。一日，相逢於江次，未嘗相識，謂伊曰：聞君善笛，請爲我一弄。伊已貴顯，素聞徽之名，便爲據胡床三弄而去〔二〕。賓主竟不言。武陵事未切，當考之。故園楊柳今搖落，何得愁中却盡生。趙云：一本曲盡生，無義。緣笛有折楊柳之曲，故思感也。元注：折楊柳、落梅花，曲名。

【校勘記】

〔一〕「哀聲互降」，「哀」文津閣本作「切」，「互」文選卷十八、全後漢文卷十八作「五」。

〔二〕「便」，文淵閣本作「更」，誤。

垂白 一作白首。

垂白馮唐老，師云：梁誨云：馮唐垂白，尚冀晚達。餘見三十三卷元日示宗武詩注〔一〕。清秋宋玉悲。江喧長少睡，樓迥獨移時。趙云：師民瞻本云：白首馮唐老。今公以自比白首爲郎也。宋玉九辯：悲哉秋之爲氣也。樓迥獨移時，句法可謂奇矣，蓋不必言登字、倚字，此篇全對。多難身何補，無家病不辭。甘從千日醉，未許七哀詩。趙云：公入蜀，攜妻孥而來。今句云無家病不辭，豈專以故鄉爲家者乎〔二〕？非若馮讙曰無以爲家也〔三〕。末句千日醉，舊注云：中山有酒，飲者一醉千日。劉玄石飲之，千日乃醒。七哀詩舊注云：曹子建、王仲宣、張孟陽皆有此作也。師云：選呂向注：曹子建等七哀，謂痛而哀、義而哀、感而哀、怨而哀、耳目聞見而哀、口嘆而哀、鼻酸而哀〔四〕。曹子建爲漢末徵役別離，婦人哀嘆，故賦此詩；仲宣則哀漢室之亂；孟陽則前哀人事之遷變〔五〕，後哀王室之漸衰，故其題皆曰七哀。

【校勘記】

〔一〕「宗武」，文淵閣本作「武宗」，訛。

〔二〕「鄉」，文淵閣本作「卿」，訛。

〔三〕「家」，文淵閣本奪。

〔四〕「聞」，文淵閣本作「間」，訛。

〔五〕「遷變」，文淵閣本、清刻本、排印本作「變遷」。

草閣

草閣臨無地，柴扉永不關。頭陁寺碑：飛閣逶迤，下臨無地。范彦龍云：有客欵柴扉。趙云：楚辭：下崢嶸而無地，上寥廓而無天。魚龍迴夜水，星月動秋山。杜補遺：按酈元水經〔一〕：魚龍以秋日爲夜。龍秋分而降，蟄寢於淵，故以秋日爲夜也。且併舉魚龍寂寞秋江冷之句，云此二詩皆秋時，是。以子美言魚龍回夜水、魚龍寂寞秋江冷也。漢武故事曰〔二〕：東方朔云：星辰動摇，民勞之應。漢武元光中，天星大動。上以謂星揺民勞之妖，問董仲舒，對曰是。夕一作久。露清一作晴。初濕，高雲薄未還。泛舟慙小婦，飄泊損紅顔。趙云：言將欲南下，斯泛舟之飄泊矣〔三〕。恐其小兒之婦以我飄泊之故，愁損紅顔，此其所以慙愧之乎？古樂府有大婦、中婦、小婦之句。

觀今句，則前詩所謂無家病不辭者，直念故鄉之本家者矣。

【校勘記】

〔一〕「按」，文瀾閣本、清刻本、排印本無。又，「酈元」，清刻本、排印本作「酈道元」。

〔二〕「漢武故事」，文淵閣本作「漢武帝故事」。

〔三〕「之」，文淵閣本無。

江月

江月光於水，高樓思殺人。庾肩吾詩：樓上徘徊月，窗中愁思人。趙云：古詩：蕭蕭愁殺人。梁施榮泰詩：蛾眉誤殺人〔一〕。天邊長作客，老去一霑巾。長一作秋。玉露團清影，謝惠連：團圓滿葉露〔二〕。謝玄暉：猶霑餘露團。銀河沒半輪。誰家挑錦字，滅燭翠眉顰。一作燭滅。別賦：織錦曲兮泣已盡，回文詩兮影獨傷。趙云：古有織錦回文詩，其序曰：竇韜秦州，被徙沙漠，其妻蘇氏。方韜臨去，別蘇，誓不更娶。至沙漠便娶婦，蘇氏織錦端中，作回文詩以贈之。

【校勘記】

〔一〕「蛾眉」，文淵閣本作「娥媚」，清刻本、排印本作「娥眉」。

〔二〕「團圓」，文淵閣本作「圖團」。

洞房

趙云：此而下曰宿昔，曰能畫，曰鬬雞，曰歷歷，曰洛陽，曰驪山，曰提封，通八篇，蓋一時所作。定爲秋七月者，以今篇云玉殿起秋風，則公在夔感秋風之起，追念往昔，所作乃七月也。

洞房環珮冷，玉殿起秋風。趙云：此篇思長安而懷帝闕也。言洞房之所以環珮冷者，以玉殿起秋風之時也。楚辭：姱容修態，亘洞房。而上林賦：累臺增成，巖穾洞房。玉殿字，未見所出。李白亦云：玉殿長愁不記春。**秦地應新月，龍池滿舊宮。**興慶宮，明皇潛龍之地也。有龍池在焉〔一〕。趙云：長安志：龍池在興慶宮躍龍門南，本是平地，自垂拱、載初，後因雨水流潦成小池，後又引龍首渠支分溉之，日以滋廣。至神龍、景龍中，彌亘數頃，澄澹皎潔，深至數丈。常有雲氣，或見黄龍出其中。今云舊宮，指興慶宮也。**繫舟今夜遠，清漏往時同。**趙云：此公將更南下，已入舟矣。所繫舟之處，今夜去秦地爲遠，而想像清漏，與往時無異，特不得聞之也。蓋又言宮漏矣。**萬里黄山北，園陵白露中。**東方朔傳：微行始出，北至池陽，西至黄山。趙云：尤見懷長安之心切矣。舊注脱誤。按傳云：武帝微行而至黄山。晉灼曰：黄山，宮名，在槐里。蓋右扶風槐里縣有黄山宮，孝惠二年所起。揚雄羽獵賦序：旁南山而西，至長楊五柞，北繞黄山，瀕渭而東，則黄山在南山之下矣。今公句則實道園陵在此地之北也。

【校勘記】

〔一〕「焉」，原作「馬」，訛，據諸校本改。

宿昔 詠天寶中事。

宿昔青門裏，蓬萊仗數移。花嬌迎雜樹，龍喜出平池。落日留王母，微風倚少兒。宮中行樂秘，少有外人知。柳芳傳信記：天寶中，興慶宮小龍常遊於宮垣溝水中。趙云：青門，長安之東門。漢書曰：霸城門，民間所謂青門也。蓬萊，殿名，在東内大明宮紫宸殿之北。仗數移，所以引下龍池之句。花嬌迎雜樹，言雜樹之花，則桃、李、梨、杏之屬。沈約登高望春詩：春風搖雜樹，葳蕤緑且丹。舊注引木芍藥不可謂之雜樹。龍喜出平池，應是言太液池耳。按東内蓬萊殿後含凉殿注，殿後有太液池。景龍文館記：中宗登清暉閣，遇雪，令學士賦詩。宗楚客曰：太液天爲水，蓬萊雪作山，推此可見矣。落日留王母，微風倚少兒。王母，以言楊貴妃；少兒，以言妃之諸姨。漢武帝内傳：西王母與上元夫人降帝。少兒，則衛少兒也。衛青傳：衛媪長女君孺，次女少兒。次女則子夫。子夫者，衛皇后也。薛云：前漢書：周仁爲人陰重，以是得幸，入卧内，於後宮秘戲，仁常侍帝旁，終無所言。後漢梁竦傳：宮省事密，莫有知者。

能畫

能畫毛延壽，投壺郭舍人。每蒙天一笑，復似物皆春。政化平如水，皇恩斷若神。時時同抵戲，亦未雜風塵。西京雜記：杜陵畫工毛延壽，善爲人形，醜好老少，必得其真。又云：武帝時，郭舍人善投壺，以竹爲矢，不用棘也。古之投壺，取其中而不求其還，故中實小豆中，惡其矢躍而出也。郭舍人則徼矢令還〔一〕，一矢百餘反，謂之爲驍，言如博之竪棊，於輩中爲驍傑也。每爲武帝投壺，輒賜金帛。杜補遺：仙傳拾遺曰：木公與玉女投壺，有不入者，天爲之嚂噓。注云：開口而笑也。嚂，呼監切。又，太平御覽載神異傳：東王公與玉女投壺，投而不接，天爲之笑，開口流光，今電是也。趙云：物皆春，則莊子與物爲春之語也。末句抵戲，則角觝之戲也。兩兩相當，角力鬬伎，在漢有之矣。亦未雜風塵，言至用抵戲而止，不甚雜民俗之風塵事也，豈美其不微行者乎？

【校勘記】

〔一〕「徼」，原作「激」，訛，據文瀾閣本、清刻本、排印本改。

鬭雞

鬭雞初賜錦，趙云：陳翰異聞集載，玄宗好鬭雞，人以弄雞爲事，貧者至弄假雞。有賈昌者，以善養雞蒙寵。當時爲之歌云：生兒不用識文字，鬭雞走犬勝讀書。賈家小兒年十三，富貴榮華代不如。能令金距期勝負，白羅繡衫隨軟輿。推此則賜錦可知矣。舊注楊國忠始以鬭雞供奉，傳中初無此語也。舞馬既一作解。登牀。明皇嘗令教舞馬四百蹄，目之爲某家驕，其曲謂之傾杯樂，奮首鼓尾，無不應節。又施三層木牀，乘馬於上，抃轉如飛。安禄山亂，馬散落人間。鮑云：東城父老傳：明皇以乙酉生而喜鬭雞，兆亂之象也。簾下宫人出，樓前御曲長。鄭處誨明皇雜録云：上每賜宴酺，則御勤政樓，金吾及四軍兵士盛列旗幟，被黄金甲，或衣短服錦綉[一]。大常陳樂，教坊大陳尋撞、走索、丸[二]、劍、角觝、鬭雞。又令宫人數百，飾以珠翠，衣以錦綉，自幃中擊雷鼓爲樂。又引大象犀牛入場，或拜或舞，動[三]中音律。正月望夜，又御勤政樓觀燈作樂。貴臣戚里，官設看樓。夜闌，令宫女於樓前歌舞以娱之。仙遊終一閟，女樂久無香。寂寞驪山道，清秋草木黄。言不復行幸也。趙云：舊本樓前御柳長，一作御曲長，當以爲是。蓋方貫上下句也。仙遊，言明皇上昇矣。宜女樂之久無香也。秋風辭：草木黄落兮雁南飛。

【校勘記】

〔一〕「短」，文淵閣本作「或」，訛。

〔二〕「丸」，原作「九」，訛，據文淵閣本、清刻本、排印本改；又，「丸」文淵閣本作「金」。

〔三〕「舞」，文淵閣本作「無」。

鸚鵡

鸚鵡含愁思，聰明憶別離。翠衿渾短盡，紅觜漫多知。未有開籠日，空殘宿舊枝。世人憐復損，何用羽毛奇。趙云：此篇多使禰衡賦中字意。聰明字，則才聰明以識機也。憶別，則眷西路而長懷，望故鄉而延佇。又曰痛母子之永隔，哀伉儷之生離也。翠衿、紅觜字，則紺趾丹觜，緑衣翠衿也。渾欲短，則顧六翮之殘毁，雖奮迅其焉如也。謾多知，則豈言語以階亂，將不密以致危也。未有開籠日，則閉以雕籠，翦其翅羽也。空殘宿舊枝，則想崑山之高峻，思鄧林之扶疎，而轉入離鳥悲舊林之意也。末句羽毛奇，則雖同族於羽毛，故殊智而異心也。舊注雖引而不全。

歷歷

歷歷開元事，分明在目前。無端盜賊起，忽已歲時遷。巫峽西江外，秦城北斗邊。爲郎從白首，卧病數秋天。趙云：古詩：天上何所有，歷歷種白榆。巫峽西江外，自言其所在之處。蜀江至荆楚處，楚人名之曰西江。莊子：激西江之水。疏云：蜀江從西來，謂之西江。巫峽在西江上游，故曰外。秦城北斗邊一句，乃懷長安也。長安城謂之北斗城。末句暗用馮唐白首爲郎。薛云：後漢張衡思玄賦：尉厖眉而郎潛兮〔一〕，逮三葉而遘武。注：漢武故事曰：上至郎署，見一老郎，鬢皓白，問：何時爲郎？何其老也？對曰：臣姓顔，名駟，以文帝時爲郎。文帝好文，而臣好武；景帝好美，而臣貌醜；陛下好少，臣已老。是以三葉不遇也。上感其言，擢爲會稽都尉。

【校勘記】

〔一〕「厖」，諸校本作「龎」。

江上

江上日多雨，蕭蕭荆楚秋。高風下木葉，楚辭：湘夫人：洞庭波兮木葉下〔一〕。永夜攬貂裘。勳業頻看鏡，惜功名未遂而身老。行藏獨倚樓。時危思報主，衰謝不能休。趙云：上四句言景物，下四句乃公之懷抱。勳業頻看鏡，所以惜老之衰。行藏獨倚樓，則其所念深矣。三國志張昭傳：以成勳業。潘安仁西征賦：孔隨時以行藏。庾信詠懷：匣中取明鏡，披圖自照看。周王褒與周弘讓書：年事遒盡，容髮衰謝。漁隱叢話序：昔一詩客，嘗以神聖工巧四品分類古今詩句爲説，獻半山老人。半山老人得之，未及觀，遽問客曰，如老杜「勳業頻看鏡，行藏獨倚樓」之句，當入何品？客無以對。遂以其説還之曰：嘗鼎一臠，他可知矣。則知詩之不可分門纂集〔二〕，蓋出此意也。

【校勘記】

〔一〕「湘夫人」，原作「宋玉九辯」，檢「洞庭波兮木葉下」句，見於楚辭集注卷二湘夫人，當是誤置，據改。

〔二〕「詩」，文淵閣本作「討」，訛。

中夜

中夜江山静，危樓望北辰。顔延年：起觀辰漢中。長爲萬里客，有媿百年身。鮑明遠：争先萬里途，各事百年身。

故國風雲氣，史記：風雲，天地之客氣也。高堂戰伐塵。胡雛負恩澤，嗟爾太平人。胡雛，禄山也。晉載記〔一〕：石勒倚嘯東門，王衍見而異之，顧謂左右曰：向者胡雛，吾觀其聲視有奇志，恐將爲天下患。馳遣收之，會勒已去。趙云：北辰居其所，而衆星拱之。望北辰，則望君王之意。胡雛，當是史朝義之亂未除，而公興感亂階自禄山也。曹植詩：門有萬里客，問君何鄉人。高堂戰伐塵，言其所居高堂之上，亦染戰伐塵也。蓋公念其流落萬里，首因安禄山之亂所致，故追思而傷之，凡爲太平之人皆被此禍也。

【校勘記】

〔一〕「載」，文淵閣本作「戰」，訛。

江漢

趙云：書：荆及衡陽，惟荆州。江漢朝宗于海。注云：江水、漢水，經此而入海。

江漢思歸客，乾坤一腐儒。片雲天共遠，永夜月同孤。落日心猶壯，秋風病欲蘇。古來存老馬，不必取長途。趙云：劉貢父云：楊大年不喜杜公詩，謂之村夫子詩。嘗有鄉人以杜詩强大年，大年不服。鄉人因曰：公試爲我續杜句，舉江漢思歸客，大年亦爲屬對。鄉人徐舉乾坤一腐儒，大年默然，似少屈也。然則，杜詩之全者，讀之未覺其超絶，至闕一句，少一字而補之〔一〕，乃爾天冠地屨矣。老馬事，韓子曰：管仲、隰明從桓公伐孤竹，春往而冬返，迷惑失道。管仲曰：老馬之智可用也。乃放老馬而隨之，遂得道焉。公之意，蓋自比於老馬，雖不能取長塗，而猶可以知道解惑也。又嘗曰老馬夜知道，亦此之謂。

【校勘記】

〔一〕「闕一句少一字」，文淵閣本、清刻本、排印本作「闕一字少一句」。

洛陽

洛陽昔陷没，胡馬犯潼關。天子初愁思，都人慘别顔。清笳去宫闕，翠蓋出關山。故老仍流涕，龍髯幸再攀。趙云：天寶十四載，歲在乙未。十一月，安禄山反，陷河北諸郡。十二月，陷東京，所謂洛陽昔陷没也。次年六月，遂陷潼關，京師大駭，所謂胡馬犯潼關也。是月甲午，詔親征，遂幸蜀，所謂天子初愁思，都人慘别顔也。清笳去宫闕，翠蓋出關山，則言車駕之出如此也。明年九月，復京師，又復東京。丁卯，車駕入長安。十二月丙午，上皇至自蜀郡。此所謂故老仍流涕，龍髯幸再攀也。龍髯事，黄帝采首山之銅，鑄鼎於荆山之上。鼎既成，龍垂胡髯下迎黄帝。帝上騎，群臣、後宫從上七十餘人，龍乃上天。餘小臣不得上，乃悉持龍髯，拔墮黄帝之弓。百姓仰望，帝既上天，抱其弓與龍髯而號。故後代因名其處曰鼎湖，其弓曰烏號。

驪山

驪山絶望幸，花蕚罷登臨。趙云：此篇專言上皇山陵事也。驪山，華清宫所在也。本太宗之湯泉宫，在臨潼縣，西去長安五十里，明皇歲幸焉。花蕚者，樓名，取詩人棠棣之義。帝時登樓，聞諸王音樂，咸召升樓同榻宴謔。相如封禪文：太山梁父，設壇場望幸。師古曰：幸，臨幸也。謝靈運有登臨海嶠詩。地下無朝燭，人間有賜金。趙云：朝音朝覲之朝。凡朝在早，則秉燭而受朝。今地下幽閟，無朝見之燭。舊注既誤以朝夕之朝字而引陶潛詩〔一〕：幽室一已閉，千年不復朝。則不復見晨朝之義，何干燭事？又引劉向傳：秦始皇帝葬於驪山之阿，人膏爲燈燭，水銀爲江海，黄金爲鳧雁。却拆朝與燭爲兩字，大非是。人間有賜金，則生時賜予，留在人間，空有此金耳。鼎湖龍去遠，銀海雁飛深。趙云：此却正言其上昇。何遜行經孫氏陵詩：銀海終無浪，金鳧會不飛。**萬歲蓬萊日，長懸舊羽林。**蓬萊，殿名。羽林，星名。漢有羽林軍。趙云：句又似難解，蓋言天子如日之明。平時蓬萊殿中之日，懸於殿間，今則懸在舊羽林中。舊日充宿衛之兵，今則守護陵寢也。

【校勘記】

〔一〕「朝夕之朝」，「之」下原奪「朝」字，據文淵閣本、清刻本、排印本訂補。

提封

提封漢天下，前漢地理志：秦分天下作三十六郡。漢興復開置。提封田一萬萬四千五百一十三萬六千四百五頃〔一〕。東方朔傳：提封頃畝。師古曰：亦謂提舉四方之內，總計其數也。**萬國尚同心。借問懸車守，何如儉德臨？**懸車束馬，言至嶮也。言以嶮爲守，莫若守之以儉德也。吳起對魏文：在德不在嶮。以此。**時徵俊乂入，草竊**一作莫慮。**犬羊侵。願戒兵猶火，恩加四海深。**趙云：此篇公崇德息兵之作。使公居廟堂得行其志，天下不亦受其賜乎？懸車字，所謂束馬懸車，言必欲得形勝之地，使敵人束馬懸車而後得入。如此而後可以守，則莫若臨之以儉德也。書：慎乃儉德。舊本正作草竊犬羊侵，一作莫慮犬羊侵，當以莫慮爲正，義方通貫。夫中國之所召亂者，蓋自取之也。詩：小雅盡廢，則四夷交侵，中國微矣。故召亂者，常起於人君之奢縱，則廢國事而竭民財。廢國事，則無備；竭民財，則多怨。如是而不有外侮乎？左傳：兵，猶火也，不戢，將自焚。孟子曰：故推恩足以保四海。

【校勘記】

〔一〕「百」，原作「伯」，據諸校本並參漢書卷二十八地理志改。

白露

白露團甘子，清晨散馬蹄。圃開連石樹，船渡入江溪。憑几看魚樂，迴鞭急鳥栖。漸知秋實美，幽徑恐多蹊。趙云：月令：白露降。曹子建名都篇：清晨復來還。又，俯身散馬蹄。圃開連石樹，則圃之所開，當連石之樹。船渡入江溪，則船之所渡，在入江之溪。莊子：從容是魚樂也。黄石公兵書：樹杌者，鳥不棲。迴鞭急鳥栖，則自清晨至晚而歸矣。多蹊字，暗使桃李不言，下自成蹊。

孟氏

孟氏好兄弟，養親唯小園。承顔胝手足，坐客强盤飧。負米力葵外，讀書秋樹根。趙云：好兄弟，如唐人詩有蕭氏賢夫婦。茅家好弟兄，亦此也。承顔胝手足，則勤勞於小園之事以養也。乃孟子謂竭力耕田以供子職之意。莊子：禹手胼足胝。左傳有盤飧寘璧。貼以强字，則若强飯之强。負米事，子路也。力葵者，致力於治葵也，所以承「唯小園」之句〔一〕。或云，力葵，一作夕葵。此惑於以夕對秋矣。卜鄰慙近舍，訓子學先門？趙云：題是孟氏，故使孟家本事。列女傳：孟軻母，其舍近墓。孟子之少也，嬉戲爲墓間之事，踴躍築埋。孟母曰：此非所以居子也。乃去，舍市傍。其子嬉戲爲賈衒之事。母又曰：此非所以居子也。復徙舍學宮之旁。其子嬉遊，乃設俎豆，揖讓進退。母曰：此可以居吾子矣。遂居。左傳：非宅是卜，唯鄰是卜。公自謙。言子之卜鄰，我慙爲近舍，蓋以子之母能教訓其子，傚學先門也。

【校勘記】

〔一〕「承」，原作「成」，據文淵閣本、清刻本、排印本作改。

吾宗 衛倉曹崇簡

吾宗老孫子，質朴古人風。魏志毛玠傳：君有古人之風。故賜君古人之服。耕鑿安時論，衣冠與世同。在家常早起，憂國願年豐。語及君臣際，經書滿腹中。趙壹傳：文籍雖滿腹，不如一囊錢。趙云：莊子：鑿井而飲，耕田而食。而孟浩然曾使，故對衣冠。末句蓋言凡語論之間，及於君臣尊卑之際，必用其腹中之書而證明之也。腹中書，暗用郝隆曬腹中書之語。又，邊孝先，腹便便，五經笥。

第五弟豐獨在江左近三四載寂無消息覓使寄此二首

亂後嗟吾在，羈栖見汝難。草黄騏驥病，沙晚鶺鴒寒。楚設關城險，吴吞水府寬。十年朝夕淚，衣袖不曾乾！史記楚世家：肅王四年，蜀伐楚，取茲方。於是楚爲扞關以距之。注：李熊説公孫述曰：東守巴郡，距扞關之口。趙云：「草黄騏驥病」，公自謂也，成「亂後嗟吾在」之句。「沙晚鶺鴒寒」，憫其弟之寒也。詩「鶺鴒在原」，以成「羈栖見汝難」之句。「楚設關城險」，公言其身之所在；「吴吞水府寬」，言五弟豐之所在。楚，則夔州爲楚之地。關險，則白帝城乃夔之險矣。吴，則江左。至吴而積水之多，故云水府寬。劉劭趙都賦：其東則有天浪水府，百川是理〔一〕。木玄虚海賦云：爾其水府之内，極深之庭。鮑明遠與姊書曰：曾潭水府。〔二〕

右一

【校勘記】

〔一〕「劉劭」，原作「劉勁」，訛，據全三國文卷三十二魏劉劭趙都賦改。

〔二〕「姊」，文淵閣本作「内」，清刻本、排印本作「妹」。按，「曾潭水府」四字，檢藝文類聚、歷代賦彙，似當出梁張纘南征賦。

聞汝依山寺，杭州定越州。風塵淹別日，江漢失清秋。趙云：豐在江左。傳聞而未審，故今云聞汝依山寺[一]，其杭州邪？豈定是越州邪？兵戈謂之風塵，蓋言風動塵起故也。齊顏之推古意詩：風塵暗天起。江、漢，二水名。失清秋，則言我秋時在此，而不見其弟，爲相失也。舊本一作共清秋，非。影著啼猿樹，魂飄結蜃樓。杜補遺：陳藏器云：車螯是大蛤，一名蜃，能吐氣爲樓臺。海中春夏間，依約島激中，常有此氣。埤雅云：蜃噓氣成樓臺，高鳥倦飛，就之以息，氣輒吸之。俗謂之蜃樓。趙云：啼猿樹，公自言其所在之處，故云影著。盧照鄰巫山高云：莫辨啼猿樹，徒看神女雲。結蜃樓，指言豐所在之處[二]，故思之魂飄。前漢天文志：海旁蜃氣象樓臺。公詩有每一句言己，一句言彼者。前篇云「楚設關城險」，以言己之在楚，「吴吞水府寬」，以言弟之在吴。又如憶李白云「渭北春天樹」，則言已在咸陽，「江東日暮雲」，則言白在會稽。似此體格非一。明年下春水，東盡白雲求。趙云：「東盡白雲求」，又所以成「杭州定越州」之句。

右二

【校勘記】

〔一〕「云」，文瀾閣本、清刻本、排印本作「曰」。

〔二〕「指言」句，「指」文淵閣本作「止」，訛；又，「豐」字下，文淵閣本有「之」字。

巫峽弊廬奉贈侍御四舅別之澧朗

江城秋日落，山鬼閉門中。趙云：屈原九歌有山鬼一篇，乃楚地之事。巫峽已屬楚地矣。行李淹吾舅，誅茅問老翁。左傳：行李之往來。又曰一箇行李。淹吾舅，言盧侍御之駐留也。屈原決於鄭詹尹曰：寧誅鋤草茅以力耕乎？老翁，則公自謂也。字則魏文帝曰：皆成老翁，但未頭白耳。赤眉猶世亂，青眼只途窮。趙云：光武平赤眉之亂。阮籍善爲青白眼，青眼待佳客，白眼待俗客。途窮輒慟哭，亦阮籍事也。傳語桃源客，人今出處同。趙云：桃源，在朗州，即今之鼎州也。四舅之澧朗，故因以問桃源客也。人，則公自謂。桃源事，見陶淵明集。石季倫王明君詩：傳語後世人，遠嫁難爲情。

溪上

峽内淹留客，溪邊四五家。古苔生迮一作濕。地，秋竹隱疎花。塞俗人無井，峽俗多引泉，或負水以自給。山田飯有沙。西江使船至，時復問京華。心未嘗忘王室也。趙云：淹留客，公自謂也。字則離騷經：又何足以淹留。舊本古苔，師民瞻本作古若，是。蓋葦若，溪上之物[一]。一作濕地[二]，不工。郭璞遊仙詩：京華遊俠窟。謝靈運齋中讀書詩：昔余遊京華。以今人承用之熟，遂不考按，故爲出之。

【校勘記】

〔一〕「之物」，「物」文淵閣本奪。

〔二〕一作濕地」，「一」上，排印本有「迮」字。

樹間

岑寂雙甘樹，鮑明達：舞鶴賦：去帝鄉之岑寂。婆娑一院香。交柯低几杖，垂實礙衣裳。滿歲如松碧，同時待菊黃。幾迴霑葉露，乘月坐胡床。前漢趙廣漢傳：滿歲爲真。尹翁歸傳亦云。晉書：庾亮在武昌，佐吏殷浩之徒，乘秋夜共登南樓。俄而亮至，諸人將避之，亮曰：諸君少住。老子于此處興復不淺，便據胡床談詠竟坐〔一〕。晉劉琨傳：琨乃乘月登樓清嘯。趙云：滿歲如松碧，周滿一歲，冬夏青青如松也。橘熟于九月，則爲待菊黃矣。

【校勘記】

〔一〕「坐」，清刻本、排印本作「夕」。

八月十五夜月二首

滿目飛明鏡，歸心折大刀。轉蓬行地遠，攀桂仰天高。水路疑霜雪，林棲見羽毛。此時瞻白兔，直欲數秋毫。月中有白兔，以其明徹，無所不照，故可數秋毫。趙云：延篤與李文德書：吾誦伏羲氏之易，煥兮爛兮其滿目。歸心，則如選詩[一]：邊馬有歸心。公詩首句多便對，明鏡以言月之圓也。庾信磨鏡詩：明鏡如曉月。古詩：稾砧今何在？山上復有山。何當大刀頭，破鏡飛上天。吴兢樂府古題要解曰：稾砧今何在？稾砧，趺也，問夫何處也。山上復有山[二]，重山爲出字[三]，言夫出不在也。何當大刀頭，刀頭有鐶，問夫何時當還也。破鏡飛上天，言月半缺當還也。今乃八月十五夜月，故稱之爲明鏡，則月圓矣。轉蓬行地遠，公以蓬譬身也。曹植雜詩：轉蓬離本根，飄飄隨長風；類此客遊子，捐軀遠從戎。而袁陽源效古詩：勤役未云已，壯年徒爲空。迺知古時人[四]，所以悲轉蓬。劉安招隱士云：桂樹叢生兮山之幽，攀桂枝兮長淹留。

右一

【校勘記】

〔一〕「如」，文淵閣本作「與」，訛。

〔二〕「復」，文淵閣本、清刻本、排印本作「又」。

〔三〕「字」，清刻本、排印本作「自」。

〔四〕「時」，清刻本、排印本作「詩」。

稍下巫山峽，猶銜白帝城。氣沈全浦暗，輪仄半樓明。刁斗皆催曉，蟾蜍且自傾。後漢張衡靈憲云：月，陰精之宗，積而成獸象。蟾兔，陰之類有憑焉者。羿請不死之藥于王母，其妻姮娥竊之，托身于月，是名蟾蜍。趙云：稍下、猶銜，言月也。如上篇月詩「併點巫山出，新窺楚水清」也。「氣沈全浦暗」，以承「稍下巫山峽」之句〔一〕，峽水中有浦也。「輪仄半樓明」，以成「猶銜白帝城」之句〔二〕，城上有樓也。刁斗，則兵戍處皆有之，字出李廣傳。張弓倚殘魄，不獨漢家營。軍營有偃月名。趙云：時方與吐蕃交兵，則張弓于夜，皆倚曉月之殘魄，不獨漢營爲然，雖虜營亦然。倚字，宋玉長劍倚天外之倚。

右二

【校勘記】

〔一〕「承」，原作「成」，據清刻本、排印本改。

〔二〕同上。

十六夜翫月

舊挹金波爽，皆傳玉露秋。關山隨地闊，河漢近人流。谷口樵歸唱，孤城笛起愁。巴童渾不寢，半夜有行舟。趙云：前漢樂志：月穆穆以金波。沈約謝賜甘露啓：玉聚珠聯。隋盧思道賀甘露表：玉散珠連。而相承云金風玉露，如李密詩：金風蕩佳節，玉露凋晚林。古有關山月之曲。河漢近人流，舊注引魏文帝：仰看明月光，天漢回西流。可證流字也。沈約秋夜詩：巴童暗理瑟。魏文帝善哉行曰：悠悠川流，中有行舟。

十七夜對月

秋月仍圓夜，江村獨老身。捲簾還照客，倚杖更隨人。光射潛虯動，明翻宿鳥頻。茅齋依橘柚，清切露華新。趙云：鮑明遠詩：倚杖牧雞豚。蜀都賦：下高鵠，出潛虯。舊注引謝靈運詩潛虯媚幽姿，在後矣。宿鳥字，出文選。謂之鳥，則無定名。舊注引魏武帝樂府：月明星稀，烏鵲南飛。繞樹三匝，何枝可依？全不相干。

傷秋

林僻來人少，山長去鳥微。高秋收畫扇，一云藏羽扇。班姬詠扇詩：常恐秋風至，涼飆奪炎熱。棄捐篋笥中，恩情中道絶。久客掩柴扉。嬾慢頭時櫛，嵇康書：嬾與慢相成。艱難帶減圍。謝惠連：腰帶准疇昔，不知今是非〔一〕。沈約與徐勉書：老病百日，數圍〔二〕革帶常應移孔。以手握臂攣，計月小半分〔三〕。將軍猶汗馬，趙云：吐蕃之禍未息也。公孫弘云〔四〕：臣愚駑〔五〕，無汗馬之勞。天子尚戎衣。書：一戎衣，天下大定。白蔣風飆脆，殷檉曉夜稀。白蔣，茭草。殷檉，檉柳。何年減豺虎，似有故園歸〔六〕。王仲宣詩：豺虎方遘患。張孟陽詩：季葉喪亂起，賊盗如豺虎。

【校勘記】

〔一〕「謝惠連」，原作「謝靈運」，檢謝靈運詩無「腰帶准疇昔」二句，考謝惠連擣衣詩有此二句，當是誤置，據改。又，「腰」、「准」，文淵閣本分别作「摇」、「淮」，皆訛。

〔二〕「圍」，全梁文卷二十八與徐勉書作「旬」。

〔三〕「攣」，全梁文卷二十八與徐勉書無此字。

〔四〕「公孫弘」，「弘」原作「洪」，係避諱，此改。

〔五〕「鴑」，文淵閣本、清刻本、排印本作「魯」。

〔六〕詩尾，底本有匿名批識曰：「殷紅也。左傳左輪朱殷。」諸校本無。

秋峽

江濤萬古峽，肺氣久衰翁。不寐防巴虎，全生狎楚童。衣裳垂素髮，秋興賦：素髮颯以垂領。門巷落丹楓。謝靈運：曉霜楓葉丹。常怪商山老，兼存翊贊功。趙云：全生狎楚童，言爲客于外，年老而不敢恃，雖童稚亦狎熟，免其猜忌爲害，乃所以全生也。商山老，四皓也。四皓雖隱，乃出而從侍太子。高祖一見，太子遂定。既隱而出，此爲可怪。此亦孟浩然「頗嫌四皓曾多事，出爲儲王定是非」之意。公棲遲峽中老矣，蕭索如隱者而實非隱也。以四老人避秦、漢不仕，真隱矣，卒能一出于漢有翊贊之功；公自歎已流落不爲世用，然不能忘有爲之志。此忠臣畎畝不忘君也。

秋興八首其一

玉露凋傷楓樹林，李密詩：金風蕩佳節，玉露凋晚林。巫山巫峽氣蕭森。張景陽：荒楚鬱蕭森。江間波浪兼天湧，塞上風雲接地陰。叢菊兩一作重。開他日淚，孤舟一繫故園心。寒衣處處催刀尺，白帝城高急暮砧。郭泰機詩：皎皎白素絲，織爲寒女衣。良工秉刀尺，棄我忽若遺。趙云：阮籍詩：湛湛長江水，上有楓樹林。巫山，以言山；巫峽，以言水。夔以白帝城爲塞，故云塞上。叢菊兩開他日淚，此句涵蓄。蓋公于夔州見菊者二年矣，方叢菊之兩開，皆是他日感傷之淚也。

其二

夔府孤城落日一作月。斜，每依南斗望京華〔一〕。聽猿實下三聲淚，奉使虛隨八月查。畫省香爐違伏枕，山樓粉堞隱悲笳。堞，城堞也。粉，謂飾以堊土。胡人捲蘆葉，吹之爲笳。請看石上藤蘿月，已映洲前蘆荻花。趙云：南斗，師民瞻作北斗，蓋長安上直北斗。宜都山川記：峽中猿鳴至清，諸山谷傳其響。行者歌曰：巴東三峽猿鳴悲，猿鳴三聲淚霑衣。八月查事，載博物志。世亦傳爲張騫奉使尋河事而不見傳記。公屢使爲張騫，蓋承用之熟也。庾肩吾奉使江州船中七夕詩：漢使俱爲客，星槎共逐流。今公雖有理舟之役〔二〕，若奉使然，而不到天上爲虛隨矣。省署以粉畫之，謂之畫省，亦謂粉署。初學記載應劭漢官儀：尚書郎入直臺廨中，給女侍史二人，皆選端正指使從直。女侍史執香爐燒薰以從入臺中，給使護衣服，奏事明光殿。省中違伏枕，則違去畫省香爐者，以伏枕之故也。山樓粉堞，指白帝城。末句想像扁舟之往如此。北山移文：秋桂遺風，春蘿罷月。

【校勘記】

〔一〕「每依南斗」句，「南斗」，通行本杜集作「北斗」，案，二王本杜集卷十五、十家注卷二、百家注卷二十八、分門集注卷二均作「南斗」，可證原文當作「南斗」。又案，「南斗」又作「北斗」，如句下引趙注云：「南斗，師民瞻作北斗，蓋長安上直北斗。」則「北斗」最早見于宋代師民瞻本。案，草堂詩箋卷三十二、黄氏補注卷三十亦沿襲師氏之説，作「北斗」。草堂詩箋云：「北，一作南，非。蓋長安上直北斗，號『北斗城』也。春秋説題辭：南斗爲吴。十道志：長安故城，南似南斗形，北似北斗形。」據此，「北斗」蓋爲師民瞻本所改。錢箋卷十五此詩正文作「南斗」，正文下有異文云：「一作北斗。」

〔二〕「理舟」，諸校本作「理州」，訛。

其三

千家山郭静朝暉，日日一作一日。江樓坐翠微。信宿漁人還泛泛，清秋燕子故飛飛。詩：泛泛楊舟。趙云：江樓坐翠微，樓在山間也。爾雅：山欲上曰翠微〔一〕。以其氣然也。梁張率長相思云：望雲去去遠，望鳥飛飛滅。江總别袁昌州：黄鵠飛飛遠，青山去去愁。杜補遺：左太沖蜀都賦：觸石吐雲，鬱葐蒀以翠微。注：翠微，山氣之輕縹者。陸倕石闕銘：上連翠微。天邊氣也。**匡衡抗疏功名薄，劉向傳經心事違。**趙云：功名薄，公自言其爲左拾遺時，雖有諫諍如匡衡，而緣此帝不加省以出，比之，則功名薄也。劉向講論五經於石渠，公言其心事欲如劉向之傳經于朝而乃違背不偶也。心事違，出左傳：王心不違。又，史云：事與願違。**同學少年多不賤，五陵衣馬自輕肥。**薛云：文選：范彦龍贈張徐州詩：田家採樵去，薄暮方來歸。還聞稚子説，有客款柴扉。儐從皆珠玳，裘馬悉輕肥。軒蓋照墟落，傳瑞生光輝。又，劍騎何翩翩，長安五陵間。趙云：五陵衣馬，言貴公子也。西都賦：北眺五陵，言長陵、安陵、陽陵、茂陵、平陵，皆高貴豪傑之家所居。語：乘肥馬，衣輕裘。

【校勘記】

〔一〕「山欲」，文淵閣本作「未及」。案：爾雅注疏卷七釋山第十一作「未及」。

其四

聞道長安似弈碁，弈碁，互勝負也。左傳襄二十五年：今甯子視君不如弈棋。**百年世事不勝**一作堪**悲。王侯第宅皆新土，**以喪亂而易主也。左太沖：濟濟王城内，赫赫五侯居。古詩：長衢羅夾巷，王侯多第宅。**文武衣冠異昔時。直北關山金鼓振，**河北尚用兵。征西車馬羽書馳。魚龍寂寞秋江冷，故國平居有所思。秦有魚龍川。杜云：草閣秋興詩乃夔州所作，豈可言秦之魚龍川乎？趙云：直北關山金鼓振，言夔州之北用兵，乃隴右關輔間也。舊注便云時河北尚用兵，考之大曆二年，豈有此事乎？征西車馬羽書馳，此所云西，專指吐蕃。征西者，將軍之號。晉書：征西起於漢代。舊本元作羽書遲，師民瞻本作羽書馳，是。或曰，言羽書遲，則望其奏克捷之功也。雖有義，但費力耳。羽書者，羽檄也。漢高祖曰：吾以羽檄召天下兵。注：檄，尺有二寸之木，插羽於其上，取其疾也。有所思字，古樂府詩題也。末句言魚龍，直以夔峽積水之府有魚龍焉。

其五

蓬萊宮闕對南山，承露金莖霄漢間。漢武帝置金露盤。西都賦：抗仙掌以承露，擢雙立之金莖。軼埃壒之混濁，鮮顥氣之清英。趙云：蓬萊，殿名，在東內大明宮，正對南山。金莖，注，孝武帝作柏梁銅柱，承露仙人掌之屬。所謂金莖，即銅柱也。西望瑤池降王母，漢武帝內傳：七月七日，西王母降。漢武帝夜忽見天西南如有白雲起，俄頃王母至。東來紫氣滿函關。老子傳注：列仙傳曰：關令尹喜，周大夫也。老子西遊，喜先見其氣，知真人當過，物色而迹之，果得老子。亦知其奇爲著書，與老子俱之流沙之西，服巨勝實，莫知其所終。趙云：瑤池，則神仙傳載：王母所居宮闕在崑崙之圃，閬風之苑。玉樓十二，瓊華之闕，左帶瑤池，右環翠水。又，周穆王觴王母於瑤池之上。望瑤池，則望其自瑤池而降也。又有載尹喜所占見紫氣滿於關上。瑤池在西極，故云西望；老子自洛陽而入函谷，故云東來。雲移雉尾開宮扇，日繞龍鱗識聖顏。一卧滄江驚歲晚，幾回青瑣照朝班。趙云：言君王御朝而諸公入朝也。崔豹古今注：商高宗有雊雉之祥，服章多用翟羽，故有雉尾扇。韓非云：夫龍之爲蟲也，柔可狎而騎也。然其喉下有逆鱗徑尺，若人有嬰之，則必殺人。人主亦有逆鱗，説者能無嬰人主之逆鱗則幾矣。雲移雉尾，則皇帝御朝，初以扇障之〔一〕，而開扇則如雲之移。帝堯本紀：望之如雲，就之如日。天子之相曰雲日之表。雲移，則見日，故云識聖顏。一卧滄江者，公自謂也。幾回青瑣照朝班〔二〕，則想望省中諸公之朝也。青瑣者，漢未央宫中門名。應劭曰：黄門郎每日暮，向青瑣門拜，謂之夕郎。散騎常侍范雲與王中書詩：攝官青瑣闥，遥望鳳凰池。大抵皆禁從事也。左傳：朝以正班爵之序。

【校勘記】

〔一〕「障」，文淵閣本作「慞」，文津閣本、文瀾閣本、清刻本、排印本作「幛」。

〔二〕「照」，清刻本、排印本作「點」。

其六

瞿唐峽口曲江頭，萬里風煙接素秋。瞿唐、曲江，雖南北萬里相遠，而秋止一色也。趙云：瞿唐峽口，則公今所在之處。曲江頭，則公故鄉長安之景。梁元帝纂要：秋亦曰素秋。曲江，在昇道坊，有流水屈曲，謂之曲江。司馬相如賦：臨曲江之隑洲，蓋其所也。花萼夾城通御氣，見白日雷霆夾城仗注。芙蓉小苑入邊愁。見青春波浪芙蓉園注。花萼樓、芙蓉園，皆長安宫禁故事。趙云：花萼樓，在南内興慶宫。夾城，在修德坊。芙蓉苑，在敦化坊，與立政坊相接，本隋氏離宫。大抵興慶宫、夾城、芙蓉苑皆接曲江。通御氣，則以南内爲主耳。本遊幸之地，今乃有邊愁入於其間，以紀吐蕃之亂，嘗陷京師故也。珠簾繡柱圍黄鶴，昭陽殿，織珠爲簾，風至則鳴，如珩珮之聲。錦纜牙檣起白鷗。趙云：上句蓋言繡窠作雙鶴圓狀，而用黄線繡爲鶴也。乃所謂鞠豹盤鳳之類。舊注引黄鶴樓在漢陽軍，非是。下句則芙蓉苑中有水可以泛舟故也。公嘗曰：青春波浪芙蓉園。回首可憐歌舞地，秦中自古帝王州〔一〕。謝玄暉鼓吹曲：江南佳麗地，金陵帝王州。

【校勘記】

〔一〕「古」，原作「出」，據文津閣本、文瀾閣本、清刻本、排印本並參黄氏補注卷三十、錢箋卷十五改。

其七

昆明池水漢時功，初武帝欲征昆明夷，爲有滇河，乃作池以習水戰，因而得名。武帝旌旗在眼中。織女機絲虚月夜，石鯨鱗甲動秋風。西京雜記：昆明池刻玉石爲鯨，每至雷雨，鯨常鳴吼，鬐尾皆動。漢世祭之以祈雨，往往有驗。西都賦：集乎豫章之宇，臨乎昆明之池。左牽牛，右織女，似雲漢之無涯。

杜云：西都賦注：武帝鑿昆明池，於左右作牽牛織女以象天河。趙云：漢武帝元狩三年，穿昆明池。臣瓚曰：西南夷傳，越嶲昆明國，有滇池方三百里。漢使求身毒國，而爲昆明所閉，今欲伐之，故作昆明池象之，以習水戰。在長安西南，周回四十里，則所謂昆明池水漢時功也。食貨志又曰：時粵欲與漢用船戰，遂乃大修昆明池，治樓船高十餘丈，旗幟加其上。下句則泛言池中之景物矣。**波漂菰米沈雲黑，露冷蓮房墜粉紅。**趙云：上句言菰之多，其望之長遠，黯黮如雲之黑也。菰米事，在周禮曰：魚宜菰。鄭玄云：菰，彫胡也。賈公彦云：今南方見有菰米。宋玉諷楚王曰：主人之女爲臣炊彫胡之飯，烹露葵之羹。宋玉，楚人也，蓋以彫胡爲珍，則菰米本南方之物，而移種於是池矣。沈雲黑字，杜田引唐本草圖經：菰又謂之茭白。歲久者中心生白臺，如小兒臂，謂之菰手。其臺中有黑者，謂之茭鬱。至後結實，乃彫胡米也。沈雲黑，其茭鬱乎？故子美行官張望補稻畦水歸詩有秋菰成黑米之句。穿鑿非是。蓋臺中有黑，則黑在實之中間，豈望而可見乎？若秋菰成黑米，自是已爲米，則可見其黑也。蓮房墜粉紅。正謬謂蓮實上花葉墜也。爾雅：荷，芙蕖。其華菡萏，其實蓮，其中的。郭璞注：蓮，謂房也。的，房中子也。**關塞極天唯鳥道，江湖滿地一漁翁。**趙云：關塞，指白帝城之塞。鳥道，則一帶皆高山，故得稱鳥道。一漁翁，公自謂也。

其八

昆吾御宿自逶迤，紫閣峰陰入渼陂。杜補遺：揚雄校獵賦序：武帝廣開上林，南至宜春、鼎湖、御宿、昆吾。晉灼曰：昆吾，地名，有亭。師古曰：御宿，在樊川西。趙云：此篇紀其舊遊渼陂之事。師古曰：御宿，在樊川西。以今長安志考之，在萬年縣西南四十里。孟康注漢書曰：爲離宮別觀，禁御不得使人往來，遊觀止宿其中，故曰御宿自逶迤，想今尚如此，而引下句渼陂，大率皆終南山一帶之下耳。紫閣峰，終南山之峰名。終南山，以鄠縣言之，在東南二十里，渼陂在縣西五里。香稻啄餘鸚鵡粒，碧梧棲老鳳凰枝。趙云：言其昔日所見如此。秦記：初，長安謠云：鳳皇止阿房。苻堅遂於阿房城植桐數萬株。可見種桐之事。貼以鳳皇枝，則莊子：鳳皇非梧桐不栖也。因言梧桐，而以鳳事飾之。沈存中：紅稻啄餘鸚鵡粒，碧梧栖老鳳皇枝。此蓋語反而意寬。韓退之雪詩「舞鏡鸞窺沼，行天馬渡橋」亦效此體，然稍牽强，不若前人之語渾也。沈之説如此，蓋以杜公詩句本是鸚鵡啄餘紅稻粒，鳳皇栖老碧梧枝，而語反焉。韓公詩句，本是「窺沼鸞舞鏡，渡橋馬行天」，而語反焉。韓公詩從其不反之語，義雖分明而不可誦矣，却是何聲律也？若杜公詩則不然，特紀其舊遊渼陂之所見，尚餘紅稻在地，乃宮中所供鸚鵡之餘粒，又觀所種之梧，年深即老却鳳皇所棲之枝。既以紅稻、碧梧爲主，則句法不得不然也。佳人拾翠春相問，仙侶同舟晚更移。綵筆昔遊干氣象，白頭吟望苦低垂。趙云：言其昔日之實事。拾翠，起於曹子建洛神賦。而用「拾翠」字，則玉臺前集載費昶春郊望美人詩「芳郊拾翠人，迴袖掩芳春」，後集載虞茂衡陽王齋閣奏妓詩「拾翠天津上，回鸞鳥路中」也。春相問，方春時遊賞，佳人更相問勞也。仙侶同舟，用郭、李事。末句公蓋言其昔日曾攜綵筆題詩，干歷其氣象；今則老矣，正白頭中吟詠而望之，其頭苦於低垂。公有渼陂行，又有渼陂西南臺詩。又，與源大少府宴渼陂詩云：飯抄雲子白，瓜嚼水精寒。則爲彩筆昔遊矣。卓文君有白頭吟。

社日兩篇

九農成德業，少皞氏以九扈爲九農正。百祀發光輝。共工氏有子曰勾龍，能平水土，故祀以爲社。左傳：盛德者必百世祀。趙云：成德業，則七月之詩，皆農田事，而謂之陳王業也。勾龍以農事而成王者之德業，則百世祀之於是乎發光輝矣。報效神如在，語：祭神如神在。馨香舊不違。左傳所謂馨香無讒慝也。南翁巴曲醉，北雁塞聲微。趙云：南翁巴曲醉，公自言。其在夔州，得稱南翁。世言巴曲渝舞，又曰巴渝之音者，以漢高祖所嘗貴之也。應劭風俗通：巴有賓人剽勇，高祖爲漢王時，募取賓人，定三秦。閬中有渝水，賓人左右居，鋭氣喜舞。高祖樂其猛鋭，數觀其舞，後令樂府習之，可見矣。北雁塞聲微，則秋時雁北鄉矣。尚想東方朔，恢諧割肉歸。趙云：東方朔事：伏日，詔賜從官肉。太官丞日晏不來，朔獨拔劍割肉，謂其同官曰：伏日當早歸，請受賜。即懷肉去。詼諧字，方朔傳贊：朔之詼諧也。王立之詩話：老杜社日詩：尚想東方朔，詼諧割肉歸。然漢書所載朔，乃伏日也。立之之意，遂指杜公以伏日事爲社日，微言其誤矣。是不知杜公之語，以爲若使東方朔當此日而分肉，想見其亦詼諧而先割肉以歸，不亦善使事乎？鮑云：按十二諸侯年表：秦德公二年初，作伏，祠社，磔狗四門。則祠社用伏日矣。此詩用伏日事，何疑。

右一

陳平亦分肉，太史竟論功。今日江南老，他時渭北童。歡娛看絶塞，涕淚落秋風。鴛鷺迴金闕，誰憐病峽中？趙云：陳平事：里中社，平爲宰，分肉甚均。里父老曰：善！陳孺子之爲宰乎。平曰：嗟乎！使平得宰天下，亦如此肉矣。太史竟論功，則吏氏竟論列其所宰天下建立之功也[一]。公以爲陳平之不如，故起此嘆，以引下句。江南，則大江之南岸也。渭北，則咸陽也。咸陽在終南之南，渭水之北。公皆有家焉。春日憶李白詩云：「渭北春天樹，江東日暮雲。」正在咸陽所作也。句云它時渭北童，則言其爲童時，社日在咸陽也。絶塞，指夔，以白帝城爲塞矣。其土之人歡娛，我所看者，在此絶塞；而我方流落於此，故涕淚在秋風之中落也。鴛鷺，言侍從貴人也。金闕，天子之闕。言貴人之自金闕回者，誰念我乎？公嘗爲拾遺，蓋侍從之列矣。晉嵇含社賦序曰：社之在世，尚矣。自天子至于庶人，莫不咸用。則是日群臣集于金闕爲社，而句所以言鴛鷺回金闕也。

右二

【校勘記】

〔一〕「吏」，文津閣本、文瀾閣本、清刻本、排印本作「史」。

秋野五首

秋野日蔬蕪，謝玄暉：邑里向蕪蔬。寒江動碧虛。繫舟蠻井絡，蜀都賦：岷山之精，上爲井絡。卜宅楚村墟。趙云：左太沖蜀都賦注：爲東井星之維絡。著蠻字，則凡全蜀皆井絡，而公今居夔，則爲蠻井絡。其下云楚村墟是已。夔者，楚之附庸，而楚在春秋爲蠻夷也。棗熟從人打，則又前所題桃樹云：今秋總餧貧人實。呈吴郎云：堂前撲棗任西鄰。見愛人及物矣。末句亦實道其事。

夔，古楚附庸也。棗熟從一作行。人打，葵荒欲自一作且。鋤。盤飧老夫食，分減及溪魚。

右一

易識浮生理，難教一物違〔一〕。水深魚極樂，林茂鳥知歸。見公詩「林茂鳥有歸，水深魚知聚」注。吾老甘貧病，榮華有是非。秋風吹几杖，不厭此舊本此作北。山薇。夷、齊隱於首陽山，採薇而食之。趙云：上兩句通義，所以引下句。蓋言浮生之理不難識也，以一物不可違其性言之，則浮生之理得矣。一物不可違者，何也？水深魚極樂，水淺則魚不樂矣。林茂鳥知歸，林淺則鳥不歸矣。以是推之，吾衰老矣，自安於貧病而無它念，正以榮華非不美也，而有是與非焉。吾老字，師民瞻本作衰老，是。蓋兩字方對榮華。末句又結一篇之義，不厭採薇而食，此其所以安貧病歟？

右二

【校勘記】

〔一〕「教」，原作「交」，據文瀾閣本、清刻本、排印本並參二王本杜集卷十五、錢箋卷十四改。案，十家注卷二、百家注卷二十六、分門集注卷二、黃氏補注卷三十作「交」，訛。

禮樂攻吾短，山林引興長。嵇康書：儕類見寬，不攻其過。又云：至爲禮法之士所繩，疾之如讎。又云：有入山林而不反之論〔一〕。遊山澤觀魚鳥，心甚樂之也。掉頭紗帽側〔二〕，莊子在宥篇：爵躍。掉頭紗帽，見管寧紗帽淨注。曝背竹書光。竹書，古簡册。趙云：晉書：桓溫詣謝安，值其理髮。安性遲緩，久而方罷，使取幘。溫曰：令司馬著帽進。觀此，則帽爲閑散之服矣。列子：宋國有田夫東作，自曝於日，顧謂其妻曰：負日之暄，莫有知者，以獻吾君，將有重賞。此曝背之義也。貼以竹書，則所讀竹簡之書。暗用郝隆七月七日曬腹中書事。

風落收松子，天寒割蜜房。稀疎小紅翠，駐屐近微香。趙云：班固終南頌：蜜房溜其顛。左太沖蜀都賦：蜜房郁毓被其阜。杜時可引埤雅言，蜂有兩衙應潮，其王所在，衆蜂環繞如衛。採取萬芳釀蜜，其房如脾，故曰蜂房，又謂之蜜脾。末句蓋言秋花，故小紅翠謂之稀疎也。

右三

【校勘記】

〔一〕「反」，文淵閣本作「及」。

〔二〕「側」，二王本杜集卷十五、錢箋卷十四作「仄」。

遠岸秋沙白，連山晚照紅。海賦：波如連山。潛鱗輸駭浪，江賦：駭浪暴灑，驚波飛薄〔一〕。歸翼會高風。趙云：三易之名，商曰連山。潛鱗輸駭浪，蓋言潛魚以深爲樂，而峽水之深，則輸寫駭浪。淮南子云：河水九折注海，而流不絶者，有崑崙之輸也。則此輸之謂矣。「歸翼會高風」，乃翼乎如鴻毛遇順風之義，而會則所謂風雲之會。舊注引魏文帝云適與飄風會，却成吹散之矣。砧響家家發，謝惠連：檮高砧響發，楹長杵聲哀。樵聲箇箇同。峽中樵人常唱大昌歌以弔柳青〔二〕，每聲闋即呼柳青，然不知所爲也。**飛霜任青女，賜被隔南宮。**淮南子：霜神，青女。注云：青女，天神，主霜雪。後漢樂崧嘗直南宮，家貧無被，帝聞而嘉之，詔大官賜尚書郎已下食〔三〕，并給帷被。公雖爲郎，而在外，故云隔爾。

右四

【校勘記】

〔一〕「江賦」三句，「江賦」原作「海賦」，檢下文「駭浪暴灑」二句，文選卷十二、全晉文卷一百二十作郭璞江賦，當是誤置，據改。

〔二〕「中」，文淵閣本作「山」，訛。

〔三〕「大」，文淵閣本作「天」，訛。

身許騏驎畫，見今代麒麟閣注。**年衰鴛鷺群。**公晚方登朝籍。趙云：麒麟，漢閣名，在未央宮。漢宮殿疏曰：天禄閣、麒麟閣，蕭何造以藏秘書。蘇武傳：甘露三年，單于始入朝。上思股肱之美，迺圖畫其人於麒麟閣。唯霍光不名，至蘇武凡十一人。古詩：厠迹鴛鷺。**大江秋易盛，空峽夜多聞。逕隱千重石，帆留一片雲。**趙云：帆留一片雲，公欲南下，已理舟準備帆席而未行也。**兒童解蠻語，不必作參軍。**世説：郝隆爲南蠻參軍。上巳日，作詩曰：娵隅濯清池〔一〕。桓温問：何物？答曰：蠻名魚爲娵隅。温曰：何爲作蠻語？隆曰：千里投公，始得一蠻府參軍，那得不蠻語也。

右五

【校勘記】

〔一〕「濯」，世説新語箋疏排調第三十五條作「躍」。

詠懷古跡五首

支離東北風塵際，莊子人間世支離疏注云：形體支離，不全貌。漂泊西南天地間。漂泊無定止也。趙云：上句追言安禄山之亂，時在賊中。或往河陽，或趨行在，或居秦，或居同谷，是爲東北風塵際也。下句言其入蜀，往來東、西川，且在夔也。三峽樓臺淹日月，三峽：瞿唐、巫山、黄牛也。趙云：三峽，所載名不同。明月峽在渝州，所謂西峽；其二則巴峽、巫峽，詳見忠州詩解。今專言其在夔，蓋夔上游，則月峽，下游則巴峽、巫峽，故言三峽。若言樓臺，則指白帝城之屬。不必恭州之月峽，今三峽中亦有明月峽，蓋石壁有一竅，圓透見天，其明如月，故以名峽也。五溪衣服共雲山。五溪，蠻夷所居，馬援所征之地。衣服，言異服也。共雲山，言與之雜居。薛云：按後漢：武威將軍劉尚擊武陵五溪蠻夷。注：酈元注水經云：武陵有五溪蠻，皆槃瓠之子孫也。五溪，謂雄溪、樠溪、西溪、潕溪、辰溪，土俗雄作熊，樠作朗，潕作武，在今辰州界。羯胡事主終無賴，禄山負恩，無所倚賴。詞客哀時且未還。公自言傷時也。庾信平生最蕭瑟，暮年詩賦動江關。周書：庾信字子山，雖位望通顯，常有鄉關之思，乃作哀江南賦以致其意。其辭略云：壯士不還，寒風蕭瑟。趙云：末句公方更欲南下，文章必遍於江南，則以信自比，宜矣。

右一

搖落深知宋玉悲，九辯云：悲哉秋之爲氣也，蕭瑟兮草木搖落而變衰。又曰：竊獨悲此凛秋。風流儒雅亦吾師。趙云：風流儒雅字，合兩處所出。晉書：天下言風流，以樂廣、王衍爲首。漢書：儒雅則公孫弘〔一〕、董仲舒。此與丹青引合，用文采風流同格。吾師字，左傳：鄭子産不毁鄉校曰：是吾師也。而著人名以言吾師，則羊祜曰：疏廣是吾師也。公又嘗用云：李陵蘇武是吾師。悵望千秋一灑淚，謝靈運：灑淚眺連岡。蕭條異代不同時。漢武帝見相如上林賦，恨不與之同時。江山故宅空文藻，哀江南賦：誅茅宋玉之宅。雲雨荒臺豈夢思？爲玉曾賦陽臺事，朝雲行雨是也。趙云：上句專言歸州之宅。玉歸州有宅，荆州又有宅。余知古渚宮故事曰：庾信因侯景之亂，自建康遁歸江陵，居宋玉故宅。宅在城北三里，故其賦云：誅茅宋玉之宅，穿逕臨江之府。此荆州宅之證也。公移居夔州入宅詩：宋玉歸州宅，雲通白帝城。此歸州宅之證也。今公尚在夔，所賦詩則江山故宅者，言其歸州宅耳。荒臺，則高唐賦：昔者楚襄王與宋玉遊於雲夢之臺，望高唐之觀。注：雲夢，楚藪也，在南郡華容縣，其中有臺館，今謂之雲雨荒臺。則賦下文云：王夢見一婦人，曰：妾巫山之女也，爲高唐之客。妾在巫山之陽，高丘之阻。旦爲朝雲，暮爲行雨。朝朝暮暮，陽臺下。旦朝視之，如言，故爲立廟，號曰朝雲。陽臺，即雲夢臺也。玉所言朝雲、行雨，托興以言夢中事，公詩句則言荒臺之雲雨，蓋誠有之，豈是夢思乎！最是楚宫俱泯滅，舟人指點到今疑。疑神女之事也。

右二

【校勘記】

〔一〕「公孫弘」，「弘」原作「洪」，文瀾閣本、清刻本、排印本作「宏」，係避諱，此改。

群山萬壑赴荊門，生長明妃尚有村。一去紫臺連朔漠，獨留青冢向黃昏。

薛云：圖經：昭君臺在興山山南二里，漢掖庭待詔。王嬙，字昭君，南郡秭歸人。舊經云：邑人憫昭君不回，立臺以祭焉。今有昭君村，又琴操：昭君伏毒而死，單于葬之，胡中多白草，而此冢獨青。趙云：按歸州圖經：王昭君，南郡秭歸人，興山縣有昭君村，有香溪，止云昭君所遊耳。謂因昭君草木皆香，蓋未必然。江淹恨賦：若夫明妃去時，仰天太息。紫臺稍遠，關山無極。淫風忽起，白日西匿。隴雁少飛，岱雲寡色。望君王兮何期，終蕪絶兮異域。李善注：紫臺，猶紫宮也，蓋言天子之居矣。獨留青冢，則言昭君之墓也。太白詩：生乏黃金枉圖畫，死留青冢使人嗟。

畫圖省識春風面，環珮空歸月夜魂。趙云：公言在畫圖中得識昭君之美態，如春風之面。杜時可引西京雜記：漢元帝後宮頗多，不得常見，乃使畫工圖其形，案圖召幸。宮人皆賂畫工，昭君自恃其貌，獨不與，乃惡圖之。及後匈奴入朝，選美人配之，昭君之圖當行。及入辭，光彩射人，悚動左右。天子方重失信外國，悔恨不及。畫工毛延壽等皆同日棄市。却是當時毛延壽所畫事。延壽以不得金之故，畫美爲惡，豈于今所言春風面者乎？環珮空歸月夜魂，又狀言魂在月中往來而歸也。環珮者，美人所服也。陸機日出東南行：金雀垂藻翹，瓊珮結瑶璠。是已。千歲琵琶作胡語，分明怨恨曲中論。薛云：釋名：推手向前曰琵，却手向後曰琶，因以爲名。趙云：舊注：昭君適匈奴，在路愁怨，遂於馬上彈琵琶以寄其恨，至今傳之，名昭君怨。不知何所據。此蓋牽於世俗所傳。昭君自能彈琵琶者，若魯交詩「一曲琵琶馬上彈，恨聲飛入單于國」是已。所謂昭君怨者，自是詞人賦樂府曲以之爲名，石季倫王明君詞序曰：王明君者，本王昭君，以觸文帝諱改焉。匈奴盛，請婚於漢，元帝以後宫良家子昭君配焉。昔公主嫁烏孫，令琵琶馬上作樂，以慰其道路之思，其送明君亦必爾也。其造新曲，多哀怨之聲，故叙之於紙云爾。詳味此序，則馬上彈琵琶者，乃所送昭君之人也，豈昭君自彈邪？故唐史官吳兢作樂府古題要解，亦取之以爲據。若於琵琶謂之胡語，則琵琶本胡中之樂，故一名胡琴也。

右三

蜀主窺吴幸三峽，崩年亦在永安宫。劉先主以孫權襲關羽之故，東征三吴，爲吴將陸議所破，於秭歸步歸魚復，改爲永安，遂卒於永安。本傳云：孫權聞先主住白帝，甚懼，遣使請和。此窺吴幸三峽之意也。又云：章武三年夏四月癸巳，先主殂于永安宫。翠華想像空山裏，翠華車蓋，想像猶髣髴。趙云：翠華，天子之旗。上林賦：建翠華之葳蕤[一]。玉殿虚無野寺中。山有卧龍寺，先主祠在焉。趙云：班固楚辭序：多稱虚無之語。而曹子建詩[二]：虚無求列仙。古廟杉松巢水鶴，歲時伏臘走村翁。前漢楊惲傳：田家作苦，歲時伏臘，烹豚炰羔[三]。武侯祠屋長鄰近，一體君臣祭祀同。自注：殿今爲寺廟，在宫東。趙云：王褒講德論：君爲元首，臣爲股肱。明其一體，相待而成。

右四

【校勘記】

〔一〕「萎」，文津閣本作「葳」。

〔二〕「詩」，原作「詣」，據文淵閣本、文津閣本、文瀾閣本、清刻本、排印本並參文選卷二十四、魏詩卷七曹植贈白馬王彪改。

〔三〕「楊惲」，原作「揚渾」，文淵閣本、文津閣本作「揚煇」，訛，據文瀾閣本、清刻本、排印本並參前漢書卷六六改。案，楊惲，字子幼，西漢華陰人。

諸葛大名垂宇宙，宗臣遺像肅清高。漢以蕭何爲宗臣，以功業爲時所宗尚也。言孔明勳烈，見於後世者，亦可擬蕭何。趙云：晉書：胡威曰：大人清高，何得此絹？三分割據紆籌策，當時孔明多籌策。陸士衡辨亡論：故遂割據山川。萬古雲霄一羽毛。言聲名飛揚，獨步萬古。伯仲之間見伊吕，指揮若定失蕭曹。謂功垂成而亮薨。趙云：言孔明在二公之間也。伯仲之間字，魏文帝典論：傅毅之於班固，伯仲之間耳。指揮若定字，前漢陳平之言楚、漢曰：誠能去兩短，集兩長，天下指麾即定矣。其後用之於大臣，則如庾信周齊王碑：一朝指麾，六合大定。失蕭曹，則亮有吞魏之志，功未成而薨。其指揮初未定也，使其事定，則一掃中原，坐吞江右〔一〕，天下混一，雖蕭何、曹參之功，亦隱失矣。見伊吕，其見字，則桓彝一見王導云：向見管夷吾之見。失蕭曹，其失字，則鮑明遠詩霧失交河城之失〔二〕。此兩字詩句之腰，最爲難著。福移漢祚難恢復，志決身殲軍務勞。趙云：舊本福移，師民瞻作運移，是。本傳注載魏氏春秋：亮使至，問其寢食及其事之煩簡，使對曰：諸葛公夙興夜寐，罰二十以上皆親擥〔三〕，所噉食不至數升。宣王曰：亮將死矣！

右五

【校勘記】

〔一〕「吞」，原作「通」，據文瀾閣本、清刻本、排印本改。

〔二〕「河」，文淵閣本作「何」，訛。

〔三〕「擥」，排印本作「鑒」，訛。

送田四弟將軍將夔州柏中丞命起居江陵節度陽城郡王衛公幕

一作夔府送田將軍赴江陵。

離筵罷多酒，起地發寒塘。迴首中丞座，見周行獨座榮注。馳牋異姓王。見八哀詩臨淮王詩注。燕辭楓樹日，雁度麥城霜。趙云：起地發寒塘，言田將軍所起發之地在夔州寒塘。回首中丞座，辭中丞而行，猶回首顧戀也。中丞言座，則御史中丞謂之獨座也。異姓王，則漢有異姓諸侯王也。田之行在秋八月，故曰燕辭楓樹日，言燕之去；雁度麥城霜，言雁之來。言楓樹，則楚地多楓。宋玉云：江水湛湛兮上有楓。而阮籍云湛湛長江水，上有楓樹林。麥城，未見所出，應是楚地之名。新添：麥城，出三國志呂蒙傳：蒙取關羽荆州〔一〕，自知孤窮，乃走麥城。欲入蜀，而潘璋斷其路。則知杜公送客往江陵，其陸路當經由麥城也。空醉山翁酒，遥憐似葛强。趙云：句以山簡比柏中丞，以葛强比田將軍。晉書：山簡鎮襄陽，郡民有佳園池。簡每出嬉遊，多之池上，置酒輒醉，名之曰高陽池。時有童兒歌曰：山公出何許？往至高陽池。日夕倒戴歸，酩酊無所知。時時能騎馬，倒著白接䍦。舉鞭向葛彊，何如并州兒。彊家在并州，簡愛將也。

【校勘記】

〔一〕「關羽」，文瀾閣本、清刻本、排印本作「關公」。

九月一日過孟十二倉曹十四主簿

藜杖侵寒露，蓬門啓曙煙。力稀經樹歇，老困撥書眠。秋覺追隨盡，來因孝友偏。清談見滋味，爾輩可忘年。爲忘年之契也。趙云：藜杖，即倒使杖藜字。莊子：原憲杖藜應門。秋覺追隨盡，自言其所追隨之處已盡，不能再往，即今所來孟氏之家，因重其兄弟孝友偏篤也。末句清談謂之滋味，亦漢書所謂馮公之論將帥，有味哉。故韓退之送窮文：語言無味。亦出於此。禰衡始弱冠，孔融年四十，爲忘年交。

過客相尋

窮老真無事，江山已定居。地幽忘盥櫛，客至罷琴書。挂壁移筐趙作留。果，呼兒問煮魚。文選樂府：呼兒烹鯉魚。時聞繫舟檝，及此問吾廬。陶潛：吾亦愛吾廬。趙云：挂壁字，摘使晉書：陶侃少時漁於雷澤，嘗網得一織梭，以挂于壁。移留果，則壁間轉所儲留之果也。末句公自言凡有舟楫過往，必來見之也。此篇有兩問字，問煮魚應錯，然不可妄塡改也。

孟倉曹步趾領新酒醬二物滿器見遺老夫

趙云：晉夏侯湛愍桐賦：詰朝之暇，步趾前廡。

楚岸通秋屐，胡床面夕畦。藉糟分汁滓，劉伶酒德頌：枕麴藉糟。漢樊噲傳：歲獻甘醪。高注：醪，醇酒，汁滓相將也。甕醬落提攜。飯糲添香味，朋來有醉泥。論語：有朋自遠方來。理生那免俗，方法報山妻。趙云：上句言孟倉曹之步趾。次句公自言其當孟倉曹相訪之時如此也。鄭康成注周禮酒正二曰醴齊云：醴，猶體也，成而汁滓相將。如今恬酒矣。舊注引樊噲傳注已在其後。周禮：醬用百有二十甕。故倒用甕醬。飯糲添香味，以言其醬。朋來有醉泥，以言其酒。阮咸語曰：未能免俗。

課小豎鉏斫舍北果林枝蔓荒穢淨訖移牀三首一云秋日閑居。

病枕依茅棟，荒鉏淨果林。背堂資僻遠，在野興清深。山雉防求敵，詩：雉鳴求其牡。江猿應獨吟。泄雲高不去，見「泄雲蒙清塞」注。隱几亦無心。莊子：南郭子綦隱几嗒焉，似喪其耦。注：心形兩忘也。趙云：沈休文詩：茅棟嘯愁鴟。背堂資僻遠。言果林在堂之後也。果林枝蔓荒穢，則藏雉而有鬬敵之處。雉性强而善鬬。潘安仁射雉賦：逸群之儁，擅場挾兩。言不但欲專一場而已。又挾兩雌，乃所謂雉之求敵也。舊注引詩却是求偶，豈求敵之義邪？江猿應獨吟，應字平聲，亦以鉏斫果林，則猿來者少，應有獨吟者而已。末句，泄雲字，泄，私烈反，官韻作渫。魏都賦：窮岫渫雲，日月常翳。謝玄暉敬亭山詩：渫雲已漫漫，多雨亦凄凄。而公詩又曰：泄雲無定姿。却仍用泄字也。陶潛云：雲無心而出岫。雲之不去爲無心矣，而吾之隱几亦無心也。

右一

衆壑生寒早，長林卷霧齊。青蟲懸就日，朱果落封一作成。泥。以泥封其接枝也。薄俗防人面，全身學馬蹄。吟詩坐回首，隨意葛巾低。趙云：朱果落封泥，園家愛惜好果，以泥封之。言朱果，熟而色赤。落封泥，所封之泥久而自落也。薄俗防人面，使人面獸心之義，蓋言薄俗之可防也。舊注引左傳人心不同，如其面焉，止是面之不同耳，於防字無義。全身學馬蹄，取莊子馬蹄篇，所謂「馬蹄可以踐霜雪，毛可以禦風寒」。齕草飲水，翹足而陸，此馬之真性也。

右二

籬弱門何向，沙虛岸只一作自。摧。日斜魚更食，客散鳥還來。寒水光難定，秋山響易哀。天涯稍曛黑，謝靈運詩：朝遊窮曛黑。倚杖更徘徊。

右三

峽口二首

峽口大江間，一作闊。西南控百蠻。施、黔連五溪之蠻也。城欹連粉堞，岸斷更青山。開闢多天險，天設之險也，言險因開闢而後通爾〔一〕。防隅一水關。亂離聞鼓角，秋氣動衰顏。趙云：城欹連粉堞，言山上白帝城也。防隅一水關，言峽口有鐵鎖爲關防也。防隅字，當是防虞。鼓角，蓋城上防戍所擊吹者。以身當亂離之際聞之，所以感動衰顔也。

右一

【校勘記】

〔一〕「因」，原作「困」，訛，據諸校本改。

時清關失險，世亂戟如林。去矣英雄事，荒哉割據心。當公孫述、劉備之際，夔爲要衝。蘆花留客晚，楓樹坐猿深。疲薾煩親故，諸侯數賜金。趙云：阮籍臨廣武而歎曰：時無英雄，使豎子成名。末句一本公自注云：主人柏中丞頻分月俸。蓋節度、郡守，古諸侯也，故所貽之金得稱賜金。

右二

村雨

雨聲傳兩夜，寒事颯高秋。挈帶看朱紱，開箱覩黑裘。蘇季子不得用貂裘弊黑。世情只益睡，盜賊敢忘憂。松菊新霑洗，茅齋慰遠遊。趙云：公時服緋，故用朱紱字。挈帶看朱紱，開箱覩黑裘。以雨之故，恐其浥𧁾故也。朱紱，在易用朱黻字，在左傳用朱芾字，雖通於紱，而用朱紱字，則韋孟諫詩黼衣朱紱也〔一〕。世情只益睡，亦以雨悶，思及世情，惟睡而已。然時方盜賊，敢忘禍亂之憂乎？

【校勘記】

〔一〕「韋孟」，原作「韋賢」，據文瀾閣本、清刻本、排印本並參漢書卷七十三韋賢傳、漢詩卷二韋孟諷諫詩改。

寒雨朝行視園樹

柴門雜樹向千株，丹橘黄甘此地無。江上今朝寒雨歇，籬中秀一作邊新。色畫屏紆。桃蹊李徑年雖故，李廣贊：諺曰：桃李不言，下自成蹊。師古曰：蹊徑，道也。梔子紅椒艷復一作色。殊。鏁石藤梢元自落，倚天松骨見來枯。林香出實垂將盡，葉蒂辭枝不重蘇。愛日恩光蒙借貸，左傳云：冬日可愛。清霜殺氣得憂虞。釋名云：霜者，喪也。其氣慘毒，物皆喪也。衰顔動覓藜牀坐，管寧家貧，坐藜牀欲穿，爲學不倦。緩步仍須竹杖扶。費長房投竹杖於葛陂，化龍而去。散騎未知雲閣處，啼猿僻在楚山隅。潘安仁：秋興賦序：寓直于散騎之省，高閣連雲。趙云：江南種橘，江北成枳，則甘橘自是楚地之所有耳。故曰北地無。舊本籬中秀色，又云籬邊新色。師民瞻作籬邊秀色，是。元自、見來之語，皆言其久遠如此矣。東坡詩：面骨向人元自白，眉毛覆眼見來烏蓋出於此耳。謝玄暉詩：桃李成蹊徑。舊注止有蹊字，是不知捨祖而取孫矣。梁孔翁歸班婕妤詩：恩光隨妙舞。月令：仲秋之月，殺氣浸盛。末句公以流落在外州，別無官署之意。潘安仁爲虎賁中郎將，其秋興賦序云云。今公以別無官署，故言未知雲閣處，止在啼猿之地耳〔一〕。文選江淹上書曰：大王惠以恩光，顧以顔色。

【校勘記】

〔一〕「止」，原作「上」，訛，據文瀾閣本、清刻本、排印本並參先後解輯校戊帙卷八此詩趙注〔七〕改。

偶題

趙云：此篇二十二韻，首論文章，而終之以流落懷念故國。

文章千古事，得失寸心知。趙云：言文章垂不朽之事，其得其失，蓋吾心自知之。禪家嘗云：如人飲水，冷暖自知。亦此之謂。文選：吐滂沛乎寸心。夫自寸心而出，豈不自知哉！作者皆殊列，名聲豈浪垂。言以文章名，必有所長也。趙云：孔子曰：作者七人矣。故凡有所興作，得相承謂之作者。作者殊列，若曰：某人能詩，某人能賦，某人能文，是之謂殊列。亦豈有無其實而有其名哉！騷人嗟不見，漢道盛於斯。漢文章深厚，有古人之風。趙云：上句指屈原、宋玉。文章之祖起於騷。嗟不見，則屈、宋遠矣。下句則前漢先有司馬遷、相如，後有劉向、揚子雲、王褒之屬；後漢有班固父子、張平子之屬也。嗟不見字，如：愛而不見，搔首踟躕。盛於斯，則倒用於斯爲盛也。亦以言惟漢爲盛，傷今不如也。前漢公孫弘等贊曰[一]：漢之得人，於茲爲盛。文選范彥龍傚古：漢道日休明。前輩飛騰入，餘波綺麗爲。趙云：選：喜誇前輩。則楚漢已來載在典册，皆前輩也。飛騰字，使飛英聲、騰茂實也。書：餘波及于流沙。文賦：或藻思綺合，清麗芊眠。亦摘字用。文章至於綺麗，乃騷、雅之末流，故謂之餘波。舊注：綺麗，騷人之作，非是。後賢兼舊制，或作利、作列。後之作者兼騷之體也。歷代各清規。趙云：此言後輩兼取前輩之所利以爲規範，乃公所謂遞相祖述也。已上普言之耳。法自儒家有，心從弱歲疲。趙云：公自謂也。言文章之法，自是吾儒家者流所有，而吾之用心，已自弱冠時疲苦至今也。如公之家，則又累世儒矣，蓋其祖審言，已有文稱也。永懷江左逸，多病鄴中奇。趙云：公蓋以謝靈運、鮑明遠爲懷，又以劉公幹自恃也[二]。江左，則嵇、阮、鮑、謝之徒。文選多取焉，故公永懷之。舊本注云：鄴，魏所都。文帝好文，故作者多尚奇。江文通云：關西鄴下，既已罕同；河外江南，頗爲異法。按，江文通雜擬詩序固有此語。舊注因其有鄴下兩字引用，却便云文帝好文，故作者多尚奇，以附會爲鄴中奇，非是。按，魏文帝好文，其在鄴也，有七子皆能文，乃王粲、徐幹、陳琳、阮瑀、劉楨、孔融、應瑒。而劉楨者多病，所謂余嬰沈痼疾，竄身清漳濱。謝靈運擬其詩，序云：劉楨卓犖偏人，而文最有氣，所得頗經奇；則多病者，指劉楨，爲鄴中之奇也。公亦多病，故專以自比。騄驥皆良馬，騏驎帶好兒。車輪徒已斲，堂構惜仍虧。趙云：言文士必有佳子〔三〕，而自嘆其子之文不逮於己也。騄耳、騏驎，雖是二馬，而皆良馬。騏驎之子，仍是騏驎，故云帶好兒。如輪扁者，妙於斲輪而不能傳其子。事見莊子：臣不能以喻臣之子，臣之子亦不能以受之於臣，是以行年七十而老斲輪。堂構之虧，則書：若考作室，既底法，厥子乃弗肯堂，矧肯構。然則，題爲偶題，豈公有所感而作此詩耶？謾作潛夫論，虛傳幼婦碑。趙云：此又嘆其文章如此，而自流傳也。後漢：王符字節信，隱居著書三十餘篇，以譏當時失得，不欲章顯其名，故號曰潛夫論。曹操與楊脩讀曹娥碑陰有八字曰：黄絹幼婦，外孫虀臼。脩即解得。操行三十里乃悟，云：黄絹，色絲，絶字也；幼婦，少女，妙字也；外孫，女子之子，好字也；虀臼，受辛之器，辤字也。言絶妙好辭，與楊合。操曰：有智無智，校三十里。緣情慰漂蕩，文賦：詩緣情而綺靡。抱疾屢遷移。經濟慙長策，飛棲假一枝。莊子：鷦鷯巢於深林，不過一枝。左太沖：巢林栖一枝，可爲達士模。唐李義府始召見，太宗遂令詠烏，其末句：上林多許樹，不過一枝栖〔四〕。帝曰：吾將全樹借汝，豈惟一枝？塵沙傍蜂蠆，江峽繞蛟螭。蜂蠆、蛟螭，皆毒物也，言避患難不暇爾。趙云：言其製作緣情而生，以慰漂蕩耳。抱疾屢遷移，又申言漂蕩之實。曹子建離思賦：余抱疾以賓從，扶衡軫而不移。經濟慙長策，雖爲自謙，蓋亦自傷於不用也。晉石苞傳：景帝言苞曰：雖細行不足，而有經國才略。夫貞廉之士，未必能經濟世務。飛棲一枝，以鳥爲喻，又以成屢遷移之句。賈誼云：振長策而馭宇內。蜂蠆、蛟螭，言其所棲托於夔州之地如此也。蕭瑟唐虞遠，聯翩楚漢危。聖朝兼盜賊，胡虜爲中原之亂也。異俗更喧卑。公北人而在南，故呼楚人爲異俗。喧卑，囂雜貌。趙云：歎治古之不復見，傷戰争之不能安。治古，莫過於唐虞，故以唐虞爲言。戰争，莫切於項羽與漢高祖，故以楚漢爲言。舊注於唐虞下注：沈休文論虞夏以來，遺文不覩，於楚漢下注：江文通雜體詩序：夫楚謡漢風，既非一骨。已隔漂蕩遷移，居峽之後，豈却尚言文章邪？又與下段不接。蓋公已自緣情慰漂蕩而下，轉入悼已傷時之事矣。唐虞既遠，而楚漢可傷，其在今日，則聖朝雖聖，乃兼有盜賊，蓋前有安史〔五〕，今有吐蕃也。周禮本俗六有曰除盜賊〔六〕。鮑明遠舞鶴賦：歸人寰之喧卑〔七〕。鬱鬱星辰劍，蒼蒼雲雨池。趙云：上句又以歎其埋鏟，下句又以言其潛隱。蓋言如劍之埋而未呈，如蛟龍之在池而未出也。雷次宗豫章記載豐城劍事，或曰：劍上有七星之狀。公於暝詩云正枕當星劍是已。理固有之，而未見所出。唯薛燭觀純鈎之劍曰：觀其文，則列星之行。然亦不分明有星辰字。周瑜言劉備曰：蛟龍得雲雨，終非池中物。兩都開幕府，萬寓插軍麾。趙云：上句則前此吐蕃陷東京，又陷京師，又掠涇、邠，躪鳳翔，入醴泉、奉天。時京師大震，則兩都曷嘗不置軍營而開幕府邪？下句則天下皆用兵矣。南海殘銅柱，東風避月支。匈奴傳：東胡强而月氏盛。趙云：在南亦有侵犯者，如廣德二年西原蠻陷邵州，大曆二年桂州山獠反，是已。銅柱，則馬援征南時，立銅柱而勒功於其上也。殘，則幸餘此物耳。月支胡在漢爲梗，今以比吐蕃。寇自西而來，犯順於東，故東風避之〔八〕。詩人行語如李大夫自長安赴廣州而云「南斗避文星」也。音書恨烏鵲，西京雜記：乾鵲噪而行人至。文選：魏武帝短歌行：月明星稀，烏鵲南飛。號怒怪熊羆。苦寒行：熊羆對我蹲。趙云：禍亂之際，道路阻塞，家信不通，故恨烏鵲之不信也。下句言在夔山居之所有也。稼檣分詩興，役於營生，不暇吟詠。柴荆學土宜。習其風俗。趙云：謝靈運去郡詩：促裝反柴荆。周禮有土宜之法。故山迷白閣，秋水憶黄陂。白閣、黄陂，關中山水。趙云：皇陂作黄陂，其字非是。舊注云：皆關中山水，雖是而摸稜。白閣，則終南山相附之山名。公渼陂西南臺詩又云「顛倒白閣影」是已。皇陂，則皇子陂也。公於重過何氏詩云：「雲薄翠微寺，天清皇子陂。」又，贈鄭十八賁詩「第五橋東流恨水，皇陂岸北結愁亭」是已。舊本二詩於過何氏詩中皇亦作黃，誤。當作皇，今以白對皇，此「庖人具雞黍，稚子摘楊梅」之格。**不敢要佳句，愁來賦別離。**趙云：賦別離，則言去鄉國之遠也。楚辭：悲莫悲於生別離。世説載孫興公作天台賦成，以示范榮期。每至佳句，輒云：應是我輩語。公詩嘗曰：爲人性癖耽佳句，語不驚人死不休。而今却曰不敢要佳句，則詩人變化，各有所主，豈可拘哉！

【校勘記】

〔一〕「公孫弘」，「弘」原作「洪」，清刻本、排印本作「宏」，係避諱，此改。

〔二〕「恃」，文瀾閣本、清刻本、排印本作「比」。

〔三〕「佳」，原作「桂」，訛，據文淵閣本、文津閣本、文瀾閣本、清刻本、排印本改。

〔四〕「上林多許樹不過一枝栖」文瀾閣本、清刻本、排印本作「上林多少樹許借一枝栖」。

〔五〕「蓋」，文瀾閣本、清刻本、排印本無。

〔六〕「本俗六有」，文瀾閣本、清刻本、排印本作「荒政十二」。

〔七〕「歸」，原作「陋」，據初學記卷三十鳥部、文選卷十四、全宋文卷四十六鮑照舞鶴賦改。

〔八〕「故」，文淵閣本作「胡」，訛。

雨晴

雨時一作晴。山不改，晴罷峽如新。言陰晴在雨，而不在山也。天路看殊俗，秋江思殺人。有猿揮淚盡，荆州記：巴山之峽巫山長，猿啼三聲淚霑裳〔一〕。無犬附一作送。書頻。故國愁眉外，長歌欲損神。趙云：言或雨或晴，山不變改，而晴之既罷，則峽又如新也。天路看殊俗，言身在長安，乃天路之人，而却來此看殊俗也。枚乘詩：美人在雲端，天路杳無期。庾信廣化公墓銘：化被殊俗，威行鄰境，非詩大序國異政，家殊俗中字也。古詞有愁殺人。陸士衡赴洛詩：親友贈予邁，揮淚廣川陰。陸機有犬曰黄耳，在洛中使附書歸江左。

【校勘記】

〔一〕「巫山」下原衍「巫」字；「啼」，原作「鳴」，據文淵閣本、文津閣本、文瀾閣本、清刻本、排印本删。

晚晴吴郎見過北舍

圃畦新雨潤，媿子廢鉏來。竹杖交頭拄，柴扉掃徑開。欲栖群鳥亂，未去小童催。明日重陽酒，相迎自撥醅。趙云：費長房投竹杖於葛陂，化龍而去。未去小童催，此亦道實事耳。新雨，一作佳雨，非。蓋不必如是方爲奇也。

解悶十二首

草閣柴扉星散居，浪翻江黑雨飛初。鮑照：翻浪揚白鷗。山禽引子哺紅果，溪友一作女。得錢留白魚。趙云：庾信寒園即目詩：寒園星散居，摇落小村墟。溪女，一作溪友，當以女爲正，蓋公嘗使溪女字。如云負鹽出井此溪女，豈亦用神仙張道陵降十二溪女有此兩字者乎？

右一

商胡離别下揚州，憶上西一作蘭。陵故驛樓。爲問淮南米貴賤，老夫乘興欲東遊。趙云：此篇亦道實事。恰有一胡商下揚州而來别，其人曾與公同上蘭陵驛樓，乃追言之也。末句則因其行而問淮南米價，公欲南下也。舊本東遊作東流，西陵又作蘭陵。師民瞻本作東遊，是。并取西陵字，亦是。然蘭陵在楚州，荀卿曾爲蘭陵令；西陵則在鄴，曹操云望吾西陵，取次是曾相見處耳。

右二

一辭故國十經秋，每見秋瓜憶故丘。今日南湖采薇蕨，何人爲覓鄭瓜州？自注：今鄭祕監審。趙云：何人爲覓鄭瓜州，則鄭監必實有瓜州之命，或舊曾守瓜州，尚有此稱；緣主鄭作詩，故首句言每見秋瓜憶故丘，以引瓜州，爲疊二瓜字，乃詩人之老句也。瓜州，一作袁州，非。蓋不著此瓜字，則與上句不相干也。憶故丘事，公長安人，長安之東門曰青門，故侯邵平種瓜於此，時號邵平瓜。一作憶故侯，於義亦通，大抵公懷鄉之語耳。

右三

沈范早知何水部，沈范謂沈約、范雲。曹劉不待薛郎中。水部郎中薛據。獨當省署開文苑，兼泛滄浪學釣翁。趙云：何遜與薛據俱是水部之官，而何遜能詩，早爲沈約、范雲所知。若薛據者，恨不與曹子建、劉楨同時，而言二人不待之也。末句言薛在省部時，已擅文章而開文苑。後漢有文苑傳。公在荆南有江湖之樂，斯爲學釣翁乎。漁父所謂滄浪之水也。

右四

李陵蘇武是吾師，世之言五言詩始於蘇武、李陵。孟子論文更不疑。一飯未曾留俗客，數篇今見古人詩。校書郎，孟雲卿。　趙云：五言詩起於李陵、蘇武。今文選所載良時不再至，又骨肉緣枝葉等篇是也。蓋實公之所服膺，豈不曰是吾師乎？孟子論文更不疑，指孟雲卿之能文。魏文帝典論有論文一篇。末句又專言孟矣。

右五

復憶襄陽孟浩然，清詩句句盡堪傳。即今耆舊無新語，謾釣槎頭縮項鯿。浩然，開元時人。詩云：梅花殘臘月，柳色半春天。鳥泊隨陽雁，魚藏縮項鯿。又云：試垂竹竿釣，果得查頭鯿。鯿，魚也。楚人云：長腰粳米、縮頭鯿魚，爲美味也。皮日休詩：慇懃莫笑襄陽住，爲愛南陽縮項鯿〔一〕。　趙云：習鑿齒襄陽耆舊傳：漢水中鯿魚甚美，常禁人捕，以槎斷水，因謂之槎頭鯿。宋張敬兒爲刺史，齊高帝求此魚。敬兒作六槽船置魚而獻，曰：奉槎頭縮項鯿一千八百頭。而浩然詩兩用之。言浩然已死，今耆舊之間，不能復造新語，以言鯿魚，但謾釣之而已。

右六

【校勘記】

〔一〕「南陽」，全唐詩卷六百一十三皮日休送從弟皮崇歸複州作「南溪」。

陶冶性靈存底物，顏氏之推家訓論文章曰：陶冶性靈，從容諷諫。新詩改罷自長吟。孰知二謝將能事，趙云：孰知者，稔孰之孰。古用此字，非孰何之孰也。公自言其稔孰知謝靈運、謝惠連，將此作詩爲能事，而我亦以爲能事也。易云：天下之能事畢矣。陰則陰鏗，何則何遜。頗學陰何苦用心。玄暉、靈運。苦用心，則不苟且爲之矣。莊子曰：天王之用心。古詩：晨風懷苦心。陸士衡云：志士多苦心。

右七

不見高人王右丞，藍田丘壑漫寒藤。最傳秀句寰區滿，未絶風流相國能。趙云：王右丞，王維也，有别墅在藍田，所謂輞川也。右丞能詩，見有集行於世。其弟相國縉亦能詩，時見數篇于摩詰集中。縉本傳亦云：少好學，與兄維俱以名聞。

右八

先帝貴妃今寂寞，荔枝還復入長安。炎方每續朱櫻獻，玉座應悲白露團。謝玄暉：玉座猶寂寞，况乃妾身輕。杜補遺：唐史遺事云：乾元初，明皇幸蜀回，適嶺南進荔枝，上感念楊妃，不覺悲慟迨絶，高力士於御座旁設位享之，上稍蘇息。趙云：此篇專憶明皇時進荔枝事。東坡云：天寶歲貢取之涪。以其由子午道進，所以知其爲涪也。當時貢荔枝雖是涪州，特以涪州比廣南路尤可生致，而廣南之獻，則在唐爲歲獻之常矣。今末句云炎方每續朱櫻獻，則併及廣南言之。左太沖蜀都賦云：朱櫻春熟，素柰夏成。禮記月令：仲夏之月，天子嘗黍，羞以含桃，先薦寢廟。漢惠帝常出離宫，叔孫通曰：古者有春嘗果，方今櫻桃可獻，願陛下出，因取櫻桃獻宗廟。上許之。諸果獻由此興。今云朱櫻獻，則亦南方之所貢也。玉座應悲，自楊妃死，今明皇見荔枝入貢，追念而悲矣。

右九

憶過瀘戎摘荔枝，青楓隱映石逶迤。京中舊見君顔色，紅顆酸甜只自知。

杜補遺云：扶風記云：此木以荔枝爲名者，以其結實時枝弱而蒂牢不可摘取，以刀斧劙取其枝，故以爲名。閩中四郡所出，肌肉甚厚，甘香瑩白；廣、蜀荔枝小，酸而肉薄，其精好者，僅比閩之下品。劙，音利。趙云：荔枝，蜀中有之，而瀘、戎爲多。舊見君顔色，君字，指言荔枝也。其亦王子猷君竹之義乎？公於它物，則爾、汝之矣。紅顆酸甜只自知，却言今所嘗食有酸有甜，自知之也。

右十

翠瓜碧李沈玉甃，玉，甃井也。魏文帝書：浮甘瓜於清泉，沈朱李於寒水。赤梨蒲萄寒露成。可憐先不異枝蔓，此物娟娟長遠生。趙云：此物字，祖出左傳，而選詩之言庭樹曰：此物何足貴，但感別經時。則凡所主之物曰此物。今應言荔枝也。瓜、李、梨、葡萄，備言一歲之果。言同是果實可憐，先與荔枝不異枝蔓，他處所有，而此物長於遠地，娟娟然生，所以嘆異荔枝之爲物也。此篇與後篇皆不犯荔枝字，而意義自明。

右十一

側生野岸及江蒲，不熟丹宫滿玉壺。雲壑布衣鮐背死，勞生讀作人字。重馬翠眉須。

杜補遺云：歐本勞生作勞人，重馬作害馬，眉疎作眉須。左思蜀都賦曰：邛竹緣嶺，菌桂臨崖。旁挺龍目，側生荔枝。布緑葉之萋萋，結朱實之離離。按，楊貴妃嗜荔枝，必欲生致之，乃置騎曉夜傳送，至京師色味猶未變。當是時，布衣賢士不能搜訪騆召。至於老死山谷之間，以貴妃須荔枝之故，反勞人害馬，力求於數千里之外，子美所以作是詩也。武后所撰字一生爲人，當作勞人。趙云：江蒲，則自戎僰而下，以畝爲蒲，今官私契約皆然。因以押韻。師民瞻本作江浦，非是。不熟丹宫滿玉壺，言其不生長安故耳。丹宫，神仙之宫，以比禁苑之地。玉壺者，珍貴之器，以言至尊之奉。惟其不熟丹宫而滿玉壺，所以求之於遠也。魯直云：善本是勞人重馬翠眉須，蓋言勞苦人力，重疊馳馬，只爲翠眉之人所須，乃指言貴妃矣。况須字與壺字同韻，而疎字爲失韻，則魯直之説信而有證也。勞人雖祖於詩云勞人草草，其後如梁大同二年，地生白毛，長二尺，孫盛以爲勞人之異。重馬，史記始皇紀有曰：河魚大上，輕車重馬東就食。司馬貞謂：言時之災異，魚大上於河岸，故人駭異而去，就食於東。則重馬者，重疊馬而行也。雲壑，則孔德璋北山移文云：誘我松桂，欺我雲壑。鮐背，則老者之狀。曰：黄髮鮐背。又曰：鮐背兒齒。

右十二

復愁十二首

趙云：前題曰解悶，而此題曰復愁，悶既解之以詩矣，而又有可愁之事也。

人煙生處僻，一云遠處。趙云：曹子建詩：千里無人煙。虎跡過新蹄。野鶻翻窺草，村船逆上溪。

右一

釣艇收緡盡，昏鴉接翅稀。月生初學扇，雲細不成衣。初學扇，謂未甚圓也；不成衣，言細也。趙云：公於有待至昏鴉之下自注：何遜云：昏鴉接翅歸。然今改一稀字，意義遂與遜詩不同矣。於月言扇，於雲言衣，如劉希夷佳人春遊云：池月憐歌扇，山雲愛舞衣。又，李義府堂堂詞云：鏤月成歌扇，裁雲作舞衣。今公所用，又爲新矣。

右二

萬國尚防寇，故園今若何？昔歸相識少，早已戰場多！趙云：故園，指言長安也。昔歸相識少，言往時自外而歸，已自相識少矣，今又可知也。早已戰場多，又言京都之地早時已自爲戰場，至于今也。豈不以安、史亂於前，而吐蕃亂於後邪？

右三

身覺省郎在，家須農事歸。年深荒草徑，老恐失柴扉。趙云：上句言覺得省郎之身在也。此牛僧孺所謂見在身矣。公爲尚書工部員外郎，故云。次句指言長安之家。公在瀼西，已親稼穡矣，則得歸長安本家，亦須以農事往也。末句蓋言離去故國多年，其所居必荒蔓草，而老身又恐失柴扉而不得返矣。

右四

金絲鏤一作縷。箭鏃，皂尾製一作掣。旗竿。一自風塵起，猶嗟行路難。金絲箭、皂尾旗，皆胡服也。趙云：首兩句蓋貴將之物，平時所用，至風塵起而未息，則亦厭之矣，所以有行路難之嗟也。隋顔之推古意詩：歌舞未終曲，風塵暗天起。行路難，古樂府有此名。

右五

貞觀銅牙弩，開元錦獸張。花門小前一作箭。好，此物棄沙場。趙云：詳此詩末句，則銅牙弩、錦獸張乃貞觀、開元所以賜蠻夷者。花門回紇恃其有助順討安賊之功，輕小前好，而銅牙弩、錦獸張者，棄之於沙場也。師民瞻本却取一作小箭好，則無義矣。杜補遺：唐六典注：釋名曰：弩，怒也，有怒勢也；其柄曰臂，似人臂也；鉤弦曰牙，似牙齒也；牙外曰郭，爲牙之規郭也；合名之曰機，如門户樞機，開闔有節也。書曰：若虞機張。則所謂錦獸張者，亦弩之物耳。又南越志云：龍川，唐時常有銅弩牙流出水，皆銀黄雕鏤，取之製弩。父老云：其地蓋越王弩營也。

右六

今日翔麟馬，先宜駕鼓車。無勞問河北，諸將角榮華。趙云：薛蒼舒云：按唐志：翔麟，廄名。先宜駕鼓車，則公欲息兵休戰矣。漢文帝朝，有獻千里馬者，帝命以駕鼓車。末句，問者，饋問之問。言此馬不勞問遺河北，徒使諸將角勝於榮華而已〔一〕。此公恨諸將不勤王之甚。角字，舊正作覺，非。

右七

【校勘記】

〔一〕「榮」，文淵閣本作「勞」。

任轉江淮粟，休添苑囿兵。由來貔虎士，不滿鳳皇城。趙云：休添苑囿兵，則代宗嘗自治兵於苑中，長安城中必添兵矣。公意在息兵，以不添兵爲上。而任轉粟，則但欲長安足食也。書云：如虎如貔。鳳皇城，則秦穆公女吹簫，鳳降其城，因號丹鳳城。其後言京都之城曰鳳城。李嶠單題城詩云：獨下仙人鳳，群驚御史烏。亦用此鳳事也。

右八

江上亦秋色，火雲終不移。巫山猶錦樹，南國且黃鸝。趙云：火雲當秋而不移，則餘熱猶在矣。隋盧思道納涼賦云：陽風洪其長扇，火雲赫而四舉。末句蓋言秋時在夔，則見巫山之樹猶是錦樹；及儘南下，則在春時，且却聽黃鸝也。樹變青而丹，謂之錦樹。公詩又言今朝碧樹行錦樹也。

右九

每恨陶彭澤，無錢對菊花。如今九日至，自覺酒須賒。趙云：檀道鸞續晉陽秋曰：陶潛九月九日無酒，於宅邊摘菊盈把，久，望見白衣人，乃王弘送酒，即便就酌而歸。末句酒須賒，則公亦無錢沽之矣。庾信云：胸中無學，猶手中無錢。

右十

病減詩仍拙，吟多意有餘。莫看江總老，猶被賞時魚。趙云：此篇惟末句難解。謂之被魚，則被服之被，魚應是魚袋之魚。唐有賞緋魚袋，有賜緋魚袋。然公官銜則賜緋魚袋者，安得謂之賞時魚乎？按江總傳：總九工五言、七言。則公詩首句爲言作詩而末及江總，蓋公亦喜其詩矣。

右十一

胡虜何曾盛，干戈不肯休。閭閻聽小子，談話覓封侯。趙云：此篇公蓋憤生事邀功，濫冒榮寵者矣。苟能盡命致死，則可以一戰而滅之，惟其延歲月以用兵，反以爲胡虜之盛。蓋其意在於己身之富貴，所以雖閭閻小子，亦説取封侯耳。師民瞻本談話作談笑，亦通。

右十二

諸將五首

趙云：按編年通載，今歲二月，吐蕃雖遣使來朝，而九月又陷原州。公詩蓋責諸將之不力戰，追言前事以諷之。第五篇獨美嚴公，蓋公第三次來成都時，先破吐蕃於當狗城，克鹽川城西，此所以深望諸將如之也。

漢朝陵墓對南山，張孟陽七哀詩：北邙何壘壘，高陵有四五。借問誰家墳，皆云漢世主。恭文遙相望，原陵鬱膴膴。胡虜千秋尚入關。昨日玉魚蒙葬地，西京雜記：長安大明宮宣政殿，每夜見數十騎，衣鮮麗遊往其間。高宗使巫祝劉明奴、王湛然問其所由。鬼云[一]：我是漢楚王戊太子，死葬於此。明奴等曰：按漢書：戊與七國反，誅死無後，焉得有子葬於此？鬼曰：我當時入朝，以路遠不從坐。後病死，天子於此葬我，漢書自有遺誤耳。明奴因宣詔與改葬。鬼喜曰：我昔日亦是近屬豪貴，今在天子宮內，出入不安，改卜極幸甚。我死時，天子斂我玉魚一雙，今猶未朽，必以此相送，勿見奪也。明奴以事奏聞，及發掘，玉魚宛然，自是其事遂絶。早時金盌出人間。孔氏志怪曰：盧充家西有崔少府墓。充一日見一府舍，入門進見少府，少府欲充與小女爲婚。女生男。二月三日，山陰水戲，忽見崔氏抱兒還充〔二〕，又與盌〔三〕，并贈詩一首。充取兒、盌及詩，女忽不見。充詣市賣盌，崔女姨曰：我妹之女嫁而亡，贈以金盌，著棺中云。杜田補遺云：沈炯字初明，爲魏所虜，嘗獨行經漢武通天臺，爲表奏之，陳己思鄉之意。其略曰：甲帳珠簾，一朝零落。茂陵玉盌，遂出人間。竊詳是詩首句云「漢朝陵墓對南山」，即盌出人間，乃茂陵事也。但金玉字異爾。元注引盧充金盌事，恐不類。姑兩存之，必有能辨者。趙云：此四句所以激怒諸將也。漢朝天子之陵，大臣之墓，多對南山，千秋萬歲，以爲固矣。而胡虜尚能入關，不無侵掘也。題是諸將，止言將臣之貴者，常蒙玉魚之賜，且有金盌在墓而出，皆人臣事耳。止用「出人間」三字，全出己見，有發墓之意，不必泥金盌止是女人之事也。師民瞻本作出人寰，蓋爲後句改「北斗閑」爲「北斗間」而然也。

見愁汗馬西戎逼，曾閃朱旗北斗閑〔四〕。子美父名閑，集中兩處用閑字，皆非是。謂吐蕃踐河隴，陷京師也。趙云：前四句言既有胡虜之禍，發掘冢墓矣；今繼有吐蕃之難，而諸將不知憤激，速來長安禦戎也。東京賦云：高祖仗朱旗而建大號。北斗，言長安。長安號北斗城也。諸將所以汗馬者，以西戎之逼也。然閃朱旗於北斗城中，而翻閑暇焉，則以不措意於勤王，及犬戎之既去爲不及事也。蔡伯世本改作北斗殷，師民瞻本改作北斗間，蓋皆牽於杜公父名閑，必不使閑字，而以意改耳。左傳曰：左輪朱殷。以血染之而後殷也。朱旗之閃何至殷北斗乎？若北斗間，則間字語弱，別無含蓄之意，又乃指其所之辭，亦與逼字不敵矣。兼自閑字，公亦嘗使曰：翩翩戲蝶過閑慢〔五〕。不可改閑字作別字。今所云北斗閑，皆臨文不諱。如韓退之父名卿，而退之豈不使卿字邪？

多少材官守涇渭，漢材官蹶張，皆武臣也。將軍且莫破愁顏。趙云：上六句皆是已往之事，已責之矣。今此言費材官以守涇渭之水，則深防寇賊之禍，爲將軍者且莫破愁顏而爲樂也。高適嘗言於明皇曰：監軍諸將不恤軍務，以倡優、蒲塞相娛樂。則公今有且莫破愁顏之戒，宜矣。

右一

【校勘記】

〔一〕「云」，文淵閣本、文津閣本、文瀾閣本、清刻本、排印本作「曰」。

〔二〕「忽」，清刻本、排印本作「或」。

〔三〕「又」，清刻本、排印本作「入」。

〔四〕「閑」，錢箋卷十五作「殷」。

〔五〕「翩翩戲蝶過閑慢」，「翩翩」本集卷三十六小寒食舟中作詩作「娟娟」，「慢」本集作「幔」。

韓公本意築三城，擬絶天驕拔漢旌。匈奴傳：天之驕子。薛云：唐呂温三受降城碑：默啜强暴。朔方大總管韓國公張仁愿請築三城，奪據其地。中宗詔許，於是六旬雷動，三城岳立。豈謂盡煩回紇馬，翻然遠救朔方兵。言築城以備蕃寇，而蕃反爲唐平難也。杜補遺云：韓國公張仁愿於河北築三受降城，自是突厥不敢踰山牧馬。趙云：回紇者，匈奴之種也。故亦得稱天驕。公於留花門詩亦曰：花門天驕子，飽食氣勇決。是已。拔漢旌，拔字使韓信傳拔趙幟，立漢幟之拔。擬絶天驕拔漢旌，蓋言三城之築，所以止匈奴搴拔漢家之旗矣，彼回紇者，豈謂國家煩其兵馬，救朔方兵之困敗，以助討賊邪！蓋至德元載閏八月，廣平王俶爲天下兵馬元帥，郭子儀副之，以朔方、安西、回紇、南蠻、大食兵討安慶緒。其後，回紇恃功，侵擾中國。此公之所以嘆也。胡來不覺潼關隘，謂禄山陷關也。龍起猶聞晉水清。謂肅宗起於靈武也。獨使至尊憂社稷，諸君何以答升平。趙云：潼關非不隘也，而胡來不覺其隘，蓋以失守也。此以譏哥舒翰之敗。當時諸將不能盡忠竭節，獨貽天子之憂，乃有煩回紇兵之事。其後賊既已平，諸軍有何功效而報答哉！此責其徒享高爵厚禄者矣。必言回紇馬，則其戰每在騎戰也。故公嘗云：渡河不用船，千騎常撇烈。又云京師皆騎汗血馬也。言晉水清，則河北者，晉地也，乃安賊所起之地。肅宗龍飛，而晉水復清矣。

右二

洛陽宮殿化爲烽，曹子建詩：洛陽何寂寞，宮殿盡燒焚。休道秦關百二重〔一〕。張孟陽劍閣銘：秦得百二，併吞山河。注：言百二，謂以二萬之衆，足以當百萬，得形勢也。趙云：謂舉烽燧於殿上也。前漢：田肯賀高祖曰：陛下治秦中。秦，形勝之國，帶河阻山，縣隔千里，持戟百萬，秦得百二焉。今云百二重，則既百二，而又得百二也。舊注引張孟陽劍閣銘：是爲無祖。滄海未全歸禹貢，薊門何處盡堯封。言爲盜賊所奄有也。趙云：滄海，指言山東。薊門，指言河北。古詩云：出自薊北門。禹貢，則尚書篇。董仲舒云：堯、舜在上，比屋可封。今言何處是堯可封之民？亦以爲吐蕃所陷也。朝廷衮職誰爭補，天下軍儲不自供。趙云：上句舊本作雖多預，師民瞻本作誰爭補，是。詩曰：衮職有闕，仲山甫補之。今不能然，公是以罪之也。下句則公亦嘆其無如之何之辭，言郡國不修貢賦，須上求索而後供，非以其職而自供者也。稍喜臨邊王相國，王縉也。文中子曰：何必臨邊。趙云：若以公此句爲指王縉，則縉自廣德二年同平章事之後，於大曆二年前豈嘗出而臨邊乎？新書既脱略，則無所考也。肯銷金甲事春農。蔡文姬詩：金甲耀日光。

右三

【校勘記】

〔一〕「百」，文淵閣本作「不」，訛。

回首扶桑銅柱標，冥冥氛祲未全銷。越裳翡翠無消息，前漢西域傳贊：孝武之世，覩犀布玳瑁，則建朱崖七邦〔一〕。自是之後，明珠文甲通犀翡翠羽之珍，盈於後宮。師古注云：昔周公相成王〔二〕，越裳氏重九譯而獻白雉，譯曰：吾受命之日久矣，天之無烈風淫雨，意中國有聖人乎？盍往朝之。趙云：扶桑以言王國之東。銅柱以言王國之南。馬援南征建銅柱，標以勒功伐。晉阮孚云：氛祲既澄，日月自朗。頷聯兩句所以結氛祲未銷之所致也。翡翠，蓋取白雉之類耳。南海明珠久寂寥。賈琮傳：交趾土多珍異，產明璣、翠羽、犀象、瑇瑁、異香、美木之屬，莫不自出耳。趙云：明珠，多出於南海，如交趾產明璣，合浦出大珠也。殊錫曾爲大司馬，東晉石勒侵阜陵，詔加王導大司馬，假以黄鉞。總戎皆插侍中貂。漢侍中冠武弁大冠，亦曰：惠文冠。加璫，附蟬爲文，貂尾爲飾也。炎風朔雪天王地，只在忠臣翊聖朝。言天子冒風雪於外，所賴者忠臣而已。趙云：此深責諸君，徒享高爵厚恩，而不能輸忠者也。以殊錫言之，則有爲大司馬者矣。以總戎言之，則有爲侍中者矣。此借前代之事以比之也。炎風言南方之地，朔雪言北方之地。詩曰：普天之下，莫非王土。故曰：大王地。公詩句之意，蓋以莫非王土，當修職貢。必欲其來，在忠臣翊贊天子耳。

右四

【校勘記】

〔一〕「朱」，清刻本、排印版作「珠」；又，「邦」，文淵閣本、文瀾閣本、清刻本、排印本作「郡」，文津閣本作「即」，訛。案，漢書卷九十六下西域傳贊作「郡」。

〔二〕「昔」，清刻本、排印版無。

錦江春色逐人來，巫峽清秋萬壑哀。殷仲文詩：獨有清秋日，能使高興盡。又，爽籟驚幽律，哀壑叩虛牝。顧愷之云：千嵒競秀，萬壑争流。正憶往時嚴僕射，嚴武。共迎中使望鄉臺。望鄉臺在成都之北。主恩前後三持節，按武傳：兩鎮蜀，一刺綿州。軍令分明數舉盃。西蜀地形天下險，安危須仗出群材。劍閣銘曰：形勝之地，匪親勿居。趙云：嚴武鎮蜀，辟公爲參謀。望鄉臺，在成都之北，長安使來所經之地。公隨嚴僕射共登此臺，以迎中使，故曰：正憶往時嚴僕射，共迎中使望鄉臺。此又以人名對處所之格。三持節，則言嚴公第一次寳應元年正月來，勑命權令兩川都節制，四月召還；第二次於六月，却專以節度西川來，阻徐知道反，不得進；第三次廣德二年，朝廷方正以兩川合一節度，而武以黄門侍郎來，至永泰元年四月盡日薨，其詳具于八哀詩題下所解也。舊注云：兩鎮蜀，一刺綿，非是。軍令分明數舉杯，言其治軍整肅，所以不妨舉盃之頻數也。後句深美嚴公甚明。安危，則安其危也。公於八哀之言武云：公來雪山重，公去雪山輕。正此意矣。

右五

九日五首

趙云：舊本題下注云：闕一首，非也。其一在成都詩中，今遷補之。

重陽獨酌一作少飲。杯中酒，抱病豈一作起。登江上臺。竹葉於人既無分，荆楚歲時記：九日，登高飲菊花酒。趙云：舊本作豈登，師民瞻本取起登字，是。竹葉者，酒名也。張景陽七命乃有荆南烏程、豫北竹葉。浮蟻星沸，飛華蓱接。竹葉，酒名也。菊花從此不須開。後語：宋張華輕薄篇曰：蒼梧竹葉清，宜城九醖酒。首句云獨酌杯中酒，又却云竹葉於人既無分，則公以病肺斷酒，雖酌而竟不飲也，故公別篇又云：潦倒新停濁酒杯。殊方日落玄猿哭，玉曰：子獨不見其玄猿乎？舊國霜前白雁來。漢武：太子婚，得白雁於上林，以爲贄。弟妹蕭條各何往？干戈衰謝兩相催。干戈與衰老相逼也。趙云：文子云：殊方偏國。玄猿哭，則峽中多猿。古歌云「巴山之峽巫山長〔一〕，猿啼三聲淚霑裳」也。芝歎上林賦曰：玄猿素雌。而晉書五行志射妖云：蜀車騎將軍鄧芝，征涪陵，射玄猿。猿自拔矢，卷木葉塞射瘡。芝歎曰：傷物之性，吾其死矣。斯乃玄猿之事實。用對白雁，則沈存中云：北方有白雁，似雁而小，色白，秋深則來，來則霜降。河北人謂之霜信。杜甫詩曰：故國霜前白雁來。即此也。舊注云：漢武太子婚，得白雁於上林，以爲贄。不知據何書而言？然此自是唐高宗咸亨中事，止云會苑中獲白雁耳。若新語曰：梁君出獵，見白雁，欲自射之。道上有驚雁駭者，梁王怒，命射此人，其御諫之而止。斯乃白雁之事實。

右一

【校勘記】

〔一〕「巫山長」，文津閣本作「巫峽山長」。

舊與蘇司業，源明。兼隨鄭廣文。虔。採花香泛泛，坐客醉紛紛。野樹欹還倚，秋砧醒却聞。歡娛兩冥漠，言蘇鄭俱亡，而又流落也。顔延年：衣冠終冥漠。西北有孤雲。魏文帝：西北有浮雲。趙云：前四句言當時之事，後兩句則公述其今日在夔之況。末句歡娛，則以二人死而冥寞。今日在夔之歡娛，則以流落寄寓而冥寞，故云兩也。西北有孤雲，則懷望長安也。漠，一作寞。

右二

舊日重陽日，傳杯不放杯。即今蓬鬢改，但媿菊花開。愁見節物也。北闕心長戀，北闕，帝都也。西江首獨回。茱萸賜朝士，難得一枝來。唐制，九日，賜宴及茱萸。趙云：北闕在前漢未央宮殿，雖南嚮，而上書、奏事、謁見之徒，皆詣北闕。又關中記曰：未央宮東有蒼龍闕，北有玄武闕，所謂北闕也。西江首獨回，則意欲下荆渚也。莊子云：激西江之水。疏云：蜀江謂之西江，以其從西來此，在楚人指之爲西江矣。末句所以成戀北闕之句。

右三

故里樊川菊，樊川在杜曲。登高素滻源。滻水也。他時一笑後，今日幾人存。言節物依然，而人事更變也。趙云：樊川、素滻，皆指言長安也。樊川，在長安萬年縣南三十五里。十道志曰：其地即杜陵之樊鄉。漢高祖至櫟陽，以將軍樊噲灌廢丘之功爲最，賜噲食邑於此，故曰樊川。滻水在長安萬年縣東北，流四十里入渭。其謂之素滻，潘安仁西征賦云：南有玄灞素滻，北有清渭濁涇。巫峽蟠江路，終南對國門。繫舟身萬里，伏枕淚雙痕。巫峽、終南，相去萬里，於流落之際，而又伏枕，則羈苦可知矣。爲客裁烏帽，從兒具緑樽。沈休文：賓至下塵榻，憂來命緑樽。佳辰對一作帶。群盜，愁絶更堪論！當盜賊充斥，道路阻絶，於異鄉逢此佳節，因多愁蹙也。趙云：上句言其在夔之地，次句又言長安，乃其懷憶之情也。爲客裁烏帽，爲音去聲。平時疎散，往往不巾，其裁烏帽以爲客而已。烏帽，未見所出。公又曰：烏帽拂塵青螺粟。惟管寧傳云常着皂帽耳。東坡云：時見烏帽出復没，應卻出於杜也。

右四

風急天高猿嘯哀〔一〕，渚清沙白鳥飛迴〔二〕。無邊落木蕭蕭下，不盡長江袞袞來。萬里悲秋常作客〔三〕，百年多病獨登臺。艱難苦恨繁霜鬢，潦倒新停濁酒杯。趙云：潘安仁云：勁風凄急。宋玉云：天高而氣清。四字兩出，合使方工。楚詞有風颯颯兮木蕭蕭。其「下」字使楚辭「洞庭波兮木葉下」。潦倒字、濁酒杯字，並出嵇康，蓋云潦倒麤疎，又曰濁酒一杯也。若潦倒義，則北史崔贍傳云：自天保以後，重吏事，謂容止醞藉者爲潦倒，贍終不改焉。如此則潦倒亦非不佳之語，故公又曰：多材依舊能潦倒。

右五

【校勘記】

〔一〕此詩，復見于卷二十六，題作「登高」。

〔二〕「清」，原作「濤」，據文瀾閣本、清刻本、排印本並參二王本杜集卷十三、十家注卷二、百家注卷三十二「拾遺」詩、分門集注卷二、草堂詩箋卷三十二、黃氏補注卷二十六以及錢箋卷十二改。

〔三〕「常」，文淵閣本、文瀾閣本、清刻本、排印本作「長」。案，二王本杜集、十家注、分門集注、百家注、黃氏補注及錢箋亦均作「常」，草堂詩箋作「長」。

九日諸人集于林

九日明朝是，相要舊俗非。非昔日遊賞之地。老翁難早出，賢客幸知歸。舊采黃花賸，新梳白髮微。謾看年少樂，忍淚已霑衣。趙云：九日明朝是，則八日詩也。舊本反在九日詩下，非。世説曰：過江諸人，每暇日輒相要出新亭，藉草飲宴。賢客幸知歸，言知所歸往，以言其集于林之謂也。賸字，俗作剩，非。